W0326210

Butze Verlag

Wir sind uns der Problematik des Terminus »Indianer« bewusst und möchten erläutern warum wir uns dennoch für diese Bezeichnung entschieden haben. Im US-amerikanischen Sprachgebrauch sind »Native American« und »American Indian« als politisch korrekte Oberbegriffe anerkannt. Durch Telefonate mit Vereinsvorständen, deren Einrichtungen sich mit der Kultur der »Native Americans« und indigenen Völker beschäftigen, haben wir erfahren, dass von den Stammesangehörigen selbst unterschiedliche Bezeichnungen bevorzugt werden: Native Americans, American Indians, First Nations + Aboriginal in Kanada, Indians / Indianer und weitere.
Da wir uns bei den indigenen Charakteren »Spirit Hawk« und »Mahpea« nicht auf einen bestimmten Stamm festgelegt haben, haben wir uns daher entschieden, die im deutschen Sprachraum gebräuchliche Bezeichnung »Indianer« zu verwenden, die allgemein einen Stammesangehörigen der Ureinwohner Amerikas beschreibt. Unserer Intention liegt dabei keinerlei wertende Absicht zu Grunde sondern ist vielmehr der Ermangelung eines alternativen wertfrei geprägten deutschen Terminus geschuldet.

Dieses Buch verfolgt nicht die Absicht, real existierende Native Americans authentisch darzustellen. Die Charaktere »Spirit Hawk« und »Mahpea« sind metaphorisch skizzierte Persönlichkeitsanteile der Protagonistin »Jacki Achenbacher«, die in einen inneren Dialog mit sich selbst tritt.

Corinna Behrens

INDIANER IM KOPF

Roman

Butze Verlag

Die Handlung und alle handelnden Personen sind frei erfunden. Jegliche Ähnlichkeit mit lebenden oder realen Personen wäre rein zufällig.

Bibliografische Information der Deutschen Nationalbibliothek
Die Deutsche Nationalbibliothek verzeichnet diese Publikation in der Deutschen Nationalbibliografie; detaillierte bibliografische Daten sind im Internet über http://dnb.d-nb.de abrufbar.

Impressum

Lerchenweg 11, 25436 Uetersen
info@butze-verlag.de
www.butze-verlag.de

Umschlaggestaltung: Butze Verlag
Bildbearbeitung: Vanessa Werth – www.vanessawerth.de
Font „Brain Flower“ (Titel) © by Denise Bentulan
Druck & Bindung: Bookpress, Olsztyn, Polen

1. Auflage
ISBN 978-3-940611-45-1

»Solange es Mut braucht, sich zu outen, solange man Angst vor Ablehnung hat, ist in dieser Gesellschaft nichts in Ordnung.«

Ich widme dieses Buch meiner Mutter.

Du bist nicht immer auf der Sonnenseite des Lebens gelaufen. Aber Du hast dann einfach den Regenschirm aufgespannt – und Du hast immer Platz für uns darunter gelassen.

Zu wissen, dass Du mich so nimmst, wie ich bin, dass Du an meiner Seite stehst, hat mir den Mut und das Selbstvertrauen gegeben, meinen Weg zu gehen.

In Liebe und Dankbarkeit
Corinna Behrens

Kapitel 1

»Das, was größer ist als wir, lehrt alle Lebewesen, was sie tun sollen. Wir sind wie die Blumen. Wir leben und wir sterben, und aus uns selbst heraus wissen wir nichts.
Aber das, was größer ist als wir, lehrt uns - lehrt uns, wie wir leben sollen.«

(Indianische Weisheit)

Das Leben war so ungerecht. Warum nur musste mein Pastor Sander, mein Vaterersatz und bester Freund, in den Ruhestand gehen? Ich blickte auf das Foto in meiner Hand und atmete tief durch. Das Wetter passte zu meiner miesen Laune. Es nieselte aus dem wolkenverhangenen Himmel und für Ende Juni war es zu kalt.

Er hätte in Lütjenstede bleiben können und nicht ins zweihundert Kilometer entfernte Hamburg ziehen müssen. Als Fan des Hamburger Sportvereins wollte er sich die Heimspiele endlich live im Stadion ansehen. Ich verstand das, mir bedeutete der Fußball ja auch viel, denn ich hütete das Tor der Lütjensteder Frauenfußballmannschaft. Aber für so ein paar Fußballspiele brach man doch nicht gleich alle Zelte ab, oder?

Es klopfte an meine Bürotür und Sybille, unsere Buchhalterin, steckte den Kopf herein. »Wir sollen runterkommen«, sagte meine Kollegin aufgeregt und zog die Tür hinter sich zu.

Seufzend hängte ich das Bild zurück an die über meinem Schreibtisch befestigte Magnettafel. Die Büroräume unserer Verwaltung waren im ersten und zweiten Stock des Gemeindehauses untergebracht. Im Erdgeschoss befanden sich das Pfarramtsbüro, der Hauptsaal mit Platz für ungefähr hundert Personen, ein Frühstücksraum mit modern ausgestatteter Küche und ein kleiner Andachtssaal. Ich lief die knarrenden Stufen der Holztreppe hinunter und betrat den Hauptsaal. Dort empfing mich eine sonderbare von Gemurmel durchwachsene Stille. Die meisten meiner Kolleginnen und Kollegen standen im ersten Viertel des Raumes schweigend da. Ein paar unterhielten sich jedoch mit gedämpfter Stimme und es lag eine greifbare Spannung in der Luft. Ich stellte mich zu Sybille.

»Ich habe ein Bild im Internet gesehen. Er sieht ja echt toll aus!«, flüsterte Ines, die sich zu uns gesellte. Ihr Dekolleté ließ heute mal wieder tief blicken. Ich nickte gedankenverloren. Mir war das Aussehen vom neuen Pastor und seiner Frau ziemlich egal. Niemand konnte meinen väterlichen Freund Sander ersetzen. Ich vermisste ihn schon jetzt.

»Sie sind da!«, wisperte Ines und trat von einem Fuß auf den anderen. Ich sah zur Tür. Da standen sie und während mein Blick über ihn nur hinweg glitt, beschleunigte sich beim Anblick der anderen Person mein Atem. Die Frau trug ein cremefarbenes Kleid, das ihr über die Knie reichte und dezente Schuhe, die sie größer wirken ließen, als sie war.

Hammer, die sieht ja toll aus, dachte ich. Sie war schlank, beinahe zierlich, aber nicht auf zerbrechliche, sondern auf eine drahtige Art und Weise. Die hohen Wangenknochen prägten ihr ovales Gesicht. Sie hatte herrliche mandelförmige, blaue Augen. Ihre vollen Lippen waren ungeschminkt. Sie strich sich mit der einen Hand eine blonde Strähne hinter das Ohr, mit der anderen hatte sie sich bei ihrem Mann untergehakt, der ein wenig zu selbstsicher wirkte. Ihr Blick streifte kurz den Saal, um sich dann Pastor Reese, dem dienstältesten Geistlichen unserer Gemeinde, zuzuwenden. Sie zog lächelnd die untergehakte Hand hervor und begrüßte Reese. Ihr Mann trat ein, zwei Schritte vor, knöpfte sich dabei galant die Anzugjacke zu und zog seine violette Krawatte zurecht, während er seinen Blick mit geradem Kinn durch den Raum schweifen ließ.

Ich wurde von beiden Seiten angestupst. Sybille und Ines starrten mit offenen Mündern auf unseren neuen Pastor. Einen Moment lang befürchtete ich, sie würden in Ohnmacht fallen. Man konnte die Ähnlichkeit nicht übersehen. Grauer Schimmer in den dichten kurz geschnittenen Haaren, ausgeprägte Kinnpartie, hochgezogene Augenbrauen, charmantes Lächeln. Der Neue war ein Abbild des Schauspielers George Clooney. *Hoffentlich fragen sie ihn nicht nach einem Autogramm*, schoss es mir durch den Kopf.

Alles war für einen standesgemäßen Empfang angerichtet, mit Sekt und kalten Platten. Es fehlten nur noch der ausgerollte rote Teppich und eine Schar kreischender Fans – aber wenn ich so zu Ines schielte, waren die wohl gerade nur schüchtern. Doch nicht der Hollywoodstar hielt Einzug, sondern Pastor Huber – der Neue.

»Ich freue mich, dass Sie alle gekommen sind, um unser Pastorenehepaar kennenzulernen.« Reese sprach bedächtig und leise. Ich musste meine Ohren spitzen, um ihn zu verstehen. »Pastorin Mirjam Huber.« Er zeigte auf die Frau, die zögernd neben ihren Mann trat. Sie stand nur noch vier, fünf Meter von mir entfernt. Als sie lächelte, bildeten sich kleine Fältchen um ihre Augen und ihr Mund entblößte strahlend weiße Zähne. *Wow, dachte ich. Die Dame muss ich mir aus der Nähe ansehen.*

Ich klappte meinen Mund zu, als um mich herum alle begannen zu klatschen. Ach du meine Güte, *seine* Vorstellung hatte ich glatt verpasst. Ich beeilte mich, es meinen Leuten nachzutun.

Pastor Huber hob die Arme. »Vielen Dank für diesen herzlichen Empfang.« Seine kräftige Stimme unterbrach den Applaus. Irgendetwas in meinem Körper ließ zu, dass sich eine frostige Gänsehaut auf meinen Armen ausbreitete. War es seine Stimme, die das ausgelöst hatte? Ich senkte den Kopf und schielte dabei zu den Hubers. Sie hatte die Hände gefaltet und sah zu Boden, während er mit einem entwaffnenden Lächeln in die Runde sah.

»Dann wollen wir mal beginnen.« Reese zeigte auf uns. »Ich darf Ihnen die meisten unserer Mitarbeiter und Mitarbeiterinnen vorstellen. In unserer Verwaltung arbeiten fünfzehn Personen. Leider befinden sich zwei im Urlaub. Aber alle anderen sind da und freuen sich natürlich, Sie kennenzulernen.« Reese trat an den Anfang der Reihe. Das Pastorenehepaar gab jedem die Hand. Holger Huber trat mit federnden Schritten vor seine Frau.

Während meine Kolleginnen die Augen nicht von *ihm* ließen, konnte ich, je näher mir die beiden kamen, meinen Blick nicht mehr von Mirjam Huber lösen. Sie schüttelte die Hände meiner Kollegen, lächelte kurz und strich sich dabei immer wieder eine Haarsträhne hinter das Ohr. Mit bedächtigen Schritten folgte sie gesenkten Hauptes ihrem Mann. Sie erinnerte mich an ein scheues Reh, das versehentlich den Wald verlassen hatte.

Als Pastor Huber vor Ines stand, musste ich grinsen. Ihre Stimme klang viel höher. Sie kicherte und strich sich mit der Hand über ihr Dekolleté. »Ich bin Ihre wichtigste Vertraute hier«, flötete Ines. »Ich arbeite im Pfarramtssekretariat, dem Dreh- und Angelpunkt dieser Verwaltung. Bei mir laufen alle Fäden zusammen.«

»Oh, dann freue ich mich auf die Zusammenarbeit.« Huber lachte seine zukünftige Sekretärin an, die daraufhin rot anlief. Für Mirjam Huber dagegen hatte Ines lediglich einen beiläufigen Händedruck übrig, während ihr Blick noch immer Holger-Clooney-Huber verfolgte.

Dann stand er vor mir. »Das ist Jacqueline Achenbacher«, stellte mich Reese vor. »Sie arbeitet in der Personalverwaltung. Frau Achenbacher absolvierte bei uns ihre Ausbildung.«

»Ach, die Frau Achenbacher.« Ein fester Händedruck, ein leichtes Mundwinkelzucken, gefolgt von einem angedeuteten Lächeln und er wandte sich von mir ab.

Etwas gefiel mir daran nicht. Aber ich konnte nicht länger darüber nachdenken, denn Mirjam Huber stand nun vor mir. Wir reichten uns die Hände und mein Herz begann, heftiger zu klopfen. Ihre dunkelblonden, gewellten Haare hatte sie zu einem lockeren Zopf zusammengebunden, aus dem sich einzelne kleine Strähnen gelöst hatten. Ehe ich mich versah, hatte ich mich in den Tiefen ihrer hellblauen Augen, die mich betörend melancholisch betrachteten, verfangen. Ihr sinnlicher Mund verwandelte sich zu einem leichten Lächeln.

Ich bemerkte, dass ich ihre Hand viel zu lange hielt, und fragte mich unbewusst, ob sie mein Zittern spürte. Schnell ließ ich los und hörte mich in einer fremden, rauen Stimme sagen: »Es ist echt schön, dass Sie hier sind.« *Oh Gott, habe ich das eben tatsächlich gesagt?*

Kein Wunder, dass sie mich erstaunt ansah, bevor sie sich Sybille zuwandte. Ich zwang mich, meinen Blick von ihr zu lösen und mein Herz zur Räson zu bringen. Ich schien nicht mehr Herrin meiner Sinne zu sein. Wie denn auch, wenn meine Traumfrau vor mir stand?

Kapitel 2

»Der Herr ist mein Licht und mein Heil, vor wem sollte ich mich fürchten? Der Herr ist meines Lebens Kraft, vor wem sollte mir grauen?«

(Ps 27,1 LUT)

Holger nahm den letzten Schwung Bücher aus der Umzugskiste und stellte sie in das Regal. Er faltete den Karton zusammen und stellte ihn zu den anderen, die an der Wand lehnten. Zufrieden sah er sich um. Langsam wurde das Haus wirklich wohnlich. Die meisten Sachen standen an ihrem Platz und nur noch wenige Dinge warteten darauf, ausgepackt zu werden.

In der Küche klapperten Töpfe und der Duft von gebratenem Fleisch stieg ihm in die Nase. Das erinnerte ihn daran, dass er seit Stunden nichts mehr in den Magen bekommen hatte. Er stellte sich in den Küchentürrahmen und sah Mirjam zu, wie sie die Soße abschmeckte. Sie kochte Gulasch, sein Lieblingsessen. Mit leisen Schritten trat er hinter sie und nahm sie in den Arm. Er küsste ihren Nacken und fuhr mit seinen Händen über ihren Rücken.

»Das Essen ist gleich fertig«, sagte Mirjam. »Du bist bestimmt hungrig.«

»Ja, und wie«, flüsterte Holger ihr ins Ohr und bemerkte zufrieden die Gänsehaut, die sich auf ihrem Körper bildete. »Am meisten freue ich mich auf den Nachtisch.«

»Konntest du alle Bücher unterbringen?«, fragte Mirjam.

Holger ließ sie los und setzte sich an den Küchentisch. »Ja. Obwohl: Die Regale wirken vollgestellt. Wir sollten doch über den Kauf von E-Book-Readern nachdenken, bevor wir noch weitere Bücherregale anschaffen müssen.«

Mirjam schüttelte energisch den Kopf. »Ein Buch ist einfach ein Buch. Aber von mir aus kannst du dir einen zulegen.«

Holger nahm die Gabel, die auf dem Tisch lag, in die Hand und drehte sie zwischen seinen Fingern. »Mein Vater fragte mich gestern, wie lange du noch als Pastorin arbeiten willst. Er hofft, dass wir ihm bald ein Enkelkind schenken.«

»Ja, ich weiß, dass er sich das wünscht. Aber ich freue mich jetzt erst einmal auf die Aufgabe hier, auf die Seelsorge im Krankenhaus und in den Altenheimen. Die Menschen, die ich dort kennengelernt habe, sind nett und sympathisch.«

Holger nickte und legte die Gabel auf den Tisch. »Ja, es gibt eine engagierte Gemeinde in Lütjenstede.«

»Das scheint mir auch so«, antwortete Mirjam und reichte ihm die mit Gulasch, Kartoffeln und Gemüse gefüllten Teller. Sie setzte sich zu ihm und er sprach ein kurzes Tischgebet. Eine Weile aßen sie schweigend, dann sagte Holger: »Wir sollten nach unserem Einführungsgottesdienst zu einem Sommerfest im Garten einladen. Durch so ein Fest lernen wir alle besser kennen.«

Mirjam hob ihr Glas und lächelte ihm zu. »Ich finde, das ist eine wunderbare Idee.«

Er ergriff ihre Hand und führte sie an seine Lippen. »Wir werden hier eine harmonische Zeit verleben. Gemeinsam mit unseren Kindern.«

Kapitel 3

*»Die Vögel verlassen die Erde mit ihren Flügeln.
Auch die Menschen können die Erde verlassen, zwar
nicht mit Flügeln, aber mit ihrem Geist.«*

(Hehaka Sapa, Sioux)

»Jacqueline Achenbacher, du kommst ungelegen.« Meine beste Freundin Monika zog die Mundwinkel nach unten. »Ich wollte jetzt meditieren.«

Oh je, sie nannte mich beim vollen Namen. Ein untrügliches Zeichen dafür, dass ich störte. »Du darfst weiter Jacki zu mir sagen.« Ich knuffte sie in den Arm. »Außerdem passt es mir gut, dass du meditierst. Du könntest dabei etwas für mich in Erfahrung bringen.«

»Hä? Meditation ist doch keine Wahrsagerei.« Sie schüttelte den Kopf, ließ mich aber eintreten. Monika wohnte in einem kleinen, alleinstehenden Bungalow, den sie vor einigen Jahren von ihrer Tante geerbt hatte. Apache, ein roter Kurzhaarkater, nahm mich mit einem knappen *Miau* zur Kenntnis und stolzierte in Monikas Schlafzimmer.

Ein fruchtiger, leicht scharfer Räucherduft hing in der Luft. In ihrem Wohnzimmer herrschte Monikas aufgeräumtes Chaos. Auf dem grauen Ecksofa lagen unzählige Kissen und eine zusammengerollte Decke, natürlich mit indianischen Motiven. Der Couchtisch ächzte unter Stapeln von Zeitschriften, Büchern und Papieren. Die zwei Wandregale quollen buchstäblich über. Sie beherbergten reihenweise Bücher; Ledereinband lehnte an Taschenbuch, andere waren aufeinandergestapelt und dazwischen standen Figuren, die berühmte indianische Stammesoberhäupter darstellten. An der einen Wand hing das Bild *Tribes of the Indian Nation*, über dem Sofa ein überdimensionaler Wandteppich mit dem berühmten *End-of-the-Trail*-Motiv.

Monika hatte ein langes, fransenbesetztes, indianisches Lederkleid an. Es saß sehr eng und betonte ihre etwas üppige Figur. Um den Hals trug sie einen aus Knochenröhrchen bestehenden Choker. Ohrringe mit dem berühmten Flötenspieler Kokopelli baumelten an ihren Ohrläppchen. Ihre langen kupferrot gefärbten Haare hatte sie zu zwei Zöpfen gebunden.

»Also schön, was soll ich denn für dich in Erfahrung bringen?«, fragte Monika. Ihre tiefe ruhige Stimme besaß an sich schon etwas Meditatives.

Ich ging an den Kühlschrank, holte mir eine Cola heraus und folgte ihr ins Meditationszimmer, wo ich mich an den Türrahmen lehnte. »Etwas über die Hubers.«

»Ich dachte, du hast bereits ein bisschen recherchiert.«

Ich nickte und trank einen Schluck aus der Flasche. »Die beiden haben eine blütenweiße Weste, gute Bleichgesichter.«

»Herrje, du sollst ein Glas nehmen!«, sagte Monika und rollte mit den Augen.

»Sorry. Aber so musst du nichts abwaschen.« Ich wischte mir mit dem Handballen den Mund ab und grinste.

»Fast jeder hat dunkle Flecken auf seiner Seele, das wird bei den Hubers nicht anders sein.« Monika begann, eine Zigarette zu drehen. »Erzähl mir etwas über die beiden.«

Ich zog einen Zettel aus der hinteren Hosentasche und faltete ihn auseinander. Monika stöhnte. »Du hast jetzt nicht sein komplettes Leben protokolliert.«

»Glaubst du, ich merke mir das alles? Wozu gibt es Computer und Papier?«

Sie lachte. »Du bist echt eine typische Verwaltungstusse. Leg los, bitte in der Kurzversion.«

Ich las die Details vor. »Holger Huber ist einundfünfzig Jahre alt, das zweite Mal verheiratet, keine Kinder. Er arbeitete in verschiedenen Kirchengemeinden und verbrachte einige Zeit in der Verwaltung des Landeskirchenamtes in Hannover.« Ich ließ den Zettel sinken. »Weißt du, er kommt aus einer Pastorendynastie, mindestens in der dritten Generation.«

»Tatsächlich? Ein Mann von Welt also. Und was ist mit Frau Pastorin?« Monika leckte das Blättchen mit der Zungenspitze an, bevor sie die Zigarette sorgfältig zuklebte.

»Sie sammelte ihre berufliche Erfahrung vor allem im Schuldienst. Vor vier Jahren heirateten sie. Dabei ist sie erst dreiunddreißig. Kannst du das verstehen? Was will die mit so einem alten Knacker?«

»Schwärmen deine Kolleginnen nicht von ihm, diesem George Clooney Verschnitt?«

»Ja.«

»Das Alter sollte bei der Liebe doch keine Rolle spielen.«

»Sie wirkt so ... so ... so eingeschüchtert neben ihm.«

»Oh, weckt sie deinen Beschützerinstinkt?« Monika setzte sich auf ihr Meditationskissen. »Oder hast du etwa schon dein Herz an sie verloren?«

»Quatsch«, entgegnete ich, eine Spur zu heftig. Ich sah es sofort an Monikas Grinsen. Sie wusste von meiner lesbischen Seite. Als ich mich vor einigen Jahren im Fußballverein in meine Mitspielerin Carmen verliebte, hatte ich mich Monika anvertraut. Sie half mir durch alle Höhen und Tiefen der ersten Liebe. Ansonsten kannte nur noch Pastor Sander mein Geheimnis. Niemand sonst durfte davon erfahren, schließlich lebte ich in einer Kleinstadt und arbeitete für die Kirche. Homosexualität gab es unter Prominenten und Politikern in der großen weiten Welt, nicht aber in Lütjenstede. Monika war der Ansicht, wenn ich es bis zu meinem dreißigsten Lebensjahr nicht schaffen würde mich zu outen, dann niemals! Der Countdown lief und ich hatte nur noch achtzehn Monate Zeit.

»Was du wieder denkst«, knurrte ich. »Ihr Großvater war bereits Pastor.«

»So, so. Dann war doch klar, dass die kleine Pastorin einen großen Pastor heiratet, oder nicht?«

Ich setzte mich im Schneidersitz neben sie auf eines der Kissen, die auf dem Boden lagen. »Weißt du, was ich noch herausgefunden habe?«

Monika zuckte mit den Schultern. Sie griff zu der mit verschiedenem Leder bespannten Indianertrommel und stellte sie zwischen die Beine.

»Mirjam ist in dem Ort aufgewachsen, in dem Holgers Eltern leben.«

»Du denkst, sie könnten sich schon länger kennen?« Monika zündete sich die gedrehte Zigarette an und inhalierte den Rauch. Ich atmete einen süßlichen Duft ein.

»Was ist das denn für ein Kraut?«

»Das hat mir eine Bekannte vom letzten Powwow mitgebracht. Probier mal.«

Monika hielt mir den Glimmstängel vor die Nase.

»Nee, bestimmt nicht. Ich brauche einen klaren Verstand.«

»Willst du deinen Geist auf Reisen schicken, musst du ein bisschen nachhelfen.« Monika nahm ein paar kräftige Züge. Dann ergriff sie den Trommelschlägel und begann, die Trommel im Takt zu schlagen. »He ja he ja he ja«, sang sie leise zu den tiefen Tönen des Instruments. Eine Meditation dauerte mindestens vierzig Minuten, dabei wollte ich ihr noch so viel erzählen.

Ich starrte direkt auf das Bildnis eines Indianers. Monika hatte dieses Poster damals von einer USA-Reise mitgebracht, es mir voller Stolz gezeigt und dann für teures Geld einrahmen lassen. Bei dem Indianer handelte es sich um Spirit Hawk, ein Stammesoberhaupt, das wegen seines rhetorischen Geschicks Berühmtheit und Respekt erlangte. Diesen Namen hatte ich mir gut merken können, denn er passte wunderbar zu meiner besten Freundin. Auch sie konnte sich gut ausdrücken und dabei überzeugend argumentieren. Spirit Hawk starb bei einer berühmten Schlacht zwischen den Indianern und Soldaten der U.S. Army. Monika hatte mir lang und breit davon erzählt.

Die Gedanken begannen, sich in Zeitlupe zu bewegen. Mein Kopf wurde schwerer. Verdammt, lag das am Rhythmus der Trommel oder am süßen Rauch? Ich fühlte mich in eine Art Trance versetzt. Alles drehte sich. Schnell sah ich zum Boden, um nicht umzukippen. Nur das monotone »He ja he ja he ja«, ergriff Besitz von meinem Bewusstsein. Es erklang immer mehrstimmiger und lauter und ließ keinen Raum für Anderes. Langsam hob ich meinen Kopf und starrte auf einen leeren Bilderrahmen an der Wand, in dem eben noch Spirit Hawk zu sehen war. Das konnte nicht wahr sein! Ich wollte mir meine Augen reiben, doch meine Arme gehorchten mir nicht mehr. Stattdessen nahm ich diffuse Gestalten wahr, die sich aus einer Art Nebel herausschälten. Nach und nach lichtete sich der Nebel und die Gestalten nahmen die Form von Indianern an. Zehn, fünfzehn von ihnen tanzten vor mir um ein Lagerfeuer. Ich entdeckte Monika, die neben Spirit Hawk auf einem sandigen Boden saßen und mit unbewegten Mienen den tanzenden Kriegern zusahen. Der Boden, auf dem ich saß, fühlte sich auch sandig und warm an. Spirit Hawk sprang plötzlich auf und zeigte mit ausgestrecktem Arm auf mich. Die Indianer unterbrachen sofort ihr Tun, folgten dem Blick ihres Stammesoberhauptes, der direkt zu mir führte. Es herrschte Totenstille und gefühlte hundert Augenpaare starrten mich an. Kaum hatte ich die Situation erfasst, stürzten sich bereits die ersten Krieger auf mich. Eine Welle der Angst flutete meinen Körper. Ich schrie laut auf, wollte aufstehen und davonrennen. Doch mein Körper ließ mich im Stich. Ich war wie gelähmt. Im nächsten Moment erfasste mich das Gefühl, durch die Luft geschleudert zu werden, als hätte mich jemand gepackt und quer durch Raum und Zeit geworfen. Als ich glaubte, die Besinnung zu verlieren, spürte ich, wie mich jemand schüttelte und meinen Namen rief. Ich sah Monika, die sich zu mir herabbeugte.

»Wie konnte das passieren?«, schrie sie mich an.

Ich lag auf dem Boden und richtete mich verwirrt auf. Schweiß rann mir über das Gesicht und meine Hände zitterten. Mein erster Blick ging zum Bilderrahmen. Spirit Hawk hatte seinen Platz dort wieder eingenommen.

»Du schleichst dich in unseren Kreis.« Auf Monikas Stirn hatte sich eine tiefe Zornesfalte eingestanzt.

»Wie? Wo?«

»Was hast du gerade gesehen?« Monika stand mit in die Hüften gestemmten Händen vor mir und presste die Lippen fest aufeinander.

»Nichts.« *Nein, ich hatte nicht nichts gesehen.* Mein Puls raste und es fiel mir schwer, meinen Atem zu kontrollieren. Ich wischte mir mit der Hand den Schweiß aus dem Gesicht und versuchte, meine Fassung zurückzuerlangen.

»Du warst dabei! Unfassbar. Ich darf nicht einfach jemanden mitbringen.« Monika lief aufgeregt durch das Zimmer. »Erzähl mir alles.«

»Was denn?! Das lag nur an deinem Scheiß Kraut. Ich hatte Halluzinationen.« Ich stand auf, stapfte zum Fenster und riss es auf. »Hier muss dringend frische Luft rein.«

»Halluzinationen. Na klar.« Monika setzte sich auf das Kissen und hielt den Kopf gesenkt. »Hoffentlich bekomme ich das wieder hin. Sie wirkten aufgebracht.«

»Du spinnst ja«, sagte ich. »Wovon redest du? Du glaubst doch nicht ernsthaft, dass du mit einem toten Indianer in Kontakt treten kannst, indem du eine Melodie summst, trommelst und Kraut inhalierst.«

»Was hast du erlebt?«, fragte Monika und sprang auf.

»Du hast neben Spirit Hawk gesessen, Indianer tanzten und es gab Stress, als sie mich sahen.«

»Genau das sah ich auch! Das war kein Trip, das ist tatsächlich geschehen.« Monika umfasste meinen Arm.

»Du machst mir Angst.« Mein Atem stockte. Alles hatte so real gewirkt. Ich schluckte. Daran war nur dieses verfluchte Kraut schuld. Zwei-, dreimal hatte ich schon mit Monika einen Joint geraucht. Aber so etwas Krasses war mir dabei noch nie passiert. »Lass die Hände von dem Zeug«, sagte ich. »Nachher wirst du noch abhängig davon und beginnst, dir eine eigene Welt zu bauen.«

»Ach, und ihr Christen macht das nicht, oder wie?« Monika ließ mich los und kreuzte die Arme vor der Brust.

Ich drehte mich um, nahm meine Jacke und ging zur Tür. »Mit dir werde ich nicht über meinen Glauben diskutieren«, rief ich ihr zu. »Bis demnächst und bleib öfter in dieser Sphäre.« Ich zog die Tür ins Schloss.

Meine Freundin war etwas crazy. Ich fingerte den Fahrradschlüssel aus der hinteren Hosentasche. Was war das? Ich spürte Sandkörner an den Fingern. Hektisch fuhr ich mir mit der Hand über den Po. Sand rieselte hinunter. Das konnte doch nicht wahr sein! Ich schluckte hart. Monika hatte bestimmt Sand an ihren Schuhen gehabt und ist damit durch die Wohnung gelaufen. Deshalb hing der Sand jetzt an meiner Hose. Eine andere Erklärung konnte es nicht geben.

Kapitel 4

»Selig sind die Friedfertigen, denn sie werden Gottes Kinder heißen.«

(Mt 5,9 LUT)

Wir gewannen sensationell die erste Pokalrunde gegen eine zwei Klassen höher spielende Mannschaft. Während ich als Torhüterin nur einen Treffer kassierte, traf unser Team zweimal in das gegnerische Tor. Es gab einen Grund zum Feiern, doch ich musste mich rasch verabschieden, denn ich kam sowieso schon zu spät zum Gartenfest der Hubers. Ich fuhr schnell nach Hause, duschte und stylte meine halblangen schwarzen Haare. Unentschlossen stand ich dann vor meinen Kleiderschrank und fragte mich, was man bei so einem Anlass eigentlich anziehen sollte. Ich trug am liebsten Jeans, dazu eine Bluse oder ein T-Shirt. Und ich bevorzugte dunkle Farben, möglichst schwarz. Ich fand es praktisch, denn so war man immer ordentlich angezogen, nicht zu schrill, nicht zu bunt, nicht zu auffällig. Nur vereinzelt fanden sich in meinem Kleiderschrank auch noch Teile in Grau oder Weiß. Ich entscheid mich für die weiße Jeans, einer schwarzen kurzärmligen Bluse und darüber einen schwarzen Blazer. Ein letzter Blick in den Spiegel entlockte mir ein zufriedenes Lächeln.

Ich benötigte nur wenige Minuten, um mit dem Fahrrad zum Pfarrhaus zu fahren. Als ich das Grundstück betrat, überkam mich eine sentimentale Stimmung. Wie oft hatte ich diesen Garten durchquert? Dieses Haus war lange Zeit mein zweites Zuhause gewesen.

Die meisten Gäste saßen auf Bierbänken und ließen sich das Essen schmecken. Ich ging zu meinen Leuten aus dem Amt, die mich mit fröhlichem *Hallo* begrüßten.

»Na, erfolgreich gespielt?«, fragte Hannes Larsen, der Leiter des Amtes und somit mein Chef.

»Ja, 2:1 gewonnen. Ein unglaublicher Pokalfight.« Ich ballte die Siegerfaust.

»Du und dein Fußball«, lästerte Sybille. »Wir gehen alle brav zum Einführungsgottesdienst und du turnst auf dem Fußballplatz herum.«

»Ach, was weißt du schon?«, entgegnete ich. »Man muss Prioritäten setzen. Einen Gottesdienst kann ich jeden Sonntag mitmachen. Aber so ein Spiel erlebst du nicht oft in deinem Leben. Jetzt brauche ich erst mal ein Bierchen.«

»Ihre Priorität am Sonntagmorgen hat der Fußball?«, vernahm ich eine Stimme hinter mir.

Ich drehte mich um und sah in das Gesicht von Pastor Huber. Der Schreck bohrte sich wie eine eiserne Faust in meinen Magen.

»Und so einen Gottesdienst wie heute können Sie jeden Sonntag mitmachen – im Gegensatz zu einem Fußballspiel?« Huber hatte die Arme vor der Brust verschränkt.

Ach du grüne Neune, warum musste er ausgerechnet jetzt dort stehen? Mir wurde speiübel. Mühsam suchte ich nach Worten der Entschuldigung. »Moin, Pastor Huber. Na ja, wissen Sie, es tut mir leid, dass ich heute, bei Ihrem Einführungsgottesdienst, nicht dabei sein konnte. Aber dieses Pokalspiel ... viele Zuschauer, es war ...«

»Ja, es war der Einführungsgottesdienst von meiner Frau und mir«, fiel mir Huber ins Wort. »Ich dachte, dass Sie als kirchliche Mitarbeiterin andere Prioritäten setzen.« Wir sahen uns schweigend an und ich spürte neben der Übelkeit einen dicken Kloß im Hals. Der durchdringende Blick aus seinen stahlblauen Augen ließ mich um die Hälfte schrumpfen. Offensichtlich purzelte ich gerade in den untersten Bereich seiner Sympathieskala.

»Ach, da ist ja die Fußballerin«, holte mich die Stimme von Mirjam Huber aus meiner Erstarrung. Sie reichte mir die Hand. Ich überwand meine kurze Gelähmtheit und ergriff sie. Diese Berührung glich einem Stromschlag, der mich fast aus den Latschen kippen ließ. Mein Mund wurde trocken, während sich gleichzeitig Schweißperlen auf meiner Stirn bildeten. Zitterte etwa meine Hand?

»Wie ist es ausgegangen?«, fragte sie mich. Ich sah in ihr Gesicht, das undefinierbar melancholisch wirkte.

»Zwei ... eins gewonnen. Pokal...spiel, gegen klassenhöhere ... Mannschaft. Zum Glück ließ die Übelkeit nach.«

»Herzlichen Glückwunsch«, sagte Mirjam. »Ihr Hobby ist interessant. Welche Position spielen Sie?«

»Torhüterin«, hauchte ich und sah, dass Holger Huber die Stirn runzelte. Er legte den Arm um seine Frau.

»Sie sind doch sicherlich hungrig«, sagte Mirjam. »Im Wohnzimmer ist ein Büffet aufgebaut und auf dem Grill liegen noch Fleisch und Würstchen. Gehen Sie einfach über den Terrasseneingang ins Haus.«

»Frau Achenbacher will vor allem ein Bier.« Holger Hubers spöttischer Ton war nicht zu überhören.

Ich bemühte mich, ein strahlendes Lächeln auf mein Gesicht zu zaubern und antwortete: »Oh ja, danke. Ein kühles Bier täte jetzt gut, am besten frisch gezapft.«

»Bedienen Sie sich, Frau Achenbacher, auch wenn ich Ihnen nur Flaschenbier anbieten kann.« Mirjam hob entschuldigend die Arme. »Im Kühlschrank stehen die Getränke.«

Ich sah, wie Huber den Kopf schüttelte, während er Mirjams Hand ergriff und sie förmlich von mir wegzog.

»Man könnte fast meinen, unser neuer Pastor verunsichert dich«, grinste Jens Wilken, mein Kollege, dessen Zuständigkeit bei den Kirchensteuereinnahmen lag.

»Quatsch. Der soll sich nicht so aufblasen.« Mein Herz pochte hart gegen meine Brust.

»Ich wette, dass er Vorsitzender des Kirchengemeinderats wird«, sagte Larsen.

»Oh, Jacki, dann ist Huber unser oberster Chef.« Ines verzog ihren Mund zu einem schadenfrohen Grinsen.

»Herr Larsen ist mein Boss. Punkt.« Meine Laune ging dem Nullpunkt entgegen.

Ines kicherte. »Bei Pastor Sander hast du das nicht so eng gesehen. Tja, diese Zeiten sind vorbei. Daran wirst du dich gewöhnen müssen.« Sie konnte wunderbar in Wunden bohren. Ich spürte einen Kloß im Hals.

»Ich gebe Ihnen beiden recht.« Unser Chef versuchte, die Situation zu schlichten. »Der Kirchengemeinderat ist das Leitungsgremium der Kirchengemeinde. Der Vorsitzende, das war zuletzt Pastor Sander, ist somit für die Leitung und Verwaltung zuständig. Wir führen seine Anweisungen und Aufträge aus.« Larsen zwinkerte Ines und mir zu.

»Da hörst du es.« Ines stichelte weiter.

»Aber ich bin und bleibe ihr unmittelbarer Vorgesetzter«, sagte Larsen.

Mehr wollte ich nicht hören. Zufrieden lehnte ich mich innerlich zurück.

»Warum glauben Sie, dass es Huber wird?«, fragte Sybille. »Er ist doch neu in der Gemeinde.«

»Er bringt alle Voraussetzungen mit, einschließlich seiner Erfahrungen während der Zeit im Landeskirchenamt. Wer sollte es sonst werden?« Larsen hob die Schultern.

»Pastor März ist zu jung«, sagte Jens.

»Außerdem möchte er sich zu einer Partnergemeinde nach Brasilien versetzen lassen«, ergänzte Ines. »Das erzählte er vor einigen Wochen.«

»Echt?« Jens sah in die Runde. »Wusstet ihr davon? Das ist ein herber Verlust für unsere Jugendarbeit.«

»Und was ist mit Pastor Reese?«, fragte ich. »Er ist doch schon so lange in Lütjenstede.« Ich hoffte doch noch darauf, dass jemand anders als Huber zum Vorsitzenden gewählt wurde.

»Hihihi.« Ines klopfte sich auf die Schenkel. »Jacki schiebt Panik wegen Pastor Huber.«

»Quark mit Soße.« Ich tippte mit dem Zeigefinger an meine Stirn. Gleichzeitig wurde mir flau im Magen.

»Reese niemals«, sagte Jens und sprach eine Spur leiser. »Der ist dauernd krank. Ihr wisst schon. Er soll doch unter Depri-Phasen leiden.«

»Ja, echt tragisch. Er ist ein toller Pastor.« Sybille hob seufzend ihr Bierglas.

»Ich freue mich, wenn Pastor Huber Vorsitzender wird. Er hat einfach Stil und Klasse«, sagte Ines und ihre Augen strahlten schwärmerisch.

»Mann, das kann man sich ja nicht mit anhören. Ich hole mir jetzt mal etwas zu Essen.«

Auf dem Weg zur Terrasse lief ich an den anderen Tischen vorbei. Dort saßen einige Stadträte, der katholische Kollege, kirchliche Ehrenamtliche und die örtliche Presse. Die mir unbekannten Gesichter gehörten bestimmt zur Familie.

Als ich das Haus betrat, musste ich mich erst zurechtfinden. Nichts erinnerte mehr an Sander. Im Wohnzimmer standen moderne Möbel, die auf mich kühl, fast steril und aufgeräumt wirkten. Bilder mit naiver Malerei hingen an den Wänden und ein Kreuz aus Holz. Die Bücher reihten sich ordentlich ins Regal. Das Büffet war auf einem langen Esstisch angerichtet, mit Salaten, einem Brotkorb, Käse- und Wurstplatten sowie diverser Kuchen. Mir lief das Wasser im Mund zusammen. Aber erst wollte ich meinen Durst stillen und ging in die Küche. Ich prallte zurück. Was war nur mit Sanders Küche geschehen? Anstelle der gemütlichen Möbel und der kuscheligen Eckbank stand dort eine moderne in Weiß gehaltene Einbauküche, die bestimmt ein kleines Vermögen gekostet hatte.

Suchend blickte ich mich um und entdeckte endlich den Kühlschrank. Ich griff zu einem Bier. Der Öffner lag auf der Anrichte. Es zischte leise, als ich den Deckel öffnete. Ich trank einen großen Schluck direkt aus der Flasche. Das kühle Getränk rann durch meine Kehle und ich spürte erst jetzt, wie durstig ich war. Ich leerte die Flasche und wischte mir mit dem Handrücken den Mund ab. Dann nahm ich mir noch ein zweites Bier aus dem Kühlschrank und ging zurück ins Wohnzimmer. Mein Blick fiel auf das Hochzeitsfoto der Hubers. Ich betrachtete es und stellte dabei erneut fest, dass Frau Pastorin einfach wunderschön aussah. Es störte nur der Mann neben ihr. Ich trank einen Schluck aus der Bierflasche.

»Gefällt Ihnen das Bild?«, ertönte eine Stimme hinter mir und ich verschluckte mich vor Schreck. Hustend drehte ich mich um und Tränen schossen mir aus den Augen.

»Entschuldigen Sie bitte, ich wollte Sie nicht erschrecken.« Da stand sie vor mir und lächelte mich an. Die Harmonie, die dabei ihr Gesicht umgab, leuchtete mir entgegen.

Ich stellte die Flasche auf den Tisch und kramte in meinen Hosentaschen nach einem Taschentuch, um mir die Tränen abzuwischen. Mirjam sah mir dabei zu. Ob sie mich für eine komplette Idiotin hielt?

»Geht's?«, fragte sie.

Ich spürte noch immer den peinlichen Hustenreiz und konnte nur ein klägliches »Ja« krächzen.

»Bevor Sie verhungern, bediene ich Sie einfach«, meinte sie. »Nudelsalat? Kartoffelsalat? Grüner Salat? Alles meine eigenen Kreationen.«

Tomaten, Gurken, Kartoffeln, von *ihrer* Hand geschnitten? Wie hätte ich da widerstehen können? Ich nickte zustimmend und der Teller füllte sich mit leckeren Köstlichkeiten.

»Brot?«

»Gerne«, entgegnete ich mit festerer Stimme.

»Wie schon gesagt, draußen gibt es noch Fleisch und Wurst«, meinte Mirjam und reichte mir den Teller. Unsere Hände berührten sich. Dieser flüchtige Kontakt genügte, um meine Seele zum Tanzen zu bringen.

»Danke, das ist nett von Ihnen.« Ich sah Mirjam bei diesen Worten nicht an, weil ich befürchtete, sie könnte meine Gefühle für sie aus meinem Gesicht ablesen.

»Ich geh dann mal«, murmelte ich. Doch Mirjam hielt mich kurz am Arm fest. »Einen Moment.«

Sie ging in die Küche und ich wäre ihr gerne wie ein Hündchen hinterhergelaufen. »Jetzt reiß dich zusammen«, knurrte ich leise vor mich hin. »Das ist nicht irgendeine Frau, das ist die Pastorin!«

Sie kam mit einem Bierglas zurück. »Das sieht vornehmer aus«, sagte sie mit bezauberndem Lächeln.

Ich spürte, dass mein Kopf die Farbe einer Tomate annahm. »Ja, danke.« Mit zittrigen Händen goss ich den Inhalt der Flasche in das Glas und eilte nach draußen. Vom Grillmeister ließ ich mir ein Stück Fleisch geben und setzte mich zu meinen Leuten an den Tisch.

Es ging auf 18.00 Uhr zu und die meisten Gäste hatten sich verabschiedet. Ich saß auf der Bank und trank mein Glas leer. Es war ein herrlicher Sommerabend und die Temperatur lag bei fast zwanzig Grad. Langsam wurde es Zeit zu gehen. Ich machte mir nichts vor: Der einzige Grund, aus dem ich hier noch saß, hieß Mirjam Huber. Ich beobachtete, wie sie sich bewegte, mit wem sie sprach, hörte ihr Lachen und musste mich zwingen, meinen Blick von ihr zu lösen. Himmel, wie konnte mir das nur passieren? Ich war verliebt bis über beide Ohren in eine Frau, die für mich unerreichbar war. Ich musste diese Gefühle einbetonieren. Aber das war einfacher gesagt als getan. Wir wurden ja ständig mit den Pastoren konfrontiert. Oft genug traf ich Mirjam im Amt oder vor dem Pfarrhaus. Wie sollte dabei mein verliebtes Herz zur Vernunft kommen?

»Das war doch ein gelungener Tag«, sagte Holger zu Mirjam, als sie kurz vor Mitternacht endlich im Bett lagen.

»Ja. Es leben viele freundliche Menschen hier.«

»Das stimmt, obwohl man die eine oder den anderen noch ein bisschen erziehen muss.« Er streichelte ihre Wange. Sie sah einfach wunderschön aus.

»Erziehen? Du bist doch kein Lehrer.«

Holger lachte. »Lehrer? Nein, das nicht. Als zukünftiger Vorsitzender des Kirchengemeinderates werde ich eine Menge Einfluss auf die Gemeinde und die Verwaltung haben.« Er legte sich auf den Rücken und schob die Hände unter seinen Kopf. »Diese Jacqueline Achenbacher ist mir ein Dorn im Auge. Mein Vorgänger war mit ihrer Mutter liiert. Deshalb ist sie bevorzugt worden. Das ist jetzt vorbei.«

Mirjam drehte sich auf die Seite. »Das ist ja interessant. Weißt du, warum die Beziehung auseinanderging?«

»Soviel ich weiß, identifiziert sich die alte Achenbacher nicht mit der Kirche. Wie soll so eine Verbindung funktionieren?«

»Ich mag Jacqueline Achenbacher. Sie ist nett.«

Holgers entspannte Stimmung zerriss. »So? Du findest es in Ordnung, dass sie für ein Fußballspiel unseren Einführungsgottesdienst versäumt? Für ein Frauenfußballspiel!«

»Frauenfußball ist doch nichts Ungewöhnliches mehr. Im Gegenteil.«

Das klingt mir zu forsch, meine Liebe, dachte Holger. Er versuchte, seinen aufkommenden Zorn zu zügeln. »Du findest das gut?«

»Ich sage nur ...«

»Frauen müssen Männern nicht alles nachmachen. Ich will nicht, dass du für diese Frau Achenbacher in irgendeiner Weise Verständnis aufbringst. Du untergräbst sonst meine Autorität. Ich hoffe, du begreifst das!« Seine kalte Stimmlage verfehlte nicht ihre Wirkung. Er sah, dass sich Mirjam auf den Rücken legte. *Du bist so durchschaubar, mein Engel, und ich bin ganz verrückt nach dir.*

»Ich höre nichts.« Holger drehte sich zu seiner Frau. »Antworte mir!« Er grub Daumen und Mittelfinger in ihre Wangen. Sie zuckte zusammen.

»Ich ... ich habe dich verstanden«, hörte er sie flüstern.

Seine Hände glitten von ihrer Wange unter ihr Nachthemd zu ihrem Busen. Seine Lippen berührten ihren Hals, ihren Mund, ihr Gesicht.

»Ich will endlich Kinder von dir«, flüsterte er und zog Mirjam das Hemd und den Slip aus. Er strich ihren schlanken Körper entlang, seine Zunge spielte um ihren Bauchnabel und wanderte zu ihren Brüsten. Seine Erregung wuchs, als er ihr leises Stöhnen vernahm. Holger legte sich auf sie. Langsam und dann immer heftiger begann er, in sie einzudringen. Mirjam hatte ihre Hände um seinen Rücken gelegt. Er spürte ihre sanften Bewegungen, die nahende Ekstase und fühlte sich auf der Sonnenseite des Lebens.

Kapitel 5

»Ich bin frei geboren, frei wie der Adler, der über den großen blauen Himmel schwebt; ein leichter Wind streift sein Gesicht. Ich werde frei sein.«

(Dion Panteah, Zuni Pueblo)

In der Nacht wälzte ich mich hin und her. Erst verfolgten mich Hubers stahlblaue Augen und ließen mich nicht schlafen. Als mir dann endlich die Augen zufielen, träumte ich von Mirjam. Wir gingen zusammen am Strand spazieren, die Meereswellen schwappten über unsere nackten Füße. Die Möwen kreischten, ein leichter Wind strich durch unsere Haare. Mirjam lachte und nahm meine Hand. Wir blieben stehen, sahen uns in die Augen ... Eine Stimme unterbrach diesen Augenblick. Ich riss die Augen auf. Es war der Nachrichtensprecher. Seufzend schlug ich auf die Taste, um den Radiowecker auszustellen. Wenn man von Albträumen geweckt wurde, war man froh, dass es nur ein Traum war. Umgekehrt war man sauer und fühlte sich um einen wunderbaren Moment betrogen, denn natürlich hätte ich zu gerne gewusst, wie dieser Traum weitergegangen wäre.

Es war bereits später Vormittag, als es an meiner Bürotür klopfte. Ich war gerade dabei, Bewerbungsunterlagen für die ausgeschriebene Stelle als Erzieherin in unserem Kindergarten vorzusortieren.

»Herein«, rief ich und Mirjam Huber betrat mein Büro. »Hallo, Frau Achenbacher«, sagte sie. »Störe ich?«

»N-nein.« *Wie hätte sie mich stören können?* Ich freute mich über ihren Besuch wie ein verliebter Teenager und fühlte mich gleichzeitig unsicher. *Wie sehe ich aus? Sitzt meine Frisur? Warum habe ich mir keine Bluse angezogen? Das T-Shirt sieht doch so verwaschen aus.*

»Ähm, wollen Sie sich kurz setzen?« Ich traute mich kaum, sie zu fragen, aus Angst vor einer Absage. *Verdammt. Keine Gefühle.*

»Gerne«, entgegnete sie zu meiner Freude und setzte sich auf den Besucherstuhl vor meinem Schreibtisch. Wir saßen eine gefühlte Ewigkeit schweigend da. Mir wurde immer heißer und krampfhaft überlegte ich, was ich sagen könnte.

In der Zwischenzeit hatte Mirjam mir ein Formular auf den Tisch gelegt. Dabei handelte es sich um einen Antrag auf Reisekostenerstattung für ihren Mann.

»Frau Achenbacher, ich möchte die Gelegenheit nutzen und mich bei Ihnen bedanken. Sie sind immer so freundlich, geduldig und hilfsbereit, egal, ob es um Fahrtkosten, Umzugskosten oder unsere Bezüge geht. Ich bin sehr froh, dass Sie hier arbeiten.«

Ein Traum? Ich musste mich zwicken. Ein solches Kompliment, eingepackt in Geschenkpapier und untermalt von einer Meisterkomposition Mozarts, hatte ich noch nie erhalten. Wenn ich nicht bereits in sie verliebt gewesen wäre, spätestens jetzt wäre es geschehen.

Was antwortet man nur auf so ein Lob? Ich sollte mich bedanken, mich erfreut zeigen, dabei nicht übertreiben. Die Balance finden. Während ich nur stumm dasaß, auf der Suche nach der perfekten Antwort, sprach sie weiter.

»Wie gefiel Ihnen das Fest?« Sie sah mich mit einem hinreißenden Lächeln an. Eine Gänsehaut krabbelte über meinen Körper. Ich fragte mich, ob Mirjam die Ursache dafür war oder doch der Gedanke an das unangenehme Zusammentreffen mit ihrem Mann auf dem Fest. Wie hätte ich denn ahnen können, dass er meinen blöden Spruch hörte? Mir wurde flau im Magen, wenn ich an diese Situation dachte. *Er wird sich beruhigen. Hoffentlich.*

»Alles in Ordnung?« Mirjam Huber sah mich fragend an.

»Ja, ja. Entschuldigen Sie. Es war ein gelungener Nachmittag und die Salate schmeckten super.«

»Danke. Das freut mich. Mein Mann und ich empfanden das Fest sehr gelungen. Wir fühlen uns hier in Lütjenstede willkommen.«

Ja, klar, weil Pastor Sander eine engagierte Gemeinde hinterließ. Hoffentlich wissen Sie das zu schätzen.

»Sie vermissen ihn? Ich meine Pastor Sander?«

Hä? Hatte ich meine Gedanken etwa laut ausgesprochen? »Wieso. Wie kommen Sie darauf?« Meine Reaktion war eine Spur zu heftig. Ich fühlte mich ertappt.

Mirjam strich sich eine Haarsträhne hinter das Ohr. »Entschuldigen Sie bitte, wenn ich zu indiskret war.«

Ich lehnte mich in meinem Stuhl zurück und verschränkte die Arme vor meiner Brust. »Ja, ich hatte ein prima Verhältnis zu Pastor Sander.«

»Ich weiß. Ich unterhalte mich öfter mit Frau Feddersen.«

»Tatsächlich? Haben Sie Frau Feddersen auch von Pastor Sander übernommen?« Ich wollte witzig sein, doch dafür klang ich zu beklommen. Wie Efeu um einen Baumstamm rankten sich meine Erinnerungen um Sander.

Mirjam verzog den Mund und sah mich mitleidig an. Mein Gott, Mitleid brauchte ich als Letztes von ihr. Was hatte die alte Dame alles erzählt? Sie war lange genug Sanders Haushälterin und wusste vermutlich mehr über ihn als er selbst.

»Frau Feddersen kommt wöchentlich und macht den Großputz im Pfarrhaus. Sie kann ja das Geld gebrauchen. Von der Erwerbsunfähigkeitsrente ihres Mannes bleibt leider nicht viel zum Leben übrig.«

Aus Mirjams Stimme klang Mitgefühl und mir wurde warm ums Herz. Wie viele Anlässe gab sie mir noch, mich in sie zu verlieben? Sie hörte den Menschen zu. Ich könnte ihr von dem tödlichen Autounfall meines Vaters erzählen und dass ich dadurch Pastor Sander kennenlernte. Ob sie das interessierte? Das lag ja immerhin über fünfzehn Jahre zurück. *Und dann? Erhoffe ich mir, dass sie mich tröstend in den Arm nimmt? Ach, bestimmt hat Frau Feddersen ihr sowieso schon alles erzählt.*

Mirjam erhob sich von ihrem Stuhl. »So, ich muss mich verabschieden, denn ich will noch einige Einkäufe erledigen.«

Sie wollte gehen? Ich konnte es ihr nicht verübeln. Nach diesem kommunikativen Desaster musste sie mich für ziemlich seltsam halten.

»Ich werde die Fahrtkosten gleich abrechnen«, sagte ich, als wenn ich damit Pluspunkte sammeln könnte.

»Ich weiß«, antwortete sie und nickte mir zum Abschied zu. Als Mirjam die Tür hinter sich schloss, fühlte ich mich schrecklich elend. Ihrer Freundlichkeit begegnete ich mit Arroganz. Vielleicht suchte sie ja in mir eine Freundin, denn vom Alter her passten wir zusammen. Doch sie hatte sicher keine Lust, ihre Zeit mit so einem emotionalen Krüppel wie mir zu verbringen.

Mirjam verließ nachdenklich das Büro. *Ich werde nicht schlau aus ihr. Einmal ist sie so entgegenkommend und freundlich, dann so gehemmt und abweisend. Ich hätte besser nicht nach Pastor Sander fragen sollen.*

Frau Feddersen hatte ihr gestern von der engen Beziehung der Beiden erzählt. Mirjam schüttelte den Kopf über sich selbst. *So unsensibel bin ich normalerweise nicht.* Sie hatte mit Jacqueline Achenbacher einfach nur einige persönliche Worte wechseln wollen, doch das war gründlich misslungen. *Wahrscheinlich hält sie mich jetzt für total neugierig.* Warum gefiel ihr dieser Gedanke nicht? Weil sie die junge Frau trotz ihrer distanzierten Art sympathisch fand? Sie konnte sich nicht erklären, warum Holger so negativ auf Frau Achenbacher reagierte. Okay, es war ungeschickt von ihr gewesen, den Einführungsgottesdienst zu verpassen. Das sollte man einem Menschen aber nicht ewig nachtragen. Frau Achenbacher arbeitete vorbildlich und ihr Chef Horst Larsen schwärmte von ihr. Das musste doch für Holger zählen. Seine Unerbittlichkeit ängstigte sie.

In den nächsten Tagen stürzte ich mich in die Arbeit, um mich abzulenken. Abends fuhr ich zum Training und an den Nichttrainingstagen joggte ich durch den Lütjensteder Wald. Ich traf mich mit Monika, die mir vorwarf, dass ich ihr Verhältnis zu Spirit Hawk zerstört hätte.

»Ich werde ihm alles erklären, falls ich ihn treffe.« Ich konnte mir ein Grinsen nicht verkneifen.

»Mach dich nur lustig«, fauchte Monika. »Du wirst ihn treffen, und zwar dann, wenn du nicht mit ihm rechnest.« Ich lachte meine Freundin nur aus.

Eines Abends rief mich meine Schwester Nicole an. Sie studierte in München. Ich freute mich, ihre Stimme zu hören.

»He, Schwesterherz, ich habe einen Typen kennengelernt. Ludwig heißt er. Wie der König, du weißt, der mit den vielen Schlössern.«

»Ein echter Bayer, oder?«

»Sogar ein echter Münchner. Seine Familie lebt seit drei Generationen in München. Darauf legt er viel Wert.«

»Und dann ist er mit einer Preußin zusammen?«

»Ach, doch nicht zusammen«, lachte Nicole. »Ich amüsiere mich.«

Nicole hatte mit vierzehn Jahren ihren ersten Freund gehabt. Sie lernte viele Männer kennen, aber keiner von ihnen konnte sie lange begeistern. Sie wollte sich nicht binden, sondern das Leben genießen.

»Bist du nicht ein bisschen in diesen Ludwig verliebt?«, fragte ich sie zögernd.

»Verliebt? Mein Gott, was ist mit dir los?«

»Na ja, fühlst du nicht mal so Schmetterlinge im Bauch?«

»Pah. Das brauche ich nicht. Gefühle bringen nur Unruhe ins Leben. Schmetterlinge im Bauch? Warte mal! Du bist verliebt. Wer ist es? Kenn ich ihn?«

»Quatsch! Da ist niemand.«

Nicole war hellhörig geworden. »Sag, wer hat sich in dein einsames Herzchen geschlichen?«

»Es ist nicht einsam und ich leg gleich auf, wenn du nicht damit aufhörst!«, fauchte ich.

»Hihihi, Jacki ist verliebt. Lass alles raus, Schwesterherz.«

Nein, meiner jüngeren Schwester würde ich nicht von meinen Gefühlen zu Mirjam Huber erzählen. Ich hatte einfach Panik vor ihrer Reaktion, vor Unverständnis und Ablehnung. Allein schon die Vorstellung, ihr zu sagen, dass ich nicht auf Männer, sondern auf Frauen stand, trieb mir den Angstschweiß auf die Stirn. Ich wollte weder die lesbische Schwester und schon gar nicht die lesbische Tochter sein.

»Weißt du, wie viel ich arbeite? Wie sollte ich da jemanden kennenlernen?«

»Natürlich. Wie konnte ich das vergessen? Schwester Jacqueline stets unterwegs im Auftrag des Herrn. Du hättest ja gleich ins Kloster gehen können.«

»Kloster? Also echt, ich arbeite in einer kirchlichen Verwaltung. Mutti und du habt nie verstanden, wie wichtig es mir gewesen wäre, meine vertiefenden Einsichten über das Christentum mit euch zu teilen. Ihr habt mich immer nur aufgezogen.«

»Mann, nachtragende Henne. Wenn du am Mittagstisch mit Beten anfängst ... Ehrlich. Ich hatte einfach null Bock drauf.«

»Vergiss es, Schwesterchen«, sagte ich, weil ich keine Lust auf weitere Diskussionen hatte.

»Wann kommst du mich besuchen?«, fragte sie mich. »In Lütjenstede wirst du noch verrotten. Du musst was erleben, Musik, Tanz, verrückte Typen kennenlernen, in angesagte Clubs gehen. Ich sag dir, ich möchte nie mehr weg aus München.« Es sprudelte nur so aus ihr heraus.

»Das hört sich spannend an, die Fahrt nach München ist gebongt«, versprach ich ihr, bevor wir das Gespräch beendeten. In München gab es eine Lesbenszene. Es könnte ja sein, dass mir das Leben in einer Großstadt gefiel. Aber hier in Lütjenstede gab es Mirjam. Die Pastorin.

Die verheiratete Pastorin.

Die Frau von Pastor Huber.

Wie aussichtslos. In diese Frau durfte ich einfach keine Gefühle mehr investieren. Ich sollte dringend meine Schwester besuchen.

Bremen war nicht so weit entfernt von Lütjenstede wie München und dort gab es ebenfalls eine Lesbenszene. Es wurde Zeit, auszugehen. Ich betrachtete mich im Spiegel. Meine fast pechschwarzen Haare hatte ich wild gestylt. Das enge T-Shirt betonte meine sportliche Figur. Das harte Kraft- und Ausdauertraining zeigte Wirkung.

Ich fuhr mit dem Auto in die Disko *Rosarote Zeiten.* Die Musik, die Stimmung und das Publikum versprachen meistens einen gelungenen Abend.

»Hallo, Jacki-Maus, schön, dass du dich blicken lässt.« Meine Wochenend-Freundin Anna küsste mich auf die Wange.

»Morgen liegt mal kein Fußballspiel an und deshalb kann ich heute einen draufmachen.«

»Du bleibst über Nacht?«

»Ja, wenn du magst?«

Anna lachte und legte den Arm um mich. »Die Frage beantwortet sich von allein: Ich hab dich vermisst.«

Anna drückte mir einen langen Kuss auf die Lippen und strich mir dabei mit den Fingern leicht über den Rücken. Ich genoss diese Zärtlichkeit und gleichzeitig schämte ich mich für diese Gefühle. Was war nur mit mir los?

»Komm, Jacki, lass uns tanzen.«

Ich verscheuchte Mirjam und all meine trüben Gedanken aus dem Kopf. »Ja, genau deswegen bin ich hier«, sagte ich und grinste. »Let's go. Es ist Partytime.«

Am Sonntag gegen Mittag wachte ich in Annas Bett auf – allein und angezogen. Mein Schädel brummte fürchterlich. Der Mund fühlte sich trocken und pelzig an. Ich versuchte, meine Gedanken zu ordnen. Leider konnte ich mich nicht mehr an viel erinnern. Verdammt, ich hatte unzählige Bier und haufenweise Schnaps getrunken. Eine Weile starrte ich noch an die Zimmerdecke in der Hoffnung, dass sich der Filmriss zusammenflickte. Aber ich spürte nur Schmerz und Leere in meinem Kopf. Ich sehnte mich nach einer kalten Cola und bekam gleichzeitig Hemmungen, Anna gegenüberzutreten. Hoffentlich hatte ich mich nicht daneben benommen. Mühsam krabbelte ich aus dem Bett und ging in die Küche. Am Tisch saß Anna, eine Tasse Kaffee vor sich und eine Zeitung in der Hand. Sie sah mich milde lächelnd an. »Guten Morgen. Ausgeschlafen?«

Ich nickte und fühlte mich elend. Die Nacht war wohl anders verlaufen, als es sich Anna vorgestellt hatte. »Hast du Cola im Haus?«

Anna legte die Zeitung beiseite, stand auf und holte mir eine Flasche aus dem Kühlschrank. Dann nahm sie ein Glas aus der Vitrine und stellte beides auf den Tisch. Sie hasste es, genau wie Monika, wenn ich direkt aus der Flasche trank.

»Komm, setz dich zu mir.«

Anna sah mir zu, wie ich die Cola ins Glas schüttete und gierig einige Schlucke trank. Sie war fünfzehn Jahre älter als ich und arbeitete als Sozialpädagogin in einer ambulanten Betreuungseinrichtung mit straffälligen Jugendlichen.

»Gibt es Probleme, Jacki?«, fragte sie.

»Nein.« Ich wischte mir mit dem Handballen über den Mund.

»Du kannst mit mir über alles reden.«

Ich trank einen weiteren Schluck Cola und goss mir das Glas erneut voll.

»Du wirkst verändert, seit wir uns das letzte Mal gesehen haben. Das merke ich doch.«

Ich schüttelte den Kopf. »Ich bin nicht eine von deinen Klienten.«

Anna war angriffslustige Antworten gewohnt und lachte nur. »Keine Sorge. Das kann ich unterscheiden.«

»Nur, weil ich betrunken war? Außerdem hatte ich vorher zu wenig gegessen ...«

»Oh, ich bezeichne das als stockbesoffen.«

Ich schluckte hart. »Ähm, habe ich mich danebenbenommen?« Verdammt, warum konnte ich mich an nichts mehr erinnern?

»Nein, nein, keine Sorge. Du gehörst nüchtern wie betrunken zu den Schweigsamen.«

Ich atmete erleichtert auf und meine Anspannung ließ etwas nach.

»Kurz nach ein Uhr hab ich dich ins Bett geschleppt«, sagte Anna. »Du warst zu nichts mehr fähig.« Nach einer kurzen Pause fügte sie noch ein »Leider«, hinzu.

»Oh, das ist mir peinlich.« Ich sah sie zerknirscht an, während ich darüber nachdachte, was ich fühlte.

Sie legte ihre Hand auf meinen Arm. »Ich finde es wunderbar, wenn du mich besuchst und bei mir übernachtest. Du musst mir aber eines versprechen: Solltest du dich in jemanden verlieben, dann musst du es mir sagen. Ich habe dich wirklich gerne, Jacki und der Sex mit dir ist toll. Aber mehr ist es nicht zwischen uns. Da waren wir uns doch einig, oder?«

Ich nickte, während ich mir noch einmal Cola ins Glas schüttete.

»Wenn du also Gefühle für jemanden hast und eine Beziehung eingehen möchtest, dann ist es in Ordnung für mich. Okay?«

»Ja, und du sagst es mir auch«, entgegnete ich und umschloss ihre Hand. »Ich bin aber nicht verliebt. Ehrlich!«

Als ich Sonntagabend erschöpft auf meiner Couch lag, klingelte das Telefon.

»Ich bin es«, vernahm ich die Stimme meiner Mutter. »Wie geht es dir? Ich sehe und höre nichts von dir.«

»Hallo? Ich melde mich fast jeden Tag. Okay, zuletzt vor drei Tagen. Kein Grund, in Panik zu verfallen.«

»Panik? Tz. Tz. Ich wollte dich fragen, wie dir die Pastorin gefällt?«

Da stand mein Problem vor mir und alle Ablenkungen in Bremen schienen umsonst gewesen.

»Tja, was soll ich sagen«, entgegnete ich zögernd.

»Die ist etwas jung für den Herrn Pastor, meinst du nicht?«

»Mama, die beiden scheinen alt genug zu sein, das selbst zu entscheiden. Sie werden wissen, was sie tun«, sagte ich mit gereizter Stimme. Meiner Mutter entging dieser Ton nicht.

»Was motzt du mich so an?«

»Ich motze dich nicht an. Ich sage nur, dass es deren Angelegenheit ist. Wenn sie auf so einen alten Knacker steht und er etwas Knuspriges in seinem Bettchen braucht ...«

»Kind, wie redest du denn?« Meine Mutter tat entsetzt, aber ich sah ihr Grinsen vor meinen Augen.

Keine Sekunde später hörte ich sie in den Hörer kichern. »Die Pfaffen ticken doch genauso, wie die anderen Kerle. Sie meinen, eine junge Frau an ihrer Seite ist ihr Jungbrunnen.«

»Du bist auch fast zehn Jahre jünger als Sander.«

Für einen Moment herrschte Schweigen. Ich hatte sie an ihrer angreifbarsten Stelle erwischt.

»Das ist etwas anderes«, sagte sie mit rauer Stimme.

»Er rief mich vor ein paar Tagen an. Ihm geht es bestens.«

»Mhm. Das freut mich.«

»Warum meldest du dich nicht bei ihm? Ihr versteht euch doch blendend. Eigentlich gehört ihr zusammen.«

»Meine liebe Jacqueline«, hörte ich meine Mutter mit kühler Stimme antworten. »Kümmere du dich um dein Liebesleben, das ja bisher nicht vorhanden ist. Ich warte sehnsüchtig auf den Tag, an dem du mir jemanden vorstellst.«

Ob diese Sehnsucht noch so groß wäre, wenn sie von meiner lesbischen Seite wüsste?

»Du wirst hier als Mauerblümchen enden. Alle anderen Frauen sind unter der Haube und nur meine Tochter will keiner.«

Meine Mutter konnte gemein sein. Ich schnaufte und versuchte, meinen Ärger herunterzuschlucken. »Wir sollten das Gespräch jetzt beenden. Gute Nacht.« Ich legte den Hörer auf. Mein Blick zur Uhr zeigte mir, dass es auf 22.00 Uhr zuging. Zu spät für weitere Telefonate, zu spät zum Joggen, zu spät für was weiß ich alles. Mein Leben bewegte sich zwischen Einbahnstraße und Sackgasse.

Kapitel 6

»Ich hebe meine Augen auf zu dir, der du im Himmel wohnest.«

(Ps 123,1 LUT)

Hannes Larsen behielt recht, denn Pastor Huber wurde zum Vorsitzenden des Kirchengemeinderates gewählt. Huber sah nicht nur blendend aus, sondern hielt auch ebensolche Reden. Mich brachte diese Nachricht in eine miese Stimmung. Als mich mein Pastor Sander aus Hamburg anrief, klagte ich ihm mein Leid über Huber.

»Pass einfach auf dich auf«, sagte er daraufhin. »Du solltest ihn nicht provozieren.«

Meine Nackenhaare sträubten sich. »Willst du mich vor ihm warnen?«

»Du missverstehst mich.« Sander versuchte, abzuwiegeln.

»Hä? Was gibt es daran zu missverstehen?« Ich trommelte mit den Fingern auf den Tisch.

»Er ist nicht wie ich. Das wollte ich dir damit sagen.« Sander schnaufte hörbar und irgendwie hatte ich das Gefühl, das Thema Huber war ihm unangenehm.

»Kennst du ihn persönlich?« Ich griff zu dem quietschgelben Antistressball, der auf meinem Schreibtisch lag.

»Nun, man hört dies und das. Sei loyal, das ist ihm wichtig.« Er sprach schneller als gewöhnlich.

»Okay.« Ich räusperte mich. »Das hättest du mir früher erzählen sollen.«

»Wieso, was ist passiert?«, fragte Sander und schien den Atem anzuhalten.

»Nun, ähm, ich war beim Fußball, ähm, statt bei seinem Einführungsgottesdienst.« Mein Mund fühlte sich trocken an. Ich hörte meinen alten Pastor aufstöhnen.

»Es war ein Pokalspiel gegen eine zwei Klassen höhere Mannschaft und wir haben gewonnen. Weißt du, wie viele Leute am Spielfeldrand standen? Ich habe sensationell gehalten. Schade, dass du nicht dabei warst.« Ich hielt ein Plädoyer für mich und meinen Sport.

Für einen Moment herrschte Schweigen am anderen Ende der Leitung.

»Hallo?«

»Ja, Jacki. Ich bin noch dran. Versprich mir, dass du dich einfach ein bisschen zurückhältst. Huber ist dein oberster Chef.«

Was hatte Sander nur? »Warum betonst du das denn so?« Meine Hand hatte den Knautschball fest umschlossen.

»Entspann dich. Ich betone nichts. Wie geht es deiner Mutter?«

»Gut, na ja. Ich glaube, sie vermisst dich.«

»Meinst du?« Er räusperte sich kurz. »Ich konnte Karten für das Bundesligaspiel HSV gegen Bayern München ergattern. Willst du mit ins Stadion?«

»Wow, wen hast du denn geschmiert? An diese Tickets kommt man doch nicht ohne Weiteres heran.« Ich ließ den Ball aus der Hand rollen.

»Ich betete für die Karten und der Herrgott hat sie mir gegeben. So einfach ist das.«

»Okay, okay. Wann findet es statt? Du weißt ja, wenn bei uns ein Spiel an dem Tag angesetzt ist ...«

»Ja, ich kenne dich lange genug. Es wird an einem Freitag, Mitte November stattfinden. Du kannst bei mir übernachten.«

»Das hört sich perfekt an. Ich freue mich total.«

Wir tauschten noch ein paar Neuigkeiten und Informationen aus, bevor wir das Gespräch beendeten. Nachdenklich sah ich vor mich hin. Sander wusste etwas über Huber. Nur was? Ich nahm mir vor, es spätestens in Hamburg herauszufinden.

Meine Mittagspause verbrachte ich oft in der Innenstadt, die nur wenige Schritte von unserem Amt entfernt lag. Mich zog es hauptsächlich zur Buchhandlung von Martha Keppen, in der sie nicht nur Bücher verkaufte, sondern auch ein Bistro führte. Hin und wieder fanden Lesungen statt. Ich schlenderte zum Lyrikregal und nahm ein Buch von Mascha Kaléko in die Hand. »In meinen Träumen läutet es Sturm«, hieß der Titel. Ich mochte diese Art von ironisch-zärtlicher Dichtung.

»Frau Achenbacher?«

Ich musste nicht aufblicken, um zu wissen, wer neben mir stand. Diese sanfte Stimme hatte sich in meinem Hirn und in meinem Herzen gleichermaßen eingebrannt.

»Frau Huber, hallo«, sagte ich leise und sah sie an.

Mirjam hatte ihre Haare zu einem Pferdeschwanz zusammengebunden. Sie trug eine beige Bluse und einen weißen Rock. Bei ihrer Kleidung besaß sie wenig Geschmack. Sie wirkte konservativ, fast altmodisch und die Farben machten sie blass. Ihre Schönheit überstrahlte dies jedoch. Sie lächelte mich an und deutete auf das Buch. »Ich liebe Mascha Kalékos Gedichte. Sie klingen melodisch und traurig zugleich, intensiv und humorvoll. Ich finde sie beeindruckend.«

Wir hatten eine gemeinsame Lieblingslyrikerin. Ein Zeichen? »Ich lese nicht nur in der Bibel«, sagte sie und antwortete damit auf meinen verwunderten Gesichtsausdruck.

Logisch! Ob Holger Bücher las? Gedichte? Oder Thriller? Krimis? Erotik?

»Mein Mann liest Reiseberichte und Biographien.«

Oh Gott, ich hoffte, sie konnte nicht in meinen Kopf hineinschauen.

»Aha«, nickte ich. »Und was lesen Sie sonst noch so?«

»Behalten Sie es für sich?«

Ich grinste. »So schlimm?«

»Wie man es nimmt. Ich mag spannende Krimis mit weiblichen Protagonisten und ich lese gerne Jugendbücher. Ich finde, sie geben einem die Fantasie zurück, die einem im Alter abhandengekommen scheint.« Sie sah vor sich hin und ich hatte das Gefühl, ein Schatten huschte über ihr Gesicht. Doch ihre Miene erhellte sich und sie fragte nach meinen Favoriten.

Ich zuckte mit den Schultern. »Ich lese alles, was sich interessant anhört. Thriller, Krimis, Frauenbücher, Lyrik, Sachbücher. Martha gibt mir Tipps und sie liegt selten daneben.«

»Die Buchhändlerin?«

»Ja, sie ist eine Bekannte meiner Mutter.«

»Arbeitet Ihre Mutter im Seniorenstift?«

Ich nickte. Zu Mirjams Aufgabengebiet gehörte die Altenseelsorge. Meine Mutter und sie mussten dort also zwangsläufig zusammentreffen.

»Der Name Achenbacher ist mir im Gedächtnis geblieben. Leider ergab sich bisher keine Gelegenheit zu einem längeren Gespräch mit Ihrer Mutter, sonst hätte ich von dem Verwandtschaftsverhältnis gewusst.«

»Na, jetzt ist es heraus.« Warum interessierte sie sich dafür? Ach, es handelte sich um Smalltalk, nicht mehr und nicht weniger.

Wir sahen uns an. Mein Gesicht wurde heiß und rot. Oje, was dachte Mirjam nur von mir?

»Ich muss noch ein paar Bücher bestellen«, sagte Mirjam lächelnd und streckte mir die Hand entgegen. »Bis bald.«

Als ich sie ergriff, durchströmte ein prickelndes Gefühl meinen Körper und nur ungern ließ ich los. Sie drehte sich um und ich lehnte mich an das Buchregal. Was hatte diese Frau nur an sich, das mich so verrückt nach ihr machte?

Der nächste Morgen fing mit einer Dienstbesprechung an. Wir saßen mit den vier Pastoren im Besprechungszimmer und Huber ergriff das Wort. »Ich bin glücklich, dass ich als Vorsitzender des Kirchenvorstandes die Gemeindearbeit in Lütjenstede aktiv mitgestalten kann. Vor allem freue ich mich auf die gemeinsame Arbeit mit Ihnen.« Theatralisch zeigte er mit ausgestreckten Armen auf uns.

Wir lauschten seinen Worten. Ich bemühte mich, nicht ständig seine Frau zu fixieren, die neben ihm saß und den Kopf gesenkt hielt. Als sie kurz hochsah, lächelte sie mich an. Ein angenehmer Schauer rann durch meinen Körper. Ich musste mich zwingen, meinen Blick von ihr zu lösen. Das Geschwafel ging noch eine Weile weiter und ich fühlte mich immer müder. Mit einem Mal wurde ich schlagartig munter. Ich konnte kaum glauben, was Huber von sich gab.

»Ich wünsche mir, dass Sie sich mehr im Gemeindeleben engagieren. Sie arbeiten für die Evangelisch-Lutherische Kirche. Ihnen sollte bewusst sein, dass Sie damit eine Vorbildfunktion besitzen.« Er sah uns dabei herausfordernd an. »Sehe ich das falsch, Frau Meier?«, wandte er sich an Ines. Diese schüttelte emsig den Kopf. »Nein, nein. Ich stimme Ihnen zu.«

Was hatte er vor? Ich wurde immer unruhiger.

»Gut. Die Ehrenamtlichen unterstützen unsere Kirche genug. Ich erwarte, dass sonntags der Kollektendienst von den Mitarbeitenden übernommen wird. Es gibt ein hervorragendes Bild ab, wenn Sie sich am Sonntagmorgen im Gottesdienst zeigen. Zukünftig wird ein Mal im Monat nach der Andacht zum Kirchenkaffee eingeladen. Das ist eine Gelegenheit, mit den Menschen ins Gespräch zu kommen. Ich habe mir überlegt, dass immer zwei von Ihnen anwesend sind.«

Ich blickte mich um und sah, dass sich nicht nur mein Gesicht in die Länge gezogen hatte.

»Ich schlage vor, alphabetisch vorzugehen. Es beginnt Frau Achenbacher.«

Na klasse, das passte ja perfekt. Warum musste ich nur Achenbacher heißen? Immer war ich die Erste. Schon in der Schule hatte es nie jemanden gegeben, der im Klassenbuch vor mir stand. Fangen wir mit Achenbacher an – wie oft hatte ich in meinem Leben diesen Spruch gehört? Aber an diesem Sonntag konnte ich auf keinen Fall den Kollektendienst übernehmen. Wir spielten um 10.00 Uhr gegen den Tabellenführer aus Westerstede. Ich biss mir auf die Lippen. Was sollte ich nur tun? Ich hatte den Einführungsgottesdienst wegen des Pokalspiels abgesagt. Es würde bei Huber super ankommen, wenn ich ein weiteres Mal ein Fußballspiel als Entschuldigung angab. Ich spürte die Beklemmung, die sich über meinen Brustkorb legte und mir fast die Luft zum Atmen nahm. Irgendwie musste ich trotzdem versuchen, den Kollektendienst zu verschieben.

Huber rief bereits die nächsten Namen auf, als ich zögernd meinen Arm hob. »Tut mir leid, dieser Sonntag ist bei mir bereits verplant.« Meine Stimme hörte sich schrecklich atemlos an.

Pastor Huber kreuzte die Arme vor der Brust und sah mich mit stechendem Blick an.

»Ich könnte tauschen.« Der Druck auf meinem Brustkorb nahm zu.

»Ach, müssen Sie wieder Fußball spielen?« Er breitete die Arme aus. »Frau Achenbacher, Sie haben sich doch etwas dabei gedacht, als Sie sich dafür entschieden haben, für die Kirche zu arbeiten. Sie müssten doch inzwischen verstanden haben, dass man sich als kirchlicher Arbeitnehmer auch an bestimmte Regeln hält und das betrifft auch das private Umfeld. Vielleicht wurde das ja auch in den letzten Jahren etwas lockerer gesehen, aber mein Wunsch ist es, engagierte kirchliche Mitarbeiterinnen und Mitarbeiter um mich zu haben. Können Sie mir diesen Wunsch erfüllen?« Er ließ seine ausgebreiteten Arme sinken.

Es herrschte eine gespenstische Stille im Raum und ich wagte nicht einmal mehr, meine Spucke herunterzuschlucken. Ich blickte mich um. Einige meiner Kolleginnen und Kollegen nickten zustimmend, während andere den Kopf hängen ließen.

Huber hatte es geschafft, mit diesen Worten einen Teil der Leute einzufangen. Ich bebte innerlich vor Zorn. Aber welche Argumente hatte ich, außer dass ein Fußballspiel stattfand, das mir tatsächlich wichtiger war, als der Gottesdienst am Sonntagmorgen. Auch wenn ich kirchliche Mitarbeiterin war, konnte er doch nicht einfach über meine Zeit verfügen, oder doch? Ich wollte gerade meinen Mut zusammennehmen, um zu protestieren, als Mirjam Huber lächelnd zu mir sagte: »Ich freue mich, dass Sie den Dienst übernehmen. Ich halte den Gottesdienst.«

Verblüfft sah ich sie an. Hoppla, das änderte ja einiges. Ich hatte fast das Gefühl, sie wollte nicht, dass ich mich mit ihrem Mann duellierte. Ich beschloss, meinen Protest für mich zu behalten und nickte. »Okay, ich bin am Sonntag da.«

Einen Moment lang sah Huber seine Frau an, bevor er das Zepter wieder übernahm. Er ordnete an, dass Ines Maier allen Mitarbeitenden ihre Kollekten- und Kirchenkaffeetermine mitteilte und er von dieser Liste eine Kopie erhielt. Zum Schluss erteilte er noch einigen Kolleginnen und Kollegen diverse Aufträge. Nach zwei Stunden beendete er die erste Dienstbesprechung.

Mirjam wollte mit den anderen den Sitzungsraum verlassen, doch Holger hielt sie am Arm fest. »Bleib sitzen«, zischte er ihr zu.

Mirjam ahnte, dass er äußerst ungehalten war, weil sie sich eingemischt hatte, und versuchte, ihre Beklemmung zu ignorieren. Nachdem Reese die Tür hinter sich zugezogen hatte, umfasste Holger Mirjams Hände.

»Warum redest du so mit der Achenbacher?«, fragte er. Seine Stimme klang sanft und gleichzeitig scharf wie eine Messerklinge.

»Ich wollte ... ich wollte ... die Situation entspannen«, entgegnete Mirjam. Der Druck auf ihre Hände wurde stärker. Sie schluckte.

»Ich hatte alles im Griff.«

»Es tut mir leid, ich ...«

»Ja?«

»Du schießt dich auf *sie* ein. Ich verstehe das nicht.« Mirjam spürte ihr eigenes Zittern.

Holgers Augen verengten sich zunehmend. Doch plötzlich ließ er sie los und meinte: »Du hast ja recht, mein Engel. Ich versuche, mich zu bessern.«

Er gab ihr einen Kuss auf die Wange. »Wie sieht dein Tagesplan aus?«

Mirjam atmete erleichtert auf. »Ich gehe in den Seniorenstift, um eine Bibelstunde zu halten«, sagte sie leise. »Die älteren Herrschaften sind mit Begeisterung dabei.«

»Ich kann die Damen und Herren verstehen.« Er nahm ihr Gesicht in seine Hände und küsste sie sanft auf die Lippen.

»Bis später, mein Engel.« Er stand auf, zog seine Krawatte zurecht und knöpfte die Anzugjacke zu. Dann zwinkerte er ihr noch mal zu und verließ mit schnellen Schritten den Raum. Mirjam Biss sich auf die Lippe und sah ihm verwirrt hinterher. Was machte er nur mit ihr?

Nach der Besprechung ging ich in mein Büro und setzte mich an meinen Schreibtisch. Ich musste, nein, ich wollte jetzt Sonntag in den Gottesdienst, denn den hielt ja Mirjam. Wie bekam ich das mit dem Fußballspiel unter einem Hut? Ich telefonierte mit meiner Trainerin Caro und erklärte ihr mein Problem. Sie versuchte, mich zu beruhigen, und versprach, eine Lösung zu finden. Eine Stunde später rief sie mich zurück.

»Zum Glück kenn ich den Werner von Westerstede. Er schuldete mir noch einen Gefallen und ist damit einverstanden, dass wir erst um 12 Uhr beginnen. Mit dem Platzwart ist alles abgesprochen.«

Ich dachte nach. Der Gottesdienst ging bis 11.00 Uhr, die Kollekte zählen dauerte zwanzig Minuten. Ich würde es pünktlich zum Anpfiff schaffen. Das Warmmachen musste dann eben ein bisschen kürzer ausfallen.

»Super. Danke, Caro!« Der Druck, der wie ein schwerer Sack auf meinen Schultern gelastet hatte, ließ nach.

»Na ja, ich handle auch im eigenen Interesse. Ehrlich Jacki, dein Chef scheint nicht von dieser Welt zu sein. Du weißt, dass du dich gegen solche Anordnungen wehren kannst. Ich hoffe, du bekommst die Zeit wenigstens als Überstunden gutgeschrieben.«

Klar, Caro. Wovon träumst du? »Diese Kollektenaktion wurde sicherlich etwas kurzfristig kommuniziert«, sagte ich kleinlaut. »Aber ich arbeite für die Kirche und das ist etwas anderes. Man steht seinem Arbeitgeber näher, fühlt sich verbundener und da gehört ehrenamtliche Arbeit dazu. Ich hoffe, du verstehst mich.«

»Ehrlich gesagt nicht. Egal. Hauptsache, du musst nicht jeden Sonntag Kirchendienste schieben.«

»Nein, nein. Das passiert ungefähr alle drei Monate.«

»Da bin ich ja beruhigt. Okay, Jacki, wir sehen uns beim Training.«

»Ja, bis später.«

Wir beendeten das Gespräch und ich atmete tief durch. *Sie bekommen mich nicht klein, Pastor Huber!*

Es fiel mir schwer, nicht zu klatschen, als Mirjam die letzten Worte ihrer Predigt ausgesprochen hatte. Noch nie war ein Gottesdienst so rasant vergangen, wie an diesem Sonntag. Nachdem die Besucher die Kirche verlassen hatten, öffnete ich die Opferstöcke und holte ein paar Eurostücke heraus. Frau Michelsen und Frau Harms, zwei Ehrenamtliche, drückten mir die Körbe mit der eingesammelten Kollekte in die Hand und ich eilte in das Pfarramtsbüro. Aus dem Schrank entnahm ich die Geldbombe und einen Einnahmebeleg. Ich setzte mich an den Schreibtisch und begann zu zählen. Es kam einiges an Geldern zusammen, leider zu viel Kleingeld. Ich sah zur Uhr. Der Zeiger bewegte sich auf Viertel nach elf zu und ich hatte mich erneut verzählt. *Jetzt konzentriere dich, Jacki Achenbacher, sonst wird das heute nie etwas.*

Auf einmal öffnete sich die Bürotür und Mirjam Huber trat ein.

»Hallo, Frau Achenbacher. Kommen Sie zurecht?«

Ich nickte stumm mit dem Kopf, während in mir ein Orchester zu spielen begann.

»Wie gefiel Ihnen der Gottesdienst? Seien Sie ehrlich.«

Sie fragt mich, wie es mir gefallen hat? Ich knie nieder. Es war der brillanteste, der wunderbarste, der großartigste Gottesdienst, den ich jemals erlebt habe.

»Es hat Ihnen nicht gefallen?« Ihre Worte kamen zögernd.

Was sollte sie sonst denken, wenn ich sie nur blöd ansah?

»Doch, doch ... ich fand ihn ... toll.«

»Na, das klingt ja nicht gerade überzeugt«, sagte sie und lächelte schief. »Mein Mann ist auf der Kanzel ein echtes Genie.«

Ja, genau das erzählten sich die Leute. Er schien ein rhetorisches Naturtalent zu sein. Aber was interessierte mich Mirjams Mann? Ich atmete tief durch und entgegnete: »Nein, das glaube ich nicht.«

»Nein? Sie haben Holger beim Gottesdienst erlebt?«

Ich schüttelte den Kopf. »Ich glaube nicht, dass mich jemand noch mehr beeindrucken kann, als sie heute«, hörte ich mich sagen. *Diese Gedanken hatte ich doch nicht laut ausgesprochen?*

»Oh, was für ein Kompliment.« Ich bemerkte, dass ihr Gesicht eine leicht rötliche Färbung bekam.

Verdammt, warum handelte es sich bei dieser wunderbaren Lady um Frau Pastorin? Ich zwang mich, nicht aufzustehen, sie zu umarmen, ihre Lippen zu berühren ...

»Soll ich Ihnen helfen?«, holte mich ihre Stimme in die Wirklichkeit zurück.

Ich blickte zur Uhr. »Verdammt! Das Spiel. Ich muss mich noch umziehen und zum Platz fahren.«

Hektisch begann ich das Geld zu zählen, als ich ihre Hand auf meinem Arm spürte. »Lassen Sie nur. Ich erledige das für Sie.«

Wie bitte? Ich schüttelte den Kopf. »Ihr Mann wird verärgert sein, wenn er das erfährt.«

Mirjam ließ meinen Arm los. »Holger ist unterwegs und kommt erst nachmittags zurück.«

Tausend Gedanken schossen mir durch den Kopf, um den ich von Pastor Huber kleiner gemacht werden würde, wenn das hier nicht gut ausging. Ich sah in ihre wunderschönen Augen. Wow, meine Traumfrau wollte mir helfen. Es gab überhaupt keinen Grund, ihr zu misstrauen. Ich sollte es einfach tun.

»Okay.« Ich räusperte mich. »Sie füllen die Kollekte in die Geldbombe und werfen diese in den Briefkasten der Bank. Es darf im Amt nicht so viel Bargeld aufbewahrt werden.«

Mirjam nickte. »Ich weiß. Die Bank ist gleich um die Ecke. Kein Problem, das erledige ich gern.«

»Der Einzahlungsschein gehört in die Geldbombe.«

»Unterschreiben Sie einfach blanko und ich trage die Summe ein. Sie machen sich zu viele Gedanken.« Sie klopfte mir auf die Schulter. »Auf geht's und viel Glück beim Spiel.«

Ich stand auf und fragte mich, was das Ganze zu bedeuten hatte. Warum tat sie das für mich? Doch ihr strahlendes Lächeln ließ meine Zweifel verfliegen.

»Danke. Vielleicht kann ich mich ja revanchieren.«

Ich nahm meinen Rucksack und rannte hinaus zu meinem Fahrrad. Hoffentlich bekam Huber nichts davon mit, denn mich beschlich jetzt doch ein mulmiges Gefühl.

Diese Ahnung ließ mich während des gesamten Spiels nicht los und entsprechend unkonzentriert agierte ich diesmal. Mir fehlte die Souveränität, die mich sonst auszeichnete. Erst in der zweiten Halbzeit, als ich bereits zweimal unnötigerweise hinter mich greifen musste, konnte ich die Geschehnisse ein bisschen abstreifen. Wir erreichten kurz vor Spielende ein Unentschieden. Ich haderte mit mir, denn wir hätten das Spiel gewinnen können. Zum Glück reichte das späte Tor zu einem Punktgewinn.

Wir feierten noch bis zum Abend mit ein paar Leuten im Vereinsheim. Auf dem Rückweg nach Hause fuhr ich, wie getrieben, zum Pfarrhaus. Ich stellte das Fahrrad an den Zaun und starrte auf das beleuchtete Fenster im ersten Stock. Ob sie im Bett lagen und miteinander schliefen? Ich stellte mir vor, wie er ihren Körper berührte, seine Lippen sie küssten und spürte eine Welle der Eifersucht in mir aufbranden.

Eine Hand auf meiner Schulter ließ mich zusammenzucken. Hektisch drehte ich mich um und sah zu meinem Entsetzen in das Gesicht von Pastor Huber. Er sah verschwitzt aus. Ob er joggte? Wenigstens eine Gemeinsamkeit, die uns verband.

»Was machen Sie hier?«, fragte er mich und sah mich lauernd an.

»Ich bin auf dem Weg nach Hause.« Meine Stimme krächzte.

»Das sieht nicht so aus. Sie starren auf mein Grundstück, in mein Haus. Erwarten Sie jemanden oder wollen Sie sich bei meiner Frau bedanken, dass Sie heute Ihren Job übernommen hat?«

Mir lief es eiskalt über den Rücken und ich starrte ihn mit verschreckten Augen an.

»Warum erzählt mir meine Frau, dass sie das Geld zählen musste, weil Sie ja auf und davon sind?«

Ein eisiger Schmerz durchbohrte meinen Körper. Ich war hereingelegt und verraten worden. Das konnte doch nicht wahr sein! Mirjam Huber, *meine* Pastorin, hatte mir eine Falle gestellt und ich war hineingetappt. Wie ein verliebter Teenager war ich herumgerannt und hatte meinen Verstand ausgeschaltet.

Es war, als zerbrach ich in tausend Stücke. Ich sah mich nicht in der Lage, mich zu wehren oder die Situation zu erklären. Stattdessen stieg ich schweigend auf mein Fahrrad und fuhr davon. Tränen rannen unaufhörlich über mein Gesicht und wie paralysiert trat ich in die Pedalen. Ich hatte keine Ahnung, wie ich es nach Hause schaffte. Mein Herz brannte lichterloh. Ich wollte einfach nur noch tot umfallen, um diesen Schmerz nicht mehr spüren zu müssen. Doch so einfach ging das nicht und ich fiel nur in mein Bett. Gemartert von den Gedanken, dass meine Traumfrau mich verraten hatte, fühlte ich nur noch Leere und Verbitterung.

Kapitel 7

»Wir müssen von Zeit zu Zeit eine Rast einlegen und warten, bis uns unsere Seelen wieder eingeholt haben.«

(Indianische Weisheit)

Irgendwann war ich trotzdem eingeschlafen und geriet prompt in einen verrückten Traum. Pastor Huber stand auf der Kanzel, und hörte nicht mehr auf zu predigen. Plötzlich ritten Spirit Hawk und seine Krieger in die Kirche. Die Hufe der Pferde hallten laut auf dem kalten Betonboden wider. Die Besucher sprangen hysterisch und schreiend auf, während ein Indianer auf die Kanzel kletterte und den Pastor skalpierte. Ich saß neben Mirjam auf der Kirchenbank und wir schauten nur schweigend zu.

Als der Wecker um halb sieben klingelte, fühlte ich mich wie erschlagen. Im Badezimmerspiegel begegnete mir ein verheultes Gesicht mit verquollenen Augen. Ich streckte mir die Zunge heraus und schnitt eine Grimasse. Wie blöd und naiv war ich eigentlich? Ich überlegte, mich krankzumelden, denn in diesem Zustand musste ich keinem begegnen. Doch ich bezwang meinen inneren Schweinehund. Montags nahmen die Pastoren ihren freien Tag und das machte den Wochenanfang heute erträglicher. Eine kalte Dusche und ein starker Kaffee ließen mich wieder klarer werden. Um kurz vor acht stempelte ich mich ein. Bevor Ines das Pfarramt besetzte, betrat ich ihr Büro. Ich sah den Beleg sofort im Posteingangskorb liegen, die Kopie des Einzahlungsscheins, von Mirjam unterschrieben. Der verräterische Beweis lag vor mir. Dieser dunkle Engel hatte mich nur unterschreiben lassen, um mich in Sicherheit zu wiegen. Diese Intrige ließ mich fassungslos zurück. *Warum nur? Warum nur? Warum?* Nur diese Worte geisterten durch meinen Kopf. *Warum?* Ich musste mich zusammenreißen, um nicht wieder in Tränen auszubrechen.

Das gab Ärger für mich und nicht zu knapp. Wie konnte ich nur mein Herz an Mirjam Huber verschleudern? Sie war es offenbar nicht wert gewesen.

Ich schlug mit der Faust gegen den Schrank. *Oh Gott, gibt es einen Grund dafür, dass du solche Menschen wie die Hubers in deinem Namen auf die Menschheit loslässt?*

Ich schaffte es, den Arbeitstag hinter mich zu bringen. Um fünf stempelte ich aus und fuhr mit dem Fahrrad direkt in Monikas Indianerladen.

Sie bediente gerade zwei Frauen, die sich für Ohrringe interessierten. Es roch nach Räucherstäbchen und leise erklang indianische Musik im Hintergrund; traditionell gespielte Flöte, untermalt von Trommelrhythmen. Der Laden mit Original-Indianerware wurde von einem nicht unbeachtlichen Stammpublikum besucht.

Während sich Monika um ihre Kundschaft kümmerte, sah ich mich um. An einer Kleiderstange hingen T-Shirts und Hemden mit Indianer- und Tiermotiven, Lederwesten und Lederjacken. Als ich die Traumfänger betrachtete, fiel mir ein, dass Monika mir vor einiger Zeit so ein Exemplar geschenkt hatte. Sie hatte mir diesen fast feierlich mit den Worten überreicht, dass viele Menschen ihren Traumfänger ein Leben lang behielten. Man befestigte ihn über seinem Bett. Während die schönen Träume den Weg zum Mittelloch finden und durch die Federpendel zum Schlafenden gelangen, würden sich die bösen Träume hoffnungslos im Netz verfangen und mit dem aufkommenden Tageslicht verbrannt werden. Ich hatte das Teil in den Keller verbannt, denn ich war mir sicher, dass lediglich Staub in diesem Traumfänger hängen bleiben würde.

Auf dem Boden standen Djembén und Schamanentrommeln, ähnlich denen, die Monika zu Hause hatte. Mir kam sofort das Treffen mit Spirit Hawk in den Sinn und ich fragte mich, ob Monika ernsthaft an eine Begegnung mit ihm glaubte. Ich nahm eine der Trommeln in die Hand und schlug darauf. Ein dumpfer Laut erklang und die drei Frauen drehten sich zu mir um.

»Spielst du auch?«, fragte die ältere der beiden Kundinnen.

Ich schüttelte den Kopf. »Dafür fehlt mir der Rhythmus im Blut.«

»So ein Unsinn«, sagte sie. »Du musst dich darauf einlassen. Es gibt nichts Schöneres. Wenn du trommelst, spürst du, wie der Takt und deine Gedanken eins werden. Das Gefühl ist unglaublich. Du solltest es ausprobieren.«

»Die Dame hört Orgelmusik und singt *Lobet den Herrn*«, mischte sich Monika ein und zeigte dabei auf mich. Ich knirschte mit den Zähnen und dachte daran, dass sich Monikas Kopf auch als Trommel anbot.

»Ach so«, meinte die Frau und ich sah die Jüngere grinsen. »Das eine schließt das andere nicht aus«, fuhr sie fort. »Wir sind mit unseren Vorstellungen und Ideen viel zu eingefahren. Christen meditieren, hoffen und beten. Wir alle glauben an etwas Großes nach diesem Leben hier, oder?«

Das fehlte mir jetzt noch. Eine Glaubensdiskussion im Indianerladen. Warum musste Monika immer so sticheln? Ich stellte die Trommel zurück.

»Schade«, sagte die Frau und kräuselte die Lippen. »Du solltest es versuchen.«

Ich schätzte sie auf vierzig Jahre. Auf dem Kopf trug sie einen kleinen schwarzen Hut. Ihre hautenge Jeans betonte ihren schlanken Körper. Das T-Shirt schien zwei Nummern zu groß und rutschte über die Schulter, so dass man einen weißen BH-Träger sehen konnte. Sie strahlte etwas Verruchtes aus. Grinsend schob sie ihren Hut mit dem Zeigefinger etwas nach oben. Ich bekam fast das Gefühl, sie begänne, mit mir zu flirten. *In Lütjenstede? Träum weiter!*

»Wir treffen uns jeden Donnerstag in der *Lokomotive*. Komm doch einfach vorbei«, lud sie mich ein.

Zweifelnd sah ich die Trommel an. Mein Leben geriet völlig aus dem Rhythmus, wie sollte ich da trommeln können?

»Ich würde mich freuen, ich leite den Kurs.« Sie griff in ihre Jackentasche und überreichte mir eine Visitenkarte. »Ich heiße Marie-Lu.«

»Okay, danke. Aber eher nicht. Ich habe ja noch nie ...«

»Anfängerinnen bekommen Sonderstunden«, fiel sie mir ins Wort und zwinkerte mir zu. »Ruf mich einfach an.«

Nanu, das klingt ja fast nach einem Angebot, oder? Ich sollte dranbleiben. »Okay, ich komme Donnerstag vorbei und höre mir das an.«

»Freut mich.« Marie Lu lachte und zeigte dabei zwei Reihen blendend weißer Zähne.

Nach einer Weile gingen die beiden und ich erzählte Monika von meinem Erlebnis am Sonntag. Sie kratzte sich an der Nase. »Das gefällt mir nicht. Irgendetwas stimmt da nicht. Das spüre ich.«

»Und ich spüre unheimliche Wut und Enttäuschung.« Ich presste die Lippen aufeinander und verschränkte die Arme vor der Brust.

»Was wolltest du noch am Pfarrhaus, so spät abends?« Monika stütze sich mit den Händen auf die Verkaufstheke und sah mich mit unbewegter Miene an.

Ich zuckte mit den Schultern. »Wenn ich das nur wüsste.« Monikas Lippen verzogen sich zu einem amüsierten Lächeln. »Du bist in die Frau Pastorin verknallt, nur deswegen hast du vor dem Haus gelauert. Stimmt's?«

Zähneknirschend gab ich es zu. »Ich konnte nicht wissen, dass sie so hinterhältig ist.«

Monika schüttelte bedächtig den Kopf. »Du schließt eine Tür, die noch gar nicht geöffnet war. Warum hätte sie dir eins auswischen sollen?«

»Darüber zermartere ich mir mein Hirn. Ich weiß nur, dass Mirjams Mann nicht mein größter Fan ist.«

»*Er* hat ein Problem mit dir, nicht sie.«

Ich lachte kurz auf. »Sie hat mich hinterhältig reingelegt.«

»Es kann dafür eine Erklärung geben!« Monika nahm ein Silbertuch in die Hand und begann, einen Kettenanhänger damit abzureiben.

Ich schüttelte heftig den Kopf. »Wie soll die denn lauten? Mir fällt nichts ein, das ihr Verhalten rechtfertigen könnte.«

»Ich verstehe deine Enttäuschung. Du musst ihr trotzdem eine Chance lassen. Sollte sich bestätigen, dass sie dir vorsätzlich eine Falle gestellt hat, kannst du die Tür zu Mirjam immer noch zuziehen und fest zusperren.«

»Du bist so schrecklich weise«, stöhnte ich. »Was soll ich jetzt tun?«

Monika legte den Kettenanhänger zurück und griff zu einem Armreif. »Du wartest ab, wie sie sich dir gegenüber verhält oder du redest mit ihr.«

Nein, für solche Gespräche fehlte mir der Mumm. Ich saß alles aus. Wie immer.

»Kennst du diese Marie-Lu?«, fragte ich, um Monika auf ein anderes Thema zu lenken.

»Geht so. Vor einem Jahr übernahm sie die Trommelgruppe.«

»Ähm, hat sie ... einen Freund?«

Monika zog die Stirn in Falten, während sie den Armreif gegen das Licht hielt. »Sie hat mit dir geflirtet oder ist dir das entgangen? Auf feste Beziehungen legt sie keinen Wert. Sie erweitert wöchentlich ihre Sammlung an Freundinnen. Wenn du Ablenkung brauchst, lass dich mit ihr ein. Auf der Trommel und im Bett versteht sie ihr Handwerk.«

»Woher weißt du das?« Ich bekam meinen Mund kaum zu. Monika zuckte mit den Schultern. »Das erzählt man sich so.« Sie legte den Armreif zurück in die Auslage.

Ich sah sie zweifelnd an. »Gehörst du auch zur Sammlung?«

»Komm«, unterbrach mich Monika. »Ich sperr den Laden ab und wir gehen jetzt noch zu Luigi und bestellen uns eine Pizza. Ein leckeres Essen beruhigt die Seele.«

Am Dienstag trafen Pastor Huber und ich das erste Mal nach dem Vorfall zusammen. Ich zitterte, als er in meinem Büro stand und überlegte, ob ich mich einfach entschuldigen sollte. Mein Puls raste. Er bat mich freundlich, mit ihm ein paar Personalfälle zu besprechen. Wir gingen die Unterlagen durch. Er bedankte sich und verließ grüßend den Raum. Ich konnte es kaum glauben und ließ mich erleichtert in meinen Bürostuhl fallen. Er wurde mir immer suspekter. Für Mirjam Huber dagegen lag für die Woche eine Krankmeldung vor. Sie hatte sich wohl eine Grippe zugezogen. Ich gönnte ihr diese von Herzen und wünschte ihr starke Halsschmerzen, fiesen Husten und hohes Fieber.

Die *Lokomotive* war ein stillgelegter Bahnhof kurz vor Lütjenstede, der vor einigen Jahren renoviert worden war. Dort fanden Jugendbands, Volkshochschulkurse und andere Gruppen ein Zuhause.

Ich öffnete die alte Bahnhofstür zur *Lokomotive* und vernahm Trommelgeräusche. Unschlüssig stand ich im Vorraum, in dem sich früher der Bahnhofsschalter befand. Heute lümmelten sich Jugendliche in ausrangierte Sofas oder spielten an einem der Billardtische. An einem Tresen gab es Getränke und kleine Snacks zu kaufen. Was wollte ich hier? Auf keinen Fall trommeln! Die Anwesenheit von Marie-Lu trieb mich in die *Lokomotive* und ich brauchte Ablenkung. Sie sah knackig aus und besaß eine Menge Erfahrung, wenn ich Monikas Worten Glauben schenken durfte. Ich kaufte mir ein Bier und schaute ein paar Jungs beim Billard zu. Wann hatte ich das letzte Mal einen Queue in der Hand gehalten? Das lag eine Weile zurück. Ich trank die Bierflasche aus, stellte sie auf einen Tisch und schlenderte zum Nebenzimmer. Es herrschte Stille. Ich nahm an, dass Marie-Lu eine Trommeltechnik erklärte. Leise drückte ich die Klinke herunter und öffnete die Tür. Es saßen mehrere Frauen auf Stühlen, jede eine Djembé-Trommel vor sich. Mein Blick fiel auf Monika, die mich genervt anschaute. Sie hasste meine Unpünktlichkeit. Ich grinste sie unschuldig an.

»Ich freue mich«, sagte Marie-Lu mit strahlendem Lächeln. »Das ist Jacki«, stellte sie mich den anderen Kursteilnehmerinnen vor.

»Da ist noch ein freier Stuhl. Komm und setz dich zu uns. Monika hat dir eine Übungstrommel mitgebracht.«

Ich schüttelte den Kopf. »Nee, ich höre mir das nur an.«

»Das ist okay.« Sie sah mich mit einem Blick an, der ein Kribbeln in mir auslöste. Marie-Lu wusste, was sie wollte.

Statt eines Stuhls griff ich mir ein Sitzkissen und setzte mich etwas außerhalb des Kreises auf die Erde. Die Teilnehmerinnen gehörten unterschiedlichen Altersstufen an, ich schätzte, sie waren zwischen achtzehn und sechzig. Die Frauen nahmen ihre Trommeln und begannen, mit den Händen im Rhythmus zu schlagen.

Es hörte sich klasse an und nach einer Weile wurden meine Lider schwerer. Meine Gedanken begannen, sich selbstständig zu machen, und ich sah Mirjam vor mir – ich riss meine Augen sofort auf. Verdammt, das durfte nicht sein! Krampfhaft versuchte ich, an nichts zu denken. Vor einigen Jahren hatte ich meditative Übungen mit Pastor Sander durchgeführt. Er riet mir, regelmäßig zu meditieren, um Stress abzubauen. Dabei sollte ich innerlich immer nur bis drei zählen – eins – zwei – drei – eins – zwei – drei. Ich stellte mir die Zahlen bildlich vor. Dadurch konnten sich meine Gedanken nicht selbstständig machen. Das musste doch auch heute noch klappen. Ich schloss erneut die Augen und begann zum Rhythmus der Trommeln zu zählen: Eins – zwei – drei – eins – zwei – drei – eins – zwei – drei. Keine Mirjam zu sehen. Eins – zwei – drei – eins – zwei – drei ... Der Trommelwirbel erklang lauter. *Hejahejaheja* hörte ich Stimmen, die immer klarer wurden. Ich saß mitten in einem Indianerdorf. An einem Marterpfahl hing ein gefesselter Mann. Um ihn herum tanzten Indianer und ich entdeckte Spirit Hawk, der mit finsterer Miene zu dem Gefangenen blickte. Eine Frau drehte sich zu mir um. Mirjam. Ich stand auf und ging zu ihr hin. Sie sah erbärmlich aus, ihr Gesicht war geschwollen und sie blutete. *Was ist passiert?*, fragte ich sie. Doch sie sah an mir vorbei zum Marterpfahl. Jetzt erkannte ich ihren Mann, den man dort festgebunden hatte. »Was soll das?«, rief ich laut. Die Stimmung im Lager kippte. Es wurde totenstill und jeder richtete die Blicke auf mich. »Was habt ihr Mirjam angetan? Warum fesselt ihr den Pastor?« Mirjam sah mich an und legte schweigend den Finger auf ihre Lippen. Die Indianer trommelten weiter, bis ein markerschütternder Schrei erklang. Ein Krieger hielt die Haarpracht von Pastor Huber in der Hand; man hatte ihn bei lebendigem Leibe skalpiert. *Neeiiiiin,* schrie ich und alles in mir drehte sich. Erschrocken riss ich die Augen auf und blickte in viele Gesichter. Ich lag auf dem Boden und um mich herum stand der Trommelkurs. Einige Frauen konnten sich das Grinsen kaum verkneifen.

Ich setzte mich auf. »Was ist denn los?«

»Was los ist? Du liegst da und schreist wie am Spieß.« Monika hatte die Mundwinkel nach unten verzogen. »Bist du etwa eingeschlafen?«

»Man hat ihn skalpiert.«

»Skalpiert? Wen?« Monika sah mich kopfschüttelnd an.

»Huber«, stöhnte ich. »Bei lebendigem Leib. Mirjam wurde geschlagen. Von Spirit Hawk. Es war schrecklich.«

Jetzt vernahm ich leises Kichern und mir wurde klar, wie blöd sich das anhörte. Die Situation hatte so real gewirkt, dass ich kaum glauben konnte, inmitten der Frauen des Trommelkurses zu sitzen und nicht mitten unter kampfeslustigen Indianern.

»Ich mache mir Sorgen um dich«, flüsterte mir meine Freundin zu. »Spirit Hawk?«

»Ja, Spirit Hawk und seine Krieger. Sie benahmen sich brutal.«

»Sie sind nicht brutal.«

»Heiden.«

»Heiden? Ach nein. Euren Jesus tackerte man ans Kreuz! Und der gehörte zu den Guten. Das war brutal!«

»Getackert? Du spinnst ja.«

Wütend stand ich auf und sah hinüber zu Marie-Lu, die sich über meinen Auftritt scheinbar amüsierte. »Ich stehe auf temperamentvolle Frauen. Ich hoffe, wir gehen noch einen trinken.«

Ein Angebot zur ungünstigsten Zeit. Ich wollte diesen Ort meines peinlichen Auftritts nur noch schnell verlassen. Was mussten die Frauen jetzt über mich denken? Ich hatte mich total blamiert.

»Ich glaube, ich verschwinde«, entgegnete ich. »Der Abend verlief nicht perfekt.«

Ich sah die Enttäuschung auf Marie-Lus Gesicht.

»Ich rufe dich an«, versprach ich und eilte aus dem Übungsraum, während tausende von Gedanken durch meinen Kopf flogen.

Kapitel 8

»Herr, zeige mir deine Wege und lehre mich deine Steige.«

(Ps 25,4 LUT)

Unser Amt hatte eine großzügige Gleitzeitregelung. Am Freitag konnten wir um zwölf Uhr den Arbeitstag beenden. Ich beschloss, diesmal pünktlich zu gehen und bei Martha eine Kleinigkeit zu essen. Auf dem Weg zur Buchhandlung überlegte ich, Marie-Lu anzurufen, um mich mit ihr für den Abend zu verabreden. Ich benötigte Ablenkung, wie auch immer das Date mit dieser verführerischen Frau ausginge.

Martha hatte Zeit, mit mir zu plaudern. Während ich meinen Toast-Hawaii aß, erzählte sie Anekdoten über ihre Kundschaft. Sie konnte wunderbar erzählen und ich lachte viel über ihre Geschichten. Als eine Kundin den Laden betrat, stand Martha auf, um sie zu bedienen. Mitten in der Bewegung stoppte sie und fragte mich, ob ich später noch ins Amt gehen würde. Ich schüttelte den Kopf.

»Schade. Ich hoffte, du nimmst die bestellten Bücher von Frau Huber mit. Die sind heute geliefert worden.«

Innerlich zeigte ich Martha einen Vogel. *Na klar, ich werde für die den Botendienst übernehmen.*

Martha widmete sich ihrer Kundin, während ich einen Latte Macchiato trank. Als ich vor meiner Tasse saß, begannen sich meine Gedanken zu verselbständigen. Ich dachte an Monikas Worte. Es gab die Möglichkeit, dass es sich um ein Missverständnis handelte und ich Mirjam zu Unrecht verurteilte. Die Indizien sprachen eindeutig gegen sie, aber Klarheit könnte ich nur über ein Gespräch erreichen. Ich sollte meinen Mut zusammennehmen, ihr cool gegenübertreten und damit zeigen, dass mich ihr Verhalten nicht getroffen hat. *Na klar, rede dir das nur lange genug ein und du glaubst es.* Je mehr ich darüber nachdachte, desto besser fand ich diese Idee. Dem Ehepaar Huber durfte man einfach keine Angriffsfläche bieten. Wenn ich weiter konfliktfrei im Kirchengemeindeamt arbeiten wollte, musste ich mir eine Strategie überlegen.

Die Kundin hatte die Buchhandlung verlassen. Ich stand auf, bezahlte bei Martha und sagte: »Ich gehe doch noch ins Amt. Du kannst mir die Bücher mitgeben.«

Ein erfreutes Lächeln erschien auf Marthas Gesicht. »Super. Die Rechnung lege ich bei. Frau Huber soll das Geld überweisen oder in den nächsten Tagen vorbeibringen.«

Ich nickte und blickte auf den Stapel, der vor mir lag. Herrje, da hatte ich ja viel zu Tragen. Während ich alles in zwei Tüten einpackte, las ich die Titel. Es handelte sich um ein paar Fachbücher zum Religionsunterricht, einen Kreta-Reiseführer, ein Jugendbuch über einen Vampir, ein Buch der ehemaligen EKD-Ratspräsidentin und ein Gedichtband deutscher Dichter.

Wenig später stand ich vor dem Pfarrhaus. Meine Hände fühlten sich eiskalt an. Ich hatte Bammel vor der Begegnung mit Mirjam.

Ich atmete tief durch, bevor ich die Klingel drückte. Ein lautes Bim – Bam – Bum erklang. Die Türglocke erinnerte an Pastor Sander. Es dauerte eine Weile, bis ich Schritte hörte. Die Tür öffnete sich.

Ein blasses Gesicht mit einer geschwollenen farbenfrohen Wange schaute heraus.

»Frau Achenbacher?« Ich vernahm die Überraschung in ihrem Tonfall.

Das ist ein Traum und gleich kommt Spirit Hawk um die Ecke geritten. Ich bemerkte, dass mein Mund weit offen stand.

»Was ist denn mit Ihnen passiert?«, fragte ich entsetzt.

Sie fasste mit ihrer Hand automatisch an ihre geschwollene Wange.

»Ach das. Eine dumme Geschichte.« Mirjam wirkte verlegen. »Wollen Sie zu meinem Mann?«

»Nein, ich möchte zu Ihnen.«

»Zu mir?« Sie zögerte eine Sekunde lang, bevor sie mich bat, einzutreten.

Hoffentlich tauchte Holger Huber nicht auf. Ich zog meine Schuhe im Vorflur aus und folgte Mirjam ins Wohnzimmer. »Grippetechnisch fühlen Sie sich besser?« Sie sah nicht gesund aus.

»Danke. Es geht bergauf. Das war nicht das Problem. Wollen Sie etwas trinken?«

Ich schüttelte den Kopf und setzte mich auf das Sofa. Die Tüten stellte ich neben mir ab. Mirjam platzierte sich in einen Sessel mir gegenüber. Ich sah sie erwartungsvoll an.

Sie fasste sich erneut an die Wange. »Ich bin die Treppe hinuntergefallen. Das Fieber hatte mich so geschwächt.« Sie blickte kurz auf den Boden.

»Ich fiel direkt auf das Gesicht und zog mir eine leichte Gehirnerschütterung zu.«

Das hörte sich schlimm an. »Oh, das tut mir leid«, sagte ich mit aufrichtigem Bedauern in der Stimme. »Da passt der Satz ›Glück im Unglück‹.«

Sie nickte. »Ja. Gott sei Dank habe ich mir nichts gebrochen.«

Himmel, sie hätte sich das Genick brechen können. Nein, nicht weiter darüber nachdenken!

Ich setzte mich auf und zeigte auf die Tüte. »Martha bat mich, die bestellten Bücher vorbeizubringen. Die Rechnung liegt bei.«

»Besten Dank. Das ist lieb von Ihnen.« Mirjam lächelte mich an, doch meine verletzte Seele ließ sich nicht so schnell erweichen.

»Gern geschehen.« Meine Stimme klang trotzdem viel zu weich. Und was weiter? Ich konnte sie unmöglich auf das Geschehnis von Sonntag ansprechen.

»Ich dachte nicht, dass Sie mir weiterhin freundschaftlich begegnen.« Das Lächeln verschwand aus Mirjams Gesicht. »Ich verstehe, wenn Sie wütend auf mich sind.«

Wütend? Sie haben mir mein Herz gebrochen.

Ich wollte sie anbrüllen, sie schütteln und sah sie nur stumm an.

»Sie sagen nichts, Jacki? Darf ich sie Jacki nennen?«

Hoppla. Das hörte sich verdammt vertraut an. »I…ich verstehe e-es nicht.« Meine Stimme klang belegt. »Ich dachte … na ja … ich dachte, Sie mögen mich und haben mir deswegen geholfen.«

»Ja. Ich wollte helfen, weil ich weiß, wie viel Ihnen der Fußball bedeutet.«

»Aber … aber warum sagen Sie ihrem Mann, dass ich auf und davon bin?«

»Das habe ich so nicht gesagt.« Mirjams Gesichtsausdruck verfinsterte sich.

»So oder anders. Ist doch egal!« Meine Stimme klang endlich energischer.

»Holger kam früher nach Hause und sah mich beim Zählen der Kollekte. Er war wahnsinnig enttäuscht, von Ihnen, von mir. Für ihn steht Vertrauen an vorderster Stelle.«

Sie blickte mich fast hilflos an und sie wirkte so zerbrechlich. »Ich wollte Sie nicht enttäuschen, Jacki. Es tut mir alles so leid«, flüsterte sie. Tränen kullerten auf einmal über Mirjams Gesicht. Verlegen schaute ich auf den Boden. Diese Situation überforderte mich. Ich musste verschwinden. Am liebsten hätte ich das Raumschiff Enterprise angefunkt, mit der Bitte, mich an Deck zu beamen. Oder besser die Voyager, zur taffen Captain Kathryn Janeway. Verdammt, was spielte sich nur in meinem Hirn ab? Mirjam saß mit Tränen in den Augen vor mir und ich wollte die Flatter machen. Typisch Jacqueline Achenbacher. *Sag endlich etwas!* Ich räusperte mich kurz. »Ich dachte, ich wäre in eine Falle getappt.«

»Eine Falle? Die ich Ihnen gestellt habe?« Ich vernahm die Bestürzung in ihrer Stimme.

»Ja«, sagte ich zerknirscht. »Jetzt weiß ich ja, wie es gelaufen ist.«

Ich beugte mich ein bisschen vor und legte meine Hand auf ihren Arm.

»Sie müssen nicht weinen. Es ist jetzt alles wieder in Ordnung. Ihr Mann war zwar anfangs sauer auf mich, aber er hat sich ja auch wieder beruhigt.«

»Holger ...«, sie überlegte kurz, wohl um die richtigen Worte zu finden. »Holger kann etwas nachtragend sein. Geben Sie ihm eine Chance.«

Sie sah mich bittend an und ich bekam das komische Gefühl, das sie mich warnen wollte. Gleichzeitig empfand ich eine vertraute Nähe zu Mirjam und fühlte mich stark und überlegen. Doch im nächsten Moment fand ich mich wieder auf dem Boden der Tatsachen.

»Was ist denn hier los?«, zerriss eine Stimme diesen wunderbaren Augenblick.

Ich zog die Hand zurück, während ich das Erschrecken in Mirjams hellblauen Augen sah.

»Holger ... Frau Achenbacher brachte mir die bestellten Bücher.« Sie stand auf und ging ihrem Mann ein paar Schritte entgegen. Er legte seinen Arm um sie und fixierte mich dabei.

»Ähm, ja, ich verabschiede mich dann auch.« Meine Selbstsicherheit verlor sich irgendwo im Wohnzimmer.

»Sie können bleiben, Frau Achenbacher.« Seine Stimme klang ölig und sein Blick blieb undurchschaubar. Mich hielt nach Hubers Auftauchen nichts mehr in diesem Hause. »Danke, ich sollte gehen.«

Ich stand auf. Mirjam reichte mir die Hand. Wie Magnete zogen mich ihre Augen an. Ich spürte das Ziehen in meinem Bauch. Augenblicklich ließ ich los und drehte mich um.

Ich verließ das Pfarrhaus mit der Gewissheit, dass sich kein bisschen an meinen Gefühlen zu Mirjam verändert hatte. Mein Herz loderte und in meinem Kopf meißelten sich die Buchstaben M I R J A M ein. Das war ja echt eine grandiose Idee, mich mit ihr auszusprechen, dachte ich. Ich musste dringend auf andere Gedanken kommen. Marie-Lu, bitte triff dich heute Abend mit mir.

Kapitel 9

»Kein Mensch beginnt, er selbst zu sein, bevor er nicht seine Vision gehabt hat.«

(Ausspruch der Ojibwa)

Marie-Lu verabredete sich mit mir in der Diskothek *Regenbogen.* Jeden zweiten Freitagabend fand dort ein Frauenfest statt. Als ich gegen dreiundzwanzig Uhr die Disko betrat, war eine Menge Betrieb. Laut dröhnende Musik empfing mich. Ich verspürte immer weniger Lust auf eine Tanznacht mit offenem Ausgang. Meine Gedanken kreisten um Mirjam und ich konnte sie einfach nicht abstellen. Plötzlich registrierte ich, dass jemand den Arm um meine Hüfte legte und eine raue Stimme mir ins Ohr schrie. »Hey, ich dachte, du kneifst oder triffst dich mit Spirit Hawk.« Marie-Lu lachte laut.

Sie zog mich zu einem Tisch, an dem mehrere Frauen standen. Ich kannte einige vom Trommelkurs. Na super. Sie hatten sich sicher prächtig über mich amüsiert. Marie-Lu drückte mir eine Flasche Bier in die Hand. Ich nahm sie entgegen und wir stießen miteinander an. Das Bier schmeckte schal und bitter. Eine der Frauen stellte sich als Anette vor. Sie erzählte mir von ihrer gescheiterten Beziehung und fragte, ob es keine anständigen Mädels mehr gäbe. Sie kräuselte ihre Lippen. Marie-Lu legte den Arm um mich und Anette wandte sich von mir ab.

»Anette schwatzt ihre Story den Frauen auf, die ihr gefallen«, erklärte mir Marie-Lu und lachte dabei. »Du bist ihr Typ und das kann ich verstehen.«

Bevor ich antworten konnte, nahm sie meine Hand und zog mich auf die Tanzfläche. Wir bewegten uns zum Rhythmus der Musik und langsam spürte ich, wie meine Anspannung nachließ und sich Mirjam vorerst von mir verabschiedete. Ich weiß nicht, wie lange ich getanzt hatte. Der Schweiß rann mir über den Körper und ich verspürte Durst. Ich gab Marie-Lu ein Zeichen, dass ich mir etwas zu trinken holen wollte und wir gingen zurück an unseren Tisch. Das Bier schmeckte jetzt nicht besser.

»Du tanzt fantastisch«, sagte Marie-Lu. Sie legte ihre Arme um mich und drückte ihre Lippen auf die meinen. Ich spürte ihre Zunge, die sich fordernd in meinem Mund bewegte. Ihre Hände schoben sich hier im Dunkeln unter meine Bluse und sie begann, mich zu streicheln. Sie verstand ihr Handwerk, trotzdem schmeckten mir auch Küsse an diesem Abend nicht. Verdammt, was passierte nur mit mir? Ich löste mich von Marie-Lu, die mich überrascht ansah.

»Sorry«, murmelte ich, »das ist heute nicht mein Abend.«

Ich sah die tiefe Falte, die sich auf ihrer Stirn bildete. Sie erhielt wohl nicht oft eine Abfuhr. Bevor sie etwas erwidern konnte, drehte ich mich um und verließ die Disko. Was Marie-Lu und die Freundinnen vom Trommelkurs von mir nach diesem Abgang hielten, malte ich mir besser nicht aus. Egal, darüber brauchte ich mir keine Gedanken zu machen.

Als ich in meinem Auto saß und den Zündschlüssel umdrehte, wurde mir unvermittelt schwindelig. *Jetzt werde ich auch noch krank.* Was heißt werde? Ich war bereits kränkelnd und man nannte diese Krankheit Liebeskummer.

Aus dem Radio erklang Celine Dions Hit *My heart will go on* und ich hatte durchaus das Gefühl, das mein Lebensschiff gerade einen Eisberg rammte.

Ich legte meinen Kopf auf das Steuerrad. Sollte ich gegen einen Baum fahren? Oder von einer Brücke springen? Verdammt, Jacki Achenbacher, worüber denkst du nach? Du hast dich einfach nur in die falsche Frau verliebt. Nicht mehr und nicht weniger. Das kann passieren und das Leben geht trotzdem weiter.

Plötzlich klopfte jemand an die Scheibe. Erschrocken fuhr ich in die Höhe und sah Marie-Lu, die die Beifahrertür öffnete.

»Darf ich?«

Ich nickte und sie setzte sich neben mich.

»Was ist los?«, fragte sie.

Marie-Lu sah topp aus. Warum fuhr ich mit ihr nicht nach Hause und verbrachte eine aufregende Nacht? Weil Mirjam mein Herz geentert hatte.

»Ich bin einfach nicht in Stimmung«, sagte ich murmelnd.

»He, was verdirbt dir die Party?«

Ich hob die Schultern. Ihr würde ich nicht von meiner heimlichen Liebe erzählen.

»Ich freue mich auf den Abend mit dir und nun das.« Sie sprach mit gurrender Stimme. »Ich finde dich wahnsinnig aufregend.«

»Es gibt doch eine Menge Mädels in der Disko, die du abschleppen kannst.«

»Ja, ich weiß, dass mir dieser Ruf vorauseilt.« Sie seufzte. »Dabei handelt es sich um Gerüchte von eifersüchtigen Frauen. Glaube mir, ich bin auf der Suche nach der wahren Liebe, die sich vor mir versteckt. Zumindest bin ich noch nicht fündig geworden.«

Sie legte ihre Hand auf meinen Oberschenkel. »Als ich dich in Monikas Laden sah, bekam ich Herzflimmern. Du strahlst etwas Besonderes aus, weißt du das?«

Sie sprach sanft und ihrem tiefen Blick hielt ich nicht stand. Das klang toll, das klang verdammt toll. Andererseits konnte das alles heißen. Ich war besonders blöd, besonders naiv, besonders leichtgläubig ...

Ihre Finger streichelten meine Wange. Sie beugte sich vor und küsste zärtlich meine Lippen. Vor meinem geistigen Auge sah ich Mirjam. Das konnte doch nicht wahr sein! Es gab jetzt nur zwei Möglichkeiten. Entweder ich warf Marie-Lu aus dem Wagen, fuhr nach Hause, legte mich ins Bett und pflegte mein Liebesleid, oder ich ließ mich auf Marie-Lu ein. Ich konnte nicht ausschließen, dass sie es ernst meinte. Bisher gab es keine Frau in meinem Leben, mit der ich eine ernsthafte Beziehung eingegangen war. Mit Anna verband mich eine zärtliche Bett-Freundschaft. Wir mochten uns, aber mehr kam für uns beide nicht infrage. Ich spürte schon lange, dass mich diese Art einer Beziehung nicht dauerhaft glücklich machen konnte. Tausend Gedanken und Bilder flogen durch meinen Kopf, während Marie-Lu begann, mich weiter zu verführen.

Plötzlich erklangen die Töne von Mozarts *Kleiner Nachtmusik.* Mein Handy meldete sich um zwei Uhr nachts. Marie-Lu stöhnte auf und lehnte sich im Beifahrersitz zurück, während ich in der Seitentür nach meinem Handy kramte und das Gespräch annahm.

»Hallo«, rief ich aufgeregt. Mir wurde heiß und kalt. Wenn um diese Zeit ein Anruf kam, bedeutete es meistens nichts Gutes.

»Na, liegst du im Bett mit ihr?«, vernahm ich die Stimme meiner besten Freundin.

»Du?« Ihre Stimme klang seltsam. Entweder war sie auf einem Trip oder hatte zu viel getrunken.

»Dann würden wir jetzt nicht miteinander telefonieren«, knurrte ich.

»Gut. Das ist gut. Lass die Finger von ihr.«

Ich blickte zu Marie-Lu, die entspannt und mit geschlossenen Augen neben mir saß.

»Was ist los mit dir?«, fauchte ich und stellte die Musik etwas lauter.

»Ich glaube, Spirit Hawk will dir irgendetwas mitteilen. Wenn du dich mit Marie-Lu einlässt, ist dieser Zauber vorbei.«

Ich drehte mich etwas zur Seite und hielt mir das andere Ohr mit dem Finger zu. »Joint oder zu viel Alkohol? Wie kann man nur so ein Unsinn erzählen?«

»Flüsterte sie dir mit sanfter Stimme zu, dass du etwas Besonderes bist?«

»Ja ... ähm, nein ... woher weißt du das?«, fragte ich mit gedämpfter Stimme.

»Hihi. Alle Frauen fallen darauf rein.«

Marie-Lus Hand streichelte meinen Oberschenkel.

»Toll«, zischte ich. »Warum sagst du mir das nicht vorher?«

»Da wusste ich noch nicht ...«

»Was?«

»... das deine Träume von Bedeutung sind.« Ich sah Spirit Hawk, Mirjam und den skalpierten Pastor vor mir.

»Du machst mich wahnsinnig«, stöhnte ich etwas lauter.

»Das ist mein Plan«, flüsterte Marie-Lu mit prickelnder Erotik in der Stimme.

Nein, nicht sie machte mich verrückt. Okay, ein bisschen. Ehrlich gesagt, es prickelte.

»Hör auf mich«, sagte Monika und beendete einfach das Gespräch. Ich legte mein Handy auf die Ablage und lehnte mich zurück.

Marie-Lu sah mich an. »Gehen wir zu mir, ich wohne nur zwei Kilometer entfernt.«

Sie war ein Vamp und ich wollte mich nur zu gerne von dieser Frau aussaugen lassen. Aber Monikas Anruf ließ mich nicht los.

»Meine Mutter«, stammelte ich stattdessen. »Sie ... sie ist ... krank, weißt du?! Ich glaube ... ich glaube, es ist besser, ich fahre heim.«

»Okay.« Marie-Lus Stimme klang mit einem Mal kühl. »Dann nicht.« Sie öffnete die Tür, und bevor *vielleicht das nächste Mal* über meine Lippen kam, hatte sie die Tür zugeknallt. Sie blickte nicht zurück, sondern ging schnurstracks in die Disko. Ich atmete tief durch, startete den Wagen und fuhr nach Hause.

Am nächsten Morgen schwang ich mich auf mein Fahrrad und betrat mit frischen Brötchen Monikas Indianerladen. Neben dem Verkaufsraum gab es noch ein Zimmer, das sie als Lager und Aufenthaltsraum nutzte.

»Verdammt, ich dachte, sie bedeutet dir nichts. Ich hätte doch kein Date mit Marie-Lu ausgemacht, wenn du eifersüchtig bist.« Der Verlauf des gestrigen Abends lag mir noch immer quer im Magen.

»Quatsch nicht so einen Mist«, sagte Monika bissig. »Du wirst jetzt wissen, dass sie es nicht wert ist.«

»Warum rufst du mich mitten in der Nacht an? Mit so einer Erklärung!«

»Ich hatte in letzter Zeit einige Kontakte.«

»Ja, mit Spirit Hawk und seinen unbarmherzigen Gesellen.« Der Spott in meiner Stimme war nicht zu überhören.

»Ich weiß, dass du denkst, ich spinne. Höre mir bitte zu.«

Sie erklärte mir, dass meine Träume Visionen sein könnten. Für die Indianer bedeuteten Traum und Wirklichkeit eins.

»Das würde ja heißen, Huber läuft ohne Haarschopf herum. Dem ist eindeutig nicht so.«

Monika rollte die Augen. »Du willst es nicht verstehen. Die Visionen, die überirdischen Gestalten im Traum sind Boten. Das, was du im Traum erlebst, erlebt deine Seele. Für die Indianer sind das reale Erlebnisse ihres Ichs. Sie schenken ihren Träumen große Bedeutung. Durch systematisches Fasten, Tiergifte, nächtelanges Singen oder Tanzen, versuchen die Indianer, Visionen zu erlangen.«

»Interessant. Aber das betrifft doch nicht mich!«

»Warum nicht?«, fragte Monika. »Warum lehnst du alles ab, was du vom Verstand her nicht begreifen kannst oder willst? Dein christlicher Glaube vertraut auf etwas, was du real noch nie gesehen hast. Du spürst den Glauben in dir, das ist nicht viel anders.«

Monika konnte argumentieren. »Okay, ich lass mich auf deine Indianerphilosophie ein.«

»Gut.« Erwartungsvoll sah mich meine Freundin an.

»Soll ich jetzt den Huber skalpieren oder was?«

»Nein, natürlich nicht. Für die Indianer ist der Traum-Realismus die Grundlage ihrer Weltanschauung. Sie ist die Haupttriebkraft ihres gesamten Denkens, Planens und Tuns. Überlege, was deine Visionen bedeuten könnten.«

Monika stand auf und ging in den Verkaufsraum, denn die Türbimmel hatte Kundschaft angekündigt.

Ich lehnte mich in meinem Stuhl zurück und starrte eine Weile vor mich hin. Mirjam hatte ich im Traum mit Verletzungen im Gesicht gesehen. Diese hatte sie sich tatsächlich zugezogen. Warum wurde Pastor

Huber in meinen Träumen von den Indianern skalpiert? War es mein innigster Wunsch, ihm Schmerzen zuzufügen? Besaß ich diese dunkle Seite? Vielleicht brandete in mir einfach nur die Eifersucht auf, weil ich in Mirjam verliebt war. Doch diese Liebe würde ich niemals ausleben können. Das musste mir klar werden und dann hätten sich diese verrückten Träume erledigt.

»Okay, ich denke darüber nach«, sagte ich zu Monika, als sie zurückkam. Ich hoffte, sie damit zu beruhigen.

Monika nickte zögernd. »Was ist mit dem Traumfänger passiert, den ich dir geschenkt habe?«

Verlegen schaute ich zu Boden und suchte krampfhaft nach einer Antwort.

»Du hast ihn weggeschmissen?« Monika stemmte die Hände in ihre Hüfte.

»Nein, nein. Ich bin noch nicht dazu gekommen, ihn aufzuhängen«, sagte ich und biss mir auf die Lippe.

»Ach! Wann habe ich ihn dir gegeben? Gestern, vorgestern, oder ist es ein Jahr her?«

»Ich glaube nicht an so etwas und darum liegt dieser Staubfänger im Keller.«

»Staubfänger?« Monika fasste sich an den Kopf. »Ich bin entsetzt. Na, ich wünsche dir weiter angenehme Träume.«

Kapitel 10

»Ich bin bei euch alle Tage bis zum Ende der Welt.«

(Mt 28,20 LUT)

Ich nahm mir vor, keine romantischen Gedanken mehr an Frau Pastorin zu verschwenden. Dabei konnte mir am besten der Fußball helfen. Am Sonntagvormittag spielten wir gegen den Tabellenletzten und gewannen 4:0.

Nach dem Spiel setzte ich mich noch mit einigen Mitspielerinnen im Vereinsheim zusammen. Der harte Kern der Mannschaft bestand aus Caro, ihrem Mann Horst, der gleichzeitig mein Torwarttrainer war, Svenja, die langjährige Freundin unseres Vereinswirtes Max, Silvia, die gerade mal wieder solo war und unser inoffizielles Pärchen Astrid und Birgit. Ich hatte die beiden vor zwei Jahren in Bremen in der Diskothek *Rosarote Zeiten* getroffen. Die Zwei sahen mich im selben Moment, wie ich sie. Ein paar peinliche Sekunden des Schweigens vergingen, bevor wir uns angrinsten. *Du auch? – Ihr auch?* Sie waren seit fünf Jahren ein Paar, aber sie hatten sich nur wenigen Freunden anvertraut. Ihre Familien vertraten wohl ein konservatives Weltbild und deshalb kam ein Coming-out für Astrid und Birgit nicht infrage. Wir versprachen, unser gegenseitiges Geheimnis zu bewahren.

Während ich mein Bier trank, gesellte sich Torsten Fellner zu mir.

»Klasse gehalten«, sagte er und prostete mir mit einer Cola zu.

»Na ja, so viel zu Halten hatte ich heute nicht.« Ich wischte mir mit dem Handballen den Schaum von den Lippen.

»Wenn du einen Schwachpunkt in deinem Torwartspiel hast, dann ist es die Strafraumbeherrschung. Du könntest öfter Flanken abfangen, bleibst aber lieber im Tor stehen.« Torsten verzog die Mundwinkel. »Da fehlt dir vielleicht etwas das Timing. Nicht sauer sein.«

Dieser Vollpfosten. Weil er jahrelang im Kasten der ersten Mannschaft stand, dachte er, die Torhüter-Weisheiten mit Schöpflöffeln gefressen zu haben.

»He, Horst«, rief ich meinem Torwarttrainer zu. „Torsten meint, du trainierst mich falsch.«

»So?« Horst verschränkte seine Arme vor der Brust.

»Quatsch, das habe ich nicht gesagt.« Torsten schüttelte energisch den Kopf. »Ich sagte nur, dass Jackis Schwäche das Abfangen von Flanken ist.«

Horst grinste. »Trainiere du das doch mit ihr.«

Mein wütender Blick traf Horst, der fragend die Schultern hochzog. Da hörte ich Torsten begeistert antworten: »Gerne. Wann? Ich bin sofort dabei.«

Mann, ein super Eigentor, Jacki Achenbacher. Wer hat sich hier wohl gerade den Titel Vollpfosten verdient?

»Jacki, Torsten will was von dir«, raunte mir Silvia zu, die neben mir saß. »Der steht total auf dich.«

»Wie kommst du denn darauf?«, flüsterte ich zurück.

»Alle wissen das. Er sieht dir dauernd zu und beobachtet dich. Du spannst das ja nicht.«

»Du spinnst.« Ich blickte über die Schulter und sah, dass Torsten mit Max debattierte. Sein ausgeprägter Adamsapfel wanderte auf und ab.

»Nein. Das geht gar nicht«, sagte ich leise zu Silvia. »Torsten ist mir zu alt und überhaupt nicht mein Typ.« Ich atmete tief durch.

»Nur ruhig Blut.« Auf Silvias Gesicht erschien ein Lächeln. »Der gehört doch zu deinem christlichen Verein.«

»Pfff. Torsten ist gewähltes Mitglied des Kirchengemeinderates, mehr verbindet uns nicht.«

»Mensch Jacki, er besitzt die *Alte Apotheke.* Fellner ist eine interessante Partie.«

»Er ist geschieden. Da hört es mit einer guten Partie auf, wenn er seine Ex finanzieren muss. Außerdem bedeutet mir Geld nicht viel.«

»Hihi ... jedem ist Knete wichtig. Nun, und so lausig schaut er nicht aus.«

»Versuch du doch dein Glück.«

»Ich bin leider nicht bei ihm gelandet. Er steht auf Torhüterinnen.« Silvia lachte vor sich hin.

»Jacki.« Ein Arm legte sich um meine Schulter. »Ich trainiere dich nächste Woche. Caro und Horst sind einverstanden. Wie findest du das?« Torsten strahlte mich an.

Super, die seit langem beste Nachricht. Caro und Horst duckten sich unter meinem Blick, der giftige Pfeile losschoss.

»Lass uns darauf einen trinken. Ich gebe eine Runde Schnaps aus.« Torsten hob den Arm, um die Bedienung an den Tisch zu holen. Alle ließen ihn begeistert hochleben. Es blieb nicht bei dem einen Kurzen.

Während ich viel Bier und Schnaps konsumierte, beschränkte sich Torsten auf alkoholfreies Bier. Als Unternehmer konnte er es sich nicht leisten, nach einer durchzechten Nacht seine Apotheke wegen eines dicken Kopfes nicht zu öffnen.

Als er seinen Arm um meine Hüfte legte, erstarrte ich innerlich. Was sollte ich tun? Ihm deutlich erklären, die Pfoten von mir zu lassen? Ich wollte nicht als hysterische Zicke dastehen. Während ich versuchte, mit schwerem Kopf den Gesprächen der anderen zu folgen, wanderte seine Hand wie zufällig unter meine Bluse und er streichelte meine nackte Haut. Unsere Beine berührten sich. Verdammt, jetzt wurde es Zeit, eine Entscheidung zu treffen. Einen verrückten Moment lang dachte ich darüber nach, mich auf ihn einzulassen. Noch drei Schnaps und ich ginge mit ihm ins Bett. Vielleicht war er ja die Lösung all meiner Probleme. Nein, so viel Schnaps konnte ich gar nicht trinken, um eine Nacht bei diesem Mann zuzubringen. Warum saß nicht *sie* neben mir und berührte mich zärtlich? *Verdammt, Jacki Achenbacher, weil Frau Pastorin unerreichbar für dich ist. Kapier das endlich!* Laute Trommelgeräusche machten sich in meinem Kopf bemerkbar. Entweder kam gleich Spirit Hawk vorbeigeritten oder ich bekam einfach nur Kopfschmerzen. Ich sehnte mich nur noch nach meinem Bett.

Ich sah Torsten an und empfand es als absurd, etwas mit ihm anzufangen.

»Mir ist ein bisschen übel. Ich geh heim«, erklärte ich ihm und stand auf.

»Ich bringe dich nach Hause«, entschied er und ich dachte, alle Lichter gehen aus. Wie blöd stellte ich mich eigentlich an? Er hatte meinen Satz als Aufforderung verstanden, mit mir mitzugehen. Was tun? Ich bezahlte meine hohe Zeche bei Max und wir verabschiedeten uns von den anderen. Dabei sah ich in derb grinsende Gesichter. Nur Astrid und Birgit blickten mich etwas irritiert an. Sollten sie denken, was sie wollten. Die Vorstellung, noch drei Kilometer nach Hause zu torkeln, fühlte sich nicht prickelnd an. Ich stieg zu Torsten ins Auto und hoffte, dass er nichts erwartete, sondern mich einfach nur nach Hause fuhr.

Er stellte seinen CD-Player an und es erklang Lionel Richies Schmusesong *Hello.* Ich sah die CD-Hülle von *Kuschelrock - The very best* und dachte, dass er sich entweder vorbereitet hatte oder nur solche kuschligen Lieder hörte.

»Jacki, warum lebst du alleine?«, fragte er, während er den Wagen startete.

Warum? Was für eine blöde Frage. Weil ich mich nicht für euch Kerle interessiere. Kapiert? Ich hob nur die Schultern.

»Weißt du, wie sexy du aussiehst?« Seine Hand wanderte auf mein Bein und ich dachte komischerweise an Marie-Lu. Diese Situation hatte ich doch erst vor einigen Tagen durchlebt.

Ich betrachtete seine langen feingliedrigen Finger.

»Du gefällst mir, Jacki«, säuselte er. »Das ist dir nicht verborgen geblieben, oder?«

Ich schüttelte den Kopf. Verdammt, wie kam ich nur aus dieser Lage unbeschadet heraus? Aber der kurze Fahrtweg reichte sowieso nicht für eine längere Plauderei.

»Bekomme ich noch einen Kaffee bei dir?«, fragte Torsten.

Da kam sie, diese Frage. Er wollte zu mir und er wollte mit mir ins Bett gehen. Torsten beugte sich zu mir herüber und nahm mein Gesicht in seine Hände. Er zog mich an sich und ich spürte seine feuchten Lippen auf meinem Mund. Es widerte mich an.

Nein, ich konnte das nicht! Ich löste mich von ihm. »Danke fürs Heimfahren. Mir ist übel und ich ... ich kann nicht. Ich muss morgen arbeiten.«

Ich sah die Enttäuschung auf Torstens Gesicht. Flugs öffnete ich die Tür und stolperte aus dem Wagen.

»Nicht böse sein«, rief ich ihm zu, bevor ich die Beifahrertür zufallen ließ. Ich ging zum Hauseingang und befürchtete, dass er mir folgen könnte. Erleichtert atmete ich auf, als das Auto wegfuhr. Ich schloss die Haustür auf, schwankte in den Fahrstuhl, fuhr in den dritten Stock und betrat heilfroh meine Wohnung.

Am nächsten Morgen trank ich einen halben Liter Cola und zwei Tassen Kaffee, um zu mir zu kommen. Eine Kopfschmerztablette rundete mein Frühstück ab. Leicht verkatert spazierte ich um kurz vor neun Uhr in mein Büro. Die Gefahr, am pastorfreien Montag das Ehepaar Huber zu treffen, stufte ich als gering ein.

Ich stellte meinen PC an und setzte mich auf meinen Bürostuhl. Mein Kopf brummte immer noch und der Magen verlangte nach etwas nicht Essbarem. Aus meinem Rucksack nahm ich die angebrochene Cola und trank mit gierigen Schlucken direkt aus der Flasche.

Ich starrte auf meinen Posteingangskorb und überlegte, wie ich diesen Tag unbeschadet überstehen sollte. Leise stöhnte ich kurz vor mich hin und griff zu einer Handvoll Bewerbungsunterlagen, die für eine ausgeschriebene Altenpflegerinnenstelle eingegangen waren. Leider konnten wir uns nur für eine Bewerberin entscheiden und ich musste den anderen eine freundlich formulierte Absage zusenden. Es klopfte und die Tür öffnete sich langsam.

»Guten Morgen«, begrüßte mich Mirjam Huber mit einem zauberhaften Lächeln. Meine kleine Bürowelt wurde rosarot.

Ich starrte sie eine gefühlte Ewigkeit an, bevor ich ein »Hallo« hauchte.

»Geht es Ihnen nicht gut?«, fragte sie und sah mich besorgt an.

Oh Mann, wie sehe ich aus? Was soll ich sagen? Ich frönte Hochprozentigem, um Sie aus meinem Kopf zu verbannen und dafür bekam ich einen dicken Kater?

»Kopfweh«, murmelte ich. »Migräne«, fiel mir noch ein.

»Oh. Leiden Sie öfter unter Migräne?«

Ja, jedes Mal, wenn ich zu tief ins Glas blicke. »Nein. Zum Glück nicht.«

»Haben Sie eine Tablette genommen? Soll ich Ihnen eine bringen?«

Lieber eine Flasche Champagner und zwei Gläser. »Danke, das ist total nett, aber ich habe bereits etwas eingenommen.« Sie sorgte sich um mich, der Wahnsinn. Meine Mutter erzählte mir schon vor einigen Tagen, wie sehr die alten Herrschaften im Heim Mirjam verehrten. *Sie wäre ein Mensch, der sich ernsthaft und voller Hingabe um die Pflegebedürftigen, die Kranken, die Demenzkranken kümmerte.* Wenn meine Mutter schon mal so ein Lob, wenn auch zähneknirschend, über Pastoren aussprach, dann hatte das auch seine Berechtigung. Und jetzt fühlte Mirjam mit mir und meinen Kopfschmerzen. Oh Himmel, sie füllte inzwischen mein Herz komplett aus.

»Na gut. Ich hoffe, es geht Ihnen dann bald besser.« Sie griff in ihre Tasche und legte mir ein Buch auf den Tisch. »Ich dachte, dass gefällt Ihnen.« Sie beugte sich dabei über meinen Schreibtisch.

Ein dezenter süßer Parfümgeruch drang in meine Nase. Ich atmete ihn tief ein. Sie trug eine zugeknöpfte Bluse. Ich bevorzugte Hemden, an denen ich immer gerne zwei, drei Knöpfe geöffnet ließ. Ein Rollkragenpulli war für mich ein Albtraum von einem Kleidungsstück. Frau Pastorin schien zugeknöpft oder ihr Mann wollte nicht, dass sie sexy aussah. Während diese Gedanken durch meinen Kopf rauschten, nahm ich das Buch in die Hand und las den Titel: »Liebesgedichte von Frauen«.

»Sie werden in dieser Sammlung Mascha Kaléko finden, aber noch viele andere wunderbare Dichterinnen.«

Mirjam Huber schenkte mir ein Buch mit Liebesgedichten. Wahnsinn. Ein Wink mit dem Zaunpfahl? *Okay, träum weiter!* »Danke«, sagte ich leise. »Aber warum schenken Sie mir etwas?«

Sie sah kurz auf den Boden und wirkte dabei fast ein wenig verlegen. »Ich fand es so nett von Ihnen, dass sie mir die Buchbestellung am Freitag vorbeibrachten und ich finde es wunderbar, dass Sie auch Lyrik mögen.«

Mascha Kaléko, deine Bücher werden einen Ehrenplatz in meinem Regal erhalten.

»Es handelt sich um Liebesgedichte.« Sie strich sich eine Haarsträhne hinter das Ohr. »Es ist letztlich die Liebe, die uns am meisten beschäftigt und die für unser Leben unentbehrlich ist. Die Liebe zu Gott und natürlich die Liebe zu einem Menschen.«

Ich lauschte andächtig ihrer melodischen Stimme und hoffte inständig, dass sie niemals aufhörte zu reden. Leider tat sie mir diesen Gefallen nicht. Krampfhaft suchte ich nach Worten für eine intelligente Antwort. »Ja, ich mag Gedichte und besonders Liebesgedichte. Da verbindet uns eine gemeinsame Leidenschaft«, brachte ich über meine Lippen.

»Vielleicht finden wir ja noch mehr Gemeinsamkeiten.« Mirjams Blick wirkte auf einmal fast keck. Hoppla. Von mir aus gerne. »Wir können ja mal zusammen einen Kaffee trinken gehen und uns darüber austauschen.« Hatte ich das wirklich gesagt?

»Ja, das würde ich gerne.« Mirjams Blick verfinsterte sich.

Oh je, ich hatte mich zu weit aus dem Fenster gewagt. Aber schon erschien wieder ein Lächeln auf ihrem Gesicht, das aber so gar nicht mit ihrem traurigen Blick zusammenpasste. »Vielleicht klappt es ja mal. Ich werde mich jetzt verabschieden, denn ich muss heute noch einiges erledigen.«

»Okay, es ist ja ihr freier Tag.« *Schade.* Sie verließ mein Zimmer und ich drückte das Buch an mich. Ich kam mir dabei vor, wie ein pubertierender Teenager. Statt Mirjam Huber aus meinem Herzen zu verbannen, gewährte ich ihr dort immer mehr Asyl. Davon durfte sie nie etwas erfahren.

Ich schwebte auf meiner rosaroten Wolke durch mein Büro, bis ich von dieser unsanft heruntergeholt wurde. Wenige Minuten nach Mirjam betrat Holger Huber mein Zimmer. Ich schob das Buch auf die Seite des Schreibtisches.

»Morgen, Frau Achenbacher«, begrüßte mich der Pastor. »Sind die Absagen geschrieben?«

»Nein. Ich wollte mich ...«

»Ja, ja. Schreiben Sie diesmal vernünftige Texte. Ihr Schreibstil gefällt mir nicht.«

Wie bitte? Niemand hatte mich bisher deswegen kritisiert. Im Gegenteil. Mein Chef gab mir öfter seine Briefe zur Beantwortung, weil ich gut formulieren konnte.

»Was gibt es daran auszusetzen?«, fragte ich und schluckte hart.

»Ihre Texte hören sich platt und oberflächlich an. Als kirchliche Einrichtung sollten wir unsere christlichen Gedanken auch in unseren Briefen in Worte kleiden.«

Platt und oberflächlich! Pah. Sollte ich Bibelzitate und die Tageslosung in die Absagen einflechten? Mann, der hatte echt Vorstellungen.

»Bisher hat sich niemand über meinen Schreibstil beschwert.« Ich versuchte, meine Empörung in den Griff zu bekommen.

»Ich bin unzufrieden und ich trage die Verantwortung für dieses Haus. Bitte schreiben Sie einen Entwurf und morgen sehe ich ihn mir an.«

Einen Entwurf für eine Bewerbungsabsage? Hatte der Mann nichts zu tun?

»Ich weiß nicht«, murmelte ich.

»Sie wissen nicht, ob Sie meine Anweisung befolgen wollen?«

Ich starrte in seine Augen, die mich kalt musterten. In diesem Moment betrat Hannes Larsen mein Büro. Er hatte ein fröhliches Naturell und bekam die angespannte Stimmung zwischen Huber und mir nicht mit.

»Moin«, rief er und zwinkerte mir zu. »Ausgeschlafen?«

»Ja, ich kam heute einfach nicht aus dem Bett.«

»Dafür gibt es ja die Gleitzeit.« Er wandte sich an Pastor Huber. »Schön, dass ich Sie treffe. Wir müssen eine dringende Angelegenheit besprechen.«

Huber nickte. »Ein paar Minuten Zeit habe ich noch.«

»Ja, ich bin ebenfalls auf dem Sprung. Ein Termin in Oldenburg wartet auf mich und der dauert den ganzen Tag.«

Die beiden Männer verließen mein Büro und ich blieb konsterniert zurück. Was hatte das zu bedeuten? Hoffte Huber darauf, dass ich mich gegen ihn auflehnte? Wollte er mir eine Abmahnung verpassen oder mich loswerden? Welches Problem hatte er mit mir? Mir wurde schwarz vor Augen. Ich hing an meinem Job und die Arbeitsmarktsituation in Norddeutschland sah nicht rosig aus.

Bisher verlief mein Leben ziemlich unaufgeregt mit einigen Höhen und Tiefen. Doch seit dem Auftauchen der Hubers war es aus der Balance geraten. Ich musste dringend mit Larsen sprechen. Ich öffnete die Datei mit den Briefvorlagen und las den vorbereiteten Wortlaut für die Absagen. Er hörte sich perfekt an. Verdammt, was sollte ich tun? Welche Keule würde Huber schwingen, wenn ich ihm den Text unverändert vorlegte? Ob mir der nette, harmoniebedürftige Hannes Larsen in dieser Situation helfen könnte? Ich begann an meinen Plan, ihn einzuweihen, zu zweifeln. Angst schlich sich durch meinen Körper und ich überlegte, das Anschreiben umzuformulieren.

Als ich am späten Nachmittag nach Hause kam, fand ich in meinem Briefkasten eine Postkarte von Sander. Er hatte sich eine Woche in einem Kloster eine Auszeit genommen und beschlossen, noch auf einem Teil des norddeutschen Jakobswegs zu pilgern. Der Weg nahm seinen Anfang in Bremen, führte hinaus nach Wildeshausen, Vechta, bis nach Osnabrück. Auf dieser Strecke sollten knapp 190 Kilometer zurückgelegt werden. Die Ruhe aus der einwöchigen Meditation wollte er mitnehmen und war daher auf seinem Handy nicht erreichbar. Er plante, zwei Tage vor unserem Treffen in Hamburg zu sein. Meine Enttäuschung verwandelte sich in Niedergeschlagenheit. Mein väterlicher Freund spazierte durch die Walachei, während ich dringend seinen Rat benötigte. Ich heftete die Karte an meine Pinnwand und rief meine Mutter an, um ihr von Sanders Wanderung zu berichten.

»Ach du liebe Zeit. Mit zunehmendem Alter werden seine Ideen immer verrückter«, sagte sie. Vor einigen Tagen hätte ich ihr zugestimmt. Doch im Moment stand eine Jakobswegtour gemeinsam mit meinem Sander oben auf meinem Wunschzettel.

Wir plauderten eine Weile über Gott und die Welt. Sie erzählte viel von ihrer Arbeit im Pflegeheim. Meine Mutter mochte ihren Beruf, obwohl er ihr alles abverlangte.

»Lass uns nächsten Freitag ins Korfu gehen«, sagte ich. »Ich reserviere, sonst bekommen wir dort keinen Platz mehr.«

Meine Mutter stimmte erfreut zu. Wir liebten beide diese gemütliche griechische Taverne. Kaum hatte ich den Hörer aufgelegt, klingelte es an der Haustür. Anstatt gleich den Summer zu betätigen, fragte ich in die Gegensprechanlage, wer da sei.

»Fleurop«, hörte ich eine jugendliche Stimme.

»Fleurop? Sie wollen zu mir?«

»Achenbacher?«

»Ja.«

»Dann bin ich richtig.«

Ich drückte auf den Türöffner und kurze Zeit später trat ein pickliger, dürrer Mann aus dem Fahrstuhl. Er hielt mir einen in Folie eingewickelten Strauß roter Rosen entgegen. Ich nahm ihm die Blumen ab, murmelte noch ein Danke und schloss meine Wohnungstür.

Wer zum Teufel schickte mir rote Rosen? Ich las die Karte, die zwischen den Blumen steckte.

»Liebe Jacki! Ich habe den gestrigen Abend mit dir genossen. Es wäre nett, dich bei einem Abendessen besser kennenzulernen – außerhalb unserer gemeinsamen Aktivitäten beim Fußball und in der Kirche. Ich rufe dich an. Torsten.«

Ich hatte es geahnt und musste fast ein bisschen über mich lachen. Da schenkte mir jemand das erste Mal in meinem Leben rote Rosen und die erhielt ich vom Apotheker Fellner, auf den ich überhaupt nicht stand. Ich bekam Lust, den Strauß in die Mülltonne zu werfen, um jede Erinnerung an gestern Abend zu löschen. Jetzt schlug er noch ein gemeinsames Essen vor. Hilfe! Was sollte ich nur tun? Ihm erklären, dass aus uns beiden nichts wird. Punkt! Ich streckte dem Blumenstrauß die Zunge entgegen.

Holger saß fast eine Stunde in der Kirche und betete. Doch er konnte sich kaum konzentrieren. Dauernd sah er das Büchlein auf dem Tisch liegen. Als Mirjam am Samstag von einem Einkaufsbummel aus Oldenburg zurückgekommen war, hatte er beobachtet, wie sie hektisch eine Tüte in ihre Arbeitstasche steckte. Die anderen Einkäufe, ein Rock, ein Paar Schuhe und Kleinigkeiten aus dem Drogeriemarkt hatte sie vor ihm ausgepackt. Als sie ins Badezimmer ging, hatte er in ihrer Tasche nachgesehen. Es war dieses Buch *Liebesgedichte von Frauen*. Warum lag es jetzt bei dieser Jacqueline Achenbacher auf dem Schreibtisch? Hatte Mirjam ihr es geschenkt und wollte dies vor ihm verheimlichen? Er fühlte sich von seiner Frau hintergangen. Was fand sie nur an dieser Achenbacher? Mirjam wollte doch wohl nicht ausgerechnet zu dieser Person eine Freundschaft aufbauen? Er hatte ihr doch ausdrücklich erklärt, dass er das nicht wünschte. Nicht mit der Achenbacher. Mirjam untergrub seine Autorität und das würde er nicht zulassen. Holger konnte seine Wut kaum kontrollieren. Leise sprach er das *Vater unser*, zwei-, dreimal hintereinander und langsam beruhigte er sich. »Herr, hilf mir, die richtigen Entscheidungen zu treffen.« Er bekreuzigte sich und stand auf.

Am nächsten Morgen begann ich früh meinen Arbeitstag. Ich überprüfte den Text für die Absagen und hoffte, dass Huber sich damit zufriedengab. Da ich mich mit meinem Kollegen Jens bestens verstand, ging ich zu ihm, um seine Meinung zu dem Schreiben zu hören. Während er sich den Brief durchlas, erzählte ich ihm von der Meinungsverschiedenheit mit Huber. Jens sah mich irritiert an.

»Warum machst du dir gleich solche Gedanken? Jeder weiß, dass du deine Briefe treffend formulierst.«

Ich hob resigniert die Schultern. »Ich will keinen Stress.«

»Was sagte denn Larsen dazu?«

»Es gab noch keine Gelegenheit, mit ihm zu sprechen.«

»Rede mit ihm. Er ist dein Chef. Wenn er diese Briefe absegnet, kann sich Huber auf die Hinterbeine stellen.«

»Und wenn nicht?«

»Mensch Jacki, so kenne ich dich nicht. Wo ist dein Selbstbewusstsein?«

»Der hat mich auf dem Kieker.«

»Wieso? Welchen Grund sollte es dafür geben?«

»Du bist doch dabei gewesen. Mein blöder Spruch bei seiner Gartenparty. Das hat er mir echt krummgenommen.«

Jens nickte. »Stimmt. Erst hast du den Gottesdienst wegen des Fußballspiels verpasst und dann bekommt er deine launigen Worte mit. He was not amused.«

»Oh yes, he was very angry.«

»Das kann doch nicht der Grund sein.« Jens sah mich feixend an: »Womit hast du ihn auf die Palme gebracht?«

Ich grinste verlegen zurück.

Jens Gesichtsausdruck verlor sein Grinsen. »Was ist passiert?«

Ich überlegte, ihm die Story von meinem misslungenen Kollektendienst zu erzählen. Doch da bei dieser Geschichte Mirjam ungut wegkam, schüttelte ich nur den Kopf. »Nichts Besonderes. Es handelt sich um Kleinigkeiten, an denen wir uns reiben.«

Jens sah mich zweifelnd an. »Der Huber tickt anders, als unser Pastor Sander. Daran müssen wir uns alle erst gewöhnen.«

»Außer Ines, Sybille und ein paar anderen Kolleginnen, die Huber zu Füßen liegen.«

»Ja, das stimmt. Die schwärmen für ihn und du trägst einen Kampf mit ihm aus. Warum stehst du nicht auf ihn?«

»Spinnst du?«

»Wer ist überhaupt dein Typ. Du gehst inzwischen stramm auf die dreißig zu und ich kenne dich nur als Single.«

Peng! Das saß. Man registrierte meine Ungebundenheit.

Was denkst du denn, Jacqueline Achenbacher? Du lebst nicht in einer Großstadt. In deinem Alter sind fast alle verheiratet oder liiert, manche sind sogar geschieden. Was soll ich ihm antworten? Mein Typ ist eher die Frau Pastorin? Na klar. Da kann ich mich ja gleich beim Arbeitsamt melden.

»Du weißt nicht alles von mir«, entgegnete ich barscher, als beabsichtigt.

Jens hob beschwichtigend seine Hände. »Sorry, ich wollte dich nicht kränken.«

»Ja, ist okay«, sagte ich und senkte den Kopf. »Danke, dass du mir mit dem Schreiben geholfen hast.«

»Gern geschehen.«

Ich verließ Jens Büro und fühlte mich elender als zuvor. Vielleicht sollte ich das Weite suchen und einen Neuanfang beginnen. Warum nicht München, Hamburg, Berlin? Dort könnte ich unauffällig als Single leben. Oder ich lasse mich einfach auf einen Mann ein. Bei der Auswahl in Lütjenstede fiel es nicht leicht, jemanden zu finden. In Oldenburg und Bremen gab es eher noch ungebundene, nette Männer. Zur Not konnte ich eine Suche über diverse Partneragenturen im Internet starten. Warum sollte es ausgerechnet für mich keinen männlichen Deckel geben? Meine Mutter wäre glücklich, dass ihre Tochter nicht als ungeliebtes Mauerblümchen endete. Mein Leben verliefe zukünftig in geordneten Bahnen. Ich könnte Huber bitten, die kirchliche Trauung zu übernehmen und mich dadurch zurück in den Plusbereich seiner Sympathieskala schwingen. Ich bildete mir mein Lesbischsein wahrscheinlich nur ein, weil ich einfach den passenden Typen noch nicht getroffen hatte. Früher schwärmte ich doch für Mulder, dem Hauptdarsteller von Akte X. Okay, später sah ich mir die Serie nur wegen Scully an. Die Star-Trek-Serie interessiert mich nur, weil Captain Janeway mit dem Raumschiff Voyager die unendlichen Weiten des Weltraums erforschte. Ich mochte meine Englischlehrerin, Eva Martens, die mich in der Realschule unterrichtete; sie hatte eine kecke Kurzhaarfrisur und strahlend blaue Augen. Wenn Frau Martens lachte, bildeten sich tiefe Grübchen um ihren Mund. Leider heiratete sie und bekam ein Kind. Ehrlich gesagt hatte mich noch nie irgendein männliches Wesen interessiert. Die Chancen standen miserabel, dass ich mich auf einmal in einen Typen verliebte. Verlieben? Früher heiratete man aus Vernunft. Ich sollte es aus dieser Perspektive betrachten. Die Liebe hatte mich bisher nur enttäuscht und leiden lassen. Ich könnte eine Beziehung auf Sympathie aufbauen. Die meisten Männer, die ich kannte, fand ich sympathisch. Jens, Hannes Larsen, unsere Pastoren März und Reese, Sander, meinen Torwarttrainer Horst, den Vereinswirt, ein paar Jungs aus unserer Herrenmannschaft, den Postboten, den gutaussehenden Kellner in Marios Pizzeria, den Kfz-Mechaniker aus meiner Werkstatt, meinen Frauenarzt. Torsten? Okay, den nehme ich von der Liste. Aber bei den anderen handelte es sich um nette und durchaus attraktive Männer. Jacki Achenbacher, möchtest du mit einem von denen zusammenleben? Nein! Wie sieht es mit Sex aus? Oh nein, gewiss nie! Fazit? Ich sollte doch meine Zelte in Lütjenstede abbrechen und zu Nicole nach München ziehen. Seufzend betrat ich mein Büro und schenkte mir eine Tasse Kaffee ein.

Hannes Larsen sah kurz in mein Zimmer und rief mir ein »Moin« zu. Ich überlegte, ihm von der Unstimmigkeit mit Huber zu berichten, so wie es Jens mir geraten hatte. Wie würde Huber darauf reagieren? Ich fühlte mich mit dieser Situation überfordert.

Um zehn Uhr stand Pastor Huber in meinem Büro. »Geben Sie mir bitte das Scheiben«, kam er ohne Umwege zur Sache.

Ich übergab ihm mein umformuliertes Schreiben, das er kurz überflog.

»Geht doch«, meinte er nur. »Sie können diesen Brief an die Bewerber rausschicken.« Als mich sein Blick streifte, erkannte ich auf seinem Gesicht einen spöttischen Ausdruck. Mir wurde klar, dass er Macht ausübte und er hatte es geschafft. Ich setzte ihm keine Grenze, sondern ließ mich einschüchtern und mein Stolz wurde ziemlich angekratzt. Ein schrecklich demütigendes Gefühl fesselte mich. Ich klammerte mich an die Hoffnung, dass er sich damit zufriedengab.

In dieser Nacht schlief ich unruhig. Immer rissen mich Träume aus dem Schlaf. Das eine Mal schritt ich durch unsere Kirche. Auf den Kirchenbänken saßen Freundinnen und Bekannte, meine Leute aus dem Amt. Meine Mutter strahlte mich an. Mit einem milden Lächeln empfing mich Pastor Huber. An meiner Seite stand die Braut. Als ich den Schleier hochnahm, kam Mirjam zum Vorschein. Hubers Gesicht verzog sich zu einer Fratze. Er stürzte sich auf uns und ich erwachte.

Das andere Mal saß Spirit Hawk auf meiner Bettkante und nahm meine Hand. Wir gingen durch endlose Weiten, bestiegen Berge, durchquerten Flüsse und rannten durch die Prärie. Mustangs und Büffelherden kreuzten unseren Weg. Fasziniert blieb ich stehen, doch der alte Indianer zog mich immer weiter. Irgendwann setzte er sich auf einen Felsen und sagte: »Weißt du, dass auch Bäume sprechen? Und der Wind singt dir eine Melodie. Doch wir hören nicht mehr zu. Wir laufen ziellos umher und was uns bleibt, sind unsere Träume. Sie geben uns Kraft weiterzuleben. Du fragst dich nach dem Sinn? Öffne deine Augen, deine Ohren und dein Herz. Frage die Bäume, lausche dem Wind. Sie werden dir Antwort geben.«

Sein Arm zeigte in die endlose Weite der Prärie. Ich erkannte dort eine Person, eine Frau, die einfach nur da stand. Plötzlich erhob sich ein Sandsturm, der uns in rasender Geschwindigkeit entgegenkam.

Ich wollte den Arm von Spirit Hawk ergreifen und griff ins Leere. Er war nicht mehr da. Die Frau blieb wie erstarrt stehen, während die Sandwand immer dichter auf sie zukam. »Laufen Sie!«, schrie ich, doch sie hatte keine Chance. Sie wurde innerhalb weniger Augenblicke begraben. Entsetzt drehte ich mich um und begann, vor der tödlichen Gefahr davonzurennen.

Ich wachte schweißgebadet auf und atmete so schwer, wie nach einem Sprint. Noch immer spürte ich den alten Indianer dicht bei mir.

Jetzt schnappte ich langsam über. Meine Kehle fühlte sich ausgedörrt an und ich hatte fürchterlichen Durst. Mühsam krabbelte ich aus dem Bett und trank in gierigen Schlucken aus der Wasserflasche. Nachdenklich sah ich aus dem Fenster in die dunkle Nacht. Die Frau hatte ich erkannt: Mirjam Huber.

Kapitel 11

»Weißt Du, dass Bäume reden? Ja, sie reden. Sie sprechen miteinander, und sie sprechen zu dir, wenn du zuhörst. Aber die weißen Menschen hören nicht zu. Sie haben es nie der Mühe wert gefunden, uns Indianer anzuhören, und ich fürchte, sie werden auch auf die anderen Stimmen in der Natur nicht hören. Ich selbst habe viel von den Bäumen erfahren: manchmal etwas über das Wetter, manchmal über Tiere, manchmal über den Großen Geist.«

(Tatanga Mani)

Am Freitagabend holte ich meine Mutter um sieben Uhr ab. Zusammen schlenderten wir zum griechischen Restaurant Korfu. Die gemütliche Taverne, mit hellblauen Wänden und Bildern, löste Fernweh aus. Ich hatte unseren Lieblingstisch reserviert, der etwas abseits in der Ecke stand und von dem aus es uns möglich war, sowohl die Eingangstür als auch das Lokal zu überblicken. Meine Mutter und ich konnten herrlich miteinander lästern. Wir hatten Spaß daran. Es gab diese Gutmenschen, die jede Art von Lästerei ablehnten und für Lästerer eine Art von Psychoschublade aufstießen. Man wolle sich damit nur über andere erheben, wäre eifersüchtig, neidisch, besäße kein Selbstwertgefühl und wolle von eigenen Fehlern ablenken. Es war nicht abzustreiten, dass einiges davon auf mich zutraf. Ich empfand Lästern als amüsante Art, sich mit der Unveränderlichkeit der menschlichen Dummheit auseinanderzusetzen.

Wir bestellten uns jeder einen trockenen Rotwein, einen Vorspeisenteller und wie fast immer gemeinsam die große Fischplatte.

»Sieh mal da rüber«, meinte meine Mutter, während sie mit mir anstieß. »Dahinten ist Dr. Merklein. Mit wem sitzt er denn da am Tisch?«

Dr. Merklein war unser Frauenarzt. Ich musste meinen Kopf ein bisschen drehen, um ihn zu sehen. »Keine Ahnung. Ist das nicht seine Frau?«

»Nee, das ist die nicht. Die ist älter.«

»Vielleicht seine Tochter?«

»Der hat nur einen Sohn.«

»Na, der wird doch nicht mit seiner Geliebten mitten in Lütjenstede essen gehen.«

»Sie könnte eine Verwandte oder Kollegin sein.«

Meine Mutter blickte bereits zum nächsten Tisch.

»Die Frenzen wird auch immer dicker.«

»Na ja, wenn man in einer Bäckerei arbeitet, ist es nicht so einfach, schlank zu bleiben.«

»Das süße Zeug muss einem doch zum Halse heraushängen?«

Der Kellner brachte unseren Vorspeisenteller mit Tzatziki, Taramosalata, gefüllte Paprika und Weinblätter, gegrillte Austernpilze, Auberginen und Zucchini.

Während wir es uns schmecken ließen, sprachen wir über Nicole und überlegten, ob wir sie nicht in München besuchen sollten. Meine Mutter ängstigte sich um ihre kleine Tochter, die sich so allein in der Großstadt durchkämpfen musste. Plötzlich sagte sie: »Die Hubers kommen.«

»Was?« Ich verschluckte mich fast an dem Wein.

»Sie gehen auf die andere Seite«, flüsterte meine Mutter. »Muss man die Pfaffen abends noch beim Griechen treffen.«

»Mama. Du bist mit deinem Pastor früher wöchentlich essen gegangen.«

»Ach, das ist doch alles so lange her.«

Ich neigte meinen Kopf und sah Mirjam und Holger Huber, sie im Kleid und er im Anzug. Der Kellner überreichte ihnen die Speisekarten.

»Ich treffe mich nächste Woche mit Sander«, erzählte ich meiner Mutter. »Er hat Karten für das Bundesligaspiel HSV gegen Bayern. Ich übernachte bei ihm und komme erst am Samstag zurück.«

»Du schläfst bei ihm?«

»Neidisch?«, fragte ich frei heraus.

»Blöde Gans.«

»Du kannst doch mitkommen.«

»Nee. Er hat mich nicht eingeladen.«

»Er mag dich immer noch.«

»Was verstehst du denn davon? Ich hätte so gerne Enkelkinder. Aber ich bin ja schon bescheiden geworden. Ich ersehne einfach nur den Tag, an dem du mir endlich mal einen jungen Mann vorstellst. Bis dahin liege ich aber bestimmt in der Kiste.«

Aua, dieser heftige Schlag in die Magengrube tat weh. Erstaunt spürte ich eine Träne aus meinem Auge kullern. Ich wischte sie weg und hörte mich dabei sagen: »Was weißt du denn schon? Der Apotheker Torsten Fellner will was von mir.«

»Der Fellner? Kind, ist das wahr?«

Von einem Augenblick zum anderen erstrahlte das Gesicht meiner Mutter. »Der ist so nett und ist betucht. Seit wann läuft das mit euch beiden?«

Was hatte ich nur angerichtet? War ich von allen guten Geistern verlassen?

Der Kellner kam und nahm unsere geleerten Vorspeisenteller mit.

»Mama, ich bin nicht mit ihm zusammen. Er baggert«, zischte ich leise.

»Greif zu. Die meisten Männer sind verheiratet. So viele Angebote wirst du nicht mehr bekommen.«

Autsch. Mütter konnten grausam sein.

»Du würdest mich echt verschachern, nur damit ich unter der Haube bin«, motzte ich und schluckte den Kloß, der sich in meinem Hals breitmachen wollte, mühsam herunter.

»Weißt du, wie oft ich auf dich angesprochen werde? ›Ist ihre Tochter nicht verheiratet? Ach, sie ist Single?‹ Jacki, du gehst auf die dreißig zu. Du wirst Bedürfnisse haben.«

»Es gibt genügend Mittel und Möglichkeiten, diese zu befriedigen«, sagte ich schroff.

»So genau wollte ich es nicht wissen.« Sie verzog den Mund und schüttelte den Kopf. »Die Chance mit Fellner solltest du dir auf keinen Fall entgehen lassen. Geht ihr zusammen aus?«

»Er will mich zum Essen einladen.«

»Und?«

»Ich habe nicht vor, mit ihm etwas anzufangen.«

»Warum denn nicht?« Meine Mutter schlug wütend mit der Faust auf den Tisch und die Gläser begannen bedenklich, zu schwanken. Ein paar Gäste drehten sich zu uns um.

Ich blickte erschreckt zu den Hubers, die gerade ihre Bestellung aufgaben. »Jetzt beruhige dich«, sagte ich zu ihr. »Er ist so langweilig und fast fünfzehn Jahre älter. Ich sehe keine gemeinsame Basis.«

»Die Hubers trennen fast zwanzig Jahre und es scheint zu klappen.«

»Woher willst du denn das wissen? Kann doch sein, dass er impotent ist und sie heimlich mit einem Geliebten fremd geht.« *Oder einer Geliebten?*

»Jacqueline.« Kopfschüttelnd sah mich meine Mutter an. »Sieh dir an, wie harmonisch sie wirken.«

Wir sahen zum Pastorenehepaar herüber. Die beiden stießen mit einem Glas Wein an. Ich biss mir auf die Lippe. Ich konnte es kaum ertragen, *ihn* so selbstverständlich mit meiner Traumfrau zusammensitzen zu sehen. Diese wunderbare Frau konnte nicht ernsthaft diesen arroganten Kerl lieben. Ich beobachtete, wie er Mirjam kurz die Wange streichelte und sie ihn dabei anlächelte. Tja, so sah ein glückliches Paar aus. Demnächst lief sie bestimmt mit einem dicken Bauch herum. *Jacki, du wirst Frau Pastorin niemals über die Wange streicheln oder mit ihr beim Griechen sitzen und Wein trinken. Die Dame spielt einfach nicht in deiner Liga.*

»Wie lange willst du die beiden anstarren?«

Ich drehte meinen Kopf zu meiner Mutter. In dem Moment kam der Kellner und servierte die köstliche Fischplatte. Ich verspürte wenig Appetit, während meine Mutter begann, ihren Teller mit Reis und Fisch zu belegen. Unwillkürlich sah ich zum Tisch der Hubers. Mirjam blickte zu uns herüber. Ein kurzes Lächeln nur und mein Herz schlug einen Takt schneller.

»Oh, der Fisch ist fantastisch. Probier den«, schwärmte meine Mutter mit vollen Backen.

Ich dachte an meine Freundin Monika, die sagte, ein leckeres Essen versorgt die Seele.

Ich nahm ein Stück von der Seezunge und musste meiner Mutter zustimmen. Der Fisch schmeckte ausgezeichnet und der Appetit kam zurück. Eine Weile aßen wir schweigend vor uns hin.

»Jacki, willst du dich nicht doch mit Torsten Fellner treffen?« Ihre Stimme klang bittend.

Warum hatte ich meine Klappe nicht halten können? Ich verdrehte die Augen und schnaufte tief durch.

»Ich meine es doch nur gut, weißt du, nicht dass es nachher heißt ...«

»Was?«

»Du weißt doch, von meiner Arbeitskollegin Lieselotte die Tochter wohnt in Hamburg.«

»Und?«

»Die ist siebenunddreißig und noch nicht verheiratet.«

»Mama, ich werde erst neunundzwanzig.«

»Ja, aber weißt du, was über die geredet wird?« Meine Mutter legte ihr Besteck auf den Teller und sah mich verschwörerisch an: »Die soll, ... du weißt schon, ... vom anderen Ufer ...«

Ich musste fast laut auflachen, als ich meiner Mutter so zuhörte. Doch gleichzeitig stockte mir der Atem. Meine Mutter hatte sich in diese Richtung Gedanken gemacht.

»Vom anderen Ufer?«, fragte ich zunächst einmal arglos.

»Stell dich nicht so dumm. Du weißt genau, was ich meine.«

»Wer erzählt denn so etwas?«

»Auf der Arbeit wurde darüber geredet. Sie wurde in so einem Lokal gesehen.«

»Ist die Informantin also auch lesbisch.«

»Pst, nicht so laut! Sprich dieses Wort nicht so laut aus.«

»Mhm, diejenige oder derjenige kennt Lieselottes Tochter.«

»Das ging so über Umwege. Die Welt ist klein. Auf Dauer ist so etwas nicht zu verheimlichen.«

Da diese Gefahr bestand, wäre jetzt der beste Zeitpunkt für ein Coming-out gewesen: Mama, ich bin so wie Lieselottes Tochter – vom anderen Ufer. Verstehst du, warum du dir Torsten als Schwiegersohn abschminken kannst?

»Ich möchte nicht, dass so über dich geredet wird«, beendete meine Mutter jäh meinen Gedanken, die Karten auf den Tisch zu legen. »Ich gebe dir den mütterlichen Rat, dich mit Torsten zu treffen. Dann sieht jeder, dass du mit Männern ausgehst.«

»Mama, es ist mir egal, was die Leute denken.«

»Mir nicht.«

»Ich weiß. Deswegen hast du dich von Sander getrennt.«

»Jacqueline!« Ich vernahm die Bestürzung in ihrer Stimme.

»Stimmt, oder nicht?« Ich führte mein Glas an den Mund.

»Wir ... wir passten einfach nicht zusammen.«

»Rede dir das nur ein.«

»Du warst immer auf seiner Seite.« Die Lippen meiner Mutter verzogen sich zu einem schmalen Strich.

Mir verging der Appetit. Bockig lehnte ich mich in meinem Stuhl zurück und sah meiner Mutter beim Essen zu. Ihr schien die miese Stimmung nicht auf den Magen zu schlagen.

Es stimmte einfach nicht, was meine Mutter da sagte. Ich hatte nicht immer zu Sander gehalten. Aber er war nun mal mein Pastor, mein väterlicher Freund, mein Beschützer, der mir in der schwersten Zeit meines Lebens zur Seite stand. Als mein Vater bei einem Verkehrsunfall starb, war ich zwölf Jahre alt gewesen. Sander hatte sich damals um unsere Familie gekümmert. Er konnte unseren Schmerz nachvollziehen, denn auch er hatte seine Frau einige Jahre zuvor durch einen Autounfall verloren. Natürlich sprach er mit uns auch über Gott und den Glauben. Meine Mutter wollte nichts davon wissen, denn für sie konnte es keinen Gott geben, der so viel Unrecht und Leid auf der Welt zuließ. Mich dagegen faszinierten die Gespräche mit Pastor Sander immer mehr und ich begann, mich mit meinem Glauben auseinanderzusetzen, ging sonntags in den Gottesdienst und engagierte mich in der Gemeinde.

Einige Jahre später funkte es dann zwischen Sander und meiner Mutter. Die Beziehung dauerte knapp fünf Jahre, bis meine Mutter sie beendete. Sie passte nicht in die Rolle einer Frau Pastorin. Die Leute zerrissen sich das Maul über sie, weil sie nie in einen Gottesdienst ging und sich auch sonst für die Gemeinde wenig interessierte. Meine Mutter liebte Sander und nicht seinen Beruf. Sie wollte ein bisschen mehr Zweisamkeit, aber für Pastor Sander stand die Gemeinde immer an erster Stelle. Für ihn waren die Jahre mit meiner Mutter auch nicht einfach. Es gehörte eine Menge Mut und viel Liebe dazu, als engagierter Pastor einen Teil seines Lebens an der Seite einer Fast-Atheistin zu führen.

Irgendwann hatten sie sich aber aufgerieben. Ich konnte wochenlang weder mit meiner Mutter noch mit Sander darüber sprechen. Beide zogen sich zurück und trauerten wahrscheinlich der vergebenen Chance hinterher. Komisch, ich habe zu Pastor Sander auch während dieser Zeit nie Wilhelm sagen können. Wir duzten uns, aber ich nannte ihn dabei Sander oder Pastor.

Ich sah meine Mutter an, die kauend vor sich hinstarrte. Ob ich es auf Dauer aushalten könnte, nur an zweiter Stelle zu stehen?

Mein Blick ging hinüber zu den Hubers. Ich hätte meine Seele dafür verkauft, nur eine Stunde in der Woche eine Beziehung mit Mirjam führen zu können.

Meine Mutter hatte die Fischplatte fast im Alleingang geleert.

»Magst du einen Schnaps?«, fragte ich sie versöhnlich. Sie nickte kauend.

»Zwei Schnaps und ein Bier«, bestellte ich beim Kellner, der unsere Teller abräumte. »Ich muss was wegbringen. Bin gleich zurück.«

Zum Glück saßen wir in der Nähe der Toiletten und ich musste nicht bei den Hubers vorbeilaufen.

Ich stand am Waschbecken und trocknete mir die Hände ab, als *sie* hereinkam.

»Guten Abend«, sagte Mirjam. Es war verrückt. Allein der Klang ihrer Stimme verursachte schon ein Prickeln auf meiner Haut. »Hallo, Frau

Huber. Da hatten wir wohl heute in puncto Restaurant dieselbe Idee.« Überrascht stellte ich fest, dass ich in ihrem Beisein einen Satz fließend vortragen konnte.

»Dieser Grieche ist unser Lieblingslokal. Das Essen ist fantastisch.«

Ich nickte zustimmend.

»Sie sind mit Ihrer Mutter da?«

»Ja. Wir gehen öfter essen.«

»Es ist wunderbar, wenn man sich mit seinen Eltern versteht.« Sie sah kurz auf den Boden und sagte leise: »Ich vermisse es, spontan mit meiner Mutter ein Lokal aufzusuchen, stundenlang zu reden. Meine Mutter ist meine beste Freundin.«

Mich überraschten ihre offenen Worte.

Der Toilettenraum war schmal und wir standen eng zusammen. Unsere Arme berührten sich leicht. Ich konnte kaum schlucken, mein Herz bebte und ich spürte ein starkes Kribbeln im Bauch. Sie lächelte mich an. Meine Knie wurden weich und ich spürte, wie Sehnsucht jede Zelle meines Körpers ausfüllte. Ich musste mich zusammenreißen, um nicht ihre Hand zu greifen, sie zu umarmen. In meinem Kopf begann sich alles zu drehen und ich vernahm Trommelwirbel.

Plötzlich ging die Tür auf und eine Frau betrat den Raum.

»Stehen Sie an?«, fragte sie laut und zerstörte den Zauber dieses Augenblicks.

»Nein, ich bin fertig«, entgegnete ich. Die Frau schob sich an uns vorbei und verschwand hinter einer der beiden Toilettentüren. Ich räusperte mich kurz. »Ja, dann geh ich mal, sonst wird meine Mutter noch eine Vermisstenanzeige aufgeben.«

Mirjam lachte: »Das kommt mir bekannt vor. Mein Mann neigt ebenfalls zu solchen Reaktionen.«

Das überraschte mich nicht. Er wachte bestimmt eifersüchtig über seine Frau. Oder war es umgekehrt? Mirjam bekam doch mit, wie ihr Holger *Clooney* bei den Frauen ankam. Ich musste dabei nur an meine Kolleginnen im Amt denken.

Ich gab mir einen Ruck und griff zur Türklinke. »Also, einen schönen Abend noch.«

»Warten Sie.« Mirjam hielt mich kurz am Arm. »Wann spielen Sie das nächste Mal Fußball?«

»Ähm, am Samstag um 15.00 Uhr, bei Viktoria Oldenburg. Es ist unser letztes Vorrundenspiel.«

Sie starrte vor sich hin, bevor ihr zauberhaftes Lächeln auf ihr Gesicht zurückkehrte. »Ich drücke fest die Daumen.«

»Oh, danke.« *Warum fragt sie mich das?* Egal. Ihr Interesse freute mich.

Schweren Herzens verließ ich Mirjam.

Auf dem Weg zurück schüttelte ich den Kopf. An jedem Plätzchen der Welt konnte man besondere Momente erleben.

Ich sah, dass an unserem Tisch der Schnaps und mein frisch gezapftes Bier standen.

»Wo warst du denn so lange?«, fragte meine Mutter. »Ich wollte schon eine Vermisstenanzeige aufgeben.«

Ich fing an zu kichern.

»Was ist daran so lustig?«

Mir liefen die Tränen über das Gesicht. Die Mundwinkel meiner Mutter zuckten und sie begann, vor sich hin zu glucksen.

Die miese Stimmung zwischen uns verlor sich. Nachdem ich mich etwas beruhigt hatte, erzählte ich ihr von dem Gespräch mit Mirjam Huber auf der Toilette. Wir fingen erneut an zu lachen, als ich eben ihren Spruch voraussagte. Alle Tische im Lokal waren besetzt. Wir tranken unseren Schnaps und beobachteten die Leute. Ab und zu ging mein Blick zu den Hubers und ich spürte meine tiefe Sehnsucht.

Holger Huber hatte Jacqueline Achenbacher und ihre Mutter längst entdeckt. Ihm entging auch nicht, dass Mirjam der Achenbacher kurze Zeit später Richtung Toilette folgte. Es konnte ein Zufall sein. Diesen Gedanken fegte er zur Seite. Es dauerte, bis Mirjam zurückkam. Sie setzte sich auf ihren Platz und er beobachtete, wie sie zum anderen Tisch herüberschaute. Sein Argwohn stieg und er musste seine aufkommende Wut zügeln.

»Alles in Ordnung, mein Engel?«, fragte er sanft und hob sein Weinglas. Sie nahm ihr Glas in die Hand und nickte. »Ja. Es ist so gemütlich hier.«

»Es ist so, weil du bei mir bist.« Er sah ihr in die Augen und sie senkte den Blick.

»Sieh mich an.« Er sprach leise und wusste, dass die Dominanz seiner Stimme sie mit aller Wucht traf.

Es dauerte nur einen kurzen Moment, bis sie den Kopf hob.

»Du hast Frau Achenbacher getroffen?«

Sie wollte erneut ihren Kopf senken, doch er fuhr mit seinem Finger unter ihr Kinn.

»Ja.« Ihre Stimme klang dünn.

»Worüber habt ihr gesprochen?«

Mirjam schüttelte leicht den Kopf. »Nichts Besonderes. Nur, dass dieser Grieche uns beiden gefällt.«

»Das wird nicht alles gewesen sein.«

»Doch. Was ist dein Problem?«

Er sah ihre Augen aufblitzen. »Es gibt keins, mein Engel. Ich erwarte nur von meiner Frau, dass sie mich unterstützt und nicht hintergeht.«

Sie schluckte schwer und es amüsierte ihn fast, wie krampfhaft sie versuchte, ihre Gefühle vor ihm zu verbergen.

»Ich verstehe ja, dass du gleichaltrige Freundinnen suchst. Aber es gibt Gründe dafür, dass ich dich darum bitte, keine Freundschaft zu dieser Achenbacher einzugehen.«

»Aber welche sind das? Trägst du es ihr noch nach, dass sie bei unserem Einführungsgottesdienst ...«

»Ja. Zum Beispiel. Und ihre unverschämten Worte. Ich begreife nicht, dass du darüber so hinwegsehen kannst.« Holger vernahm den harten Klang seiner Stimme. Er wusste, dass er damit Wirkung bei seiner Frau erzielte. Mit einem zufriedenen Lächeln beobachtete er, wie sie ihre zurechtgelegten Argumente einpackte und sich geschlagen gab. Ihre Augen bekamen einen feuchten Schimmer. Sie würde nicht vor ihm weinen. *Du weißt, dass mich Tränen nicht erweichen.* Er akzeptierte es, wenn Menschen aus Trauer und Verzweiflung über den Tod eines Angehörigen weinten. Er hatte jedoch kein Verständnis für Tränen, die flossen, weil man mit seiner Argumentation nicht durchkam.

Mirjam trank ihr Glas in einem Zug leer, ein Zeichen ihrer Hilflosigkeit. In solchen Momenten liebte Holger seine Frau besonders. Sie wirkte verletzlich und er würde sie vor allem beschützen. In ihm regte sich etwas und er streichelte Mirjam leicht über die Wange: »Lass uns zahlen und nach Hause gehen. Ich bin verrückt nach dir.« Er hob den Arm und der Kellner eilte zu ihrem Tisch.

Kapitel 12

»Ich bin das Licht der Welt. Wer mir nachfolgt, wird nicht wandeln in der Finsternis, sondern wird das Licht des Lebens haben.«

(Joh 8,12 LUT)

An diesem Samstagnachmittag zeigte sich die Sonne. Die Temperaturen erreichten fast zehn Grad. Ich freute mich auf dieses letzte Saisonspiel. Mit einem Sieg konnten wir uns für einen Tag Tabellenführer nennen. Bei Viktoria Oldenburg spielte Carmen, meine erste Liebe. Carmen hoppte durch die Vereine, sie hielt es bei keiner Mannschaft lange aus. Wenn sie den Verein wechselte, hinterließ sie dort nicht nur im Sturm eine Lücke, sondern auch das eine oder andere gebrochene Frauenherz. Ich konnte ein Lied davon singen.

Als ich auf den Platz zum Aufwärmen trabte, begrüßte mich Carmen überschwänglich. Sie umarmte mich und drückte mir einen Kuss auf den Mund.

»Spinnst du?!«, schnauzte ich sie an. Gleichzeitig spürte ich einen heftigen Stich, der sich durch mein Herz bohrte. Die erste Liebe vergaß man einfach nicht.

»Stell dich doch nicht so an«, sagte Carmen und lachte. »Erzähl mir bloß nicht, dass du dich immer noch nicht geoutet hast.«

»Ich habe einen Freund«, sagte ich, wenig überzeugend, denn Carmen bog sich daraufhin vor Lachen.

So eine blöde Nuss. Ich drehte mich um, und begann mich warmzulaufen. Horst und ich waren ein eingespieltes Team. Er wusste, welche Übungen ich zur Vorbereitung benötigte. Caro stimmte uns in der Kabine auf die Begegnung ein und hoch motiviert betraten wir den Platz.

Viktoria Oldenburg, die in der Tabelle zwei Plätze hinter uns standen, würden bei einem Sieg die Chance wahren, weiter um die Meisterschaft mitzuspielen. Carmen hatte der Ehrgeiz gepackt, gegen mich ein Tor zu erzielen. In den ersten zehn Minuten schoss sie dreimal auf mein Gehäuse. Zweimal gingen die Bälle weit vorbei und das andere Mal hatte ich keine Mühe, den Schuss abzuwehren. Von Minute zu Minute kamen wir besser in die Partie und übernahmen die Initiative. Wir hielten uns ständig in der Hälfte des Gegners auf. Da ich Durst bekam, rief ich einer Auswechselspielerin zu, sie sollte mir eine Getränkeflasche bringen. In diesem Moment sah ich Mirjam an der Seitenlinie. Ich glaubte erst an eine erneute Halluzination, aber sie stand wirklich dort. Mein verliebtes Herz schlug Purzelbäume. Hatte sie mich deshalb nach dem Spiel gefragt? Ob sie wegen mir den Weg auf sich genommen hatte? Weswegen sonst? *Bleib ruhig und bilde dir jetzt bloß nichts ein.* Doch mein ausgeprägter Ehrgeiz wurde noch mehr angestachelt. Horst hatte mir eine Wasserflasche gebracht und ich trank ein paar Schlucke daraus.

»Der Ball läuft erstklassig durch unsere Reihen«, sagte Horst. »Der Führungstreffer ist nur eine Frage der Zeit.«

»Hoffentlich. Wir vergeben vorne zu viele Chancen. Wenn sich das nicht rächt.«

Ich hatte die Worte kaum ausgesprochen, da verloren wir in der Vorwärtsbewegung den Ball und Viktoria fuhr einen Konter. Carmen löste sich von ihrer Gegenspielerin und erhielt den Ball. Sie lief auf mich zu, hinter ihr unsere Verteidigerin. Aus zwanzig Metern zog Carmen ab. Ich hechtete durch das Tor und erreichte mit den Fingerspitzen noch den Ball. Er knallte gegen die Latte und prallte von meinem Hinterkopf ins Tor. Der Schmerz am Kopf war das eine, die peinliche Situation das andere. Ich hörte den Torschrei und Gelächter. Da lag ich wie ein Marienkäfer auf dem Rücken und wollte nur sterben. Warum musste Mirjam ausgerechnet heute am Spielfeldrand stehen? Einige Mitspielerinnen kamen zu mir, um zu sehen, ob ich in Ordnung war. Horst legte mir eine Eispackung auf den Hinterkopf.

»Alles klar?«, fragte er.

»Jacki an Captain Janeway. Bitte beamen sie mich an Bord der Voyager«, stöhnte ich.

Ich sah einige meiner Mitspielerinnen grinsen, während Horst mich sorgenvoll ansah.

»Willst du ausgewechselt werden? Vielleicht hast du eine Gehirnerschütterung.«

»Quatsch«, entgegnete ich. Ich stand auf und klatschte in die Hände.

»Auf geht's Mädels«, rief ich. »Schießt bitte ein Tor für mich.«

Ich traute mich kaum, zum Spielfeldrand zu blicken.

Wenig später pfiff der Schiedsrichter zur Pause und ich eilte in die Kabine. Caro überzeugte sich davon, dass es keine Verletzungen gab. Sie sah mich an. »Gut gehalten, Jacki. Das Tor war unglücklich, aber das passiert auch Bundesligatorhütern.«

Caro fasste kurz das Spielgeschehen der ersten Halbzeit zusammen, verwies auf Fehler und gab taktische Vorgaben für die zweite Hälfte.

»Übrigens Jacki, kirchlicher Beistand ist da. Eure neue Pastorin steht am Spielfeldrand. Da sollte doch nichts mehr schief gehen.«

»Wie kommen wir denn zu dieser Ehre?«, fragte Astrid und sah mich an. »Sie kennt doch nur dich.«

»Sie fragte mich, wann wir spielen«, sagte ich. »Ich finde es nett, dass sie da ist.«

»Wenn wir verlieren, braucht die nicht mehr kommen«, rief Lilly, unser Küken.

»Na klar, dann hat die Pastorin Schuld. Tolle Ausrede!« Ich schüttelte den Kopf.

»Nur weil die da ist, werde ich bestimmt nicht morgen in der Kirche auflaufen.« Lilly sah mich provozierend an.

»Das würde dir nicht schaden. Außerdem ist Pastorin Huber nicht da, um dich in die Kirche zu schleifen.« Ich trat als Mirjams Anwältin auf.

»Schluss jetzt«, unterbrach Caro unsere Diskussion. »Konzentriert euch auf die zweite Halbzeit. Ich will dieses Spiel gewinnen!«

Wir verließen die Kabine und trabten zurück aufs Spielfeld. Mirjam stand an der Seitenlinie und winkte mir zu. *Ob ich noch Zeit habe, kurz mit ihr zu reden?* Egal, ich lief zu ihr hin.

»Moin«, begrüßte sie mich lächelnd und meine Glückshormone flogen wie Flipperkugeln durch meinen Körper.

»Ja, hallo, das ist ja echt eine Überraschung«, entgegnete ich und versuchte, meine Begeisterung zu kontrollieren.

»Da ich heute Zeit hatte, dachte ich, sieh dir ein Frauenfußballspiel an.« Sie lachte, aber ihre Augen blieben ernst, beinahe traurig.

»Ich freue mich ... ähm ... sehr, dass Sie zusehen.« *Oh Gott, wie gestelzt klingt das denn?*

»Na, ich hoffe, dass Ihr Team das Spiel noch dreht. Ansonsten kann ich mich nicht als Ihre Glücksbringerin bezeichnen.« Sie berührte mich kurz an meinem Oberarm. Ich hatte das Gefühl, ein elektrischer Schlag durchfuhr mich und hinterließ eine feurig-brennende Spur auf meiner Haut. Wie sollte ich ihr erklären, dass sie so oder so meine Glücksgöttin war, ohne, dass ich meine Gefühle dabei preisgab?

»J A C K I, ab ins Tor!«, rief mir Caro zu. Ich blickte aufs Spielfeld und sah, dass alle Spielerinnen ihre Position eingenommen hatten.

»Ups«, murmelte ich. »Ich glaub, es geht los.« Ich grinste Mirjam verlegen an. »Wie lange bleiben Sie?«

»Ich weiß nicht.« Mirjam senkte den Blick. Doch dann lachte sie mich an und meinte: »Jetzt drück ich fest die Daumen für einen Sieg. Viel Glück.« Sie umfasste meine Hand. Obwohl diese in einem dick gepolsterten Torwarthandschuh steckte, spürte ich diese Berührung. Ich wünschte mir in diesem Augenblick nichts sehnlicher, als mit ihr Hand in Hand über den Fußballplatz spazieren zu gehen oder noch besser, am Strand, bei Sonnenuntergang ...

Der schrille Pfiff des Schiedsrichters holte mich in die Wirklichkeit zurück. Auch er schien langsam ungeduldig zu werden.

»J A C K I!«, begannen einige Mitspielerinnen zu rufen.

»Es ist schön, dass Sie da sind.« Ich drehte mich und lief in mein Tor.

»Na, noch seinen Segen abgeholt«, lästerte Lilly, als ich an ihr vorbeilief, doch ich schwebte nur schweigend an ihr vorbei.

Wir begannen die zweite Halbzeit stürmisch und setzten Viktoria massiv unter Druck. Mitten in dieser Drangperiode verloren wir im Mittelfeld den Ball und erneut stürmte Carmen auf mich zu. Diesmal wollte sie mich ausspielen, doch ich erahnte ihren Übersteiger und nahm ihr den Ball vom Fuß. Mit einem langen Abschlag leitete ich den Gegenangriff ein. Birgit nahm den Ball auf. Sie lief einige Schritte und schoss aufs Tor. Der Ball senkte sich unhaltbar unter die Querlatte. Ich bejubelte mich. Erst hatte ich das null zu zwei verhindert und nun auch noch den Ausgleich vorbereitet.

Hinter mir ertönte eine mir wohlbekannte Stimme.

»Super Jacki, das war suuuuuper.«

Was hatte ich nur verbrochen? Torsten Fellner stand hinter meinem Tor. Hoffentlich wollte er nicht nach dem Spiel mit mir essen gehen. Überraschen konnte mich heute eigentlich nichts mehr.

Was für ein Kontrast: An der Seitenlinie unerreichbar die Frau meiner Träume und rückseitig der Mann, den ich nicht abschütteln konnte. Nein, nein, nein! Nicht darüber nachdenken. Ich durfte keinen Gegentreffer kassieren.

Zum Glück klappte unser Offensivspiel immer besser und das Spielgeschehen verlagerte sich mehr und mehr in die Hälfte von Viktoria. Nur noch selten setzten die gegnerischen Stürmerinnen den einen oder anderen Nadelstich. Einmal musste ich mich strecken, um einen Schuss um den Pfosten zu lenken. Bei der anschließenden Ecke konnte ich das runde

Leder souverän herunterpflücken. Ich schlug den Ball weit nach vorne und schaute zur Seitenlinie. Mirjam? Sie war verschwunden.

Fünf Minuten vor Spielende gelang uns der erlösende Siegtreffer. Wir hatten die drei Punkte eingetütet. Als der Schlusspfiff ertönte, kam Torsten sofort auf das Spielfeld und legte den Arm um mich.

»Klasse Partie, Jacki.«

»Danke, Torsten.« Ich drehte mich aus seinem Arm. »Ich muss zur Mannschaft.«

»Ja klar.« Ich trabte zum Mittelkreis, wo Caro die Spielerinnen abklatschte.

»Super gehalten.« Horst klopfte mir auf die Schulter. »Wenn Viktoria das zweite Tor geschossen hätte, wäre es schwer geworden.«

»Ja, das stimmt. Ist Frau Huber gegangen?«, fragte ich.

»Die Pastorin? Ja. Die hatte es auf einmal eilig.«

Torsten wedelte mit zwei fünfzig Euro-Scheinen: »Glückwunsch zum Sieg, Mädels. Hier eine kleine Spende für Eure Mannschaftskasse.«

Die Spielerinnen klatschten begeistert und ließen Torsten hochleben. Mich nervte seine Anbiederung.

Lachend überreichte er Caro das Geld. »Wenn ihr aufsteigt, können wir uns über einen Trikotsatz unterhalten.«

Das hörte sich verlockend an, denn die Sponsoren standen nicht Schlange.

»Das gibt uns noch einen zusätzlichen Motivationsschub.« Caro sah in die Runde. »Ich werde mir ein hartes Vorbereitungsprogramm überlegen.«

Alle lachten und johlten. Nur ich fühlte mich deplatziert. Ich hatte das Gefühl, Torsten tat das, um mich zu beeindrucken.

»Du«, wandte er sich an mich. »In Großenstede hat vor zwei Wochen ein Lokal eröffnet. Die Kritiken sind hervorragend und es ist ständig ausgebucht. Deshalb habe ich heute Abend einen Tisch für uns reserviert. Sie bieten eine gutbürgerliche Küche an.«

Ein Date mit Torsten in der Tausendseelengemeinde Großenstede. Na klasse. Torsten bat mich nicht um das Rendezvous, nein, er ging davon aus, dass ich für ihn Zeit hätte. Ich bekam Lust, ihm vor versammelter Mannschaft die Meinung zu sagen. Natürlich war mir bewusst, dass mein Problem mit Torsten die Mitspielerinnen wenig anging. Ich musste das auf privater Ebene mit ihm klären. Ich sollte mit ihm essen gehen und dabei in aller Ruhe erklären, dass er nicht mein Typ war.

»Okay. Ich habe einen Bärenhunger. Aber ich muss jetzt erst duschen.«

»Na klar. So würde ich dich sowieso nicht mitnehmen.«

Er lachte laut, doch im nächsten Moment erstarrten seine Gesichtszüge. Ich drehte mich um und sah Carmen, die mit einer Mitspielerin, wohl ihrer aktuellen Freundin, herumknutschte. Zu meiner Zeit war Carmen in der Beziehung noch zurückhaltend gewesen. Inzwischen stand sie scheinbar offen zu ihrer lesbischen Seite.

»Dass die sich nicht schämen«, meinte Torsten. »Stimmt es etwa, dass so viele Lesben Fußball spielen? Ich hoffe, ihr habt nicht solche in eurer Mannschaft.«

Doch. Mit einer von denen willst du zum Essen gehen, du intolerantes Arschloch.

»Ähm, nicht, dass ich wüsste. Ich geh jetzt duschen.«

»Danke für das Tor, Süße«, hörte ich eine Stimme. Ich dachte, mein grauenhaftester Albtraum wäre wahr geworden: ein Coming-out mitten auf dem Fußballplatz.

Carmen hatte ihre Freundin stehen gelassen und kam zu mir stolziert. »Das war das Geilste, was ich in den letzten Jahren gesehen habe. Ich hätte mich bepinkeln können vor Lachen.«

Ich schaute aus den Augenwinkeln zu Torsten, dem fast die Gesichtszüge entglitten. Als Carmen mir noch einen Kuss auf die Wange drückte und meinte, dass sie mich für dieses Tor ewig lieben würde, dachte ich, er fiele augenblicklich in Ohnmacht.

»Freut mich, dass du dich amüsieren konntest«, entgegnete ich mit zusammengebissenen Zähnen. »Du hast dein Tor – aber die Punkte nehmen wir mit nach Hause.«

»Ja, ja. Aber dieses Bild werde ich niemals vergessen.« Carmen lachte schallend, während sie mir über die Wange strich. Dann drehte sie sich um und winkte Torsten im Vorbeigehen zu.

Ich atmete innerlich auf. Es hätte unangenehmer verlaufen können. »Das ist Carmen. Sie spielte vor einigen Jahren in unserer Mannschaft«, sagte ich murmelnd. »Die ist ein bisschen verrückt.«

»Aha«, entgegnete Torsten nur und sah mich doch etwas verstört an.

»Ich geh duschen.« Ich ließ ihn stehen und folgte meinen Mannschaftskameradinnen in die Kabine. Torstens Spruch hämmerte durch meinen Kopf. Mit diesem Typen ging ich zum Essen? Das konnte doch nicht mein ernst sein. Ich zitterte und fühlte mich mit dieser Situation einmal mehr überfordert. Hätte ich nur ein bisschen Mumm in den Knochen gehabt, hätte ich diesem Apothekerheini einen fetten Korb verpasst. Mirjams

Anwesenheit wäre tröstlich gewesen. Schade, dass sie nicht Zeit bis zum Schlusspfiff hatte. Egal. Sie war da und das machte mich glücklich.

Mirjam fuhr mit dem Auto zurück nach Lütjenstede, nachdem sie fluchtartig den Sportplatz verlassen hatte. Ausgerechnet dieser Torsten Fellner musste hier auftauchen. Sie konnte doch nicht ahnen, dass sich ein Mitglied des Kirchengemeinderates für Frauenfußball interessierte und zu einem Auswärtsspiel mitfuhr. Wenn Fellner sie gesehen hatte, erführe es Holger mit Sicherheit bald. Vielleicht spräche Torsten sie direkt an und unterhielte sich mit ihr über Frauenfußball. Sollte sie ihn bitten, Holger nichts davon zu erzählen? Das konnte sie auf keinen Fall tun. *Warum bin ich nur dieses Risiko eingegangen?*

Mirjam biss sich auf die Lippen. *Gib es zu, du bist wegen ihr hingefahren, denn sie waren wieder da, diese Gefühle von damals. Oh Gott, Ilona. Wie wäre mein Leben mit dir an meiner Seite verlaufen?* Mirjam schüttelte den Kopf. *Holger darf niemals erfahren, dass es vor ihm eine Frau in meinem Leben gegeben hatte. Eine wie Jacki.* Sie spürte Übelkeit aufsteigen. Ihre innere Stimme hatte damals doch recht gehabt. *Ich hätte hartnäckiger nachfragen sollen, als Sabine mich anrief. Ich wollte ihr nicht zuhören.*

Ich fuhr hinter Torstens teurem BMW zum Restaurant nach Großenstede her. Wir hielten vor dem renovierten Landgasthof. Eine Menge Autos parkten auf dem Parkplatz, obwohl es doch erst auf sechs Uhr zuging.

Das Restaurant war im ländlichen Stil eingerichtet. Im Eingangsbereich stand ein massiver Vitrinen-Schrank mit Schnitzereien, schwere dunkle Vollholztische und gepolsterte Lederstühle ließen den Raum herrschaftlich wirken.

Der Kellner führte uns an einen Tisch in der Ecke, an dem wir fast ungestört saßen. Wir erhielten die Karte, doch ich hatte keine Chance, sie zu studieren. Torsten wusste, welche Gerichte man empfehlen konnte. Er nahm mir einfach die Speisekarte weg und meinte, dass er für uns beide bestellte. Mit wichtiger Miene gab er beim Kellner die Bestellung auf. Sie diskutierten noch eine Weile über den passenden Wein und ich sehnte mich nach einer Currywurst mit Pommes am Imbissstand.

»Ist mein Blumenstrauß angekommen?«, riss er mich aus meinen Fast-Food-Gedanken.

»Oh ... ja. Danke.«

»Rote Rosen. Und so waren sie gemeint.«

»Na ja ...«

»Es sind die Boten der Liebe.« Er lächelte mich vielsagend an und ich überlegte, ob ich antworten sollte, dass ich den Strauß gleich in die Tonne gehauen hatte.

»Sei nicht so überschwänglich«, sagte ich nur.

»Warum nicht, Jacki?«

Ich hasste es, wie er meinen Namen aussprach. Er betonte die hintere Silbe und das klang einfach albern, aber wahrscheinlich fand er es erotisch.

»Weil das Wort Liebe etwas Besonderes ist. Ich glaube, dass man im Leben höchstens einen bis drei Menschen trifft, mit denen man dieses Wort verbindet, ich meine beziehungstechnisch gesehen.«

»Oh. Wie oft ist dir das bisher passiert? Ich hoffe nicht dreimal, dann habe ich keine guten Karten.« Er lachte über diesen vermeintlichen Scherz.

»Das verrate ich nicht.« *Was um Himmels willen tat ich hier überhaupt?*

»Ich gehe davon aus, dass es höchstens zwei Menschen waren, denn sonst hättest du meine Einladung nicht angenommen.«

»Ich hatte einfach nur Hunger.« Mit dieser Antwort landete ich einen Treffer. Der Kellner schenkte uns den Wein ein.

»Für mich nicht so viel«, bat ich. »Ich muss noch fahren. Bringen Sie mir bitte noch ein Glas Wasser.«

»Wir können doch zusammen mit dem Taxi heimfahren«, schlug Torsten vor. »Die Autos holen wir morgen ab.«

»Nein, nein. Der Alkohol von letzter Woche reicht für einige Zeit. Der Kater war heftig.«

Damit landete ich den nächsten Treffer. Er hatte auf einen gemütlichen weinseligen Abend gehofft, mit einem Ende in seinem Bett. Diesen Teil seines Planes konnte er knicken.

Als Vorspeise gab es einen Feldsalat mit flambierten Zitronengarnelen. Bestimmt köstlich, nur leider hatte sich mein Appetit verabschiedet. Lustlos stocherte ich in dem Essen, während wir uns über das Fußballspiel und den Verein unterhielten.

Als Hauptspeise servierte der Kellner Entenbrust in Rotweinsoße. Ich musste zugeben, dass Torsten beim Essen Geschmack bewies. Aber auch an diesem leckeren Gericht konnte ich mich nicht erfreuen. Mein Magen schien zugeschnürt.

Unser Gesprächsthema kreiste inzwischen um die Kirchengemeinde. Er berichtete von dem Weihnachtsbasar, der am zweiten Adventswochenende stattfinden sollte. Er hoffte, dass durch den Verkauf von Glühwein, Lebkuchen und Weihnachtsutensilien sowie Spenden ein bisschen Geld in die klamme Kirchenkasse käme. Die Kirchengemeinde benötigte dringend Gelder für eine neue Orgel.

»Pastor Sanders Engagement für unsere Kirchengemeinde ist unbezahlbar«, meinte Torsten. »Aber so sehr ich ihn auf der einen Seite vermisse ...«, er sah mich fast mitfühlend an. »Ich glaube, du vermisst ihn am meisten, denn er war ja so etwas wie dein Ersatzvater.«

»Ja, er bedeutet mir viel. Du hast den Satz nicht zu Ende gesprochen.«

»Nun, die Zeiten sind schwierig, auch für die Kirchengemeinden. Überall werden Konsolidierungspakete geschnürt und Einsparungen gefordert. Das betrifft uns genauso wie andere Gemeinden. Eine Aufgabe wird es sein, über Personalabbau nachzudenken. Dabei sollte es nicht zu betriebsbedingten Kündigungen kommen. Wir müssen Lösungen präsentieren. Ich denke, dass Pastor Huber aufgrund seiner Vita mehr Erfahrungen in diesem Bereich gesammelt hat. Er ist eher ein Krisenmanager, während Pastor Sanders Stärken in der Seelsorge lagen, nicht wahr?«

Es fiel mir schwer, ihm zuzustimmen. Sander meisterte viele Krisen. Diskussionen über Einsparungen, Personalkosten und so weiter gehörten nicht in seine Welt. Er wollte vor allem nahe bei den Menschen sein.

»Pastor Sander ist rechtzeitig in den Ruhestand gegangen«, sagte ich.

»Ja, so kann man es sehen. Huber ist ein fähiger Mann. Wenn der etwas erzählt, dann hat das Hand und Fuß. Der weiß, was er will und er redet nicht nur, sondern packt an.« Torsten war auch von dem Clooney-Huber-Virus infiziert. Noch ein Grund mehr, ihn abzugrätschen.

»Wie kommst denn du mit ihm zurecht?«, fragte er mich.

Na super. Er ist der beste Chef, den es gibt. Du glaubst ja nicht im Ernst, dass ich dir irgendetwas Negatives über Huber erzähle.

»Ganz gut«, sagte ich. »Er arbeitet anders und daran muss man sich erst gewöhnen.«

»Ja. Er verlangt viel von seinen Leuten. Ich finde das gut.«

Der Kellner räumte unsere Teller ab und fragte, ob wir eine Nachspeise wünschten. Ich lehnte ab, bestellte mir aber noch einen Milchcafé. Torsten gelüstete es nach Mousse au Chocolat.

»Jetzt haben wir aber genug von der Arbeit gesprochen.«

Er ergriff meine Hände und blickte mich mit seinen grauen Augen an. Durch die Berührung sträubten sich meine Nackenhaare.

»Ich lege meine Karten auf den Tisch. Du gehörst nicht zu dem Typ Frau, auf die ich normalerweise stehe. Ich mag mehr die Femininen, die gerne einen Rock und hochhackige Schuhe tragen, die sich eine Handtasche umhängen und sich schminken. Du bist anders, auf deine Art faszinierend. Du siehst gut aus und hast eine Topfigur. Du arbeitest für die Kirche, wirkst klug und zurückhaltend. Ich habe mich in dich verliebt. Was sagst du?«

Seine Stimme klang rau. Er schien nervös zu sein. Mir war auf jeden Fall endgültig alles vergangen. Was sollte ich nur antworten? Einer der begehrtesten Junggesellen Lütjenstedes breitete seine Arme für mich aus. Er hatte gepokert und seine Karten ausgespielt. Eine andere Frau an meiner Stelle hätte ein Full House oder ein Royal Flash bejubelt. Ich dagegen dachte an die Arschkarte, die ich viel zu oft in meinem Leben zog.

Torsten tat mir fast leid. Ich bewunderte ihn für dieses Liebesgeständnis. Ich würde mich so etwas niemals trauen. »Also ... ähm ... das war echt ... ähm ... sehr nett von dir gesagt.« Mein Körper zitterte, wie meine Stimme. »Aber ich kann nicht.«

»Warum denn nicht?« Er hatte seine Hände zurückgezogen.

»Es prickelt nicht.«

»Was?« Torsten starrte mich verblüfft an. Mit einer Abfuhr hatte er nicht gerechnet.

»Es tut mir leid. Ich kann keine Gefühle für dich erzwingen.«

»Du sollst ja nichts erzwingen, aber du könntest uns eine Chance geben.«

»Das geht nicht ohne Gefühle.«

Wir saßen uns schweigend gegenüber und ich traute mich kaum, ihn anzusehen.

»Wer ist denn dein Typ, Jacki?«, unterbrach er mit kalter Stimme die Stille. »Man sieht dich nie mit einem Mann. Das stimmt doch, oder?«

»Woher willst du das wissen?« Ich spürte, wie sich ein Eisblock um mein Herz legte.

»Das erzählt man sich.«

»Wer?«

»Ist doch egal. Im Verein. Man kennt dich doch, Jacki.«

»Ich glaube nicht, dass jemandem mein Privatleben bekannt ist.«

Torsten lachte. »Ein komisches Gefühl lässt mich nicht mehr los, seit ich dich mit dieser Kampflesbe von Viktoria sah. Bekomme ich eine Abfuhr, weil du nicht auf Männer stehst?«

Langsam wurde es eng für mich. »Das ist typisch. Wenn man euch zurückweist, ist man entweder frigide oder lesbisch.« Ich bemühte mich, cool zu bleiben.

Mit diesen Worten konnte ich Torsten nicht beeindrucken. »Seit wann bist du so?«, fragte er mich. Er hatte wenige Puzzleteilchen zusammengesteckt und sich sein Urteil gebildet.

»Ich bin nicht so!«, sagte ich eine Spur zu emotional. Mein Blick ging einige Tische weiter und ich zuckte zurück. Da saß doch eindeutig Spirit Hawk und schaute zu mir herüber. Er sah mich strafend an. Einige Krieger tanzten zum leisen Rhythmus der Trommel. Alle Gäste saßen unbeeindruckt da und aßen.

»Ich mache einer Lesbe eine Liebeserklärung. Unfassbar«, murmelte Torsten vor sich hin. »Hast du jemals mit einem Mann geschlafen? Das kann man doch nicht mit Sex unter Frauen vergleichen!«

Dieser klischeehafte Spruch fehlte noch. Ich wollte ihm entgegenschleudern, dass ich mit jeder Frau auf der Welt schlafen würde, aber niemals mit ihm. Doch ich konnte es einfach nicht.

»Ich finde deine Aussage unverschämt«, sagte ich und ärgerte mich über meine bebende Stimme. »Deine Unterstellung ist nur ein Ausdruck deiner verletzten Eitelkeit.«

Der Trommelwirbel wurde lauter und die Krieger tanzten immer wilder. Spirit Hawk stand auf und wirbelte mit dem Tomahawk. Verdammt, was war denn jetzt los? Lieber Gott, hilf mir doch bitte. Könntest du diese Indianer aus dem Lokal schaffen? Der Lärm wurde fast unerträglich, aber keiner der Gäste schien das zu bemerken.

»Ist dir nicht gut?«, fragte Torsten und seine Stimme klang freundlicher.

Ich merkte, wie mir der Schweiß über die Stirn lief und mir abwechselnd heiß und kalt wurde. Im letzten Moment sah ich den Tomahawk auf mich zukommen. Ich warf mich zur Seite und spürte nur den Luftzug der tödlichen Waffe, die knapp an meinem Kopf vorbeirauschte. Es wurde dunkel um mich herum.

Als ich die Augen öffnete, blickte ich in ein fremdes Gesicht.

»Geht's?«, fragte der ältere Mann. Ich sah nur den riesigen geschwungenen Schnurrbart.

»Wo ist Spirit Hawk? Der Tomahawk ...«, flüsterte ich und ich bemerkte, wie der Mann die Stirn in Falten legte.

Na klar, ein Tomahawk flog an meinem Kopf vorbei. Geworfen von Spirit Hawk. Wenn ich so weitermachte, wiesen sie mich gleich in die *Klapse* ein.

Der Mann gab mir einen Schluck zu trinken und langsam ließ das Schwindelgefühl in meinem Kopf nach.

»Danke, mir gehts besser«, sagte ich peinlich berührt.

»Wie heißen Sie?«, fragte mich der Schnurrbart.

»Jacki ... Jacqueline Achenbacher.«

»Sie kennen Ihren Namen, das ist ein gutes Zeichen.« Der fremde Mann und Torsten halfen mir gemeinsam auf und ich setzte mich auf meinen Stuhl. Ich spürte die Blicke sämtlicher Gäste und Bediensteter. Warum passierten mir in letzter Zeit ständig solche Dinge?

»Ich bin Neurologe, Dr. Matthes«, stellte sich der Mann vor. »Ist das schon öfter geschehen?«

»Zwei- oder dreimal.« Ich schluckte schwer.

Wieder legte er die Stirn in Falten. »Ich empfehle Ihnen dringend, ein CT vom Kopf vornehmen zu lassen, um alles auszuschließen. Sie können gerne in meine Praxis kommen.« Er nestelte in seiner Jackentasche und überreichte mir seine Visitenkarte.

Ich fühlte mich bei seinen Worten sterbenskrank. Natürlich! Das waren keine blöden Träume. Nein, es handelte sich um einen Defekt. Ich hatte einen fetten irreparablen Hirntumor in meinem Kopf sitzen. In diesem Tumor tummelten sich Spirit Hawk und seine Krieger, die Hubers und Monika. Genau, das schien die Lösung zu sein.

Ich musste ihn entgeistert angesehen haben, denn er tätschelte meinen Arm und meinte beruhigend, dass diese Untersuchung doch nur eine Vorsichtsmaßnahme wäre. Es könnte auch nur der Kreislauf sein. Der freundliche Neurologe riet mir, mich am Montag in seiner Praxis zu melden. »Ich informiere meine Arzthelferin über ihren Anruf und dass sie Ihnen unverzüglich einen Termin geben soll.«

Ich bedankte mich bei dem Arzt und versprach, anzurufen. Ich wollte Gewissheit, obwohl für mich die Diagnose feststand. Sollte ich sterben, musste ich vorher einige Dinge erledigen. Der Evergreen von Udo Jürgens ging mir durch den Kopf: *Ich war noch niemals in New York.*

Ich musste auf jeden Fall eine Reise antreten, bevor ich meine letzte Reise antrat. Außerdem nahm ich mir vor, den Rest meiner Zeit nur mit Menschen zu verbringen, die ich gerne mochte. Und dazu gehörte nicht dieser spießige Typ, der mir gegenübersaß. Torsten sah mich noch immer besorgt an.

»Mit mir ist alles in Ordnung«, sagte ich barsch. »Zwischen uns ist ja alles geklärt.«

»Schade. Ich hatte mir das anders vorgestellt.« Er wirkte etwas zerknirscht und gleichzeitig verletzt.

»Ja, ich weiß.« Ich stand auf. »Danke für die Einladung.«

Er nickte nur und ich sah zu, dass ich das Lokal verließ.

Mit diesem Abend erlebte ich den totalen Reinfall, ein Desaster, das mir ein paar zusätzliche Probleme eingebracht hatte. Ich war nicht nur bald tot, sondern auch noch geoutet. Ich stellte mir vor, wer zu meiner Beerdigung käme. Mit Sicherheit Monika und Sander, Astrid und Birgit. Wenn ich Glück hatte, standen meine Mutter und Nicole am Grab. Carmen? Marie-Lu? Hannes Larsen? Jens? Mitspielerinnen? Mirjam? Egal, ob hundert oder nur drei Leute an meiner Trauerfeier teilnahmen. Tatsache war, dass mich niemand mit der verzweifelten Trauer einer Liebenden vermissen würde. Das machte mich traurig.

Ich stieg in mein Auto und wünschte mir nichts sehnlicher, als ein Gespräch mit Pastor Sander. Doch der wanderte durch die Gegend und ließ mich mit meinen Problemen alleine. Heiße Tränen liefen über mein Gesicht.

Kapitel 13

»Es gibt keinen Tod. Nur ein Hinübergehen in eine andere Welt.«

(Chief Seattle)

In der Nacht quälten mich Träume. Ich lag in einem Sarg und vernahm das Aufprallen von Erde auf dem Deckel. Verzweifelt versuchte ich zu schreien, doch meine Kehle schien zugeschnürt. Ich wollte gegen den Deckel klopfen, aber meine Arme waren wie gelähmt. Mit jeder Schaufel Erde wurden die Geräusche um mich herum leiser. Dann umgab mich nur noch Stille. Panisch spürte ich, dass die Luft in meinem dunklen Gefängnis knapp wurde. Das Atmen fiel mir immer schwerer. Ich japste und wachte laut keuchend auf.

Kaum war ich wieder eingeschlafen, lag ich diesmal im Krankenhaus mit einem dicken Verband um den Kopf. Ich hatte eine Besucherin, Mirjam. Sie drückte meine Hand und ich sah Tränen über ihr Gesicht laufen. *Ich liebe dich,* hörte ich mich sagen. Da beugte sie sich über mich und küsste mich sanft, dann immer leidenschaftlicher. Ich zog sie auf mein Bett und in diesem Moment stürzte ihr Mann ins Zimmer. Er stieß Mirjam brutal von mir weg und schlug mit voller Wucht gegen meinen Kopf. Auf dem Fußboden liegend, wachte ich mit einem rasenden Schmerz auf. Ich war aus dem Bett gefallen und hatte mich mit dem Kopf an dem Nachtkästchen gestoßen. Fluchend stand ich auf und nahm mir ein Eispack aus dem Kühlfach. Während ich die Stelle am Kopf kühlte, saß ich auf meinem Bigsofa und zappte durch sämtliche Programme. Ich stellte fest, dass man am frühen Sonntagmorgen nichts im Fernsehen verpasste.

Die Träume gingen mir nicht aus dem Kopf. Mir fiel Monikas Geschenk ein. Der Traumfänger. Ich hatte ihn in den Keller verbannt, weil ich all das für dunkelsten Aberglauben hielt. *Na klar, wenn ich mir so einen Traumfänger über das Bett hänge, werde ich nie Albträume haben. Hahaha.*

Doch ich stand auf, zog meinen Trainingsanzug an und ging hinunter in mein Kellerabteil. Ich hatte Monikas Geschenk achtlos an einen verrosteten Nagel gehängt. Wenn der Traumfänger funktionierte, hatten zumindest Mäuse und Kellerasseln in den letzten Monaten bestens geschlafen.

Ich nahm das Teil und schüttelte es aus. Dicke Staubflocken fielen herunter. Hustend stieg ich in den Fahrstuhl, um zurück in meine Wohnung zu fahren.

Ich betrachtete den Traumfänger und musste zugeben, dass er wunderschön aussah. Er bestand aus handbemaltem Leder mit Adlermotiv und bunten Federn. Entschlossen nahm ich Hammer und Nagel aus meiner Werkzeugkiste. Mit zwei kurzen Schlägen klopfte ich einen Nagel in die Wand und hängte den Traumfänger über mein Bett.

»Und wehe, das hilft nichts.« Konnte es mir nicht egal sein? So viele Nächte hatte ich nicht mehr vor mir.

Nachdem ich so zeitig auf war, beschloss ich, in die Kirche zu gehen. Ich wusste, dass Pastor Huber in unserer Kirche den Gottesdienst hielt. Auf ihn hatte ich keine Lust und fuhr nach Lyken, in Pastor Reeses Gemeinde. Die Anzahl der Gottesdienstbesucher war überschaubar. Ich setzte mich auf eine der hinteren Bänke und betete leise zu Gott, dass er mir noch ein paar Jahre schenken sollte. Mein bisheriges Leben konnte nicht alles gewesen sein. Ich hoffte, er hörte mir heute zu.

Nach der Andacht besuchte ich Monika. Sie saß beim Frühstück.

»Magst du mitessen?«, fragte sie.

»Nein Danke, nur einen Kaffee.« Ich setzte mich auf einen Stuhl. »Ich muss dir so viel erzählen.«

»So? Was ist denn passiert?« Sie stellte eine dampfende Tasse Kaffee vor mich hin und sah mich erwartungsvoll an.

»Stell dir vor, Mirjam hat gestern bei unserem Spiel zugesehen.« Ich spürte noch immer dieses Hochgefühl in mir.

»Sie hat *dir* zugeschaut?!« Meine Freundin grinste.

»Warum nicht? Sie kennt sonst niemanden aus der Mannschaft.«

Ja, vielleicht wollte sie mich sehen. Aber bestimmt nicht, weil sie so fühlte wie ich. Sie hatte gestern einfach nichts Besseres vor.

»Hast du sie gesehen oder handelte es sich um ein *Spirit-Hawk-Syndrom?*« Bei diesen Worten wurde mir eiskalt. Mit voller Wucht meldeten sich die Geschehnisse des gestrigen Abends zurück. Der Tod schien auf meine Schulter zu klopfen. Ehe ich mich versah, fing ich an zu heulen.

Monika riss die Augen auf. »Das war doch nur ein Scherz.«

»Das ... ist ... nicht ... lustig«, schluchzte ich. »Vielleicht ... sterbe ... ich ... schon ... bald.«

»Bist du verrückt? Was erzählst du da?« Monika rückte ihren Stuhl an mich heran und nahm meine Hand.

»Was ist denn nur passiert?«

Unter Tränen erzählte ich ihr vom gestrigen Abend, von Torstens Einladung, seiner Liebeserklärung, von Spirit Hawks Angriff auf mich und dem Neurologen Dr. Schnauzbart.

Als ich geendet hatte, hielt sie mich einfach im Arm.

»Das ist kein Tumor.« Sie versuchte, mich zu beruhigen. »Du hast Visionen und Träume.«

»Du ... bist ... kein Arzt«, meinte ich und schnäuzte lautstark meine Nase.

Sie streichelte meinen Arm. »Nein, das nicht, aber ich kenne dich schon lange. Allerdings frage ich mich, warum Spirit Hawk eine so entscheidende Rolle dabei spielt.«

»Er wollte mich töten. Ich spürte den Luftzug des Tomahawks. Ich glaube, ich ticke da oben nicht mehr richtig.«

»Du könntest ihn provoziert haben.«

»Klar. Weil ich mich mit Torsten traf, oder was? Oh, oh, der Indianer ist eifersüchtig!«

»Das hättest du gerne«, sagte Monika lächelnd. »Nein, weil du so unaufrichtig zu dir und anderen bist. Ich glaube, Spirit Hawk ist dein personifiziertes Unterbewusstsein.«

»Du hättest Psychologie studieren sollen.« Mein spöttischer Ton war nicht zu überhören. »Bei so viel Unaufrichtigkeit auf der Welt müssten ja fast alle Menschen Spirit Hawks oder ähnliche Gestalten sehen. Nein, ich bin sterbenskrank. Ich fühle es einfach.«

»Oh ja.« Monika nickte. »Ich glaube, du ziehst es vor, an einen Tumor zu glauben, ehe du dich mit dir selbst auseinandersetzen müsstest.«

»Du bist echt fies.«

»Jetzt komm runter. Du legst dich hin, trinkst etwas und danach wird es dir besser gehen.«

Während Monika mir einen Tee aufbrühte und diverse Räucherstäbchen anzündete, legte ich mich auf das Sofa im Wohnzimmer.

»Das ist gut für dein inneres Gleichgewicht«, sagte Monika, als sie mir den Tee eingoss.

Der Tee schmeckte süß und fruchtig. Der Duft der Räucherkerzen ließ mich entspannen und ich schlief auf ihrer Couch ein.

Ich erwachte aus einem traumlosen Schlaf. Die Zeiger der Uhr zeigten vier Uhr nachmittags. Ich hatte drei Stunden geschlafen und fühlte mich ausgeruht. Apache lag neben mir und protestierte miauend, weil ich es gewagt hatte, mich zu rühren.

Monika war nirgends zu sehen. Aus ihrem Meditations- und Arbeitszimmer erklang Musik. Sie befand sich auf den Weg zu ihren Indianern. Ich gähnte herzhaft und trank den kalten Tee. Was sollte ich unternehmen? Abwarten? Das ist doch meine Lebensdevise gewesen. Nur nicht das Leben in die Hand nehmen, es kam, wie es kam. Dieses Motto hatte mich bisher nicht an mein Ziel gebracht. Für mich stand fest, dass ich dringend mit meiner Mutter reden sollte. Mir fiel ein, dass sie an diesem Sonntag Dienst im Altenheim hatte. Ich konnte einfach zu ihr fahren.

Da ich Monika bei ihrer Meditation niemals stören durfte, schrieb ich ihr auf einen Zettel, dass ich wunderbar geschlafen hatte und mich bei ihr meldete. Ich verließ die Wohnung und fuhr direkt zum Alten- und Pflegeheim. Auf dem Parkplatz stand der Leichenwagen. Bis gestern hatte mir dieser Anblick keine Angst gemacht, nun schnürte sich mir fast die Kehle zu. Ich erwog, einfach vorbeizufahren. Doch ich stellte meinen Wagen am äußersten Ende des Parkplatzes ab, weit genug entfernt vom Leichenwagen. Meine Mutter würde sich jetzt erst recht freuen, mich zu sehen. In einem Altenheim gehörte der Tod zum Alltag, doch ihr fiel der Abschied von den alten Menschen schwer. Besonders hart traf es sie, wenn der Sensenmann während ihrer Schicht anklopfte, so wie heute. Ich eilte in das Gebäude und lief zu Fuß in den zweiten Stock. Dort befand sich der Arbeitsbereich meiner Mutter. Im Aufenthaltsraum war niemand. Ich überlegte, nach ihr zu suchen, als sich eine Tür öffnete und Mirjam Huber, gekleidet im Talar, heraustrat. In der Hand hielt sie die Bibel. Mit bedächtigen Schritten, auf den Boden blickend kam sie mir entgegen.

Da hatte ich doch das richtige Näschen.

»Wer ist gestorben?«, fragte ich flüsternd.

Überrascht hob sie den Kopf. »Jacki. Was machen Sie denn hier?«

»Ich besuche meine Mutter.«

»Ja, natürlich. Sie ist mit einem Herrn vom Beerdigungsinstitut im Zimmer von Frau Neumaier.« Mirjam zeigte auf die Zimmertür.

»Ach, Frau Neumaier. Die alte Dame ohne Angehörige.«

»Ja. Eine traurige Sache. Sie wäre nächste Woche hundert geworden. Seit Jahren hatte sie keinen Besuch bekommen. Sie ist einfach übrig geblieben. Es gab niemanden mehr, der sich um sie kümmerte.« Unsere Blicke trafen sich und meine Knie bekamen die Konsistenz von Wackelpudding.

»Sie waren bei ihr?« Meine Stimme klang wie ein Hahn im Stimmbruch.

Mirjam nickte. »Ihre Mutter rief mich an und meinte, dass es Frau Neumaier schlecht ginge. Ich bin zu ihr gefahren. Wir konnten noch einige Worte miteinander sprechen. Sie ist sanft eingeschlafen.«

Ob Mirjam an meinem Totenbett stehen würde? Verdammt, was spielte sich nur in meinen Gedanken ab?

»Hat Ihnen das Spiel gestern gefallen?«

»Ja. Sie sind eine hervorragende Torhüterin.« Ich spürte einen Anflug von Unruhe in ihrer Stimme.

»Na ja, so toll sah ich beim Gegentor nicht aus.«

Mirjam lachte und ich sah die feinen Grübchen um ihren Mund. Plötzlich fasste sie mich am Arm und zog mich in den Aufenthaltsraum.

»Bitte«, sagte sie und sah mich eindringlich an. »Erzählen Sie niemandem von meinem gestrigen Ausflug.«

»Ähm, das haben doch viele mitbekommen. Caro, unsere Trainerin hat in der Halbzeit von Ihnen gesprochen«, entgegnete ich.

Mirjam ließ leider meinen Arm los. Sie wandte sich ab und stellte sich an das Fenster.

»Wo ist das Problem?«, fragte ich.

Sie schwieg und ich trat direkt hinter sie. Nur wenige Zentimeter trennten mich von dieser wunderbaren Frau und sie schien so unerreichbar für mich. Ich wollte meine Arme um sie schlingen, ihren schlanken Hals mit meinen Lippen berühren, ihre Haare riechen. Ich atmete tief durch. Wie ein Blitz kam die Erleuchtung. Natürlich. Holger Huber. Von mir würde er es doch niemals erfahren. Was war mit Torsten? Vielleicht hatte sie wegen ihm den Fußballplatz verlassen. Fürchtete sie sich etwa vor ihrem Mann auf Grund so einer Geschichte? Das konnte doch nicht sein.

»Von mir erfährt niemand etwas«, sagte ich.

»Ich weiß.« Mirjam sprach leise. »Es war albern, Sie darum zu bitten. Was müssen Sie jetzt von mir denken?«

»Ich schließe daraus, dass Sie nicht wollen, dass es einer bestimmten Person zu Ohren kommt.« Ich legte meine Hand an ihre Hüfte.

»Jacki, es ist nicht so, wie Sie meinen.«

Mirjam drehte sich zu mir um. Sie musste zu mir aufsehen, weil ich sie um einen Kopf überragte.

»Was meine ich denn?«, fragte ich sie und fühlte mich immer mutiger. Was ging in mir vor? »Sie haben mir beim Fußball zugesehen und das soll jemand nicht erfahren. Ihr Mann mag mich nicht und Frauenfußball ist nicht sein favorisierter Sport. Ich kann eins und eins zusammenzählen.«

Sie schlug die Augen nieder.

»Jacki, ich will nicht, dass Sie Ärger bekommen. Ich weiß nicht, warum Holger Sie so wenig schätzt.«

»Mir ist es egal, solange Sie kein Problem mit mir haben.«

Sie schüttelte den Kopf.

Ich suchte nach ihrer Hand und umfasste sie. Sie zuckte kurz und ließ die Berührung geschehen. Wir sahen uns an und mein Herz begann zu rasen. Ich hatte das Gefühl, die Luft um uns beide herum elektrisierte, sie flimmerte und knisterte voller Spannung.

»Jacki? Was machst du denn hier?« Ich liebte meine Mutter, doch in diesem Moment hätte ich sie gerne in die unendlichen Weiten der Galaxie geschossen. Ich ließ Mirjams Hand los und drehte mich um.

»Hallo Mama. Ähm, ich wollte dich besuchen und, ähm, da traf ich die Frau Pastorin Huber.«

»Ja, ich kam aus dem Zimmer von Frau Neumaier. Jacki fragte mich, wer gestorben war«, sagte Mirjam mit fester Stimme.

»Ach so.« Meine Mutter sah uns stirnrunzelnd an.

»Ja, ich gehe nach Hause. Danke, dass Sie mich angerufen haben.« Sie gab meiner Mutter die Hand und verließ das Zimmer, ohne sich noch einmal nach mir umzusehen.

Ich blieb zurück, mit überschäumenden Emotionen und dem gleichzeitigen Gefühl einer Leere.

»Kannst du mir das erklären?« Meine Mutter hatte die Hände in die Hüften gestemmt.

»Was denn?«

»Also, wenn ich es nicht besser wüsste ...« Sie schüttelte den Kopf. »Sag nichts. Ich glaube, ich will davon nichts wissen.«

Sie setzte sich auf einen der Stühle und goss sich ein Glas Mineralwasser ein. »Mein lieber Herr Gesangsverein, der Tag hatte es in sich. Ausgerechnet in meiner Schicht muss die Neumaier abtreten. Die paar Stunden hätte sie auch noch warten können.«

»Mama, niemand sucht es sich aus. Denkst du, Papa wollte an jenem Tag sterben?«

»Mein Gott, das sagt man doch nur so. Warum bist du so empfindlich?«

»Weil irgendwie alles beschissen läuft.«

»Das ist ja nichts Neues bei dir. Hast du dich mit Herrn Fellner verabredet?«

»Ja, und genau hier fängt mein Problem an.«

»Wieso? Will er dich nicht mehr?«

Ich spürte die Wut, die immer weiter in mir aufstieg. Erst vermasselte sie mir den aufregendsten Moment meines Lebens und nun hatte sie nur die Sorge, dass mich dieser Apothekenheini abservieren könnte.

»*Ich* will ihn nicht!«

Meine Mutter trank einen Schluck Wasser. »Warum nicht?«

»Weil ... weil ... ich nicht ...«

»Inge, Zimmer 14 muss dringend gebettet werden«, rief eine Kollegin und schaute zur Tür herein. »Ich bin mit Zimmer zehn und elf beschäftigt.«

Meine Mutter sprang auf, fast erleichtert über diese Störung.

»... auf Männer stehe«, beendete ich laut genug den Satz, so dass sie die Worte noch hören musste.

Ich schielte ihr hinterher. Sie schlurfte einige Schritte zurück. »Ich wusste es. Sag mir, was ich mit dir falsch gemacht habe?« Ihre Stimme vibrierte leicht.

»Nichts. Das hat doch nichts mit dir zu tun.«

Ihre Mundwinkel hingen herunter. »Mit wem sonst? Man wird das doch nicht einfach so.«

»Doch, man wird einfach so und besser gesagt, man ist einfach so.«

»Und jetzt willst du die Pastorin verführen, oder was?«

»Quatsch. Was redest du denn da?« *Natürlich wollte ich nichts anderes.*

»Diese komische Situation mit euch beiden.«

Komisch? Himmlisch. Aber dieses Wort behielt ich lieber für mich.

»I N G E, kommst du!« Die Kollegin wurde ungeduldig und ich atmete auf.

»Ja, verdammt. Und du lass die Finger von der. Das bringt dir nur Ärger ein. Das alles macht nur Ärger.«

»Mama!«

Sie eilte aus dem Zimmer und ich fühlte mich erlöst. *Es hatte etwas Befreiendes, dieses ›Mama, ich stehe auf Frauen‹. Ich bin lesbisch. Ich bin vom anderen Ufer. Verdammt, und ich liebe Mirjam Huber. Da geschah doch etwas zwischen uns. Nur ein kurzer Augenblick, der reichte, um die Weichen auf glückliche Zukunft zu stellen. Dummkopf! Sie ist mit Pastor Huber verheiratet. Willst du diesem Mann die Frau ausspannen?* Ich sah aus dem Fenster hinaus. *Mirjam, hast du auch dieses Gefühl gespürt?*

Mirjam flüchtete aus dem Gebäude. Sie konnte die Augen nicht davor verschließen, dass Jacki etwas für sie empfand, das weit über Sympathie hinausging. Und ihr eigenes Kribbeln und Herzklopfen? Es war verrückt und doch so atemberaubend. Ihr Körper schmerzte vor Sehnsucht nach echter Zärtlichkeit. Aber nein, diese Nähe hätte sie niemals zulassen dürfen.

Ich muss Jacki aus meinem Kopf bekommen. Mirjam öffnete ihr Auto, zog den Talar aus und legte ihn auf die Rückbank. Sie stieg ein und schaute auf die Uhr. Es ging auf sechs zu. *Holger wird bereits zu Hause sein und ich habe nichts gekocht.*

Sie nahm ihr Handy in die Hand. Nach dem ersten Durchläuten meldete sich Holger.

»Ich bin es. Es hat leider länger gedauert.« *Warum rechtfertige ich mich?* Sie vernahm Holgers schweres Schnaufen. »Schatz, du wirst nur für eine halbe Stelle bezahlt. Inzwischen denke ich, du arbeitest ganztags.« Seine Stimme klang gereizt. »Ich sitze hier zu Hause und warte auf dich. Soll ich noch für dich kochen?«

Mirjams Hände fühlten sich schweißnass an. »Nein. Ich hole Pizza, ist das in Ordnung?«

»Ich hoffe nicht, dass das ein Dauerzustand wird, sonst müssen wir uns ernsthaft etwas überlegen.«

Mirjam fröstelte. *Ich hasse es, wenn du so mit mir sprichst. Ich bin doch kein kleines Kind.* Aber sie hörte sich nur mit dünner unsicherer Stimme antworten: »Nein, das wird es nicht. Ich komme gleich nach Hause.«

Sie wollte ihren Wagen starten, als sie Jacki über den Parkplatz gehen sah. Trotz der Dunkelheit erkannte Mirjam sie sofort an ihrer Statur und dem schlendernden Gang. Eine Sekunde lang zögerte Mirjam, bevor sie den Schlüssel aus dem Zündschloss zog.

Aufgewühlt von den Geschehnissen der letzten Stunde, wäre ich am liebsten laut singend über den Parkplatz getanzt. Gleichzeitig bohrte sich ein tiefer Schmerz in meine Brust. Was sollte weiter passieren? Es gab keine Zukunft. Ich outete mich für eine Frau, so unerreichbar, wie die Erde für das Raumschiff Voyager. Aber brachte Captain Janeway ihre Crew am Ende nicht gegen alle Widerstände nach Hause?

Ich hörte Schritte und drehte mich um. Mirjam.

»Jacki, warten Sie bitte«, rief sie.

Überrascht blieb ich stehen. Hatte sie auf mich gewartet?

»Ich muss mit Ihnen sprechen«, sagte sie atemlos.

»Ja?« Ich ahnte, was sie mir sagen wollte.

Mirjam drehte sich voller Unbehagen um. »Wo steht Ihr Auto?«

Aha, man sollte uns nicht zusammen sehen.

»Noch ein paar Schritte.« Ich klickte auf den Funkschlüssel und öffnete die Fahrertür. Mirjam setzte sich auf den Beifahrersitz. Ich zog meine Jacke aus und warf sie auf den Rücksitz. Das Licht ging nach kurzer Zeit aus und wir saßen im Dunkeln.

Ich traute mich kaum, zu atmen. Sie saß neben mir und starrte durch die Windschutzscheibe. Da gab es nichts zu sehen. Mirjam suchte nach den passenden Worten, wie sie jenen Moment im Aufenthaltsraum entzaubern konnte.

»Jacki«, hörte ich sie sagen. »Sie verrennen sich, wenn Sie Gefühle ... für mich ... entwickeln, die nicht sein sollten ... dürfen.« Sie blickte mich zögernd an. »Ich ... ich bin doch verheiratet und nicht ... lesbisch. Also, warum denken Sie, dass ich Ihre Gefühle erwidern könnte?«

Ich lehnte mich in meinem Sitz zurück und atmete tief durch. Mein Puls raste, mein Herz trommelte, mein Körper zitterte, denn sie hatte dieses Wort ausgesprochen – lesbisch. Sie hielt mich für lesbisch. Na klar, ich war lesbisch und jetzt wusste es auch Mirjam Huber. Ich kam da nicht mehr raus. Fieberhaft suchte ich nach einer Antwort.

»Sie müssen mir nicht antworten«, hörte ich Mirjam leise sagen und ihre Hand legte sich auf meinen Oberschenkel. Hitze durchströmte meinen Körper und ich spürte wieder das leise Flirren.

Sie hätte aussteigen können, denn es war alles gesagt, doch sie blieb sitzen. Langsam ertastete ich ihre Hand. Atemlos erwartete ich, dass sie sie zurückziehen würde, doch sie ließ es erneut geschehen. Ich drehte mich zu ihr und streichelte mit der anderen Hand ihre Wange. Ihre Haut fühlte sich so weich an. Meine Finger fuhren über ihre Lippen, ihren Hals. Mirjam atmete schneller.

Plötzlich nahm sie mein Gesicht in ihre Hände und küsste mich. Sie küsste sanft und ich erwiderte den Kuss genauso vorsichtig. Doch wir wurden immer fordernder und ungestümer. In meinem Kopf wurde ein Feuerwerk gezündet und in meinem Bauch tanzten Schmetterlinge Rock 'n' Roll. Ich zog sie an mich. Ihr geschmeidiger Körper fühlte sich so verdammt verführerisch an. Sie tastete unter meinen Pullover und ich spürte ihre Hände auf meiner Haut. Mein Verlangen stieg und ich musste mich beherrschen, ihr nicht die Kleidung vom Leib zu reißen. Ich weiß nicht, wie weit wir noch gegangen wären, wenn uns nicht ein grausamer Klingelton auseinandergerissen hätte. Sie erstarrte in meinen Armen. Sie löste sich von mir, griff in ihre Manteltasche nach ihrem Handy und floh aus dem Wagen.

Ich befürchtete, sie würde einfach davonlaufen und stieg ebenfalls aus. Mein Körper bebte, während ich an meinem Auto lehnte und Mirjam beobachtete.

»Ich bin auf dem Weg«, hörte ich sie leise sagen. »Nein, ich musste noch zurück, weil ich etwas vergessen hatte.«

Schweigen.

»Meine ... meinen Schal.«

Schweigen.

»Bis gleich. Ich ... ich freu mich auch auf dich.«

Sie steckte ihr Handy zurück in die Manteltasche. Mit schnellen Schritten stand ich bei ihr. Ich sah die Tränen in ihren Augen und wollte den Arm um sie legen, doch sie entzog sich mir.

»Das ... das ist niemals geschehen.«

»Mirjam (eigentlich komisch, dass man sich sofort duzt, wenn man sich geküsst hat), aber es ist passiert. Du kannst das nicht einfach abstreifen.«

»Wir müssen. Es gibt keine Zukunft.«

»Du hast Angst. Ich helfe dir, ich bin bei dir.«

Mirjam schüttelte den Kopf und wischte sich mit dem Handrücken über ihre Augen.

»Jacki, misch dich nicht ein. Alles ist in Ordnung. Und ... und ... ich weiß nicht, was aus uns wird. Aber das darf nicht sein. Bitte.«

Sie drehte sich um und lief zu ihrem Auto. Ich sah ihr hinterher, während ich mit meiner Zunge über meine Lippen fuhr. Ich hoffte, Mirjams Küsse noch schmecken zu können. *Verdammt, Frau Pastorin, ich liebe dich und sollte ich morgen sterben, so hat sich noch ein Wunsch erfüllt.*

Innerlich aufgewühlt und verwirrt steuerte Mirjam ihren Stamm-Italiener an. Sie bestellte zwei Pizzas und einen Salat. Wegen des Salates hatte Holger sie noch einmal angerufen. Als wenn er etwas geahnt hätte.

Mario, der Inhaber der Pizzeria, stellte Mirjam die Bestellung auf den Tresen und servierte zwei Gläschen Schnaps.

»Ich mag nicht, wenn Frauen traurig sind«, sagte er und stieß mit ihr an. Der Schnaps rann durch ihre Kehle und nach einem kurzen Moment des Schüttelns breitete sich eine wohltuende Wärme in ihrem Körper aus.

»Danke.« Sie lächelte. »Das tat jetzt gut.«

Sie zahlte, verabschiedete sich und fuhr die letzten Meter nach Hause. Als sie in die Garage einparkte, sah sie Holger an der Haustür stehen.

Er nahm ihr das Essen ab und wollte ihr einen Kuss geben, doch er wich zurück. Einen Moment lang befürchtete Mirjam, Holger sah, spürte, roch Jackis Küsse, aber er witterte anderes.

»Du hast getrunken?«, fragte er mit schneidender Stimme und hielt seine Frau am Arm fest. »Ich dachte, im Altenheim, liegt jemand im Sterben. Gab es einen Grund zum Feiern?«

»Nein, natürlich nicht. Mario gab mir einen Schnaps aus. Das macht er doch meistens, während man auf die Bestellung wartet.« Der Druck an ihrem Arm wurde fester. »Ich mag es nicht, wenn du in der Öffentlichkeit mit Fremden Alkohol trinkst. Das weißt du!«

»Holger. Du kennst doch Mario. Wir sollten reingehen und essen. Die Pizza wird sonst noch kalt.« Der Druck an ihrem Arm löste sich.

»Du arbeitest zu viel, mein Engel. Das müssen wir ändern.« Er fuhr mit der Hand durch ihre Haare und legte den Arm um sie. »Wir werden den Abend jetzt harmonisch ausklingen lassen.«

Als Holger später mit ihr schlief, sah sie Jacki vor sich. Noch immer spürte Mirjam die weichen Lippen, die leidenschaftlichen Küsse und die sanften Berührungen. In Jackis Augen erkannte Mirjam die Sehnsucht, die in ihr selbst brannte. Jackis Hände schienen sie zu berühren und ihre gestylten Haare kitzelten in ihrer Nase. Sie versuchte, diese Gedanken abzuschütteln. Holger zog sie auf sich und hielt ihre Hüften, während sie sich auf ihm bewegte. Sie schloss die Augen und wollte sich auf ihn konzentrieren. Aber Jacki blieb hartnäckig bei ihr und ließ sich nicht vertreiben.

»Schau mich an«, hörte sie Holger unter sich keuchen. Seine Hände umfassten ihr Gesicht und sie öffnete die Augen. Jacki war verschwunden und sie stieß einen Seufzer aus. Holger hielt sofort inne und sah sie irritiert an.

»Was ist mit dir?«, fragte er und schob sie von sich.

»Nichts, was soll denn sein?«

»Dein Seufzen klang so, als wenn dir nicht nach Sex ist.«

Mirjam schüttelte den Kopf. *Wie konnte ich nur so dumm sein*. Holger bekam alles mit, jeden Ton, den sie nicht traf, jeden Schritt, den sie seiner Meinung nach zu viel tat. Jetzt entglitt ihr aus tiefstem Herzen ein Seufzer und er würde keine Ruhe geben, bis es dafür eine für ihn befriedigende Antwort gab.

»Ich bin müde«, sagte Mirjam.

»Weil du so viel arbeitest, mein Engel. Du wirst kürzer treten.«

»Holger, ich arbeite als Pastorin und kann meine Zeiten nicht so einfach regeln. Es gibt doch genügend Tage, an denen ich früh zu Hause bin.«

»Mirjam, du vergisst deine Pflichten als Ehefrau. Ich liebe dich und du weißt genau, dass ich alles für dich tue. Nicht jede Frau wird so von ihrem Mann auf Händen getragen. Ich will nicht ausgenutzt werden. Unsere gemeinsame Zukunft sieht anders aus.« Seine Stimme klang sanft und gleichzeitig bestimmend. Er kniete sich über sie und begann, ihren Bauch zu küssen. Holger wollte den unterbrochenen Akt beenden.

»Es kann sein, dass es bereits geklappt hat«, sagte Mirjam leise.

»Was?« Holger sah sie überrascht an.

»Ich bin seit einigen Tagen überfällig.«

»Engel, ist das wahr?« Sie sah sein Strahlen auf dem Gesicht. *Warum sage ich das? Ich wollte doch sicher sein und vorher einen Schwangerschaftstest machen.*

»Holger, bitte freue dich nicht zu früh. Es kann passieren, dass sich etwas verschiebt.«

»Mirjam, ich fühle, dass es geklappt hat. Ich bin so glücklich. Endlich werde ich Vater.«

Er nahm sie in den Arm und streichelte ihren Rücken. »Meine Eltern werden selig sein.«

Bitte lieber Gott, lass mich schwanger sein. Damit könnten sich die Probleme in Luft auflösen. Ein Kind veränderte alles. Sie hatte eine Verantwortung und das musste Jacki verstehen. Diese verrückten Gefühle würden vergehen. Sie wollte sich freuen und doch nagten Zweifel an ihr. *Was passiert, wenn es wieder nicht geklappt hat?* Eine Gänsehaut legte sich auf ihren Körper. Sie schloss die Augen und fühlte Jacki neben sich.

Kapitel 14

»Euer Herz erschrecke nicht. Glaubt an Gott und glaubt an mich.«

(Joh 14,1 LUT)

Das Telefon klingelte den ganzen Abend. Ich ahnte, dass meine Mutter mich erreichen wollte. Der Gedanke an Diskussionen mit ihr ließ mich im Sofa verweilen, unfähig mich zu erheben.

Ich starrte an die Decke. Es gab keine Zukunft für Mirjam und mich und doch wehrte sich alles in mir gegen diese hoffnungslose Einsicht. Warum hatte Mirjam den Schleier der glücklichen Ehefrau fallen gelassen? Bedeutete ich ihr etwas? O mein Gott, ich durfte nicht darüber nachdenken, was passierte, wenn ihr Mann davon erfuhr. Ich balancierte am Rande des Abgrunds. Warum kreisten meine Gedanken um die Zukunft? Ich stand ja mit einem Bein im Grab. Zaghaft umfasste ich meinen Kopf. Was wäre, wenn Dr. Matthes feststellte, dass es sich bei Spirit Hawk um einen irreparablen Tumor handelte? Ich würde sterben, ohne viele Spuren in diesem Leben zu hinterlassen. Obwohl mir mein christlicher Glaube sagte, dass der Tod nicht das Ende war, jagte mir die Vorstellung des Sterbens schreckliche Angst ein.

Als Mirjam erwachte, lag sie allein im Bett. Verschlafen sah sie auf den Wecker. Es war halb neun. Sie fühlte sich wie erschlagen, denn lange Zeit hatte sie nicht einschlafen können. Ihre Gedanken kreisten und rotierten. Jacki hatte ein Verlangen in ihr ausgelöst, das sie doch nicht mehr zulassen wollte. Und dann hatte sie auch noch diese Hoffnung in Holger geweckt. Was geschähe, wenn sich der Schwangerschaftstest als negativ herausstellte? Mirjam faltete die Hände und versuchte, Kraft in einem Gebet zu finden. Dann stand sie auf. Das Badezimmer war mit dem Schlafzimmer verbunden. Es gab noch ein weiteres großzügigeres und wesentlich moderner eingerichtetes Badezimmer auf diesem Stockwerk. Mirjam bevorzugte aus Bequemlichkeit das Kleinere. Es besaß keine Badewanne, sondern nur eine Duschkabine. Den einzigen Nachteil sah sie darin, dass der Raum über kein Fenster verfügte.

Mirjam stieg in die Dusche und stellte das Wasser an. Sie genoss es, den harten heißen Strahl auf ihrem Körper zu spüren. In letzter Zeit duschte sie lange und ihre Haut wurde dabei krebsrot. Während das Wasser auf sie niederprasselte, beschloss Mirjam, zur Tagesordnung zurückzukehren.

Ich rief von der Arbeit aus in der Praxis von Dr. Matthes an. Die Sprechstundenhilfe hatte meinen Anruf erwartet und teilte mir mit, dass ich um 17.00 Uhr vorbeikommen sollte. Das ging ja ratzfatz. Meine Ängste wurden dadurch nur geschürt. Wenn Doktor Matthes so rasch einen Termin organisierte, ging er von einer düsteren Diagnose aus. Vielleicht lag ich übermorgen auf dem Operationstisch und in einer Woche fand meine Beerdigung statt.

Als Mirjam die Treppe in das Erdgeschoss hinunterstieg, duftete es nach Kaffee. Im Wohnzimmer war der Frühstückstisch gedeckt. Mirjam hörte die Haustür klappen. Holger kam herein, in der einen Hand die Brötchentüte und in der anderen einen Blumenstrauß.

»Guten Morgen, mein Engel.« Er gab Mirjam einen Kuss und überreichte ihr strahlend den bunten Herbststrauß.

»Danke, Holger. Er ist wunderschön.«

»Die Nachricht heute Nacht hat mich zum glücklichsten Menschen gemacht.«

Wie kannst du dir nur so sicher sein, dass ich schwanger bin? Sie stellte die Blumen in eine Vase, während Holger die Brötchen in einen Brotkorb legte.

»Jetzt müsste alles aufgedeckt sein. Ich gestehe, ich bin etwas aus der Übung.« Holger lachte über das ganze Gesicht und da stand er vor ihr, der Mann, in den sie sich einmal verliebt hatte.

Als sie am Frühstückstisch saßen, wirkte Holger so entspannt wie lange nicht mehr. Er strahlte vor Glück. Mirjams Magen zog sich zusammen.

»Wie wollen wir das Kinderzimmer einrichten?« Holger ergriff ihre Hand.

Mirjam wurde es heiß und kalt. »Lass uns noch nicht darüber reden. Ich kaufe mir diese Woche in Oldenburg einen Schwangerschaftstest.«

»Wieso in Oldenburg?«

»Da kennt uns keiner.«

»Das kann doch jeder erfahren, oder nicht?«

Mirjam schüttelte den Kopf. »Ich will das noch nicht. Lütjenstede ist eine Kleinstadt und dort wird zu viel getratscht.«

»Lange wirst du es nicht verheimlichen können.« Er strich ihr über den flachen Bauch. »Ich bin so wahnsinnig glücklich, mein Engel.« Seine Sanftheit tat ihr fast weh. Für einen Moment breitete sich die Hoffnung in ihr aus, dass es wieder so werden könnte, wie am Anfang ihrer Beziehung. Holger, ihr Märchenprinz, der Mann ihrer Träume. Was ist davon geblieben? *Trotzdem hätte ich mich niemals auf Jacki einlassen dürfen. Ich muss ihr sagen, dass wir den gestrigen Abend vergessen müssen.*

»Woran denkst du?«

Mirjam riss sich aus ihren Gedanken und lächelte Holger an: »Ich habe ein bisschen Angst.«

»Angst?« Er sah sie fragend an.

»Es ist für mich das erste Mal«, entgegnete sie. »Es wird sich viel verändern.« Sie sah die tiefen Falten auf Holgers Stirn. *Was rede ich nur?*

»Angst! Du solltest dich freuen. Das ist die normale Reaktion einer Frau. In dir sehe ich vor allem Unsicherheit!«

Ja, ich bin unsicher. Mirjam schluckte, denn seine Stimmung schlug um. Sie strich ihm über die Wange. »Nein, du irrst dich. Ich wäre glücklich.«

Holgers Gesicht hatte sich missmutig verzogen. Er stand abrupt auf. »Ich muss los, einige Termine warten.«

»Heute ist doch dein freier Tag.«

»Mirjam, ich bin Vorsitzender des Kirchengemeinderates. Für mich gibt es nicht so viele freie Tage. Wir müssen uns wegen des Konsolidierungspaketes Gedanken machen, dazu gehören Streichungen von Stellen. Es geht um viel Geld, und deshalb kann ich auf einen freien Montag keine Rücksicht nehmen.« Er blickte sich im Wohnzimmer um. »Ich denke, dir wird nicht langweilig. Frau Feddersen kommt nur einmal in der Woche zum Großputz, du kannst ihr also nicht alle Arbeiten überlassen.« Holger verließ die Küche und lief die Treppe hinauf.

Warum behandelt er mich nur so? Warum ist er nicht öfter liebevoll und zärtlich? Gedankenverloren begann Mirjam, den Tisch abzudecken und die Spülmaschine einzuräumen.

Kurze Zeit später stand Holger im Anzug an der Küchentür. Seine Stimme klang versöhnlich. »Du musst jetzt auf dich aufpassen«, sagte er. »Wenn es dir doch zu viel wird, dann überlass die groben Arbeiten Frau Feddersen.«

Er verließ das Haus und Mirjam atmete tief durch. Sie war froh, dass Holger heute Termine hatte. Gleichzeitig lud das Alleinsein zum Nachdenken ein, doch das wollte sie auf keinen Fall zulassen.

Auf meinem Bürotisch stapelte sich die Arbeit. Doch ich hatte das Gefühl, in meinem Kopf herrschte Leere und mein Herz besaß die Form einer Trommel, die kräftig geschlagen wurde.

Immer, wenn es an meiner Bürotür klopfte, hoffte ich, dass Mirjam hereinkam. Sie kam nicht. Was hatte ich erwartet? Dass sie sich mit mir verabredete? Warum nicht, gegen jede Vernunft? Es loderte zwischen uns, das konnten wir nicht ignorieren, oder? *Du bist doch sonst so eine Schlaumeierin, Jacki Achenbacher. Aber jetzt, wo ich so verzweifelt verliebt bin,* macht mein Verstand Ferien oder befindet sich im Krankenstand. *Das würde sich ja später bei Doktor Matthes herausstellen.* Wenn mich die Vernunft im Stich ließ, sollte ich das ausnutzen. Ich griff zu meinem Handy und schrieb eine SMS. *»Können wir uns treffen? Wir müssen reden! J.«*

Ich sandte die Kurznachricht ab. Mein Herz trommelte noch intensiver. Ich hätte am liebsten die Nachricht zurückgeholt. Aber nun flogen meine Worte durch die Atmosphäre und tauchten gleich auf Mirjams Handy auf. Ich begann, ein paar Fahrtkosten zu berechnen, während ich ständig auf das Handy schielte. Nichts passierte. *Ha, glaube ich ernsthaft, Mirjam greift sofort zum Handy, um mir zu antworten?* Ich formulierte die nächste Nachricht. *»Ich weiß, es ist verrückt. Aber lass uns nicht so sprachlos bleiben. Bitte. J.«* Ich drückte auf Senden und dachte, dass mir nicht mehr zu helfen war. Einige Minuten später vibrierte mein Handy. Eine SMS von Mirjam. *»Es geht nicht. Vergiss alles. M.«*

Ich atmete tief durch. Mit dieser Antwort gab ich mich nicht zufrieden.

»Ich kann das nicht vergessen und ich bin mir sicher, dass du so fühlst wie ich.« Ich zögerte, *du* zu schreiben. Aber nachdem wir uns so nahe gekommen waren, konnte ich Mirjam nicht mehr mit *Sie* ansprechen. Mirjams Rückmeldung folgte innerhalb von Minuten. *»Nein, du irrst dich. Es tut mir leid, wenn ich etwas in dir geweckt habe.«*

So wollte sie es also darstellen. Sie fühlte nichts, nur ich bin entflammt. Nein, das konnte ich auf keinen Fall so stehen lassen.

»Mirjam, wir haben uns geküsst und berührt. Ich spürte dein Feuer, deine Leidenschaft. Sag nicht, es war bedeutungslos.«

Diesmal ließ sich Mirjam länger Zeit mit ihrer Antwort.

Nachdem Holger das Haus verlassen hatte, begann Mirjam, die Böden zu saugen, die Regale abzuwischen und Unterlagen zu ordnen. Als sie zufällig auf das Handy blickte, sah sie, dass sie eine Nachricht erhalten hatte. Sie las Jackis SMS. Was sollte sie tun? Jacki in ihrem Büro aufsuchen und ihr erklären, dass alles ein Missverständnis war? Doch das Büro war nicht der geeignete Ort für diese Unterredung. Ein Lokal? Nein, Publikum brauchte Mirjam nicht bei diesem Gespräch. Bei dem Gedanken, Jacki zu sehen, stellte sie überrascht ein Ziehen im Bauch fest. Ein Treffen ging auf keinen Fall. Dann eine Antwort per SMS. Sie überlegte hin und her. Es fiel ihr schwer, die passenden Worte zu finden. Kaum hatte sie die SMS losgeschickt, erhielt sie eine Rückmeldung. *»Ich kann das nicht vergessen und ich bin mir sicher, dass du so fühlst wie ich.«*

Mirjam lehnte sich zurück und schloss die Augen. Sie sah die Bilder vor sich und sehnte sich in das Auto zu Jacki. Nein, es ging nicht. Sie würden sich ins Unglück stürzen. Sie musste hart sein. Sie tippte ihre Antwort und sendete sie los. Wieder ließ sich Jacki nur wenig Zeit mit der nächsten Nachricht.

»Mirjam wir haben uns geküsst und berührt. Ich spürte dein Feuer, deine Leidenschaft. Sag nicht, es war bedeutungslos.«

Oh nein, das war es nicht, dachte Mirjam. *Ich sehne mich nach deinen Lippen, deinen Küssen. Aber wie stellst du dir dann das Leben vor, Jacki?*

Mirjam kämpfte gegen ihren Wunsch an, Jacki anzurufen. Warum nicht noch einmal diese Leidenschaft spüren, von ihr entflammt werden und lichterloh brennen. Tränen liefen über ihr Gesicht, als sie Jacki die letzte Nachricht übersandte.

Wie betäubt las ich ihre Worte: *»Ich bin schwanger und ich liebe Holger. Verstehst du jetzt? Bitte akzeptiere das.«*

Eine Klitschko-Faust im Gesicht konnte nicht härter treffen. Mit offenem Mund starrte ich auf das Handy. Ich weiß nicht, wie lange ich wie paralysiert auf meinem Stuhl saß. Schwanger! Von diesem Zustand wusste sie bestimmt schon gestern Abend. Warum hatte sie sich dann überhaupt auf mich eingelassen? Ich stand auf und rannte wie in Trance die Treppe unseres Dienstgebäudes hinunter nach draußen. Mein Weg führte mich direkt über den Hof in die Lütjensteder Christuskirche.

Mein Atem wurde langsam flacher, als ich durch den Kreuzgang auf den fast zehn Meter hohen und dreihundert Jahre alten Schnitzaltar zuschritt. Ich setzte mich auf eine der vorderen Bänke und starrte zum Altar. *Lieber Gott, warum stellst du mich nur vor solche Prüfungen? Mein Leben fand bisher nicht auf dem Ponyhof statt. Okay, ich weiß nicht genau, wie du das so findest mit der Liebe zwischen zwei Frauen. Man legt deine Worte zu diesem Thema so und so aus. Ich halte dich für tolerant und glaube, du willst, dass deine Schäfchen hier unten glücklich sind. Wenn ich wüsste, dass es Mirjam gut geht, könnte ich das eventuell akzeptieren. Ja, es fiele mir schwer, weil ich den Huber nicht mag. Ich kann doch nichts für meine Gefühle. Noch nie hat mir ein Mensch so viel bedeutet, wie Mirjam. Das Wort Liebe verstehe ich erst jetzt. Mag sein, dass mein Ende geplant ist. Soll ich dir was sagen? Es ist mir egal. Von mir aus kann heute im CT ein dicker fetter, irreparabler Tumor im Kopf sichtbar werden. Ich bin schon beim Lesen von Mirjams Nachricht gestorben. Auf ein zweites Mal kommt es nicht mehr an.*

Leise sprach ich noch das *Vater unser* und stand auf. Ich erwartete kein Wunder von Gott. Aber an diesem Ort, inmitten der Stille, erhielt ich oft Trost und Bestätigung für das Gefühl, *nie tiefer zu fallen, als in Gottes Hand.* Im Moment glaubte ich eher, auf dem Kirchenboden aufzuschlagen. Die Kirchenglocken fingen laut an zu bimmeln. High Noon. Zeit für die Mittagspause.

Ich fasste einen Entschluss und ging zurück in mein Büro. In meinem Rucksack kramte ich nach dem Buch *Liebesgedichte von Frauen*, das ich immer bei mir trug. Ich nahm einen Zettel und schrieb darauf die Worte *Sie haben mir mein Herz gebrochen, Frau Pastorin.* Ich legte den Zettel zusammen mit dem Buch in einen Umschlag und notierte Mirjams Namen darauf. Dann klebte ich den Brief zu und ging hinunter in das Pfarramtsbüro. Ich legte den Umschlag in das Fach von Mirjam. Ich fühlte mich weder gut noch schlecht, sondern einfach nur verhungert, ausgedörrt, ausgebrannt und verloren. Ich wollte nach Hause gehen, um den Schmerz mit Bier zu ertränken oder in mein Kissen zu weinen. Doch der Termin bei Dr. Matthes hielt mich von meinen Fluchtgedanken ab.

Einige Stunden später saß ich Dr. Matthes gegenüber. Er sah mich mit undurchschaubarem Blick an.

»Okay, Doktor, machen wir es nicht so spannend. Können Sie ihn operieren?« Ich lümmelte auf dem Besucherstuhl und schaute ihn unbeteiligt an. Meine Gefühle hatte ich eingefroren.

»Frau Achenbacher. Wenn ich Sie mir so ansehe, könnte ich meinen, ich soll Ihnen nur eine Kopfschmerztablette verschreiben.«

Er hatte den Nagel auf den Kopf getroffen. Genau so fühlte ich mich. »Sie müssen nicht salbungsvoll herumreden. Sagen Sie mir einfach, was mit mir los ist.«

Dr. Matthes sah mich kopfschüttelnd an. »Ich glaube, Sie haben einige Probleme zu bewältigen.«

Ich sah auf seinen riesigen geschwungenen Schnauzbart, hinter dem sich ein freundlich lächelndes Gesicht versteckte.

»Probleme?« Ich ließ ein zynisches Lachen erklingen.

»Okay, Frau Achenbacher. Erzählen Sie mir davon. Mit einem Tumor im Kopf kann ich Ihnen nicht dienen.«

»Nicht?« Wenn er erwartet hatte, dass ich ihm vor Dankbarkeit schluchzend um den Hals fiele, hatte er sich geirrt.

»Verdammt«, sagte ich stattdessen. »Irgendetwas muss doch in meinem Kopf vor sich gehen. Einen Indianer haben sie im CT nicht zufällig gesehen, genau genommen Spirit Hawk?«

Dr. Matthes lehnte sich in seinem Sessel zurück.

»Sie kennen Spirit Hawk? Der besucht mich in letzter Zeit mit seinen Kriegern.«

»Passiert das häufiger?«

»Ja. Allerdings.«

»Reden die Indianer mit ihnen oder wie kann ich mir das vorstellen?«

»Reden? Ich verstehe sie meistens nicht. Und sie skalpieren öfter unseren Pastor.«

»Ihr Pastor wird skalpiert?«

»Ja. Wissen Sie, ich habe mich in seine Frau verliebt. Aber sie hat mir heute das Herz gebrochen.« *Was erzähle ich denn nur? Ich rede mich um Kopf und Kragen.*

Doktorchen Schnauzbart machte es sich in seinem Stuhl bequem. Er sah mich noch eine Weile an, bevor er begann, seine Geschichte zu erzählen.

»In den letzten Jahren bin ich viel in Nordamerika herumgereist. Bei einer dieser Reisen lernte ich einen Medizinmann vom Stamme der Sioux kennen. Ich gebe ja zu, dass ich diese Heilkunst früher für billigen Zauber und absoluten Schwachsinn hielt. Wissen Sie, als Arzt steht für mich die Apparatemedizin, die medizinische Diagnostik und Therapie im Vordergrund. Doch dieser Medizinmann öffnete mir die Augen. Ich tat verrückte Sachen. Einige Tage saß ich auf einem Felsen ohne Wasser und Essen, auf der Suche nach Visionen. Ein unglaubliches Erlebnis. Der Medizinmann heilte die Menschen mit Ritualen. Ich habe viel gelernt und weiß jetzt, dass es Dinge zwischen Himmel und Erde gibt, die man nicht erklären kann.«

Was erzählte mir der Schnauzbart? Träumte ich? Oder spielte ich in einer Folge von *›Verstehen Sie Spaß?‹ mit?*

Ich muss ihn ziemlich entgeistert angesehen haben, denn sein vertraulicher Ton wurde mit einem Male sachlich.

»Frau Achenbacher, wie gesagt, Sie sind organisch gesund. Sie können von mir eine Überweisung bekommen.«

»Sie wollen mir erzählen, dass Sie an Visionen glauben? Aber Sie sind doch Arzt.«

»Ja, ich bin Arzt. Aber ich bin nicht mehr bereit, für alles Erklärungen zu suchen. Vielleicht benötigen Sie dringend einen Psychologen, vielleicht einen Heiler, der ihre Träume deutet. Vielleicht brauchen Sie auch nur ein bisschen eigenen Verstand, um Ihre Visionen zu deuten. Ich kann jetzt nicht mehr für Sie tun.«

Einen Moment lang dachte ich, bereits in die Klapse eingeliefert worden zu sein, und Doktor Matthes war nicht mein Arzt, sondern ein Patient. Wenn ich Monika davon erzählte, ließe sie sich sofort einen Termin bei ihm geben. Für sie wäre er ein Gesprächspartner auf Augenhöhe.

»Danke, dass Sie Zeit für mich hatten«, sagte ich zum Abschied.

»Gerne, Frau Achenbacher. Ich sehe Ihnen Ihre Skepsis an. Denken Sie trotzdem über das Gesagte nach. Diese Träume und Visionen können belastend sein und deswegen sollten Sie eine Therapie in Angriff nehmen.«

Ich nickte und zeigte ihm innerlich den Vogel.

Als ich die Praxis verließ, konnte ich mich nicht entschließen, ob ich weinen oder lachen sollte. Dr. Matthes sprach mich gesund, obwohl ich mich sterbenskrank fühlte. Ich fuhr zurück in meine Wohnung, nahm mir eine Wolldecke und legte mich auf die Couch. Der Fernseher lief, doch er diente nur als Geräuschkulisse. Das Telefon schrillte sich heiser und meine Mutter hinterließ die gefühlt tausendste Nachricht auf dem Anrufbeantworter.

Als es an meiner Haustür klingelte, blieb ich auf der Couch liegen. Meine Mutter besaß ja einen Wohnungsschlüssel. Es dauerte nicht lange, bis sie bei mir im Wohnzimmer stand. »Bist du von allen guten Geistern verlassen? Ich dachte, du hast dir etwas angetan. Warum nimmst du das Telefon nicht ab?«

»Schrei nicht so«, entgegnete ich nur, was sie noch mehr in Rage versetzte.

»Ich soll nicht schreien? Weißt du, was du mir zumutest? Mitten bei der Arbeit erzählst du mir, dass du lesbisch (das Wort sprach sie wesentlich leiser aus) bist. In meiner Teeküche baggerst du die Pastorin an. Ich bin nicht blind. Als ich in den Raum kam, war die Luft so elektrisch aufgeladen, dass ich an einem Stromschlag hätte sterben können. Ausgerechnet mit der Pastorin flirtest du?! Ach Kind, ich weiß nicht, wie ich mit all dem umgehen soll.« Sie setzte sich auf den Sessel und schaute mich mit verzweifelter Miene an.

»Du kannst dich beruhigen. Ich habe nichts mit der Pastorin.«

»Das soll mich beruhigen? Sag mir, dass du nicht so bist.«

»Willst du mich jetzt verstoßen?«

»Was nutzt das? Ich kann dich schlecht verleugnen.«

»Ja. So ein Pech, was?«

»Jacqueline!«

Wir schwiegen uns kurz an.

»Was ist mit dir? Warum liegst du hier auf der Couch herum?«

»Ich darf ja wohl so herumliegen oder ist das verboten?«

Meine Mutter stand auf und ging im Zimmer auf und ab. »Wer weiß davon?«

»Wovon?«

»Jetzt ärgere mich nicht. Du weißt, was ich meine.«

»Monika und ... Sander.«

»Was?!«, schrie meine Mutter auf. »Wilhelm weiß es? Seit wann?«

»Seit ich den ersten Sex mit einer Frau hatte.«

»Das war wann?«

»Vor ungefähr acht Jahren.«

Sie ließ die Schultern hängen und setzte sich zögernd zu mir auf die Couch. »Warum hast du mit ihm darüber geredet?«

Genaugenommen wollte meine Mutter mich fragen, warum ich ihr nicht vertraut hatte.

»Es war einfacher für mich«, sagte ich leise.

»Einfacher, als mit mir?«

Ich nickte. »Ich kapierte damals doch nicht, was mit mir passierte. Dieses Gefühl, so herrlich und so fremd. Ich dachte, es ist etwas Verbotenes, etwas Schlechtes. Ich wollte nicht, dass es jemand erfährt, doch Sander kannte mich zu gut. Er ließ nicht locker, bis ich ihm von Carmen erzählte.«

»Carmen hieß sie?«

»Ja, die Beziehung dauerte nicht lange.«

»Und mit wem, ähm ... hattest du weitere Freundinnen?«

Ich sah meiner Mutter an, wie schwer es ihr fiel, mir alle diese Fragen zu stellen.

»Mindestens dreißig«, sagte ich ernsthaft, um kurz darauf über ihr fassungsloses Gesicht zu grinsen.

»Dumme Gans. Wo zum Teufel triffst du diese Frauen?«

»Mama, es gibt einschlägige Lokale und Diskotheken in Oldenburg, Bremen, Hamburg, Hannover, überall. Da treffen sich Gleichgesinnte und natürlich lernt man da genügend kennen.«

»Und wie geht das vor sich?«

»Das ist nicht anders, als bei Hetero-Pärchen. Mit Glück trifft man seine große Liebe oder es reicht nur für einen One-Night-Stand.«

»Wie ist es bei dir?«

»Hauptsächlich kurze Affären.«

»Aber du könntest dich doch in einen Mann verlieben?«

»Mama. Wenn du hergekommen bist, um mich umzupolen, kannst du gleich gehen. Ich habe mich unsterblich in eine Frau verliebt.«

»In wen?«, fragte meine Mutter tonlos, obwohl sie die Antwort kannte.

»In Mirjam. Ich habe noch niemals in meinem Leben so viel für einen Menschen empfunden. Es ist der Wahnsinn.«

»Das geht nicht. Sie ist verheiratet mit einem angesehenen Mann. Wie kannst du dich da einmischen?«

»Ich misch mich nicht ein.« Plötzlich spürte ich die Tränen, die über mein Gesicht liefen. »Mama, Mirjam empfindet etwas für mich. Wir haben uns gestern Abend im Auto ...«

»Was?« Meine Mutter hielt regelrecht den Atem an.

»... geküsst.«

»Geküsst?«

»Ja.«

»Richtig geküsst? Auf den Mund?«

»Ja und mit Zunge.«

»Oh ... Du hast die Frau Pastorin so geküsst?«

»Sie hat angefangen.«

»Nein!«

»Doch. Ich schwöre!« Ich wischte mir die Tränen aus dem Gesicht.

»Schwören? Bei mir brauchst du das nicht.« Meine Mutter sah mich nachdenklich an.

»Warum sollte sie das tun? Sie ist doch nicht so wie du?«

»Du meinst, sie ist nicht lesbisch? Woher willst du das wissen?«

»Sie ist verheiratet.«

Ich stand von meinem Sofa auf und ging in die Küche. Meine Mutter folgte mir. Aus dem Kühlschrank nahm ich eine Cola, öffnete sie und trank aus der Flasche.

»Tz, verheiratet«, sagte ich und nahm einen weiteren Schluck. »Was glaubst du denn, wie viele Menschen heiraten und im Verborgenen ihre Homosexualität ausleben. Willst du auch eine Cola?«

»So viele werden es nicht sein. Nein, du weißt, dass ich das süße Zeug nicht mag.«

»Weil du keine Homosexuellen kennst.« Ich ging zurück ins Wohnzimmer und setzte mich auf das Sofa.

»Glaube mir, auch in Lütjenstede werde ich nicht die einzige Lesbe sein.«

»Im Moment bist du es«, sagte meine Mutter barsch. »Und ausgerechnet ich bin die Mutter dazu.«

»Wolltest du nicht immer etwas Besonderes sein?«

»Oh danke, dass du mir zu dieser Ehre verhilfst.«

Wir lächelten uns an und meine Mutter setzte sich neben mich auf die Couch. Sie fuhr mit der Hand leicht über meine Haare. Eine seltene Geste von ihr. Sie konnte die Liebe, die sie für uns Kinder empfand, nicht in Zärtlichkeit ausdrücken.

»Wie soll das jetzt weitergehen mit dir und der Pastorin?«

»Es geht nicht weiter.« Ich schnäuzte laut in ein Taschentuch.

»Sie hat dich abblitzen lassen«, stellte meine Mutter fest.

Ich nickte. »Verarscht fühle ich mich von ihr.« Ich fing an zu heulen und meine Mutter nahm mich in die Arme.

»Der feinen Dame möchte ich gern ein paar Takte erzählen«, hörte ich sie leise schimpfen. »Die Kuttenträger sind die Schlimmsten.«

»Untersteh dich, mit Mirjam darüber zu reden«, erwiderte ich und musste doch zwischen meinem Heulkrampf lächeln. Meine Mutter hielt sich erstaunlich tapfer und stand auf meiner Seite. Ich fühlte mich unsagbar erleichtert. Warum hatte ich nur so lange mit dieser Aussprache gewartet?

Die Chancen, dass ich während meiner Arbeitszeit auf Mirjam treffen könnte, schätzte ich als nicht gering ein und dieser Gedanke brachte mich nicht in Hochstimmung. Ich beschloss, mich die nächsten zwei Tage krank zu melden. Ein schlechtes Gewissen hatte ich dabei nicht, denn Liebeskummer und ein gebrochenes Herz verursachten Kopfschmerzen und Übelkeit. Wie betäubt ließ ich die Tage an mir vorbeiziehen. Nur Monika durfte mich besuchen. Sie drückte mich fast zu Tode, als ich ihr die Nachricht von meiner Nicht-Tumor-Diagnose erzählte.

Am Donnerstag beschloss ich, zur Arbeit zu gehen. Kurz vor halb acht traf ich Jens an der Stempeluhr, der mich besorgt ansah. »Mensch, wenn man so aussieht, sollte man im Bett bleiben.«

»Merci für den netten Empfang«, brummte ich.

»Gern geschehen«, sagte mein Lieblingskollege. »Was war los? Grippe?«

»Magen-Darm, Kopfschmerzen. Mir ging es einfach bescheiden.«

»Schön, dass die Welt dich heute wieder hat. Viel Spaß.«

»Ha. Danke.«

Ich stieg schwerfällig die Stufen zu meinem Büro hinauf. Während ich die Jacke an den Bügel hängte, sah ich in den Spiegel. Unter meinen Augen lagen dicke Ringe, mein Gesicht sah eingefallen aus und meine Haare wirkten leblos, obwohl ich sie erst gewaschen hatte. Das alles spiegelte meinen Seelenzustand wider.

Ich sollte mich einfach in die Arbeit stürzen, um mich abzulenken. Zuerst brauchte ich dringend einen Kaffee. Ich stellte die Kaffeemaschine an und ging die Eingangspost der vergangenen Tage durch. Ich hatte mir eine Tasse Kaffee eingeschenkt, als Hannes Larsen in mein Büro stürmte und die Tür hinter sich zustieß.

»Frau Achenbacher«, schnaufte er außer Atem. »Gestern fand die Versammlung des Kirchengemeinderates statt. Ich musste wegen der Konsolidierungspakete, die überall geschnürt werden, anwesend sein. Sie wissen, auch unsere Kirchengemeinde muss sparen.«

»Ähm ... Moin erst mal, Chef«, nutzte ich Larsens Atempause. »Und danke, es geht mir besser.«

Larsen griff sich einen Stuhl und setzte sich vor meinen Schreibtisch.

»Schön, Frau Achenbacher. Aber die Zeit drängt.« Er wirkte gehetzt. »Pastor Hubers Rede war heftig. Unser Haushalt ist katastrophal und wir werden um betriebsbedingte Kündigungen nicht herumkommen.«

»Was? Das war nie ein Thema bei uns.« Mit diesen Nachrichten hatte ich nicht gerechnet.

»Huber gab seinem Vorgänger eine massive Mitschuld an der Situation. Er warf Pastor Sander nachträglich Untätigkeit vor, weil er die desolate finanzielle Lage ignoriert hätte.«

Die Wut in mir stieg. »Das ist das Letzte! Herr Larsen, Sie wissen, dass das nicht wahr ist.«

»Ja, und es gab eine Menge Diskussionen, denn Sander genießt einen hervorragenden Ruf. Huber spielt mit der Angst der Leute.«

»Was sollen wir jetzt unternehmen?« Hilflos sah ich meinen Chef an.

»Frau Achenbacher, Sie bekommen ein Problem.«

»Ich? Werde ich gekündigt?« Panik stieg in mir auf.

»Nein, nein. Um Gottes willen, aber Sie sollen ...«

In dem Moment trat Huber in mein Büro.

»Guten Morgen, Frau Achenbacher«, begrüßte er mich freundlich, doch in meinem Kopf schrillten die Alarmglocken.

»Moin, Pastor Huber«, sagte ich und lächelte verbindlich zurück.

Er setzte sich auf den zweiten Stuhl und sah Larsen an. »Sie haben ihr alles erzählt?«

»Nein. Sie wollten Frau Achenbacher doch den Auftrag erteilen.«

Huber nickte und sah mich an. Unter seinem durchdringenden Blick rutschte ich unruhig auf meinem Stuhl hin und her. Ob ihm Torsten Fellner gestern etwas von seiner Vermutung bezüglich meiner sexuellen Orientierung berichtet hatte?

»Frau Achenbacher, unser Haushalt ist in eine gefährliche Schieflage geraten. Von Hannover bekommen wir Anweisungen, zu sparen. Leider wurden in den vergangenen Jahren die Alarmzeichen nicht ernst genommen. Jetzt müssen wir die Suppe auslöffeln, die uns mein Vorgänger eingebrockt hat.«

Meine Nackenhaare sträubten sich. »Das finde ich ...«

»Sie sind in die Frau vom Pastor verliebt? Interessant.«

Bin ich von allen guten Geistern verlassen, dem Doktorchen meine tiefsten Gefühle preiszugeben, meine Seele nach außen zu kehren?

»Äh, das bleibt aber unter uns? Ärztliche Schweigepflicht und so?« Ich sah ihn flehend an.

»Selbstverständlich dringt nichts aus diesen Räumen. Begegnen Ihnen diese Träume nachts beim Schlafen?«

»Manchmal. Aber sie kommen auch tagsüber, vor allem, wenn jemand auf eine Trommel schlägt. Die Träume sind so schrecklich real. Deshalb dachte ich ... ich glaube, ich bin einfach nur verrückt.«

Dr. Matthes beugte sich über den Schreibtisch und tätschelte meinen Arm.

»Ich kann mit hundertprozentiger Sicherheit ausschließen, dass etwas Organisches vorliegt. Das sollte Sie beruhigen.«

Er lehnte sich zurück und studierte meine dünne Krankenakte. Ich musste vor dem CT einige Fragen über mich, meine persönlichen Verhältnisse, Krankheiten und Todesfälle in der Familie beantworten.

»Ihrer Anamnese kann ich entnehmen, dass sie Ihren Vater früh und auf tragische Weise verloren haben. Ist das etwas, was Sie aufarbeiten möchten?«

»He, was soll das? Nicht jeder, der ein Elternteil verliert, muss zu Doktor Psycho. Ich bin damit klargekommen. Es war eine harte Zeit, die nichts mit Spirit Hawk zu tun hat.«

»Ich würde Ihnen eine analytische Psychotherapie empfehlen«, sagte Doktor Mathes ungerührt.

»Das sagen Sie jetzt nicht, weil ich auf Frauen stehe?«

Matthes lachte laut auf. »Hallo, Frau Achenbacher, wir leben im 21. Jahrhundert. Wir heilen keine Homosexualität mehr. Psychotherapeuten helfen, bei Problemen, mit der sexuellen Orientierung umzugehen. Das könnte bei Ihnen der Fall sein.«

»Ich will nicht zum Seelenklempner.« Ich maulte wie ein kleines Kind. Auf keinen Fall wollte ich auf einer Couch liegen und über mein bisheriges Leben quatschen.

Doktor Matthes sah mich nachdenklich an. »Ich erzähle Ihnen etwas und Sie müssen mir zusichern, dass das Gesagte in diesem Raum bleibt. Versprochen?«

Ich nickte. Was wollte er mir denn jetzt Wichtiges mitteilen?

»Ihre Meinung ist hier nicht gefragt.« Huber verzog seinen Mund zu einem spöttischen Lächeln. »Durch ihre enge persönliche Verbindung zu meinem Vorgänger können Sie doch nicht objektiv sein. Sie und auch Ihre Mutter profitierten von Sander, in dem Sie beide einen Arbeitsplatz in der evangelischen Kirche erhielten.«

In diesem Augenblick wünschte ich mir Spirit Hawk und seine Krieger herbei, die diesen abscheulichen Typen an den Marterpfahl stellten und mit Pfeilen durchbohrten.

»Moment«, sagte Hannes Larsen, »Jacqueline Achenbacher absolvierte in diesem Haus ihre Ausbildung. Sie ist absolut qualifiziert und ich arbeite gerne mit ihr zusammen, weil sie eine herausragende Kollegin ist.«

Ich wollte vor meinem Chef niederknien.

Pastor Huber nickte zustimmend. »Das ist mir bekannt, genau deswegen soll Frau Achenbacher diesen Auftrag übernehmen.«

»Was für einen Auftrag?«, fragte ich misstrauisch.

»Die Anweisung, die ich Ihnen jetzt gebe, unterliegt der absoluten Geheimhaltung. Wenn ich erfahre, dass Sie darüber reden, brennt für Sie der Baum. Ich hoffe, Sie haben mich verstanden?«

»Natürlich. Als Personalsachbearbeiterin ist für mich die Schweigepflicht das oberste Gebot.«

»Das beruhigt mich ja.« Huber hob seinen Aktenkoffer auf den Schoß und öffnete ihn. Er zog eine Mappe heraus und entnahm einen Zettel. »Sie erstellen mir eine Statistik aus den letzten drei Jahren mit sämtlichen noch aktiven Mitarbeitenden aus den verschiedenen Häusern. Ich möchte eine ausführliche Dokumentation über jeden einzelnen Arbeitnehmer erhalten. Das heißt, Sie ermitteln folgende Auskünfte.«

Er schob mir den Zettel zu und ich überflog seine Angaben. Es handelte sich um eine Erhebung von äußerst sensiblen Daten. Warum wollte er das in Erfahrung bringen? »Ich soll das Alter, die Dienstzugehörigkeit, den Familienstand, Verdienst, die Urlaubstage und vor allem Krankheitsausfälle dokumentieren?«

»Ja, das verwalten Sie ja.«

»Aber wozu das Ganze?«, fragte ich.

»Frau Achenbacher, wir müssen Kosten einsparen. Wo können wir sparen? Richtig, an den Personalkosten. Wir wollen nicht den zuverlässigen und leistungsstarken Leuten kündigen. Deshalb benötige ich diese Statistik.«

Aufgrund meiner Dokumentation würde man also Kolleginnen oder Kollegen feuern. Ich sollte ihr Totengräber sein? Oh Gott, und in welches schwarze Loch wollte er mich schubsen? »Aber wir haben doch nicht zu viel Personal«, sagte ich mit krächzender Stimme.

»Was die Tätigkeiten angeht nicht. Aber der notwendige Personalschlüssel und die Personalkosten passen nicht mehr zusammen. Wir werden eine Lösung finden, damit wir Personal zu günstigeren Tarifen bekommen.«

»Bevor wir Mitarbeitende kündigen, müssen wir alle Möglichkeiten prüfen.« Larsens Stimme klang unwillig und es beruhigte mich, dass sich mein Chef mit dieser Maßnahme scheinbar auch nicht abfinden wollte.

»Ich möchte spätestens in zwei Wochen die Statistik auf den Tisch bekommen«, sagte Huber.

»Das schaffe ich nie.«

»Ihre andere Arbeit bleibt liegen. Ich benötige schnellstens diese Aufstellung. Wir haben uns verstanden?«

Ich nickte zögernd. *Was um Himmels Willen verbirgt sich nur hinter der Fassade dieses charmanten und redegewandten Pastors?*

Wenn die Mitarbeitenden erfuhren, dass ich so eine Statistik zusammenstellte, sah es hervorragend aus mit der Prämierung als *beliebteste Kollegin.* Ich fragte mich, ob ich überhaupt eine Chance hatte, diesen Auftrag abzulehnen. Mit welcher Begründung? Ich war als Angestellte weisungsgebunden und musste diese Aufgabe erledigen.

Pastor Huber verabschiedete sich und verließ das Büro. Larsen und ich starrten eine Weile schweigend vor uns hin.

»Was soll ich tun?«, fragte ich.

»Frau Achenbacher, ich fühle mich genauso hilflos wie Sie.«

»Wir konnten bisher alle Krisen bewältigen. Bevor wir Menschen in die Arbeitslosigkeit schickten, suchten wir Lösungen und sparten an anderen Stellen. Ich verstehe nicht, dass Huber nur diesen Weg verfolgt und die Verantwortung an seinen Vorgänger weitergibt. Sie kannten Pastor Sander. Ihm bedeutete seine Gemeinde alles und er hätte niemals so einen Scherbenhaufen hinterlassen.«

Hannes Larsen nickte. »Wir haben doch ihm und dem Kirchengemeinderat die Zahlen präsentiert. Glauben Sie mir, ich bin absolut ratlos, warum er die Schiene *Personalabbau durch betriebsbedingte Kündigungen* verfolgt.«

»Ich treffe morgen Pastor Sander. Soll ich mit ihm ...«

»Nein!« Larsen schüttelte den Kopf. »Pastor Huber hat ein Problem mit Ihnen. Sie sollten sich an seine Anweisungen halten und mit niemandem über dieses Projekt sprechen.«

»Ja. Aber ich fühle mich beschissen dabei. Wegen meiner Angaben werden Menschen entlassen. Das ist ein schreckliches Gefühl.«

»Sie arbeiten in der Personalabteilung. In der Privatwirtschaft gehören Entlassungen zur Tagesordnung.«

»Ja und genau das sollten wir uns nicht zum Vorbild nehmen. Bisher konnten wir mit sicheren Arbeitsplätzen werben. Dieses Vertrauen geht verloren. Für mich stellt sich die Frage, wer muss wegen meiner Aufstellung als Erstes gehen? Frau X, weil sie in den letzten drei Jahren aufgrund einer Pechsträhne viele Krankheitstage aufweist? Ich finde das Verfahren fürchterlich.«

Hannes Larsen nickte und stand auf. »Es tut mir leid, dass Ihnen diese Aufgabe übertragen wurde. Ich hatte mich angeboten. Huber wollte aber Frau Achenbacher diesen Job geben.«

»Sie glauben nicht, dass er mir diese Anweisung erteilt, weil er mich für besonders fähig hält?«

Larsen hob die Schultern. »Huber weiß, dass Sie zuverlässig arbeiten. Ich denke, es macht ihm Freude, Sie in diesen Zwiespalt zu stürzen. Er mag Sie nicht. Was ist nur zwischen Ihnen beiden schief gelaufen?«

»Ich nahm nicht am Einführungsgottesdienst teil. Das hat er mir verdammt krummgenommen.«

»Mein Gott, so nachtragend kann man doch nicht sein.«

»Etwas anderes fällt mir nicht ein.«

Okay, es gab noch eine Menge Gründe, aber von denen dürfte Huber eigentlich nichts wissen.

»Wenn etwas auf Ihren Schreibtisch kommt, das sofort erledigt werden muss, geben Sie mir den Vorgang. Ich versuche, Ihnen ein bisschen den Rücken freizuhalten.«

»Danke, Chef. Ihr Schreibtisch ist aber auch voll.«

Er winkte nur kurz ab und verließ mein Büro.

Ich saß da und dachte: *Warum nur habe ich die Hauptrolle in diesem miesen Film bekommen? Ein Blockbuster mit Holger Clooney. Wahnsinn.* Das Schlimme war, dass ich mit niemandem darüber reden durfte. Ich überlegte, einem Mitglied unseres kirchlichen Betriebsrates, der Mitarbeitervertretung oder kurz MAV genannt, einen Tipp zu geben, doch diesen Gedanken verwarf ich wieder. Huber wüsste ja sofort, von wem dieser Hinweis gekommen wäre.

Mirjams Küsse im Auto bedeuteten den Höhepunkt meines bisherigen Lebens und danach ging es ziemlich steil bergab. Ich hoffte, dass ich langsam die Talsohle erreichte.

Holger verließ zufrieden das Büro. Dieser Auftrag würde Jacqueline Achenbacher innerlich zerreißen. Wenn die Angst vor Kündigungen die Mitarbeitenden erreichte, könnte er noch ein bisschen mehr auf seinen Vorgänger abschieben. Dieser feine Pastor fiel dann endlich von dem Sockel, auf den man ihn hier in Lütjenstede gestellt hatte.

Er atmete tief durch. Es lief alles nach Plan. Gestern Abend hatte ihm der Apotheker etwas Interessantes anvertraut. Holger konnte nicht verstehen, warum sich Fellner mit diesem Frauenzimmer zum Essen verabredet hatte. Jacqueline Achenbacher schaffte es, nicht nur Torsten Fellner um den Finger zu wickeln. Sie versuchte es ja auch bei Mirjam. Er war doch nicht blind. Seine Frau ließ sich auch von ihr umgarnen. Wenn es stimmte, was Fellner vermutete, würde er gnadenlos durchgreifen. Seine Frau durfte auf keinen Fall mit so einer in Kontakt sein. Nachher gab es Gerüchte und die konnte er nicht gebrauchen.

Er behielte die Achenbacher im Auge. Er brauchte Beweise, die die Vermutung des Apothekers stützten. Wenn es zutraf, könnte sich die feine Dame gleich als Erstes auf die Liste setzen, die sie gerade bearbeitete. Lesben gäbe es in seinem Amt nicht. Er rieb sich innerlich die Hände. Das Glück stand ihm zur Seite und das wollte er ausnutzen.

Kapitel 15

»Der Mensch hat das Netz des Lebens nicht gewebt, er ist nur ein Faden darin. Was immer er ihm antut, tut er sich selbst an.«

(Chief Seattle)

Als der ICE in Hamburg einfuhr, stand ich ungeduldig an der Tür. Der Zug war überfüllt und ich schwor, mir bei der nächsten Zugfahrt eine Platzreservierung zu leisten.

Der Zug hielt, die Türen öffneten sich und ich sprang auf den Bahnsteig, auf dem es vor Menschen nur so wimmelte. Doch ich entdeckte meinen Pastor sofort, auch wenn er sich in den letzten drei Monaten verändert hatte. Er hatte abgenommen und trug einen Vollbart.

Ich schmiss mich an seine Brust und er drückte mich an sich. So standen wir eine Weile zusammen.

»Komm, lass uns fahren«, sagte Sander. »Am Ende verpassen wir noch das Spiel.« Er nahm meine Sporttasche in die Hand.

»Du siehst super aus. Der Vollbart steht dir.«

Automatisch streichelte Sander über seine Barthaare.

»Na ja, auf so einer Wanderung gibt es nicht immer die Möglichkeit, sich zu rasieren. Jetzt habe ich mich an den Bart gewöhnt.«

»Die Wanderung hat Dir gutgetan, oder?«

»Oh ja. Ich kann das nur jedem empfehlen.«

»Ist das nicht langweilig mit der Zeit?«

»Langweilig?« Sander lachte vor sich hin. »Natürlich ist es auch öde und anstrengend. Es ist nicht vergnüglich, stundenlang ohne Gesellschaft im Regen und gegen Sturmböen anzukämpfen. Mit der Zeit beginnst du jedoch, die Welt um dich herum anders wahrzunehmen. Eine wunderbare Erfahrung.«

»Na, wenigstens geht es Dir gut.«

Wir hatten inzwischen sein Auto erreicht und stiegen ein.

»Ich befürchtete, dass du mit einem Sack voller Probleme nach Hamburg kommst«, entgegnete mein Pastor und drehte den Zündschlüssel um.

Ich sah ihn überrascht an. »Wieso?«

Doch er ging nicht darauf ein, sondern begann, mir während der Autofahrt ein paar Hamburger Sehenswürdigkeiten zu zeigen und zu erklären.

Nach einer halben Stunde hielten wir vor einer Neubausiedlung im Stadtteil Groß-Borstel.

»Wow, Pastor.« Mit offenem Mund sah ich mich um. »Da hast du dir ja eine vornehme Wohngegend ausgesucht.«

Wir fuhren mit dem Lift in den siebten und obersten Stock. Sanders Wohnung besaß drei Zimmer und eine traumhafte, fast fünfzehn Quadratmeter große Dachterrasse. Er hatte die Räume charmant und stilvoll eingerichtet. Ich fühlte mich sofort pudelwohl.

Er brühte schwarzen Tee auf. Dazu gab es Gebäck. Wir saßen in der Küche auf der Eckbank und ich sah mich zurückversetzt in alte Zeiten, die noch nicht so lange zurücklagen.

»So, mien Deern, jetzt erzähl mir, wie es deiner Mutter geht.«

»Ich denke, sie hat sich eingerichtet. Stell dir vor, sie weiß es.«

»Was weiß sie?«

»Na, dass ich auf Frauen stehe.«

Sander sah mich überrascht an. »Du hast es ihr erzählt?«

»Nun, sie hat mich ein bisschen erwischt.«

»Du hast eine Freundin?«

»Das kann man leider so nicht sagen.«

Er grinste: »Du platzt ja bald. Fang endlich mit deiner Geschichte an.«

Wie sehr hatte ich mir in den letzten Wochen gewünscht, ihm alles zu erzählen. Aber ich saß stumm wie ein Fisch da und fand keine Worte.

»Du fehlst mir so«, sagte ich stattdessen und spürte eine wahnsinnige Sehnsucht nach vergangenen Zeiten.

»Alles hat seine Zeit«, entgegnete er und tätschelte meinen Arm. »Es sind doch auch die Veränderungen, die unser Leben so besonders machen.«

»Ich wüsste nicht was, na ja, außer dass ich Mirjam kennengelernt habe.«

»Mirjam?«

»Mirjam Huber.«

»Die Frau von Holger Huber?« Auf seiner Stirn zeichneten sich Falten ab. »Aber mit dieser Dame hat dich Inge hoffentlich nicht erwischt.«

Ich fühlte mich unwohl in meiner Haut und schlürfte verlegen meinen Tee.

»Jacki, du willst mir jetzt nicht erzählen, dass du etwas mit der Frau von Pastor Huber angefangen hast?«

»Nein ... ähm ... so weit ist es nicht gekommen.«

»Wie weit ist es denn gekommen?«

»Wir ... haben uns ... geküsst«, gestand ich stockend.

»Geküsst? Wie geküsst? Kurz? Auf den Mund? Ein Begrüßungskuss?« Sander schnaufte.

»Nein – mehr.«

»Oh Jacki, was machst du nur für Sachen?«

Ich erwartete tröstende Worte, doch seine Stimme klang verärgert.

»Weiß Huber davon?«

»Himmel, nein! Uns hat niemand gesehen.«

»Aber du weißt nicht, ob seine Frau ihm davon erzählt.«

»Mirjam? Nein, nie im Leben.«

Er nickte nachdenklich vor sich hin. »Nein«, sagte er leise. »Das glaube ich auch nicht.«

Irgendetwas stimmte doch mit Sander nicht. Ich war felsenfest überzeugt, dass er mir etwas Bedeutendes verheimlichte. »Pastor, jetzt mal Butter bei die Fische. Du weißt doch etwas über Huber, oder? Ich stehe mit ihm auf Kriegsfuß.«

»Weil du nicht nachdenkst, Jacki. Da kommt ein neuer Pastor und du trittst sofort in jedes Fettnäpfchen, das sich dir in den Weg stellt.«

»Welche Fettnäpfchen? Bisher wurde es akzeptiert, dass ich Fußball spiele.«

»Das hat mit Respekt zu tun, Jacki. Der Einführungsgottesdienst eines neuen Pastors ist etwas Besonderes. Du hättest es anders lösen müssen.«

Was war nur mit Sander in den letzten Wochen passiert? Die lange Wanderung hatte ihm offenbar doch zugesetzt. »Okay, es kann ja sein, dass ich nicht immer glücklich agiert habe, aber das kann doch nicht der Grund dafür sein, dass er mich nicht mag.«

»Du wirst noch mehr Böcke geschossen haben.«

Jetzt wurde ich langsam fuchsig. »Auf welcher Seite stehst du eigentlich?«

»Jacki, die Zeiten ändern sich. Wenn ein anderer Chef kommt, muss man sich umstellen können.«

»Pastor, ich mache einen guten Job. Dafür werde ich bezahlt und danach hat mich Huber zu beurteilen. Alles Weitere trifft die persönliche Ebene und ist nicht fair.«

»Du lässt dich auf seine Frau ein. Stell dir vor, Huber findet das heraus. Glaubst du, es wird dann fairer für dich ausgehen?«

»Es ... ist ja vorbei.« Als ich diese Worte laut aussprach, schmerzte mein Herz, als wenn jemand mit einem scharfen Messer darüber führe.

»Das ist ja eine beruhigende Nachricht.«

Mensch, so unbarmherzig kenne ich ihn nicht.

»Findest du?« Krampfhaft versuchte ich, meine Tränen zurückzuhalten. »Die beiden sind erst ein paar Jahre verheiratet und trotzdem hat sich Mirjam auf mich eingelassen. Diese Ehe scheint nicht der Hit zu sein.«

»Das geht dich nichts an.«

»Sie ist unglücklich.« *Und ich bin es noch viel mehr.*

»Dann muss die Frau Pastorin etwas in ihrem Leben ändern.«

»Sie ist schwanger.«

»Sie ist schwanger?«

»Ja, aber ich wusste es nicht, als ...«

»So, er wird endlich Vater. Lang genug musste er ja darauf warten.«

»Du kennst ihn besser, als du zugibst, oder? Aber warum erzählst du mir nichts? Du hättest mich vor ihm warnen können.«

»Jacki, ich glaube eher, dass ich zu lange meine schützende Hand über dich gehalten habe.«

»Ja, das kann sein. Aber deswegen musstest du mich nicht ins offene Messer laufen lassen.«

»Du übertreibst.«

»Ach! Du weißt doch nicht, was bei uns los ist. Die Zeiten haben sich nämlich wirklich geändert und du spielst dabei nicht die beste Rolle.«

»Ich?« Er sah mich überrascht an. »Welche Rolle sollte ich in Lütjenstede noch einnehmen?«

»Tja, Pastor. Du geniest bei deinem Nachfolger nicht den besten Ruf und das könnte wiederum Auswirkungen auf deinen gesamten Ruf in Lütjenstede nach sich ziehen.«

Damit hatte ich ihn getroffen, denn er war in besonderer Weise eitel. Er wollte geliebt und bewundert werden. Kritik an seiner Person hielt er nicht aus. Seine bisher schroffe Art begann aufzuweichen.

»Was wird denn über mich geredet?«

»Huber sagte, du hast die Zeichen der Zeit nicht erkannt und er muss deine Fehler ausbügeln.«

Sander hob gleichgültig die Schultern. »Das ist doch wie in der Politik, Deern. Jeder will die Macht und meint, er könnte es besser. Wenn man die

Versprechungen nicht einlösen kann, verweist man immer gerne auf diesen Scherbenhaufen, den der Vorgänger hinterlassen hätte. Damit lenkt man von seinen eigenen Unzulänglichkeiten ab.«

»Ja, das mag ja stimmen. Huber behauptet, salopp ausgedrückt, durch deine Untätigkeit und Unfähigkeit, müssen Mitarbeitende gekündigt werden.«

Dieser Treffer erzielte eindeutig mehr Wirkung. »Kündigungen? Das darf doch nicht wahr sein! Es wurden immer andere Lösungen gesucht und auch gefunden. Außerdem haben wir doch erst durch den Seniorenstift weitere Arbeitsplätze geschaffen. Ich verstehe das nicht.« Seine Stirn hatte sich in tiefe Falten gelegt. »Ich hätte es wissen müssen.« Seine Stimme klang wie die eines knurrenden Hundes.

»Was hättest du wissen müssen?« Langsam lockte ich ihn aus der Reserve.

Sander schenkte sich in aller Ruhe Tee nach und rührte mit dem Löffel gedankenverloren in seiner Teetasse, während ich vor Ungeduld fast platzte. »Deern, ich wollte die Vergangenheit hinter mir lassen. Du solltest Huber nicht gleich mit Vorurteilen begegnen.«

Aha. Mein Gefühl hat mich nicht getäuscht.

»Mit Huber ist nicht gut Kirschen essen.«

Da erzählte er mir nichts Neues.

»Ich lernte ihn vor ungefähr zwanzig Jahren kennen. Bevor ich die Stelle in Lütjenstede antrat, übernahm ich noch eine Pfarrstelle, die wegen längerer Krankheit der Stelleninhaberin vakant war. Diese Pastorin war eine sehr gute Freundin von mir. Sie gehörte zu den ersten ordinierten Pastorinnen und ich habe sie sehr geschätzt.«

»Das klingt so, als wenn die Pastorin verstorben ist.« Ich hielt meine Teetasse mit beiden Händen umschlossen.

»Ja, eine grässliche Geschichte.« Sanders Miene verfinsterte sich. »Diese gute Freundin, ich nenne sie einfach nur Helen, war psychisch so angeschlagen, dass sie nicht mehr arbeiten konnte. Sie hatte mir in vielen Telefonaten und Briefen ihre Situation geschildert. Ich versuchte, ihr zu helfen. Aus der Ferne war das schwierig. Sie verlor immer mehr Lebensmut, bis sie ernsthaft krank wurde. Für das, was ihr passierte, gibt es heute das Wort Mobbing. Du kannst dir denken, wer die Verantwortung dafür trug?«

»Huber?«

»Ja. Er war damals noch ein junger Pastor. Deshalb konnte ich das alles kaum glauben und ich wollte mir diesen Grünschnabel genauer ansehen.

Der Zufall kam mir dabei zu Hilfe. Der Pastor, der der Nachfolger auf meiner bisherigen Pfarrstelle werden sollte, trat die Stelle drei Monate früher an. Ich stellte den Antrag, für diesen Zeitraum Vertretungsdienst in der Kirchengemeinde von Helen zu übernehmen. So lernte ich Huber kennen und ab diesem Zeitpunkt begann unsere persönliche Fehde.«

»Aber was hat er Helen genau angetan?« Ich drehte die Tasse in meinen Händen.

»Mobbing ist ein schleichender Prozess. Du hast Holger Huber kennengelernt. Er ist redegewandt, sieht anständig aus und besitzt ein scheinbar untadliges Auftreten. Solchen Menschen kauft man die Sachen ab, die sie erzählen. Dabei geht es nicht um ein bisschen Klatsch und Tratsch. Er zog die Drähte und leider fanden sich Mitläufer. Man zielte auf die Achillesferse des Mobbingopfers und in Helens Fall war das die Trennung von ihrem Mann. Er hatte eine Freundin. Plötzlich kamen immer mehr Details über die Scheidung an die Oberfläche. Zum Schluss hieß es, dass er die Alkoholabhängigkeit seiner Frau nicht mehr ertragen konnte. Man unterstellte ihr Fehler, dabei enthielt man ihr nur wertvolle Informationen vor. Zum Beispiel musste der Sonntagsgottesdienst wegen Reparaturarbeiten an der Orgel in eine andere Kirche verlegt werden. Merkwürdigerweise wusste die Pastorin nichts davon und stand morgens alleine in der falschen Kirche. Die Gemeinde wartete also auf Helen, die in der anderen Kirche auf ihre Gemeinde wartete. Der Retter kam in der Gestalt von Pastor Huber, der den Gottesdienst übernahm. Die Gerüchteküche wurde dadurch natürlich angeheizt und es hieß, die Frau Pastorin lag betrunken im Bett. Mit der Zeit nahm man ihr die Würde und das soziale Ansehen. Sie begann, Protokoll darüber zu führen, wann und wie sie schikaniert, provoziert und verleumdet wurde. Es handelt sich um einen schleichenden, einen langsamen, einen gemeinen Prozess.«

Gebannt hörte ich Sander zu und gleichzeitig schnürte mir das Gesagte die Kehle zu. Ich hatte eine unbändige Wut und bekam Angst. Was, wenn Huber mich zu seinem Mobbingopfer auserkoren hatte? Oder war ich das bereits?

»Am Anfang meiner Vertretungszeit hielt ich mich zurück und beobachtete Huber. Aber er spielte nicht Verstecken. Offen verbreitete er bei den Kollegen Gerüchte und die betrafen nicht immer nur die Pastorin, sondern auch andere Mitarbeitende. Er schikanierte vor allem Frauen. Eigenartigerweise konnte er mit ihnen besonders charmant umgehen. Sie lagen ihm scharenweise zu Füßen.«

Ich stellte meine Tasse auf den Tisch. »Wie ging die Geschichte weiter?« Ich wollte es wissen und mir gleichzeitig die Ohren zuhalten.

Sander stand auf und holte zwei Schnapsgläser aus dem Schrank. Dann ging er an den Kühlschrank und nahm eine Flasche Klaren aus dem Tiefkühlfach. »Den brauche ich jetzt«, murmelte er nur und schenkte uns ein. »Prost, mien Deern«, sagte er und trank mit einem Schluck das Glas leer, während ich nur dran nippte.

»Ich kam zu spät«, fuhr er fort. »Helen besaß keinen Lebenswillen mehr und nahm sich mit einer Überdosis Tabletten das Leben. Der Schock sitzt mir für immer und ewig in den Knochen. Ich kam, um ihr zu helfen, und sie gab einfach auf.«

Ich starrte ihn mit offenem Mund an. *Sie hat sich das Leben genommen? Eine Pastorin? Aus Verzweiflung? Wegen Huber? Hallo?! In was für eine Geschichte gerate ich da?*

»Pastor, das kann doch nicht sein«, schnaufte ich. »Was hast du unternommen?«

Sander schenkte sich noch einen Schnaps ein. Er nahm das Glas in die Hand und fixierte es mit seinen Augen.

»Ich zeigte Huber an. Beim Kirchengemeinderat, beim Dekan, bei der obersten Dienstbehörde. Ich händigte ihnen alle Dokumente aus, die mir zur Verfügung standen. Eine Mitarbeitende konnte ich überreden, über ihre Erfahrungen mit Huber zu berichten.«

»Und?«

»Es begann ein harter Kampf. Du darfst nicht vergessen, dass die Einführung der Frauenordination noch nicht so lange her war. Huber gehörte, geprägt durch seinen Vater, zu den Gegnern und mit dieser Einstellung war er nicht isoliert. Es herrschte in diesen Gremien eine Dominanz der Männer. Aber der freiwillige Tod der Pastorin versetzte doch manchen einen Schock. Als man die Aufzeichnungen las, konnte der eine oder andere Kirchenvorstand nicht mehr ruhig schlafen. Natürlich kam von diesen Vorfällen einiges an die Öffentlichkeit und die Gemeinde begann, sich zu spalten. Man beschloss, sich von Pastor Huber zu trennen. Er wurde aufgefordert, sich weg zu bewerben.«

»Das war alles?«

Sander hob die Schultern. »Man hoffte, dass er eine Lehre daraus zog, denn sein Ruf war beschädigt. Es dauerte einige Zeit, bis er eine neue Pfarrstelle erhielt.«

»Huber wusste, wem er das zu verdanken hatte?«

Sander nickte und trank endlich den Schnaps aus.

»Ja, natürlich. Für ihn war das demütigend. Huber sah auch nicht ein, welche menschliche Tragödie er mit seinem Verhalten ausgelöst hatte. Er fühlte sich ungerecht behandelt und gab mir die Schuld dafür.«

»Aber seine Karriere ging weiter. Er erhielt einen Job im Landeskirchenamt.«

»Stimmt. Huber ist ein fähiger Kopf. Nach einigen Jahren wollte er zurück in eine Gemeinde und man ließ ihn aus fachlicher Sicht nur ungern gehen. Allerdings sollen nicht wenige Mitarbeitende bei seinem Weggang vor Freude Kerzen in der Kirche angezündet haben.«

»Woher weißt du das alles?«

Sander schenkte sich einen weiteren Klaren ein und hielt mir fragend die Flasche hin. Ich winkte ab.

»Wir blieben uns beide zu lange auf der Spur.«

»Eure Wege kreuzten sich öfter?«

Sander zögerte mit seiner Antwort: »Wahrscheinlich zu oft. Aber jetzt genug davon. Wir müssen uns langsam auf den Weg machen, damit wir pünktlich zum Anpfiff im Stadion sind.« Er stand auf und stellte das Geschirr in die Spüle.

An das Fußballspiel verschwendete ich in diesem Moment keinen Gedanken. Warum hatte Mirjam sich nur auf diesen schrecklichen Kerl eingelassen? Oder war er privat ein fürsorglicher, zärtlicher Ehemann? Nein! Das konnte ich nicht glauben. »Weißt du denn etwas über die erste Frau von Huber?«, fragte ich. »Und vielleicht auch etwas über Mirjam?«, schob ich leise nach.

Sander schüttelte den Kopf. »Jacki, vergiss einfach die Geschichte mit Mirjam Huber. Schlag dir diese Frau aus dem Kopf.«

»Pastor, ich will doch nur ...«

»Ich habe dir sowieso schon zu viel erzählt. Fang an, deinen Verstand zu benutzen. Aus Lütjenstede wirst du ihn kaum vertreiben können, also arrangiere dich mit ihm.«

Klar, er konnte gut reden. Sander wohnte hier in Hamburg und ihn trennten zweihundert Kilometer von Huber. Aber wie sollte ich mich gegen ihn wehren? Hieß mich zu arrangieren, ihm in den Hintern zu kriechen? Nein. Niemals im Leben.

Mirjam brauchte Gewissheit, ob sie wirklich schwanger war. Eigentlich hatte sie keine Vorstellung davon, wie ihr Leben weitergehen sollte. In den vergangenen Tagen wollte sie immer wieder Jacki anrufen. Die Rückgabe des geschenkten Gedichtbandes hatte sie tief getroffen, denn diese Geste besaß etwas Endgültiges. Dabei hätte sie über Jackis Konsequenz froh sein müssen, doch sie spürte eine schreckliche Leere. Vielleicht ließe dieses Gefühl nach, wenn sich die Schwangerschaft bestätigte. Sie biss sich auf die Lippen. *Er wird sich nicht ändern, auch wenn ich ihm ein, zwei Kinder schenke.* Die Packung mit dem Schwangerschaftstest lag schwer wie Blei in ihrer Hand. Holger hatte am Abend eine Sitzung mit dem Finanzausschuss. Dann setzte sie sich in Ruhe mit diesem Test auseinander.

Ich saß mit Sander in der Kurve des ausverkauften Stadions und genoss die fantastische Stimmung. »Hamburg, meine Perle«, klang es aus den Lautsprechern und die Fans sangen mit, als die Mannschaften das Fußballfeld betraten. Ein blau-weißes Fahnenmeer empfing die Spieler. Viele Gästefans machten sich mit ihren roten Bayernfahnen bemerkbar.

Mein väterlicher Freund stand im HSV-Trikot neben mir und sang lautstark mit. In den Händen hielt er einen Fanschal, den er hin und her schwenkte.

Es herrschte eine Gänsehautatmosphäre und ich vergaß alles, was mich kurz vorher noch so beschäftigt hatte. Wir sahen ein rasantes und heiß umkämpftes Spiel. Nur die Tore fehlten. Doch Mitte der zweiten Halbzeit traf der HSV zum 1:0. Eine dicke Gänsehaut legte sich über meinen Körper, als der Torschrei aus fünfzigtausend Kehlen erklang. Die Bayern stemmten sich gegen diese drohende Niederlage. Mit Glück und Geschick gelang es dem HSV, die Führung über die Zeit zu retten.

Berauscht von der Stimmung und in Siegeslaune schlenderten wir noch ein bisschen durch Hamburg. Wir schlugen uns den Magen mit Fast Food voll, tranken Bier und Schnaps, redeten uns die Köpfe heiß, aber erwähnten mit keinem Wort mehr Pastor Huber. Weit nach Mitternacht hielten wir ein Taxi an, das uns wieder in Sanders Wohnung bringen sollte. Als wir beide ziemlich betrunken auf der Rückbank saßen, fragte er mich, wie meine Mutter auf mein Outing reagiert hatte. Ich erzählte ihm von ihrer ersten Reaktion und von dem guten Gespräch zwischen uns beiden.

Er lächelte vor sich hin und ich hörte ihn leise sagen: »Deine Mutter ist eine tolle Frau.«

»Ihr hättet euch nicht trennen sollen«, entgegnete ich mit schwerer Zunge.

»Ach, was verstehst du denn davon? Es funktionierte einfach nicht.«

»Aber du bist doch kein Pastor mehr, so mit Gemeinde meine ich. Du bist allein, sie ist allein. Das muss doch nicht sein.«

Man redete meistens dummes Zeug, wenn man einige Bier zu viel getrunken hatte. Sofern man begann, im betrunkenen Zustand über das Leben zu philosophieren, kamen dabei keine so üblen Dinge heraus.

»Jacki, sie will nichts mit einem Pastor und mit Kirche und Glauben zu tun haben. Aber das macht mich nun mal aus.«

»Ihr seid doch beide in der Zwischenzeit reifer geworden«, kicherte ich.

»Ach, mit dir rede ich doch nicht über meine Beziehungen.«

»He, lade doch meine Mutter nach Hamburg ein«, schlug ich ihm vor.

»Sie würde nicht kommen.«

»Doch, würde sie. Dann wäre sie auch weg vom Huber und müsste nicht Angst vor der schwarzen Liste haben. Schwupp und schon bist du gekündigt.«

Ups, das kam auch dabei heraus, wenn man zu viel getrunken hatte. Man plapperte Dinge aus, die eigentlich geheim waren.

»Schwarze Liste? Kündigung?« Sander sah mich interessiert an. »Was für eine Liste ist denn das?«

»Nix. Nix. Nix«, sang ich vor mich hin.

»Jacki, von was für einer Liste redest du?«

Pastor Sander wirkte nüchtern, während sich in meinem Kopf eine Trommlergruppe zu treffen schien. Immer lauter wurde das rhythmische Trommeln und ich dachte, mein Kopf würde jeden Moment platzen. Plötzlich verwandelte sich Sander in Spirit Hawk. Ich schrie laut auf und blickte Hilfe suchend zum Taxifahrer. Ein Indianer hatte das Steuerrad übernommen. Wir rasten über die Straße und unvermittelt saßen wir auf Mustangs und galoppierten über die Prärie. Spirit Hawk trieb mich an, schneller zu reiten, und ich griff in die Mähne meines Pferdes, um nicht herunterzufallen. Ich hatte vorher noch nie auf einem Pferd gesessen und jetzt ritt ich in einem Höllentempo über Stock und Stein. Dann hielten wir vor einer Holzhütte, vor der eine uralte Indianerin stand, und auf mich zu warten schien. Ihr Gesicht lag in tiefen Falten, doch ihre Augen wirkten seltsam jung. Über die rechte Wange zog sich eine Narbe. Die langen grauen Haare hatte sie zu zwei Zöpfen gebunden. Sie trug ein indianisches Kleid mit aufwendigen Stickereien.

Ich stieg von meinem Mustang und sie ergriff meine Hand. Die alte Indianerin zog mich in die Hütte, in der es nach Monikas Räucherstäbchen roch. Auf dem Boden in Decken gehüllt lag eine Frau. Ich erkannte sie sofort, Mirjam. Ich stürzte zu ihr, doch die Indianerin hielt mich zurück. Ich hatte die Wunden in ihrem Gesicht genau gesehen und bekam schreckliche Angst, dass sie nicht mehr lebte. Die Indianerin kniete sich vor Mirjam und sprach Worte, die ich nicht verstand. Sie legte ihre Hand auf Mirjams Bauch und sang leise vor sich hin. Nach einer Weile gab sie mir das Zeichen, mich Mirjam zu nähern und ihre Hand zu nehmen. Sie fühlte sich warm an und ich atmete erleichtert auf. Die Indianerin begann, monoton auf ihre Trommel zu schlagen. Nach kurzer Zeit befand ich mich in einem ekstatischen, tranceähnlichen Zustand. Ich schwebte und fand mich im Taxi wieder.

Mit weit aufgerissenen Augen starrte ich Sander an. Dieser erwiderte den Blick, so als säße ein Gespenst neben ihm.

»Was ist mit dir los?«, fragte er und klatschte mir auf die Wangen.

»Lass das«, knurrte ich. »Ich bin hellwach.«

»Den Eindruck hatte ich nicht«, sagte Sander. »Erst schreist du wie am Spieß und dann starrst du mich nur noch teilnahmslos an. Ich befürchtete, du befindest dich in einem Komazustand.«

»Saßt du die ganze Zeit hier?«, fragte ich ihn beklommen.

»Was denkst du denn? Ich gehe neben dem Taxi spazieren?«

»Aber da saß eben Spirit Hawk und – Mirjam. Es geht ihr schlecht.«

»Oh Jacki, du hast zu viel gebechert. Hoffentlich ist das keine Alkoholvergiftung. Wir sollten dich ins Krankenhaus bringen.« Er beugte sich vor, um den Taxifahrer ein anderes Fahrziel zu nennen, doch ich zupfte ihn am Arm.

»Nein Pastor, ich bin klar im Kopf. Lass uns nach Hause fahren.«

Sander sah mich unentschlossen an, dann lehnte er sich in das Polster der Rückbank zurück.

Der Schwangerschaftstest zeigte es an. Negativ. Mirjam hatte sich vorsichtshalber einen zweiten Test mitgenommen. Auch mit diesem erzielte sie dasselbe Ergebnis. Mirjam suchte in sich das Gefühl von Enttäuschung, sie fand es nicht.

Stattdessen breitete sich kalte Angst über ihren Körper aus. Sie legte den Test auf die Waschbeckenablage und setzte sich in den Korbsessel, der in dem geräumigen Badezimmer noch leicht Platz gefunden hatte.

Wie nähme Holger diese Nachricht auf? Und wenn es an ihr lag und sie keine Kinder bekommen konnte? Sie schüttelte den Kopf. So hart durfte das Schicksal doch nicht mit Holger umgehen. Sie sollte sich untersuchen lassen.

Es ging inzwischen auf 22:00 Uhr zu. Sie hatte heute Abend lange mit ihrer Mutter telefoniert. Es tat gut, mit ihr zu reden und Geschichten aus ihrer Heimatgemeinde zu hören. Sie griff zum Telefon, wenn Holger nicht zu Hause war. Als sie die Stimme ihrer Mutter hörte, sehnte sie sich in ihr altes Kinderzimmer zurück. Ihre Eltern und Großeltern hatten ihr immer zur Seite gestanden, wenn sie Hilfe und Trost benötigte. Es war rückblickend die sorgloseste und leichteste Zeit ihres Lebens gewesen. Probleme lösten sich genauso rasch, wie sie kamen. Als erwachsener Mensch fand man oft keine Lösungen mehr.

Plötzlich vernahm Mirjam Schritte und die Badezimmertür wurde aufgerissen. Holger stand an der Tür und Mirjam sprang überrascht auf.

»Holger. Du bist wieder da?« Sie wollte doch noch die Tests in den Müll werfen. Ihr Blick ging auf die Ablage des Waschbeckens. Holgers Augen wanderten mit und er entdeckte die Stäbchen.

»Es ... es hat ... nicht geklappt«, sagte Mirjam stotternd.

Es lag eine unheimliche Ruhe in der Luft.

»Aber ... diese Tests sind nicht immer zuverlässig. Ich dachte, dass ich deswegen nächste Woche zu meiner Mutter fahre.«

»Du bist nicht schwanger?«, fragte er und griff zu den Stäbchen. Aus seinem Blick sprach die völlige Enttäuschung über diese Nachricht.

Mirjam schüttelte den Kopf. »Es tut mir so leid.« Sie wollte auf ihn zugehen, ihn trösten, blieb aber wie gelähmt stehen.

»Kannst du mir sagen, warum es nicht klappt, mein Engel?«, fragte er und seine Stimme klang zu sanft.

Mirjam biss die Zähne zusammen. Wo war nur die selbstbewusste Pastorin, die sich energisch oder mit Charme durchsetzte? Sie wollte ihm sagen, dass er nichts erzwingen konnte und das sie es weiter versuchen sollten. In diesem Moment warf er die Teststäbchen auf den Boden und kam auf sie zu.

Ich lag auf dem ausgezogenen Wohnzimmersofa und konnte nicht einschlafen. In meinem Kopf drehte sich alles und ich überlegte, ob es am Alkohol oder an Spirit Hawk lag. Immer sah ich Mirjam vor mir und ich begriff einfach nicht, warum ich dauernd von ihr träumte. Ich dachte an die Worte von Dr. Matthes und versuchte, meinen Verstand zu benutzen. Dieser sagte mir, dass Spirit Hawk bereits lange durch die ewigen Jagdgründe wanderte und ich indianische Visionen oder Prophezeiungen für Hokuspokus hielt. Langsam befürchtete ich, dass ich demnächst doch bei einem Dr. Psycho antanzen müsste. Ich starrte an die Decke und zählte Schäfchen, um einzuschlafen. Plötzlich durchfuhr mich ein schrecklicher Gedanke. In meinem Kopf ratterte es gewaltig. Schließlich robbte ich mich aus dem Schlafsofa und schlich in das Schlafzimmer von Sander. Er schnarchte selig vor sich hin und es beschlich mich ein schlechtes Gewissen. Doch in Anbetracht meiner Überlegung war für diese Gefühlsduselei kein Platz.

»Sander«, wisperte ich und schüttelte ihn. Er verschluckte sich fast an einem Schnarcher und fuhr vor Schreck in die Höhe.

»Was ... ist ... los?« Er rieb sich die Augen und starrte mich verschreckt an. »Jacki, oh Gott, was ist passiert?«

»Mir ist ein Gedanke gekommen«, entgegnete ich.

»Glückwunsch. Du kannst ihn mir morgen zum Frühstück erzählen«, brummte er und verschwand unter seiner Decke.

»Vielleicht ist es kein Zufall, dass Huber ihr Nachfolger wurde«, warf ich ihm meine Überlegungen, ungeachtet seiner Reaktion, direkt ins Bett.

»Wäre es nicht möglich, dass er dein Nachfolger geworden ist, um dir zu schaden?«

Schweigen unter der Bettdecke.

»Du hast vorhin erwähnt, dass ihr euch zu lange auf der Spur wart. Ich gehe davon aus, dass jeder den Lebensweg des anderen weiter verfolgte. Stimmt doch, oder nicht?«

Sander hatte seine Augen geöffnet.

»Er musste damit rechnen, dass du nicht in Lütjenstede bleibst. Du warst ungebunden und hast auch sonst keine Angehörigen. Das Einzige, was ihm jetzt noch bleibt, ist, deinen Ruf zu beschädigen. Aber das muss er erst schaffen.«

Während ich die Worte aussprach, bohrte sich ein anderer Gedanke in meinen Kopf. »Wusstest du alles über Huber? Ich meine, nicht nur über seinen beruflichen Weg, sondern auch über sein Privatleben?«

»Ich weiß vieles«, sagte Sander leise.

»Und ...«, ich schluckte hart, »Huber auch über dich?«

»Davon kannst du ausgehen.«

»Er wusste von dir und meiner Mutter?«

»Ganz bestimmt.«

Plötzlich lichtete sich der Nebel und ich sah klar. In mir stieg eine unbändige Wut auf.

»Pastor, du hast mich und meine Mutter auflaufen lassen. Du bist nach Hamburg geflüchtet und ließest uns zurück. Ich bekomme das blöde Gefühl, dass ich meinen Kopf für eine uralte Geschichte hinhalten muss!«

Sander stand schweigend auf und ging an mir vorbei in die Küche. Erregt stapfte ich hinter ihm her und lehnte mich an den Türrahmen. Er begann, einen Kaffee aufzusetzen.

»Wie sollte ich reagieren?«, fragte er mich. »Huber bewarb sich auf diese Stelle und erhielt den Zuschlag. Inge und du, ihr wohnt in Lütjenstede, habt dort euer soziales Umfeld und euren Arbeitsplatz. Was wäre passiert, wenn ich vorher von Huber erzählt hätte? Ich habe nicht damit gerechnet, dass er es an euch auslässt.«

»Verdammt. Warum konntet ihr beide nicht Frieden miteinander schließen? Ich dachte, Verzeihen ist so eine christliche Tugend.«

»Du hast damals diese Geschichte nicht miterlebt. Ich habe mich ernsthaft bemüht, ihm zu verzeihen. Aber ständig baute sich auf diese Geschichte etwas Neues auf. Er hatte aus dieser Tragödie einfach nicht gelernt. Leider kreuzten sich öfter unsere Wege. Im Landeskirchenamt war er für das Referat Gemeindeleben zuständig. In einigen Angelegenheiten, die die Gemeinde Lütjenstede betraf, wurde ich mit ihm konfrontiert. Dabei konnte er seine Machtspielchen durchführen und es gab für mich keine Möglichkeit auszusteigen. Er nutzte seine Position konsequent aus und für die Gemeinde Lütjenstede bedeutete das anstrengende Jahre.«

»Aber du hättest etwas gegen ihn unternehmen können?«

»Er bewegte sich immer clever am Rande der Legalität. Ich konnte ihm keine Fehler nachweisen.«

»Das waren doch nur Spielchen. Ich verstehe das alles nicht. Denkt er denn, dass er dich damit trifft, wenn er mich schikaniert?«

Sander schenkte sich eine Tasse Kaffee ein und setzte sich an den Tisch. »Ja, er zielt auf die Menschen, die mir am wichtigsten sind. Deine Mutter, Nicole und du, ihr seid immer noch meine Familie.«

Die Worte berührten mich. Meine Wut ebbte ab und ich wollte mich so gerne in seine Arme flüchten.

»Ich bin nur deswegen nach Hamburg gezogen, damit er das Interesse an mir verliert. Ich hätte es mir denken müssen, dass er den Weg über euch zu mir sucht. Auge um Auge, Zahn um Zahn.«

»Wie jetzt?«, fragte ich irritiert.

Sander trank einen Schluck Kaffee und sah mich einen Moment lang schweigend an. Es fiel ihm scheinbar schwer, die richtigen Worte zu finden. »Seine erste Frau wandte sich an mich«, sagte er.

»An dich? Warum das denn?«

»Weil sie mir vertraute. Sie kannte die alte Geschichte von Huber und mir. Sie ging davon aus, dass ich ihren Mann nicht sonderlich schätzte. Es handelte sich um eine heikle private Angelegenheit und ich habe sie beraten.«

»Beraten? Eheberatung, oder was?«

»So ähnlich. Sie schrieb mir Briefe und telefonierte häufig mit mir. Ich wollte erst nichts mit ihr zu tun haben, weil ich befürchtete, dass Huber zurückschlagen würde. Die Verzweiflung dieser Frau prallte nicht an mir ab. Sie suchte ein Gespräch mit einem Pastor, denn sie war gläubig. Sie wusste nicht, wem sie vertrauen konnte, denn schließlich gehörten die Pastoren, die sie kannte, zu den engen Kolleginnen und Kollegen ihres Mannes. Als sie mir ihre Geschichte erzählte, hatte ich keine andere Wahl mehr, als sie seelsorgerisch zu begleiten und ihr weiterzuhelfen.«

»Das fand Huber natürlich spitze, dass du dich auch noch in seine Ehe eingemischt hast.«

»So würde ich es nicht bezeichnen. Sabine Huber hätte ohne meine Unterstützung den Absprung nicht geschafft.«

Da kam sie durch, die Eitelkeit meines Pastors. Jemand rief um Hilfe und er war zur Stelle.

»Ich verstehe nicht, warum du dich da eingemischt hast. Du und Huber hättet euren Frieden finden können, wenn ihr euch nicht dauernd in die Quere gekommen wärt. Aber ich kann jetzt die Suppe auslöffeln. Vielen Dank.«

»Jacki, es ging aber damals nicht um dich. Glaubst du denn, ich habe mich eingemischt, weil ich Huber eins auswischen wollte? Nein. Ich hatte Angst, dass sich noch ein Unglück vor meinen Augen abspielte.«

»Unglück? Dann muss die Geschichte zwischen den Hubers aber hässlich gewesen sein. Worum ging es denn?«

Sander schüttelte den Kopf. »Das ist die Privatsphäre von Sabine Huber. Wir sollten diese alten Geschichten nicht an die Oberfläche zerren. Irgendwann muss Ruhe sein. Deine Probleme mit Huber haben nichts mit Sabines Problemen zu tun.«

»Aber er ist wieder verheiratet – mit Mirjam.«

»Jacki. Mirjam Huber ist älter als du. Ihr Großvater war ein moderner Pastor, der seiner Zeit weit voraus war. Ich bin einige Male mit ihm zusammengetroffen. Ein großartiger Mensch. Mirjams Mutter ist Ärztin, ihr Vater selbständig. Im Gegensatz zu dir verlebte sie eine unbeschwerte und behütete Kindheit. Sie ist Pastorin und muss sich in ihrem Job durchsetzen. Ich sehe niemanden, den du beschützen musst.«

Die Familienverhältnisse von Mirjam kannte ich nicht. Ich fing an zu schrumpfen und fühlte mich neben ihr richtig mickrig. Gleichzeitig stieg in mir der Zorn auf meinen Pastor, weil er es mit seiner Argumentation stets schaffte, mich auszubremsen.

»Dich treiben andere Motive«, meinte er versöhnlich. »Du folgst deinem Herzen, aber tief in deinem Innersten weißt du, dass dieser Weg in eine Sackgasse führt.«

Natürlich, ich handelte wie eine verliebte Idiotin. Wie konnte ich nur glauben, dass Mirjam etwas für mich empfand? Ich kam mir vor wie eine Närrin und schämte mich fast für meine Gefühle.

»Wie soll es jetzt weitergehen?«, fragte ich ihn verzagt.

»Ich weiß es nicht, Jacki. Du wirst mit Pastor Huber noch einige Jahre leben müssen, vielleicht bis zu seinem Ruhestand. Es gibt zwei Möglichkeiten. Du arrangierst dich mit ihm oder du suchst dir einen anderen Job.«

Ich schüttelte den Kopf. »Nein, warum soll ich gehen? Außerdem weißt du doch, wie gerne ich in diesem Amt tätig bin.«

»Wenn du dich dafür entscheidest, zeig ihm, dass er sich auf dich verlassen kann. Lege ihm untadelige und saubere Arbeiten vor und gib ihm keinen Anlass zur Kritik.«

Damit konnte ich ja sofort dienen. Ich legte ihm einfach eine perfekte Statistik vor. Diese Liste widerte mich zwar an, aber ich wollte schließlich auch in Frieden leben.

»Du musst vor allem darauf aufpassen, dass Huber nicht auf deine Schwächen stößt. Wenn er diese findet, hat er dich am Haken.«

Na super. Früher oder später würde er bestimmt ohnehin einige meiner Schwachpunkte entdecken. Das waren ja glänzende Aussichten. Ich fühlte mich ja jetzt schon wie ein Fisch, der an Hubers Angelhaken zappelte und hilflos nach Luft schnappte. Es stellte sich nur die Frage, ob er in mir einen fetten Fisch sah, den es sich zu schlachten lohnte oder ob er mich zurück ins Wasser warf.

Ich empfand das Leben als ungerecht. Mutlos wünschte ich Sander noch eine angenehme Nacht und schlich mich auf mein Sofa.

Am nächsten Tag besichtigten wir Sehenswürdigkeiten. Zum Abschluss aßen wir noch in Sanders Stammlokal echten Hamburger Seemannslabskaus. Während dieser Zeit umkurvten wir krampfhaft unser nächtliches Gespräch. Erst als wir uns abends am Bahnhof verabschiedeten, kamen wir auf dieses Thema zurück.

»Pass auf dich auf, mien Deern«, sagte Sander. Er nahm mich fest in die Arme und mir wurde bewusst, dass mein Pastor älter wurde. Sander konnte nicht mehr alles für mich ausfechten. Ich musste mich dieser Aufgabe stellen oder die Flucht ergreifen. Viel mehr Alternativen gab es für mich nicht.

»Ich komme zurecht«, sagte ich, bemüht kämpferisch.

»Ja. Da bin ich mir sicher.« So wirklich überzeugt schien Sander nicht, denn ich vernahm den leisen Zweifel in seiner Stimme. Er entließ mich aus der Umarmung und sah mich aufmunternd an. »Verlass dich auf den Herrn von ganzem Herzen, und verlass dich nicht auf deinen Verstand, sondern gedenke an ihn in allen deinen Wegen, so wird er dich recht führen.«

Da ich in der letzten Zeit nicht besonders klug gehandelt hatte, sollte ich zukünftig diesen Spruch Salomos beherzigen.

»Vergiss nicht, dass ich immer für dich und deine Mutter da bin. Grüße sie von mir.« Sander küsste mich rechts und links auf die Wange. Mir liefen die Tränen über das Gesicht. Er blieb einfach mein Ersatzvater und mein bester Freund. Ich wollte bei ihm ein Sorgenpaket abgeben, aber er hatte es nicht angenommen. Er konnte mir viele Fragen beantworten, aber die Lösungen präsentierte er mir nicht.

Ich stieg in den Zug und winkte ihm noch mal zu. Im Großraumwaggon suchte ich mir einen freien Platz. Der Zug rollte an und ich schloss erschöpft die Augen. Was sollte ich nur mit diesen Informationen anfangen? Wie konnte ich zukünftig Pastor Huber ungezwungen gegenübertreten? Sobald ich an Helens Geschichte dachte, bekam ich eine Gänsehaut. Bei dem Gedanken, dass Huber mich wegen seiner Feindschaft zu Sander drangsalierte, schnürte sich meine Kehle zu. Sah ich Mirjam vor mir, wurde mir bewusst, dass ich nur noch einen Schritt vor dem Abgrund stand. Oh Gott, die Vorstellung, Huber erführe etwas von unserem kurzen heftigen Flirt, ließ mich erzittern. Wenn ich die Zeit mit ihm unbeschadet überstehen wollte, musste ich meine Gefühle zu Mirjam einsperren oder noch besser, vergessen. Ich war so aufgewühlt, dass ich noch nicht nach Hause fahren konnte. Spontan schrieb ich meiner Wochenendfreundin Anna eine Nachricht mit dem Handy, ob sie Zeit für mich hätte. Die Antwort kam prompt. Sie freute sich über meinen Besuch.

Anna holte mich in Bremen vom Bahnhof ab und wir fuhren zu ihr nach Hause. Ich brauchte dringend Ablenkung, um auf andere Gedanken zu kommen. Doch auch in Annas Armen verlor ich nicht meine Angst. Und als ich morgens aufwachte, galt mein erster Gedanke wieder Mirjam.

Kapitel 16

»Nun aber bleiben Glaube, Hoffnung, Liebe, diese drei; aber die Liebe ist die größte unter ihnen.«

(1 Kor 13,13 LUT)

Am Montag begann ich mit der von Pastor Huber gewünschten Statistik. Als Erstes nahm ich mir die fünfzehn Mitarbeitenden unserer Verwaltung sowie unsere Pastoren vor. Ich suchte von jedem das Alter, die Dienstzugehörigkeit, den Familienstand, Verdienst und die Urlaubstage heraus und trug die Ergebnisse in eine Tabelle ein. Zum Schluss ermittelte ich die Krankheitstage und stellte dabei überrascht fest, dass sich eine Menge Fehltage angesammelt hatten. Sybille Krüger, die Buchhalterin, hatte eine hohe Anzahl von einzelnen Krankheitstagen aufzuweisen. Am häufigsten fehlte sie am Donnerstag und Freitag. Lilo Müller, die Raumpflegerin, war fast ein Vierteljahr krank. Sie litt an einem Bandscheibenvorfall. Jens arbeitete nicht gerne am Montag und bei unserem sensiblen Pastor Reese hielten sich Anwesenheit und Krankheitsausfall die Waage. Ines Maier dagegen kam seit zwei Jahren ohne einen Krankheitstag aus und auch mein Chef Hannes Larsen wirkte nach meiner Statistik kerngesund. Meine Krankheitsabwesenheiten fielen zum Glück auch unter *nicht der Rede wert.* Am Dienstagnachmittag hatte ich einen Entwurf fertig und legte ihn Larsen zur Überprüfung auf den Schreibtisch.

Als ich in mein Büro zurückging, traf ich Huber. Ich zuckte regelrecht zusammen. Sofort sah ich Helen vor mir. Mir wurde kalt und gleichzeitig hatte ich das Gefühl, mir liefe der Schweiß herunter. Ich wollte Wut spüren, doch stattdessen fürchtete ich mich vor ihm.

»Wie kommen Sie mit dem Sonderauftrag zurecht?«, fragte er mich lauernd.

»Gut«, entgegnete ich heiser. Ich räusperte mich einige Male, um eine normale Stimme zu bekommen. »Ich denke, spätestens am Freitag kann ich Ihnen die erste Aufstellung aushändigen. Es handelt sich dabei nur um eine kleine Liste, aber so können Sie schon mal drüberschauen, ob die Aufstellung in dieser Form für Sie in Ordnung ist.«

»Das höre ich gern, Frau Achenbacher.« Er nickte mir freundlich zu und reichte mir eine Krankmeldung.

»Meine Frau liegt im Bett«, meinte er fast entschuldigend. »Sie muss sich noch an das Lütjensteder Klima gewöhnen.«

Sofort schossen mir die Bilder von der alten Indianerin durch den Kopf und ich sah Mirjam vor mir, die auf dem Boden dieser Holzhütte lag. Verdammt, ich glaubte nicht an so einen Schwachsinn. Mirjam Huber hatte eine Grippe oder plagte sich mit Übelkeit wegen der Schwangerschaft herum. Mirjam gab es nicht mehr in meinem Kopf und nicht in meinem Herzen.

Ich nahm die Krankmeldung und nickte ihm zu. »Danke, ich werde es notieren.«

Einen Moment lang stand Huber unentschlossen vor mir, doch dann verabschiedete er sich und lief die Treppe herunter. Ich ging zurück in mein Büro und schaltete den Computer aus. Die Uhr zeigte 17.30 Uhr und ich hatte fast ohne Pause durchgearbeitet. Ich peilte das Ziel an, diese Statistik schnellstens von meinem Schreibtisch zu bekommen. Mein Magen knurrte. Zum Essen war ich auch nicht gekommen. Ich überlegte, zum Vereinsheim zu fahren und dort den Abend ausklingen zu lassen.

Ich traf niemanden auf dem Gang, als ich mich ausstempelte. Draußen empfingen mich eisige Kälte, Nieselregen und ein böiger Wind. In Anbetracht dieses Wetters beschloss ich, doch direkt nach Hause zu gehen und mir unterwegs etwas zu essen zu kaufen. Ich stemmte mich gegen den Wind und ging leise fluchend in die Innenstadt. Als ich an *Bodos Imbissbude* vorbeikam, konnte ich nicht widerstehen und trat ein. Heute gab es einfach nur eine Portion Pommes mit Currywurst. Drei Kunden standen noch vor mir, aber ich wartete gerne in dieser warmen Stube. Hinter mir öffnete sich die Tür und eine mir bekannte Stimme begrüßte mich. »Jacki, wie schön, dich zu treffen.«

Frau Feddersen kam auf mich zu und drückte mir beide Hände zur Begrüßung. Auch ich freute mich, die langjährige Haushälterin von Pastor Sander zu treffen. Ich erzählte ihr sofort von meinem Besuch in Hamburg.

»Oh, wie schön! Wie geht es dem Pastor?«

»Super. Er wohnt in einer wunderschönen Wohnung im obersten Stockwerk mit Dachterrasse. Ehrenamtlich engagiert er sich in der Kirchengemeinde und hält ab und zu noch Gottesdienste.«

»Er hat doch in Hamburg sonst niemanden. In dem Alter neu anzufangen – also nein, für mich wäre das nichts.«

»Sie hätten ja mitgehen können«, grinste ich. »Eine Haushälterin kann er immer noch gebrauchen.«

»Ach, was hätte denn dann mein Mann in Hamburg getan? Aber ich vermisse Pastor Sander so sehr.«

»Oh ja, das kann ich verstehen.« Ein dumpfer Schmerz bohrte sich in meine Brust.

»Du warst für ihn wie seine Tochter. Du hast deinen Vater, Gott hab ihn selig, viel zu früh verloren.«

Ich nickte. »Das waren keine einfachen Zeiten.«

»Was soll's sein?«, fragte mich Bodo hinter dem Verkaufstresen.

»Ähm ... einmal Pommes mit Ketchup und eine Currywurst, scharf. Und eine Cola.«

»Die Hubers benehmen sich so anders, als unser Sander.« Frau Feddersen sprach leiser. »Sie ist ja so nett, aber ihr Mann ... Der ist mir unheimlich.«

»Unheimlich?«, fragte ich erstaunt.

»Es ist nicht das passende Wort ... er ist mir einfach nicht geheuer.«

»Warum nicht?« Ich wurde neugierig.

»Sieben Euro vierzig«, bellte Bodo. »Trinkst du die Cola hier?«

»Ja.« Plopp, er hatte die Flasche geöffnet.

»Nächste bitte«, rief er Frau Feddersen zu.

Ich bezahlte mein Essen und trank einen Schluck aus der Flasche. Erwartungsvoll sah ich Frau Feddersen an, während sie ihre Essenswünsche Bodo mitteilte.

»Was ist mit Huber?«, fragte ich sie noch einmal.

»Man soll ja nicht schlecht reden, aber manches ist merkwürdig. Du weißt ja, dass ich jeden Dienstag im Pfarrhaus putze. Heute Morgen traf ich den Pastor und der sagte mir, dass ich das Schlafzimmer nicht reinigen muss, denn seine Frau läge mit Grippe im Bett. Ich dachte mir nichts und begann, unten zu säubern. Staubsaugen, wischen, alles was dazugehört. Mir kam dabei der Gedanke, die arme Frau Pastorin zu fragen, ob ich ihr einen Tee kochen soll. Ich gehe hoch, klopfe an die Schlafzimmertür. Es antwortet niemand. Ich klopfe erneut und ich höre immer noch nichts. Deshalb dachte ich, sieh nach – weißt du, nicht dass ihr etwas passiert ist. Ich drücke also die Klinke und merke, dass die Tür abgeschlossen ist. Das kam mir merkwürdig vor und deshalb pochte ich noch einmal und rief nach der Frau Pastorin. Endlich antwortet sie mir, und zwar leise. Ich musste mein Ohr fest an die Tür drücken, um sie zu verstehen. Ich fragte sie, ob alles in Ordnung wäre und ob ich ihr einen Tee bringen sollte.«

»Und?« Ich hörte ihr gebannt zu.

»Zwölf Euro neunzig«, rief Bodo und legte die Bestellung von Frau Feddersen in zwei Tüten auf den Tresen ab. »Nächster bitte!«

»Frau Huber bedankte sich, wollte aber keinen Tee haben«, erzählte Frau Feddersen weiter, während sie das Geld aus ihrem Portemonnaie entnahm.

»Nun, sie ist ja krank«, überlegte ich laut.

»Das Merkwürdige war, dass kein Schlüssel von innen steckte.«

»Woher wissen Sie das.«

»Na, weil ich durch das Schlüsselloch geblickt habe.«

»Und?«

»Eben nichts. Kein Schlüssel. Ich habe Frau Pastorin nicht gesehen, nur das Bett. Aber schließt man sich ein, wenn man bettlägerig ist, und legt den Schlüssel auf den Nachtschrank?«

Ich schüttelte den Kopf. »Meinen Sie, er hat sie eingeschlossen?«

Frau Feddersen hob die Schultern und nahm die Tüten mit ihrer Bestellung vom Tresen. »Ich will nichts gesagt haben. Es kann ja sein, dass sie keinen Besuch haben wollte. Aber – na ja, jetzt habe ich sowieso zu viel geredet.«

Ich schlug ihr vor, dass wir uns zu einem Kaffee treffen. Sie stimmte zu und zeigte bedauernd auf die Tüten. »Ich muss nach Hause, mein Mann wartet auf sein halbes Hähnchen. Wir sehen uns bald. Tschüss.«

Sie ging hinaus und ich stellte mich an einen der Bistrotische. Die Pommes und die Currywurst aß ich besser hier und noch warm. Doch nach den ersten Bissen hatte ich schon keinen Hunger mehr. Frau Feddersens Erzählung setzte in meinem Kopf eine Maschinerie in Gang. Unwillig schüttelte ich den Kopf über mich und redete mir ein, dass es dafür eine normale Erklärung geben könnte. Ich wollte nicht länger darüber nachdenken und trank die Flasche Cola aus.

Holger Huber war sichtlich angetan von Jacqueline Achenbachers Arbeit. Die Statistik enthielt alle angeforderten Angaben und war hervorragend ausgearbeitet. Er saß mit ihr in Hannes Larsens Büro und blätterte in den Seiten. Ab und zu nickte er und legte die Unterlagen auf den Tisch. Larsen und Achenbacher sahen ihn erwartungsvoll an.

Ich hätte nicht gedacht, dass sie diese Aufgabe so kritiklos durchführen würde. »Erstklassig gearbeitet, Frau Achenbacher. Ich werde mir die Unterlagen am Wochenende noch genauer ansehen. Aber arbeiten Sie einfach in dieser Form weiter.«

Zufrieden beobachtete er, dass Larsen und Achenbacher erleichtert aufatmeten. Die Seminarbesuche für Führungskräfte lohnten sich. Man musste bei diesen Kursen nur das Wichtige für sich herausfiltern. Letztlich wollte doch jeder Mitarbeitende bei seinem Chef gut dastehen und wurde dadurch manipulierbar. Ein Lob hier, eine Streicheleinheit dort und man hatte sie auf seiner Seite. Druck hielten die wenigsten auf Dauer aus und die meisten knickten ein. Er konnte die Rädchen so drehen, wie es ihm beliebte.

Huber stand auf und gab den beiden freundlich lächelnd die Hand. »Ich wünsche ein erholsames Wochenende. Ich weiß, dass ich Ihnen im Moment viel Arbeit zumute«, sagte er entschuldigend zu Frau Achenbacher, die ihn daraufhin schief angrinste. Zufrieden verließ er das Büro. Zumindest arbeitsmäßig lief es hervorragend.

Meine Seele verbrannte, meinen Stolz spülte ich ins Klo und mein Herz bestand aus einem einzigen Steinklumpen. Am liebsten hätte ich mir zwei Kisten Bier gekauft, um mich von Freitag bis Sonntag zu besaufen. Aber das löste meine Probleme nicht.

Trotzdem genehmigte ich mir Freitagabend ein Bier vor dem Fernseher. Lustlos zappte ich durch die Programme. Als ich kurz an einem Film hängenblieb, tauchte George Clooney auf der Mattscheibe auf. Oh nee, ich drückte schnell auf den nächsten Sender. Wie sollte ich mir einen Film ansehen, durch den ich ständig mit Pastor Huber konfrontiert wurde? Dieser Mann hatte es geschafft, mir auch noch den wunderbaren George Clooney zu vermiesen. Es läutete an der Tür. Ich sah zur Uhr, es war halb acht. Schwerfällig erhob ich mich von meinem Sofa und öffnete die Tür. Meine Mutter stand mit zwei Pizzakartons vor mir. »Wie siehst du denn aus?« Auf ihrer Stirn bildeten sich Sorgenfalten. Ich hatte seit einer Woche kaum gegessen und sah etwas ausgezehrt aus.

»Bist du krank?«

»Nein, aber ich habe keinen Hunger.«

»Immer noch Liebeskummer?«

»Quatsch, das ist alles vorbei.«

»Oh, das ging ja schnell.«

»Ja, kannst froh sein.«

Meine Mutter folgte mir in die Küche und legte die Pizzakartons auf die Anrichte. Ich trank den Rest Bier aus der Flasche und stellte sie zurück in den Kasten. Weil ich so wenig gegessen hatte, wurde es mir schon etwas schummrig vor den Augen. Ohne Essen hinge ich bald durch. Ein Stück Pizza konnte mich retten, deshalb holte ich zwei Teller aus dem Schrank.

»Sander hat mich angerufen«, sagte meine Mutter, während sie sich die Schuhe auszog.

»Ja?« Ich drehte mich zu ihr um. »Was wollte er?«

»Er fragte, ob ich ihn in Hamburg besuche.«

Das ging ja fix. Ich freute mich, dass er meinen Ratschlag befolgte.

»Er mietet ein Hotelzimmer, wenn ich nicht bei ihm schlafen möchte.« Meine Mutter lehnte sich an den Türrahmen.

»Du versäumst etwas.« Ich sah sie grinsend an und legte die Pizzen auf die Teller.

»Nichts, was ich nicht schon kenne.« Meine Mutter zwinkerte mir zu, während sie das Besteck aus der Schublade nahm.

»Seine Wohnung ist klasse und erst diese traumhafte Dachterrasse. Auf der Schlafcouch kann man super schlafen, aber im Schlafzimmer steht ein Doppelbett.«

»Jacqueline! Bloß weil deine Hormone verrückt spielen, muss es nicht bei mir genauso sein. Ich besuche ihn, weil ich mir Hamburg anschauen möchte. Ich war das letzte Mal mit deinem Vater dort.«

»Echt?« Ich setzte mich zu ihr und nahm ihre Hand. »Mama, Sander vermisst dich. Er liebt dich immer noch.«

»Ach«, wiegelte meine Mutter ab, doch ich sah ihr an, dass ihr der Gedanke gefiel.

Meine Mutter hatte mir meine Lieblingspizza mitgebracht, Rucola mit gehobeltem Parmesankäse. Lecker. Da bekam ich doch Hunger.

»Deine Schwester versucht, dich zu erreichen, aber du rufst nicht zurück«, sagte meine Mutter kauend. »Man sieht und hört dich nicht. Schlag dir endlich die Frau Pastorin aus dem Kopf, oder ist es noch etwas anderes, was dir auf den Magen schlägt?«

Was hätte ich meiner Mutter erzählen sollen? *Ich haue meine Kolleginnen und Kollegen (übrigens auch dich) in die Pfanne, damit mich der Huber zukünftig in Ruhe lässt? Es könnte sein, dass einigen Mitarbeitenden wegen meiner Recherche gekündigt wird. Ich weiß nicht, wie ich da rauskommen kann, denn wenn ich nicht fresse, werde ich gefressen, und zwar von Huber.* Ich atmete tief durch, schüttelte den Kopf und legte meine Hand kurz auf ihren Arm. »Du musst dir keine Sorgen um mich machen. Es gibt viel im Amt zu tun. Ich bin im Personalbüro tätig und da fällt zum Jahresende eine Menge an.«

»Du solltest nach einer Gehaltserhöhung fragen. Ich glaube, dass man dich ausnutzt.«

»Nein, Mama. Das ist alles in Ordnung so. Die anderen Kollegen arbeiten genauso viel.«

»Wenn du das sagst. Aber ruf bitte Nicole an, die will dringend mit dir telefonieren.«

Ich stand auf. »Du hast ihr erzählt, dass ich ...«

»Natürlich. Was denkst du denn? Ich musste mit jemandem darüber reden.«

»Und?« Ich ging in die Küche und holte mir noch ein Bier.

»Sprich selbst mit ihr«, rief meine Mutter.

»Aber du kannst mir doch sagen, wie sie reagiert hat.« Mit dem Bier in der Hand ließ ich mich auf das Sofa plumpsen.

»Kein bisschen überrascht. Sie behauptet, dass sie das schon immer geahnt hätte.«

Sie hatte es geahnt? Wie kam sie nur darauf? Mir gefiel der Gedanke nicht. Ich hatte doch nicht diesen berühmten rosa Punkt auf der Stirn. »Ach nee. Wieso sagt sie das?«, fragte ich und meine Stimme klang heiser.

»Du hast dich nie wie ein Mädchen verhalten.«

»Weil ich mich nicht so prinzessinnenhaft wie Nicole benommen habe?« Ich trank einen Schluck aus der Flasche.

Meine Mutter begann laut zu lachen. »Oh ja, ihr ward äußerst verschieden.«

Ja, das waren wir. Ich stellte das Bier auf den Tisch. Irgendwie schmeckte es mir nicht mehr. »Ich mag jetzt doch eine Tasse Kaffee trinken. Willst du auch eine?«

Meine Mutter nickte. „Essen wir erst die Pizza auf.«

Wir aßen die Pizza, tranken später Kaffee und plauderten noch lange Zeit miteinander. Dieses Gespräch tat gut, und als ich gegen Mitternacht ins Bett ging, schlief ich die Nacht traumlos durch.

Den nächsten Tag brachte ich lange im Bett zu. Nachmittags beschloss ich, meine Joggingrunde zu laufen. Ich hatte den Sport einige Zeit vernachlässigt und wollte meine Kondition nicht verlieren. Am Abend fuhr ich zu Monika, um mich um Apache zu kümmern. Monika nahm über das

Wochenende an einem Pow-Wow in Berlin teil, einem indianischen Volksfest, auf dem getanzt, gesungen und die indianische Kultur geehrt wurde.

Ich kuschelte einige Zeit mit dem Kater und gab ihm zu fressen. Für Apache hatte Monika bestens gesorgt, dafür herrschte im Kühlschrank gähnende Leere. Immerhin hatte sie Getränke eingekauft. Ich öffnete eine Flasche Cola, setzte mich mit Apache auf die Couch und zappte ein wenig durch die Fernsehprogramme. Die Sender strahlten nichts aus, was mich wirklich interessierte. Ich ging zurück in die Küche in der Hoffnung, Essbares zu finden. Monika naschte für ihr Leben gerne und das machte sich auf ihren Hüften bemerkbar. Ich begann, die Küchenschränke zu durchsuchen, und fand endlich ihre Süßigkeitenbox zwischen den Kochtöpfen. *Hoffentlich war die Box nicht leer, weil Monika wieder irgend eine Diät ausprobierte.* Doch als ich sie öffnete, entdeckte ich Schokoladentafeln, Lakritze und einige Tütchen Gras. *Da hat sie es also versteckt!* Ich kämpfte kurz mit mir, doch dann griff ich nicht nur zur Schokolade, sondern nahm auch ein Tütchen heraus. Während ich ins Wohnzimmer ging, stopfte ich einen Riegel Schokolade in meinen Mund. Ich trank einen Schluck Cola hinterher und begann, mir eine Zigarette mit dem Gras zu drehen. Ein kleiner Trip konnte nicht schaden. Ich hatte zuletzt vor zwei Jahren mit Monika Gras geraucht und wusste nur noch, dass wir albern herumgekichert hatten. Ein bisschen Spaß täte mir gut.

Einen Augenblick zögerte ich, doch dann zündete ich mir die Zigarette an und atmete den Rauch tief ein. Mir fehlte die Übung und ich begann zu husten. Der zweite und dritte Zug klappte besser. Ich legte mich auf die Couch und tat noch weitere Züge. Es passierte nichts, außer dass mir etwas übel wurde. Schokolade, Gras und Cola schienen nicht die perfekteste Mischung zu sein. Plötzlich zog Nebel vor meinen Augen auf. Schemenhaft erkannte ich die Umrisse einer Gestalt, die aus diesem Dunst auf mich zukam. Entsetzt schloss ich die Augen. Als ich sie wieder öffnete, stand die alte Indianerin aus meinem Hamburger Traum vor mir. Ich wollte schreien und davonrennen, doch aus meinem Mund kamen nur klägliche Laute und meine Beine gehorchten mir nicht. Die alte Indianerin nahm meine Hand und ich erhob mich mit wackligen Beinen. In meinem Kopf drehte sich alles. Ich griff mit der anderen Hand zur Cola Flasche, als wenn ich mich daran festhalten wollte. Die Alte führte mich in Monikas Meditationszimmer. Es herrschte Dunkelheit. Nur das Poster von Spirit Hawk leuchtete. Die Indianerin zeigte auf ihn und begann zu erzählen. Ich verstand kein Wort. Ob sie mich aufforderte, mit ihm zu reden? Das konnte sie haben, aber nicht so, wie sie es erwarteten.

»Na, wie oft willst du mich noch besuchen?«, fragte ich laut und stellte mich direkt vor das Poster. »Ich sage dir jetzt etwas und hör genau zu. Es nervt mich gewaltig, dass ich mit dir über Prärien reite und du mir Dinge erzählst, die ich nicht verstehe. Das Gleiche gilt für dich, du alte Indianerin. Ich will das alles nicht mehr. Versteht ihr? Haltet Euch endlich aus meinem Leben raus!«

Meine Stimme hörte sich verzerrt an. Ich starrte auf Spirit Hawk und registrierte deutlich, dass er nickte und die Lippen bewegte. Vor Schreck taumelte ich zurück und stolperte über eines der Meditationskissen. Die offene Cola-Flasche fiel mir aus der Hand.

Mit geschlossenen Augen blieb ich liegen und wagte kaum, zu atmen. Nach einer Weile öffnete ich ein Auge. Es schien niemand im Raum zu sein. Ich rappelte mich auf und blickte erneut zum Poster. Spirit Hawk verzog keine Miene. Von der Indianerin war nichts mehr zu sehen. Langsam gingen die Nerven mit mir durch. Fluchend hob ich die inzwischen leere Cola-Flasche auf, als ich plötzlich ein dumpfes Geräusch hinter mir vernahm. Hysterisch drehte ich mich um und sah Apache, der gegen eine von Monikas Trommeln gelaufen war. Verdammt, ich musste raus aus dieser Wohnung. Aber so bekifft traute ich mich nicht vor die Tür. Ich scheuchte Apache aus dem Meditationszimmer und schloss die Tür. Dann taumelte ich zurück ins Wohnzimmer und legte mich auf die Couch. Alles in mir zitterte und ich hoffte, dass in der nächsten Viertelstunde die Wirkung des Joints nachließ. Meine Augen wurden immer schwerer und ich schlief ein.

Das hartnäckige Klingeln meines Handys weckte mich auf. Zunächst wusste ich nicht, wo ich mich befand. Erst Apaches empörtes Miauen erinnerte mich daran, dass ich mich in Monikas Wohnung aufhielt. Der Kater lag auf meinem Bauch und entrüstete sich über jede meiner Bewegungen. Ich griff zu meinem Handy. Jens meldete sich und bat mich, seinen morgigen Kollektendienst zu übernehmen.

»Warum das denn?« Begeisterung hörte sich anders an.

»Jacki, mir ist speiübel und ich komme nicht mehr vom Klo herunter. Ich glaube, so ein blöder Magen-Darm-Virus hat mich erwischt. Meine Kinder brachten den vom Kindergarten mit.«

»Wer hält denn morgen den Gottesdienst?«

»Der Huber. Da kannst du wenigstens viel Geld zählen. Die Kirche ist bestimmt voller als sonst.«

Mir fiel mein Spezialauftrag ein und ich dachte mir, dass es nicht schaden konnte, kollegial zu sein. »Okay«, murmelte ich. »Ich gehe hin.«

»Super. Danke. Du bist einfach die beste Kollegin der Welt.«

Ja, ganz bestimmt. Wenn du erfährst, woran ich gerade arbeite, dann wirst du dir diesen Spruch zukünftig verkneifen. »Ist schon okay«, winkte ich ab und wünschte ihm noch gute Besserung.

Mein Gedanke, die Nacht auf Monikas Couch zu verbringen, hatte sich damit erledigt. Im Kopf fühlte ich mich klarer. Ich vermied es aber, die Tür zum Meditationszimmer zu öffnen, um die umgeschüttete Cola aufzuwischen. Ich verabschiedete mich von dem Kater und lief durch die Kälte der Nacht nach Hause.

Als ich kurz vor zehn Uhr die Kirche betrat, musste ich mich auf eine der hinteren Bänke setzen. Wie Jens vermutete, kamen viele Gottesdienstbesucher. Grinsend bemerkte ich, dass zahlreiche weibliche Gemeindemitglieder den Weg in die Kirche fanden. In einer der vorderen Reihen entdeckte ich Torsten Fellner und weitere Kirchenvorstände. Auf der anderen Seite sah ich Mirjam, der es anscheinend besser ging. Ansonsten setzt man sich nicht in die wenig beheizte Kirche. Meine Gefühle begannen Achterbahn zu fahren, als ich ihren schmalen Rücken fixierte. Es tat mir körperlich weh, sie zu betrachten, aber ich konnte meinen Blick nicht von ihr lösen. An meinen Empfindungen zu ihr hatte sich absolut nichts geändert. Am liebsten wäre ich aufgestanden und aus der Kirche gelaufen.

Aber dann dachte ich an Sanders Worte: »Verlass dich auf den Herrn von ganzem Herzen, und verlass dich nicht auf deinen Verstand, sondern gedenke an ihn in allen deinen Wegen, so wird er dich recht führen.«

Ich faltete meine Hände und sprach in Gedanken zu Gott, dass ich ihm vertraute und er mir Kraft schenken sollte. *Es würde mir helfen, wenn er mir ein Zeichen gebe, dass es Mirjam gut geht.* Frau Feddersens Geschichte hatte mich verunsichert und ehrlich gesagt, auch Spirit Hawk und die Indianerin. Wenn ich nur wüsste, warum sich Mirjam auf mich eingelassen hatte. Vielleicht gab es für alles eine einfache Erklärung. Okay, ich verlass mich auf dich von ganzem Herzen und zweifle nicht daran, dass du mich auf den richtigen Pfad führst. Amen.

Pastor Huber verstand es, die Gottesdienstbesucher innerhalb kürzester Zeit in seinen Bann zu ziehen. Mit seinem Auftreten, seinem Aussehen und seiner Stimme beeindruckte er sein Publikum. Ich überlegte, wie viele dieser Besucherinnen Mirjam um diesen Mann beneideten.

Nach einer Stunde beendete er den Gottesdienst mit den Worten: »Der Herr segne dich und behüte dich. Er lasse sein Angesicht leuchten über dir und sei dir gnädig. Er erhebe sein Angesicht auf dich und gebe dir Frieden.« »Amen«, antwortete die Gemeinde.

Während Anke, die Organistin, das Nachspiel erklingen ließ, schritten Pastor Huber und Mirjam bedächtig zum Ausgang der Kirche, um sich dort von den Gottesdienstbesucherinnen und -besuchern zu verabschieden. Ich blieb noch eine Weile sitzen, bis sich die Kirche geleert hatte. Ich erhob mich und ging zum Ausgang. Huber sprach mit Heinrich Merks und dessen Ehefrau, die sich ehrenamtlich für die Gemeinde engagierten.

Ich musste an Mirjam vorbeigehen und zögerte einen Moment lang. Wir standen uns fast gegenüber und ich sah sie an. Ihr Blick war leer und erst, als sie mich erkannte, trat ein leichtes Lächeln auf ihr Gesicht. Sie schien viel mehr geschminkt als sonst. Wir sahen uns in die Augen und ich spürte, dass sich nichts zwischen uns geändert hatte. Pastor Huber verabschiedete das Ehepaar Merk. Ich gab Mirjam die Hand und fragte unbefangen, ob es ihr besser ginge.

»Ja, danke. Dienstag werde ich den Dienst wieder antreten können.«

»Das freut mich«, sagte ich und versuchte, so viel Distanz wie möglich in meine Stimme zu legen.

»Frau Achenbacher? Was verschafft mir die Ehre ihres seltenen Besuches in meinem Gottesdienst?« Den stichelnden Ton konnte ich nicht überhören.

»Jens Wilken ist leider erkrankt und bat mich, seinen Kollektendienst zu übernehmen.« Es kostete mich Anstrengung, ihm ins Gesicht zu sehen.

»So viel Einsatz, auch am Sonntag. Kompliment, Frau Achenbacher. Ich lerne Sie immer mehr schätzen.« Er lachte mich wohlwollend an.

Gab es doch die Chance, dass er in mir langsam nur noch Jacqueline Achenbacher und nicht mehr nur Sanders Vertraute sah?

»Danke«, sagte ich und zwang mich zu einem Lächeln. »Ich werde mich jetzt um die Kollekte kümmern. Ich wünsche Ihnen beiden noch einen schönen Sonntag.«

Ich traute mich nicht mehr, Mirjam anzusehen, sondern drehte mich um und ging in das Pfarramtsbüro. Zwei ehrenamtliche Helferinnen hatten die Geldspenden eingesammelt und übergaben mir die Körbe. Im Gegensatz zu meinem letzten Kollektendienst hatte ich diesmal alle Zeit der Welt. Ich begann, das Geld zu sortieren und zusammenzuzählen. Ich war so mit der Rechnerei beschäftigt, dass ich *sie* erst bemerkte, als sie direkt vor mir stand.

»Jacki, ich muss mit dir reden.«

Mir fielen vor Schreck und Aufregung ein paar Münzen aus der Hand. »Mirjam, ähm Frau Pastorin ...« Ich erhob mich von meinem Stuhl.

In der Hand hielt sie das Gedichtbuch, das ich ihr zurückgegeben hatte. »Das hat mir das Herz gebrochen«, sagte sie nur. Ihre Augen schimmerten feucht. »Es tut mir leid, dass ich dich verletzt habe.« Sie reichte mir das Buch, ich ergriff es und hielt ihre Hand fest.

»Mirjam ... was soll ich nur von dir halten?« Wir sahen uns an und es fiel mir schwer, sie nicht an mich zu ziehen. Erneut fiel mir auf, wie stark sie geschminkt war. Sie zog die Hand aus der meinigen. »Bitte denk nicht schlecht von mir.« Sie sah kurz über ihre Schulter. »Ich muss jetzt gehen«, flüsterte sie. Sie drehte sich um und verließ den Raum, nur der Duft ihres Parfüms blieb zurück. Ich ließ mich auf den Stuhl fallen und legte das Buch auf den Tisch. Was hatte dieser Auftritt zu bedeuten? Ein Zeichen? *Hallo, lieber Gott? Hast du mein Gebet doch vernommen?* Auf einmal sah ich, dass ein Zettel im Buch steckte, und nahm ihn heraus.

Bitte glaube mir, dass du mir nicht egal bist. M.

Wahnsinn, ich schien ihr wirklich wichtig zu sein. Meine Gefühle schlugen Purzelbäume, während sich gleichzeitig meine Vernunft zu Wort meldete. Was will Mirjam überhaupt von dir? Anscheinend war es ihr selbst nicht klar. Und was wollte ich? Wie lange hielte ich dieses Hin und Her durch? Verdammt, ich war verrückt nach Mirjam und ich wollte sie spüren, in meinen Armen halten, ihre weichen Lippen küssen. Aber da war ihr Mann und mit ihm hatte ich nicht vor, mich zu duellieren. Ich befand mich in einer verdammten Zwickmühle.

Kapitel 17

»Der Tag geht zu Ende. Überdenke noch einmal, was er dir an Sorgen gebracht hat. Ein paar davon behalte, die anderen wirf weg.«

(Calvin O. John)

Am Sonntagabend traute ich mich in Monikas Meditationszimmer und wischte die vergossene Cola auf. Ich starrte ständig zu Spirit Hawk, der mich allerdings keines Blickes würdigte. Vielleicht verabschiedeten sich meine Albträume. Die angebrochene Tüte Gras legte ich zurück in die Süßigkeitenbox und Apache versorgte ich mit Katzenfutter. Monika wollte morgen früh zurück in Lütjenstede sein und somit hatte ich meine Pflichten bestens erfüllt.

In den nächsten zwei Tagen vergrub ich mich in meinem Büro und gab Daten, Fehltage und Anmerkungen in die Statistik ein. Vor lauter Arbeit vergaß ich oft das gemeinsame Frühstück mit den Kolleginnen und Kollegen. In der Mittagspause arbeitete ich durch.

Am Mittwochmorgen saß ich über meinen Tabellen, als Huber und Larsen mein Büro betraten.

»Moin, Frau Achenbacher«, sagte Huber und nickte mir zu. »Ich wollte Ihnen persönlich die gute Nachricht überbringen.«

»Moin Pastor Huber.« Ich schluckte hart. Was konnte das für eine gute Nachricht sein?

»Ihnen wird eine Leistungsprämie in Höhe von fünfhundert Euro angewiesen.« Huber lächelte. »Diese Auszeichnung haben Sie sich mehr als verdient.«

Mit offenem Mund starrte ich Huber an. *Eine Prämie? Einen Judaslohn? Verdammt, das Geld können Sie sich sonst wo hinschmieren.*

»Was ist los Frau Achenbacher. Freuen Sie sich nicht darüber?« Huber verschränkte die Arme vor der Brust.

»Nein ... doch«, sagte ich mit heiserer Stimme und räusperte mich einige Male. *Komm, sag etwas, sonst bringst du ihn erneut gegen dich auf.* »Das ist ... mein Job. Dafür müssen Sie mir keine Prämie ...«

Huber winkte ab. »Nicht so bescheiden, Frau Achenbacher. Wenn das Geld auf Ihrem Konto ist, wird Ihnen warm ums Herz werden.«

»Natürlich freut sie sich«, sagte Larsen. Er legte die Hand auf meine Schulter.

Nein, ich freute mich nicht und fühlte mich verdammt unwohl in meiner Haut. Ich verkaufte meine Leute für fünfhundert Euro.

»Ich bin am Freitag gegen Mittag aus Hannover zurück. Kann ich mich darauf verlassen, dass die Aufstellung bis dahin fertig ist?«, fragte Huber.

Ich nickte eifrig. Gleichzeitig überlegte ich, wo sich Huber bis Freitag herumtrieb und ob ihn Mirjam begleitete.

»Danke, Frau Achenbacher.«

»Sie sind dienstlich in Hannover?« Hoffentlich klang das nicht zu neugierig. Huber sah mich stirnrunzelnd an.

»Ich meine nur wegen der Reisekosten«, schob ich nach.

Jetzt erhellte sich Hubers Miene und er wandte sich lächelnd an Hannes Larsen. »Immer im Dienst, Ihre Frau Achenbacher. Ja, ich bekenne mich schuldig, denn ich habe noch keinen Dienstreiseantrag gestellt. Ich fahre heute Mittag zu einer Pfarrerfortbildung nach Hannover. Es geht um Einführungsstrategien für das neue Haushalts- und Rechnungswesen. Sie wissen ja, dass die doppelte Buchführung auf uns zukommt. Ich hoffe, dass sich die Fortbildung lohnt.«

Er verabschiedete sich und verließ zusammen mit Hannes Larsen mein Büro.

Ich fühlte mich beklommen. Er fuhr für zwei Tage nach Hannover und Mirjam begleitete ihn dabei nicht. Das war meine Chance, die einzige, die ich hatte. Ich lief wie ein eingesperrter Tiger in meinem Zimmer auf und ab. Ich musste Mirjam aufsuchen und mit ihr reden.

Mirjam hatte sich an den Schreibtisch des Arbeitszimmers gesetzt, um die Religionsarbeiten ihrer fünften Klassen zu korrigieren. Nach einer Weile legte sie ihren Kugelschreiber auf den Tisch und schloss die Augen. Die Stille klang beruhigend, nur die Schreibtischlampe und einige Kerzen spendeten Licht. Sie atmete tief durch. *Wie soll es nur weitergehen? Sollte ich einfach die Koffer packen und gehen?* Aber hatten sie sich nicht das Jawort im Bewusstsein gegeben, in guten und in schlechten Tagen füreinander da zu sein? Außerdem begann die Weihnachtszeit und da gab es so viel für die Pastoren zu tun. Das Fest der Freude und der Hoffnung. Sie konnte jetzt keinen unüberlegten Schritt tun.

Gerade als Mirjam den nächsten Test in die Hand nahm, klingelte es an der Haustür. Seufzend erhob sie sich und ging hin. Sicher stand ein Gemeindemitglied oder ein Mitglied des Kirchengemeinderates vor der Tür und wollte dringend mit Holger ein Gespräch führen. Sie öffnete die Tür. »Jacki, du?«

»Ich muss mit dir sprechen«, murmelte Jacki und fügte eine Spur forscher hinzu: »So kann es mit uns nicht weitergehen.«

Mirjam spürte wieder dieses Ziehen in ihrem Bauch. Sie durfte Jacki auf keinen Fall hereinlassen und trotzdem trat sie zur Seite. Als sich Jacki an ihr vorbei schob, berührten sich kurz ihre Arme. Ein elektrischer Schlag schoss durch ihren Körper. Mirjam schloss die Tür, während sich Jacki ihrer Stiefel entledigte und ihre Jacke auszog. Mirjam nahm ihr die Jacke ab und hängte sie an die Garderobe. »Willst du etwas trinken?«, fragte sie und versuchte dabei, jeden Blickkontakt zu vermeiden.

Jacki schüttelte den Kopf. »Was ... warum bist du hier?«

»Müssen wir das im Flur bereden?«

»Nein, nein ...« Jacki folgte ihr ins Wohnzimmer.

»Willst du dich setzen?« Mirjams Stimme zitterte und ihre Hände fühlten sich schweißnass an.

Jacki schüttelte den Kopf. »Ich will ... ich muss mit dir reden. Mirjam ... im Auto ... da war doch was ...« Jacki trat auf sie zu. Mirjam spürte, wie Jackis Hand die ihrige umschloss. Ihre Knie wurden weich. Sie wollte die Hand abschütteln, sich wegdrehen, wegrennen, doch sie blieb stehen und fuhr mit ihrer Hand leicht über Jackis Wange. Die Luft um sie herum begann zu flirren und sich zu entflammen.

Was passiert hier? Denk nach, Jacki Achenbacher. Wenn Huber das erfährt, bist du erledigt. Mein Verstand verabschiedete sich, als mich Mirjams Hand berührte. Mein Herz begann, heftig zu schlagen. Unsere Blicke trafen sich. Ich beugte mich zu ihr herunter und gab ihr einen sanften Kuss auf den Mund. Sie zögerte, doch mutig umschlossen meine Hände Mirjams Hüften und ich zog sie an mich.

»Wir sind verrückt«, flüsterte Mirjam.

Statt einer Antwort küsste ich sie erneut. Ich spürte ihre weichen Lippen auf meinen und Mirjam fing an, den Kuss zu erwidern. Zart fühlte ich ihre Zunge, an meinen Lippen, in meinem Mund. Ein heftiges Kribbeln zog durch meinen Bauch. Sie schlang ihre Arme um meinen Hals und unsere Zungen berührten sich immer leidenschaftlicher. *Mehr, ich will mehr.*

Während wir uns küssten, wanderten meine Hände unter ihre Bluse. Auf ihrer weichen Haut stellten sich die feinen Härchen auf, als sie mich spürte. Sie fühlte sich so unglaublich gut an.

Ein leichtes Stöhnen kam aus ihrer Kehle, dessen sie sich selbst gar nicht bewusst schien. Als sich ihre Hände unter meinen Pullover schoben und sie meine Haut streichelte, durchzog ein Schauer meinen Körper. Langsam knöpfte ich Mirjams Bluse auf und spürte dabei mein Zittern. *Passiert das hier wirklich?*

Ich streifte ihr die Bluse von den Schultern und ließ sie auf den Boden fallen. Meine Finger glitten über ihren Hals, ihre Schultern. Sie zuckte kurz zusammen und ich erkannte dort einige blau-gelbe leicht geschwollene Flecken. *Oh Mann, das sieht nicht gut aus.* Ich küsste vorsichtig diese Stellen. *Ob die noch von dem Treppensturz herrühren?* Fragend sah ich sie an, doch sie wich meinem Blick aus. Ihre Lippen fanden die meinen und ihre Zunge tauchte in meinem Mund ein. Ich konnte nicht mehr darüber nachdenken, denn meine Lust und Begierde rissen mich mit, wie eine Welle, die alles überflutete. Meine Hände wanderten über Mirjams schwarzen mit Spitzen verzierten BH, über ihre Taille, zu ihrem Rücken. Ihr Brustkorb hob und senkte sich so ungleichmäßig wie ihr schneller Atem. Ich öffnete den Verschluss ihres BHs und ließ ihn zu Boden gleiten. Heftig erregt betrachtete ich ihre kleinen, herrlich geformten Brüste.

»He, sieh mich nicht so lüstern an.« Sie drückte sich an mich und ich spürte die harten Knospen ihres Busens durch meinen Pullover. Blitze schossen durch meinen aufgeputschten Körper. »Bei dem Anblick kann ich nicht anders schauen«, stöhnte ich. *Sie ist der absolute Wahnsinn.*

Ich fuhr mit meiner Zunge an ihrem Hals hinab, dann tiefer, nahe ihren Brüsten, bis meine Lippen sanft ihre Nippel berührten. Ihr anfängliches behagliches Seufzen verwandelte sich in ein schnelles Atmen.

»Du bist so wunderschön«, hörte ich mich raunen, während ich ihren Bauch, ihre Taille, ihren Rücken streichelte. Ich fingerte nach dem Reißverschluss, öffnete ihn und zog ihr den Rock herunter. Ihr Körper vibrierte, oder war ich das?

Meine Hände glitten über ihren schwarzen Slip und berührten ihren kleinen festen Po. Sie drückte sich noch fester an mich und presste ihren Unterleib an den meinen. Ich hörte mich aufstöhnen. *Himmel, ich bin kurz davor durchzudrehen.* Unsere Lippen prallten aufeinander und während wir uns küssten, schob Mirjam meinen Pullover hoch. Ich löste meine Hände von ihr und zog ihn samt BH über den Kopf, ohne ihn vorher zu öffnen. Sie lachte kurz auf. »Bist du immer so ungeduldig?«

»Nur bei dir«, flüsterte ich ihr ins Ohr.

Mir schoss die Frage durch den Kopf, ob ich wohl wirklich die erste Frau für Mirjam war, denn sie küsste mich so intensiv und ohne Scheu, erkundete so erfahren meinen Körper, als hätte sie das schon einmal gemacht. Ihre Finger nestelten an meinem Gürtel, öffnete diesen und dann gleich noch den Knopf und den Reißverschluss meiner Jeans. Ein Stöhnen entkam meinen Lippen. Ihre Hand schob sich in den Bund. Geschickt zog sie meine Hose und Slip über meine Hüften. Ich spürte ihre Finger, die über die Innenseite meiner Oberschenkel strichen und schließlich meinen Hintern umfassten. Ich hörte mich keuchen und mein Körper pulsierte auf eine Art, wie ich es noch nie erlebt hatte. Ich wollte diese wunderbare Frau mit allen Fasern meines Körpers spüren und lieben. Die Frage, ob ich wohl die erste Frau in ihrem Leben war, verschwamm im Nebel meiner Leidenschaft.

»Wow, du hast einen wahnsinnig athletischen Körper«, hörte ich Mirjam sagen, während sie in die Hocke ging und mir dabei langsam Jeans und Slip gleichzeitig ganz herunter streifte. Dann nahm sie meine Hand und zog mich auf den Boden. Unsere Lippen suchten sich. Die Küsse wurden immer heftiger, unsere Finger glitten tabulos über und in unsere Körper. Ihre Berührungen durchzuckten mich wie ein elektrischer Schlag und ich dachte, so müsste es sich anfühlen, wenn man von Engeln getragen wurde.

Wir fingen beide Feuer, entflammten und wollten brennen. Ich flog dem Himmel entgegen und noch viel weiter, durch die unendliche Weite der Galaxien.

Ich landete wieder auf der Erde. Mit dem Rücken ans Sofa gelehnt, hielt ich Mirjam vor mir in meinen Armen. Nackt und verschwitzt waren unsere Körper. Sanft küsste ich ihren Nacken und streichelte sie. So saßen wir schweigend eine Ewigkeit und fanden beide keine Worte für das, was zwischen uns passiert war.

»Was haben wir nur getan?«, unterbrach Mirjam leise die Stille. »Das darf niemals herauskommen.«

»Es wird nicht herauskommen«, flüsterte ich ihr ins Ohr und küsste sie auf ihren weichen Mund.

»Was macht dich so sicher?«, fragte Mirjam. »In so einem kleinen Ort wie Lütjenstede bleibt nichts geheim.«

»Von mir weiß es doch auch noch keiner.«

»Was?« Mirjam sah mich forschend an. »Dass du lesbisch bist?«

»Ähm, ja.« Ihr Blick verunsicherte mich.

»Versteckst du deine Gefühle, weil du meinst, es ist falsch, eine Frau zu lieben?« Mirjams Stimme klang bitter, fast zynisch.

Ich schluckte. »Nein, natürlich nicht. Aber es gab bisher keinen Grund, mich zu outen.« Sanft drückte ich sie an mich. »Mir ist aufgefallen, dass du einige Narben am Körper hast und ...«, ich küsste ihren Hals, »hier blau-gelbe Flecken. Sind die etwa alle von deinem Treppensturz?«

Mirjam senkte die Augen und ich sah, dass sie sich auf die Lippen biss. »Sorry, ich wollte dich nicht in Verlegenheit bringen.«

Mirjam schüttelte den Kopf. »Nicht nur von der Treppe, es sind auch ältere Narben. Es ist mir peinlich, weil ich manchmal so ein Tollpatsch bin. Ich falle vom Fahrrad, stolpere über Gegenstände oder rutsche in der Badewanne aus.«

Das Telefon klingelte und ich spürte, wie Mirjam zusammenzuckte. »Das wird Holger sein«, sagte sie. »Er ist in Hannover.«

»Lass es doch klingeln. Er wird sich später noch einmal melden.«

Mirjams Blick ging zur Wohnzimmeruhr. Halb zehn. Sie wand sich aus meinen Armen und erhob sich. Zögerlich nahm sie den Hörer ab und meldete sich leise. Sie erzählte Holger, dass sie Religionsarbeiten korrigierte. Ich betrachtete ihren schlanken, geschmeidigen Körper und riss mich zusammen, um nicht aufzustehen und sie in den Arm zu nehmen. Die Situation hatte etwas Groteskes. Mirjam sprach mit ihrem Mann, meinem Erzfeind, nachdem wir uns kurz vorher auf dem Teppichboden seines Hauses geliebt hatten. Wenn er das erführe ... Ich wollte nicht daran denken.

Mirjam blieb eine Weile stumm. Wahrscheinlich erzählte ihr Huber einiges von dem Kurs. Sie lächelte ein paar Mal und meinte, dass sie bald ins Bett ginge.

»Ich dich auch«, sagte sie zum Abschied und ich wusste, worauf sie antwortete. Ein bohrender Schmerz in meinem Herzen machte sich bemerkbar. Eifersucht! Sie beendete das Telefonat und blieb noch einen Moment lang mit dem Rücken zu mir stehen. Als sie sich umdrehte, hatte sich ihr Blick verändert. Sie griff nach ihrer Bluse, die auf dem Boden lag. »Du musst jetzt gehen«, sagte sie zu mir und ihre Stimme klang schmerzhaft sachlich, wenn man bedenkt, dass wir gerade miteinander geschlafen hatten. Sie zog sich die Bluse über.

Ich stand auf und meine Nacktheit fühlte sich auf einmal unangenehm an. Ich nahm meinen Pullover in die Hand und trat zu ihr. Eine Handbreite trennte uns voneinander.

»Ich liebe dich, Mirjam«, sagte ich mit fester Stimme.

Mirjam schüttelte den Kopf.

»Ich habe mich in dem Moment in dich verliebt, als du das erste Mal unser Amt betreten hast.«

»Du bist verrückt, Jacki.« Es klang so melodisch, wenn Mirjam meinen Namen aussprach.

»Ich würde mich auch um das Kind kümmern.«

Sie schaute mich fragend an.

»Dein Kind – auch wenn es von deinem Mann ist – es wäre kein Problem.«

Ich kam mir heldenhaft vor. Die furchtlose Ritterin entriss dem bösen König Weib und Kind. In einem Degenduell auf Leben und Tod stach ich ihm die Klinge tief in seine Brust. Fortan lebte die Ritterin mit Frau und Kind glücklich und zufrieden bis an ihr Ende.

»Es gibt keine Zukunft für uns beide. Wir müssen alles vergessen.«

»Bitte? Denkst du, ich muss nur die Tastenkombi *Escape und Delete* drücken und es ist wie vorher?« Ich griff nach ihrer Hand, doch sie entzog sich meiner Berührung. »Ich spüre, dass du mehr fühlst. Ich sage nicht, dass es einfach wird.«

»Was wirst du verlieren?«, fragte mich Mirjam und ihre Augen blitzten zornig. »Wenn herauskommt, dass ich mit einer Frau schlafe ... ich verliere meinen Job und meinen Mann. Oder glaubst du, dass die Lütjensteder so tolerant sind, dass sie eine lesbische Pastorin in ihrer Gemeinde akzeptieren?«

»Man müsste es ausprobieren.«

»So wie du? Du stehst doch auch nicht dazu. Und du erwartest von mir, dass ich mutig bin?«

Ihre Worte trafen wie Peitschenhiebe. Ja, ich hatte bisher wie eine Lusche gehandelt, ein Feigling. Aber Mirjam bedeutete mir alles und dafür wollte ich kämpfen. Das versuchte ich, ihr zu erklären. Sie winkte nur ab. »Ich weiß nicht, warum das zwischen uns passiert ist. Es fühlt sich falsch an.«

Ich glaube, ich bin im falschen Film. »Was redest du denn da? Wir wollten es beide, weil wir etwas füreinander empfinden.«

Mirjam kreuzte die Arme und sah mich schweigend an.

»Liebst du deinen Mann?« Während ich diese Frage stellte, streifte ich mir meinen Pullover über.

»Ich schwärmte bereits als junges Mädchen für Holger. Er ist mein Traummann und ich habe lange um ihn gekämpft.« Sie sprach diesen Satz wie aufgesagt aus.

»Und? Haben sich deine Erwartungen an diesen Traummann erfüllt?« Meine Stimme klang hart. Es schmerzte mich körperlich, wenn ich mir Holger mit Mirjam vorstellte.

»Ja. Er ist ein besonderer Mensch«, entgegnete sie. »Du weißt doch, wie er auf Frauen wirkt und wie viele mich um ihn beneiden.«

Das hörte sich arrogant und selbstgefällig an. »Perfekt scheint eure Beziehung nicht zu sein, sonst hätten wir uns nicht auf eurem gemeinsamen Wohnzimmerteppich heiß geliebt«, sagte ich mit süffisanter Stimme. Ich trat zu ihr und Mirjam ließ ihre Arme sinken. »Jacki, lass uns hier und jetzt alles beenden. Ich kann dir nicht mehr geben.«

Unter ihrer Bluse zeichnete sich ihr wunderschöner Busen ab. Ich gab ihr einen sanften Kuss auf die Wange. »Morgen Abend steht noch nichts in meinem Terminkalender«, flüsterte ich ihr ins Ohr.

»Nein, es ist vorbei.«

»Du machst es dir einfach.« Das konnte nicht wahr sein. Ich biss die Zähne zusammen und versuchte mühsam, meine Tränen zurückzuhalten.

»Wenn du mich liebst, lass mich los. Es ist besser für uns beide.« Ihre Stimme wurde zu einem Flüstern.

Der Spruch mochte ja stimmen, aber ich wollte lieber an ihr zerren und mich mit ihrem Mann duellieren, als auf sie zu verzichten. Ihre Augen schienen jeden Glanz verloren zu haben. Ich drehte mich um und hob meine restlichen Kleidungsstücke vom Fußboden auf. Mirjam beobachtete mich schweigend beim Anziehen.

»Ich verschwinde jetzt«, sagte ich, während ich den Reißverschluss meiner Hose hochzog.

»Ja«, antwortete Mirjam tonlos.

»Na dann, und jederzeit zu Diensten, schöne Frau«, verabschiedete ich mich und tippte dabei salutierend an meine Stirn. Dieser Spruch klang schrecklich machohaft, doch ich konnte nicht anders. Am liebsten hätte ich in ein Kissen geheult. Im Flur zog ich mir Stiefel und Jacke an und verließ mit Tränen in den Augen das Pfarrhaus.

Mirjam hörte die Tür in das Schloss fallen. Jacki hatte das Haus verlassen und mit ihr gingen der Zauber und die Bedrohung. Ihr Kopf schien leer und gleichzeitig voller Bilder, ihre Haut brannte von Jackis Berührungen und der Sehnsucht nach Wiederholung. Im Wohnzimmer hing der liebliche Geruch der Erregung. Sie musste alles beseitigen, aus ihrem Haus heraustragen, es wegwischen und auslüften.

Wie konnte ich nur jede Kontrolle verlieren? Dieses heftige Gefühl des Verlangens erschreckte sie. Aber da war noch mehr als das körperliche Verlangen. Sie fühlte sich in Jackis Nähe wohl, in ihren Armen geborgen. Jackis Stimme wärmte sie, ihr Lächeln war ein Pflaster auf ihre Wunden.

Aber wie sollte sie Holger nun begegnen? Er durfte nie etwas davon erfahren.

Mirjam löste sich aus ihrer Starre. Sie zog ihre Kleidung an, die über dem Fußboden verstreut herumlag und ging in die Küche. Dort füllte sie einen Eimer mit Wasser, spritzte Reinigungsmittel hinein und nahm einen Lappen. Mit dem Eimer in der Hand begab sie sich zurück ins Wohnzimmer und öffnete das Fenster. Sofort krabbelte nasskalte Novemberluft in das Zimmer. Sie tauchte den Lappen ein, begann, den Teppich zu reinigen. Sie hoffte, damit alle Spuren des Seitensprungs auszulöschen.

Meine Gefühle fuhren Achterbahn mit nicht enden wollenden Loopings. Ich fühlte mich gleichzeitig berauscht und verzweifelt, glücklich und tieftraurig. Ich musste meine beste Freundin anrufen und ihr alles erzählen. Monika erkannte meine Nummer auf dem Handy. Sie ließ mich gar nicht erst zu Wort kommen. Stattdessen schlug ein Donnerwetter auf mich ein. Monika hatte leider die angebrochene Grastüte entdeckt und ich saß auf der Anklagebank. Diesmal zu Recht, wie ich zugeben musste.

»Hast du den Verstand verloren?«, fauchte sie mich an. »Du kannst nicht einfach mein Gras rauchen.«

»Wieso regst du dich auf. Du und ich, wir haben doch schon miteinander ...«

»Wir haben gar nichts!« Monika war auf hundertachtzig. »Diese Mischung ist etwas Besonderes.«

»Ja, das kann ich bestätigen. Jetzt reg dich bitte ab und höre mir zur Abwechslung zu.«

»Verdammt Jacki, du verstehst das nicht. Das sind Halluzinogene, die kannst du nicht einfach so rauchen.«

»Halluzinogene?« Das hörte sich unangenehm an.

»Halluzinogene spielen mit den Wahrnehmungs-Filtern des Bewusstseins. Ich habe diese besondere Mischung von einer Heilerin geschenkt bekommen.«

»Ähm, von einer Heilerin?«

»Ja. Sie benutzt dieses Kraut, um in eine Art Ekstase hineingeführt zu werden.«

»Warum versteckst du die Tüten in der Süßigkeitenbox?«

»Kann ich ahnen, dass du deine Nase da reinsteckst?«

»Aber ... aber du rauchst das Zeug doch auch.«

»Ja, ab und zu mal. Im Gegensatz zu dir bin ich aber angeleitet worden.«

»Was siehst du, wenn du dieses Gras rauchst?«

»Nun, einfach ausgedrückt, es ist so eine Art Seelenwanderung.«

»Da triffst du andere Seelen, oder wie? Auch Tote?«

»Es ist eine spirituelle Reise. Deshalb darfst du so etwas nicht zu dir nehmen. Sei froh, dass du aufgewacht bist und nicht zwischen den Welten herumirrst.«

»Zwischen den Welten?« Ich kicherte vor mich hin.

»Lach nicht. Hast du noch nie davon gehört, dass Leute von einem Drogentrip nicht zurückkamen?«

»Ja, ja. Aber ich habe ja zur Erde zurückgefunden.«

Für einen Moment herrschte Schweigen. Als ich ansetzen wollte, von mir und Mirjam zu erzählen, fragte mich Monika, ob ich etwas durch das Gras erlebt hätte.

»Ja. Ich sagte Spirit Hawk und der alten Indianerin meine Meinung. Sie sollen sich aus meinem Leben heraushalten. Und weißt du was? Ich habe zwei Nächte durchgeschlafen.« Ich grinste breit und zufrieden vor mich hin. Damit hatte Monika nicht gerechnet. Sollte sie doch ihre Visionen ausleben, ich war froh, sie los zu sein.

»Wie sah die alte Indianerin aus?« Ich vernahm die gespannte Erwartung in Monikas Stimme.

»Wie sie aussah? Lange graue Zöpfe, zerfurchtes Gesicht, Indianerkleid«, zählte ich gelangweilt auf.

»Auf der rechten Wange eine prägnante Narbe?«

»Ähm ... ja«, antwortete ich und mir wurde heiß und kalt. Wieso kannte Monika meine Indianerin?

»Oh Mann, du bist ein Glückskind. Das war Mahpea.«

»Hallo, wer soll das sein?«

»Mahpea ist eine Heilerin. Übersetzt heißt der Name so viel wie *die Wissende.*«

»Rede mir nicht ein, dass du die Alte kennst. Das glaube ich nicht!« Mich durchzog ein tiefes Entsetzen.

»Doch. Ich lernte sie vor einigen Jahren in einem Indianerreservat während meiner USA-Reise kennen. Zwischen uns gibt es eine Verbindung. Ich besuche sie öfter in Amerika. Mahpea führte mich in die Heilkunst der Indianer ein und von ihr erhielt ich diese Halluzinogene.«

Ich schüttelte mich und dachte, dass es sich nur um einen Traum handeln konnte, aus dem ich gleich erwachte. Doch ich lief mit dem Handy am Ohr durch Lütjenstede. Die Kälte kroch in meinen erhitzten Körper und das alles fühlte sich realistisch an.

»Jacki, sie nahm Kontakt mit dir auf. Sie hatte dir etwas mitzuteilen.«

»Hör auf. Ich war einfach nur bekifft.«

»Das glaubst du doch selbst nicht.«

»Monika, an wen und was ich glaube, ist der Herrgott im Himmel, Jesus Christus und die Heilige Schrift. Außerdem wollte ich dir die ganze Zeit erzählen, dass ich mit Mirjam geschlafen habe.«

»Uff«, hörte ich Monika aufstöhnen.

»Ihr Mann ist in Hannover und ich wollte nur mit Mirjam sprechen. Aber kaum stand ich in der Wohnung, sind wir übereinander hergefallen. Es war so unfassbar herrlich, sie zu spüren. Monika, ich habe noch nie für jemanden so viel empfunden.«

Ich hörte am anderen Ende meine Freundin schwer schlucken.

»Sie ist die Frau, mit der ich zusammen sein will. Verstehst du mich?«

»Oh ja. Frau Pastorin wird sich von Herrn Pastor trennen. Ziehst du in das Pfarrhaus oder zieht Frau Pastorin zu dir?«

Die Ironie, die aus ihren Worten sprach, konnte ich nicht überhören. Ich biss die Zähne aufeinander. Kleinlaut gab ich zu, dass Mirjam für uns keine Zukunft sah.

»Was für eine Überraschung! Mahpea wollte dir helfen und einen Rat geben. Du hörst nie zu. Es ist erstaunlich, wie viel Bockmist du in kürzester Zeit fabrizieren kannst.«

»Aber es ging von uns beiden aus. Wirklich!«

»Mir ist nicht wohl bei der Sache. Bitte sei wachsam.«

Ich vernahm die Besorgnis in ihrer Stimme. Monika sagte selten etwas Unüberlegtes, sondern ging bedächtig mit ihren Worten um.

»Okay, wenn du das sagst. Ich passe auf mich auf.« Wir verabschiedeten uns und ich spürte einen dicken Kloß in meinem Hals. So fühlte es sich an, wenn man vom Gipfel des Berges ins tiefste Tal fiel. Nicht immer sollten sich alle Träume erfüllen.

Kapitel 18

»Alle eure Dinge lasst in der Liebe geschehen.«

(1 Kor 16,14 LUT)

Erschlagen wachte ich am nächsten Morgen um kurz nach sieben Uhr auf. Lange Zeit lag ich wach, aufgeheizt von dem Zusammensein mit Mirjam und verwirrt von dem Gespräch mit Monika. Auf meiner Haut hatte sich Mirjams Geruch eingebrannt. Irgendwann nahm ich mein Handy in die Hand und schrieb: *»Diese Gefühle, die ich für dich empfinde, sind so stark, dass ich es kaum aushalte. Ich liege allein im Bett und vermisse dich schrecklich. Ich weiß nicht, wie es weitergehen soll. Aber ich weiß, dass ich dich unendlich liebe.«*

Während ich auf eine Antwort wartete, fiel ich in einen tiefen Schlaf. AC/DCs *Highway to hell* weckte mich unsanft, aber passend. Befand ich mich auf direktem Weg in die Hölle oder wurde ich doch noch von Engeln getragen? Die nächsten Tage konnten spannend werden.

Ich krabbelte aus meinem Bett und stellte die Kaffeemaschine an. Dann duschte ich lange und ausgiebig. Mit jedem Tropfen Wasser, der über meine Haut perlte, verloren sich Mirjams Berührungen.

Gegen halb neun stempelte ich im Amt ein und setzte mich sofort an den Schreibtisch, um die Statistik weiter zu bearbeiten. Einige Minuten später klopfte es an meiner Tür. Sybille Krüger, die Buchhalterin und Jens betraten mein Büro. Ihre Begrüßung fiel nicht freundschaftlich aus.

»Jacki, woran arbeitest du gerade?« Jens kam direkt zum Thema. Die beiden setzten sich nicht hin, sondern standen mit verschränkten Armen vor meinem Schreibtisch. Ich bekam ein ungutes Gefühl.

»Wieso fragt ihr?« Meine Stimme klang belegt.

»Ich erhielt die Order, dir fünfhundert Euro als Prämie anzuweisen«, erklärte Sybille.

»Tatsächlich?« Ich setzte eine überraschte Miene auf.

»Ausgerechnet du erhältst auf Antrag von Pastor Huber eine Belohnung.« Jens sah mich stirnrunzelnd an.

»Ja, das wundert mich.« Ich hob die Schultern.

»Also, was ist das hier für ein Spezialauftrag, der dir fünfhundert Euro einbringt?«

Mein Lieblingskollege stützte sich mit den Händen auf meinem Schreibtisch ab und sah mich direkt an.

»Mensch, ich arbeite im Personalbüro. Mit dem Auftrag kann ich nicht hausieren gehen.« Die beiden nervten mich. Sie waren doch nicht neidisch auf die Prämie? Na, die könnte ich gerne aufteilen.

Jens griff in seine hintere Hosentasche und holte einen Zettel heraus. Er faltete ihn auseinander und las den Inhalt laut vor: »Aus der Kirchenvorstandssitzung. Dieses Papier ist vertraulich und nur zum internen Gebrauch bestimmt. Zu Punkt vier, Personalentwicklung/Personalabbau: Sämtliche relevanten Daten aller Mitarbeiterinnen und Mitarbeiter hinsichtlich Alter, Betriebszugehörigkeit, Fortbildungen, Krankheitstagen, Überstunden, Urlaubstagen sind zu erfassen und auszuwerten. Mit dieser Aufgabe soll Frau Achenbacher beauftragt werden.«

»Woher hast du den Zettel?« Ich atmete innerlich tief durch, um ruhig zu bleiben. Damit hatte ich nicht gerechnet.

»Der lag am Kopierer. Jemand kopierte gestern Abend noch und vergaß dort dieses interessante Blatt. Ich gehe von einem schussligen Mitglied des Kirchengemeinderates aus.«

Die Blicke von Sybille und Jens bohrten sich in mich. Ich versuchte, cool zu bleiben. Gleichzeitig überlegte ich, welcher Vollidiot für diese Schlamperei verantwortlich war.

»Wir von der Mitarbeitervertretung wissen nichts davon.« Jens Stimme klang eisig.

Ich knetete meine Hände. *Wie komme ich nur aus dieser Sache unbeschadet raus?*

»Du klopfst jetzt diese Daten ab und stellst eine Statistik darüber auf, wer alt ist, Krankheitsausfälle hat und zu wenig Überstunden nachweist? Auf diesen Mitarbeiter können wir zukünftig verzichten? Mensch Jacki, so gewissenlos kannst du doch nicht sein?« Jens schüttelte den Kopf und in mir stieg langsam der Zorn auf.

»Was hätte ich denn tun sollen? Ich bin hier nur Angestellte und mir wurde die Aufgabe übertragen. Huber setzt mich damit unter Druck!«

»Tz, mit fünfhundert Euro würde ich mich auch unter Druck setzen lassen«, sagte Sybille und verzog spöttisch ihren Mund.

»Denkt ihr, ich will dieses Scheißgeld haben? Ich fühle mich beschissen dabei! Ja, natürlich habe ich überlegt, die MAV zu informieren. Ich traute mich nicht. Wer hätte den Ärger bekommen, wenn es herausgekommen wäre?«

»Von deinen Kolleginnen und Kollegen hättest du vor allem Anerkennung erhalten«, sagte Jens laut und mit einem aggressiven Unterton.

»Ach ja. Und wer von ihnen hätte sich für mich eingesetzt? Der Huber pinkelt mir ständig ans Bein. Die meisten von Euch finden ihn doch so toll, oder nicht?«

Eine gespenstische Stille trat ein.

»Du weißt, dass du eine falsche Entscheidung getroffen hast.« Jens steckte den Zettel in seine Hosentasche.

»Und was passiert jetzt?«, fragte ich. »Gehst du mit dem Stück Papier hausieren?«

»Den erhält unsere erste Vorsitzende. Wir werden das in der nächsten Sitzung der Mitarbeitervertretung besprechen und darauf reagieren.«

Ich nickte und dachte, dass ich mich eher auf dem direkten Weg zur Hölle befand. Es fehlten nur noch die kleinen Hörner auf meinem Kopf.

Die beiden verließen grußlos mein Büro. Mir war klar, dass ungemütliche Zeiten auf mich zukamen. Zu allem Überfluss hatte sich Hannes Larsen heute krankgemeldet und ich wollte ihn auf keinen Fall zu Hause belästigen. Zähneknirschend widmete ich mich weiter der Aufstellung.

Das Spießrutenlaufen ließ nicht lange auf sich warten. Als ich mich mittags ausstempelte, sah ich drei Kolleginnen tuschelnd zusammenstehen. Sie hörten augenblicklich auf zu reden und starrten mich nur finster an. Ich verstand ihren Ärger, zumal ich für diesen Judasjob auch noch eine Prämie erhielt. Judas hatte sich ja nach seinem Verrat an Jesus erhängt. Aber so schuldig fühlte ich mich doch nicht. Als ich vor die Tür trat, stierte ich zum Pfarrhaus. *Mirjam. Ich möchte dich so spüren wie gestern Abend.* Sie unterrichtete heute Vormittag in der Schule und ich überlegte, wie es ihr ging? Ob sie sich auf ihren Job konzentrieren konnte?

Ich verspürte eine grenzenlose Einsamkeit. Der Teufel klopfte an meine Schulter. Ich befand mich scheinbar auf dem *Highway to hell.*

Mirjam hielt ihr Handy in der Hand und starrte auf Jackis Nachricht. Sie musste sich zwingen, nicht anzurufen. Nur noch einmal wollte sie diese Liebe und Leidenschaft spüren. Nein, sie durfte diesem Gefühl nicht nachgeben. Sie konnte nicht noch einmal die Grenze überschreiten. Wie sollte sie Holger morgen gegenübertreten?

Sie verließ das Haus und ging mit zögernden Schritten hinüber in das Pfarramtsbüro. *Wie soll ich reagieren, wenn ich Jacki treffe?* Als sie das Sekretariat betrat, saß nur Ines Meier an ihrem Platz. Mirjam leerte die Postfächer und Frau Meier teilte ihr einige Termine mit. Sie plauderte noch ein bisschen mit der Sekretärin und verabschiedete sich, als das Telefon klingelte. Sie trat auf den Flur und wollte das Amt durch die Eingangstür verlassen, als Jacki hereinkam. Mirjam erstarrte. *Warum hat das Telefon von Frau Maier nicht eine Minute später geklingelt?* Ihr Herz schlug laut und auf ihrer Haut kribbelte es, als wenn Heerscharen von Ameisen darüber hinweg liefen.

»Wie geht's dir?« Jackis dunkle Augen sahen sie unsicher an.

Mirjam zwang sich, sie nicht in den Arm zu nehmen. »Es ist alles in Ordnung.« Ihre Stimme klang reserviert.

Jacki nickte und lächelte sie schüchtern an.

»Ich werde dann mal gehen«, sagte Mirjam. Jacki öffnete ihr die Eingangstür und lehnte sich dagegen, so dass Mirjam dicht an ihr vorbei musste. Ihre Hände streiften sich nur für einen Augenblick. Sie sahen sich an. Mirjams Atem stockte und das Fieber in ihr stieg. Sie drehte sich um und verließ das Amt.

Ich weiß nicht, wie ich diesen Arbeitstag überstand, denn die Begegnung mit Mirjam hatte mich endgültig aus dem Konzept gebracht. Ich saß auf meinem Bürostuhl und überlegte, ob es Chancen auf ein Happy End geben könnte. Dabei musste ich nüchtern feststellen, dass sich mein Leben nicht in einer Sackgasse befand, sondern ich mit überhöhter Geschwindigkeit entgegen der Einbahnstraße fuhr. Ich wollte bisher immer die Kontrolle über mein Leben behalten. Es lief alles wunderbar. Okay, es lief mehr vor sich hin. Es glich einer Fahrt auf dem Pferdekarussell, verlief in eine Richtung, im selben Tempo und ohne Risiko. Wahrscheinlich wäre ich mit meinem Pferdchen begraben worden, wenn Mirjam nicht den Jahrmarkt betreten hätte. Mit ihr löste ich ein Dauerticket für eine Achterbahnfahrt ein und mir war inzwischen äußerst schwindlig. Warum konnten Mirjam und ich nicht zusammen auf dem Pferdekarussell fahren?

Mein Handy kündigte eine Nachricht an und riss mich aus meinen Gedanken. Ich hoffte, dass sich Mirjam bei mir meldete. Doch Caro erinnerte mich daran, dass am Samstagabend im Vereinsheim die Weihnachtsfeier des TSV Lütjenstede stattfand. Traditionell legte man diese Feier auf den Samstag vor dem ersten Advent. Die Feier versprach eine kleine Abwechslung und es gab einen Grund, einige Bierchen zu viel zu trinken.

Um halb vier beendete ich den Arbeitstag. Auf dem Weg zur Stempeluhr traf ich glücklicherweise niemanden. Wenn ich Pastor Huber morgen die Statistik aushändigte, würde mir noch genügend Gegenwind um die Nase wehen.

Zu Hause zog ich mir Laufkleidung an und joggte los. Ich beschloss diesmal, die lange Runde zu laufen. Nach knapp fünfundsiebzig Minuten betrat ich ausgepumpt meine Wohnung. Mir ging es nicht wesentlich besser. Nach dem Duschen legte ich mich auf die Couch. Während ich durch die Programme des Fernsehers zappte, nahm die Müdigkeit immer mehr Besitz von mir. Zwischen einem Magazin und einer Telenovela fiel ich in einen tiefen Schlaf. Mozarts kleine Nachtmusik riss mich aus allen Träumen. Ich ertastete mein Handy und meldete mich mit belegter Stimme. Im Fernsehen lief irgendeine amerikanische Krimiserie.

»Jacki, wo bist du?«, fragte mich eine Stimme, die mich aus dem Koma erwecken würde.

»Ich? Ähm ... zu Hause«, hörte ich mich stammeln.

»Bist du allein?«

»Ja, natürlich.«

»Ich stehe vor deiner Tür. Lässt du mich herein?«

Ich konnte es kaum fassen. Mirjam stand unten und wollte zu mir? Ich blickte zur Uhr. Kurz vor zehn.

»Natürlich lass ich dich rein.« In meinem Kopf drehte sich ein Kettenkarussell.

»Bis gleich.« Sie hatte aufgelegt und ich raste an die Wohnungstür, um den Türöffner zu drücken.

Ich sah mich um. Es sah aufgeräumt aus. Mein Bett hatte ich frisch bezogen. Klar, dass dieser Gedanke mir durch den Kopf ging.

Sie kam mit dem Aufzug und schob sich in meine Wohnung. Ich dachte, das könne nur eine weitere Halluzination sein. Aber sie stand vor mir und sah mich unsicher an.

»Ist etwas passiert?«, fragte ich herzklopfend.

Sie schüttelte nur den Kopf, dann zog sie ihre Schuhe aus, hängte den Mantel an den Garderobenhaken und folgte mir ins Wohnzimmer.

Mirjam war aufgeregt wie ein Teenager bei ihrer ersten Verabredung. Die Sehnsucht nach Jackis Nähe und Zärtlichkeit wurde so heftig, dass sie es nicht mehr im Pfarrhaus aushielt. Zögernd sah sie sich um. Scheinbar hatte es sich Jacki auf der Couch gemütlich gemacht, denn eine Decke lag dort zusammengewühlt und auf dem Tisch stand noch Geschirr. Auf dem Boden lagen mehrere Hanteln, an den Wänden hingen Bilder mit verschiedenen Meeresmotiven. Auf dem einen erkannte man gewaltige Meereswellen und Wassernebel, auf einem anderen eine beruhigte See bei Sonnenuntergang. Der mächtige Fernseher war angeschaltet, der Ton leise eingestellt.

Mirjam spürte Jackis Atem dicht hinter sich und ihr Körper erschauderte.

»Du weißt, dass es für uns keine Zukunft gibt«, sagte sie leise und drehte sich um. »Es kann für uns immer nur einen Moment geben. Wenn du dich darauf nicht einlassen möchtest, gehe ich jetzt sofort. Ich würde es verstehen.«

»Und wenn doch?«, fragte Jacki. Mirjam erkannte in Jackis Blick ihr eigenes Verlangen. Das Eis, auf dem sie sich bewegten, knarrte und knackte. Doch in diesem Augenblick beschloss sie, weiterzugehen.

Wir liebten uns bis spät in die Nacht und bekamen nicht genug voneinander. Ich akzeptierte, dass unser Zusammensein ohne Versprechungen ablief. Als Mirjam fragte, ob ich mich darauf einlassen würde, hätte ich ihr alles versprochen. Ich wäre auch mit einem aufgespannten Regenschirm vom Kirchturm gesprungen oder nackt im Handstand durch Lütjenstede gelaufen.

Atemlos lagen wir nebeneinander. Mirjam schmiegte sich an mich und ich legte den Arm um sie. Ich wünschte, dass dieser himmlische Augenblick nie zu Ende ging. Aber mir schlichen Gedanken durch den Kopf, das Gefühl, nicht die erste Frau in Mirjams Leben zu sein. Ich musste einfach mehr von ihr erfahren. Warum wollte sie Pastorin werden? Warum hatte sie ausgerechnet *ihn* geheiratet? Welche Musik hörte sie? Was war ihr Lieblingsfilm? Mochte sie gerne ins Kino? Zog sie Wein oder Bier vor? Ich hatte so viele Fragen an sie, aber ich wollte diesen Augenblick nicht zerstören. Ob Mirjam ähnliche Gedanken durch den Kopf gingen?

»Worüber denkst du nach?« Sie sah mich an.

»Über dich.« Meine Stimme klang rau und fremd.

»Du fragst dich, warum ich mich mit einer Frau einlasse? Ob du die Erste bist? Warum ich Holger betrüge?«

Ich fühlte mich ertappt. Konnte Mirjam doch in meinen Kopf hineinsehen?

»Nein ... doch ... was soll ich sagen?« Ich wollte nicht neugierig erscheinen und doch standen die Fragen zwischen uns. Mirjam löste sich aus meinem Arm.

»Du musst mir nichts erzählen«, sagte ich und küsste ihre Schulter.

Sie hatte die Hände unter ihren Kopf gelegt und starrte zur Decke. »Weißt du, als Holger junger Pfarranwärter war, besuchte er oft meinen Großvater, der sein Lehrpastor war. Mein Vater und Holger haben sich angefreundet. Ich kenne ihn also schon sehr lange. Mit fünfzehn, sechzehn, begann ich für ihn zu schwärmen.«

»Aber er war doch viel älter.«

Mirjam lächelte vor sich hin. »Ja, aber er sah so attraktiv aus und hatte ein untadeliges Auftreten. Als er heiratete, dachte ich, meine Welt stürzt ein und ich würde mich nie wieder verlieben.«

»Und hast du dich erneut verliebt?« Ich hatte mich auf die Seite gelegt und dabei meinen Kopf mit der Hand abgestützt.

»Ja.« Mirjam drehte sich zu mir und legte den Arm um mich.

»In eine Lehrerkollegin. Es folgte eine wunderbare Zeit und ich überlegte ernsthaft, ob ich überhaupt noch Gemeindepastorin werden wollte. Ich fand es einfach herrlich, mit einer Frau zusammen zu sein. Aber ich war nicht bereit, mich zu outen. Es wäre schwierig geworden, so eine Beziehung geheim zu halten. Also überlegte ich mir, weiter allgemeinkirchlich zu arbeiten, zum Beispiel als Religionslehrerin oder in der Krankenhausseelsorge.«

»Warum habt ihr euch getrennt?«, fragte ich. Ich wollte die Geschichte zu Ende hören und gleichzeitig die Ohren zu halten. Ich spürte Eifersucht gegenüber dieser fremden Frau, die Mirjam scheinbar viel bedeutet hatte.

»Holger ließ sich scheiden und begann, um mich zu werben.«

»Für ihn hast du sie fallen gelassen?« Ich vernahm die Fassungslosigkeit in meiner Stimme.

»Ich empfand immer noch etwas für Holger und sah es als Wink des Schicksals. Mit ihm konnte ich mir irgendwann meinen größten Wunsch erfüllen, Gemeindepastorin zu werden. Es erschien so perfekt.«

»Aber du liegst hier bei mir. Es scheint nicht alles perfekt zu laufen«, stellte ich fest und streichelte dabei ihren Rücken.

»Niemand ist fehlerlos. Du nicht, ich nicht und Holger auch nicht. Ich betrüge meinen Mann, weil du mir etwas gibst, was er mir nicht geben kann.« Sie drehte sich auf den Rücken und schob die Hände unter ihren Kopf. »Es tut so gut und gleichzeitig fühle ich mich schrecklich.« Sie sah starr an die Decke und ihre hellblauen Augen schimmerten feucht. »Ich sollte gehen, damit niemand mitbekommt, dass ich frühmorgens erst nach Hause komme.«

»Mirjam, ich will nicht, dass du gehst. Ich würde so gerne mit dir gemeinsam aufwachen, mit dir frühstücken, reden, spazieren gehen, dich lieben, dich verwöhnen.« Ich küsste sanft ihre Lippen. »Ich möchte dich glücklich machen, denn ich liebe dich so wahnsinnig.«

Mirjam setzte sich auf und zog ihre Beine an den Körper. »Bitte sag so etwas nicht. Du weißt, worauf du dich eingelassen hast. Ich kann dir nicht mehr von mir geben. Was wir tun, ist sowieso verrückt.«

Ich lachte leise. »Oh ja, das ist es wohl. Ich hätte es mir auch nie träumen lassen, dass ich mal mit der Frau Pastorin ins Bett gehe.«

Ihr Mund verzog sich zu einem wunderbaren Lächeln. »Du siehst, manchmal hält das Leben für uns Überraschungen parat.« Sie beugte sich zu mir, küsste mich und streichelte meine Wange. »Leider muss ich dich jetzt verlassen.«

»Warte.« Ich hielt ihre Hand. »Wann ist der nächste Moment für uns beide?«

»Ich weiß es nicht.« Ihr Lächeln war verflogen. »Vielleicht war es unser letzter Moment, vielleicht unser vorletzter. Es ist schwierig, denn Holger kennt meine Termine und es fällt mir schwer, ihn anzulügen.«

Ich verstand ihre Zwickmühle und trotzdem begriff ich nicht, warum ausgerechnet Holger ihr Traummann war. Ob sie die Geschichte von Helen kannte? Was dachte sie über Pastor Sander? Wusste sie etwas von Hubers erster Frau? Mir brannten so viele Fragen unter den Nägeln, doch ich stellte keine. Hatte ich Angst vor ihren Antworten, wollte ich sie nicht in Verlegenheit bringen oder nichts aufs Spiel setzen? Ich war ihre heimliche Geliebte, eine Rolle, die mir lag, aber mich nicht glücklich machte. Die Hauptrolle durfte ich in Mirjams Leben nicht spielen, die hatte Holger Huber reserviert.

Kapitel 19

»Ich sitze wie ein Vogel auf dem Zweig. Ich schaue mich um und weiß nicht wohin. Lasst mich daher auf den Boden herunterkommen.«

(Lenape Indianer)

Holger hob sein Glas. »Prost, Männer. Auf uns.« Die Biergläser wurden klirrend aneinandergestoßen.

»Diese Fortbildung hat nur Zeit gestohlen«, sagte Holger zu seinem Nachbarn Pastor Hermann Eckert.

Der nickte und trank noch einen Schluck. »Ich habe nichts anderes erwartet. Ich bin sowieso nur gekommen, weil sich mehrere von unserer Gruppe zu diesem Seminar angemeldet haben. So können wir ungezwungen einen Abend verbringen.«

Holger stimmte ihm prostend zu.

»Wie geht es deinem Vater?«, fragte Eckert.

»Danke, gut. Ich soll grüßen ... Er freut sich auf das nächste gemeinsame Treffen der Gruppe.«

»Ja, ja, dein Vater. Wie gut, dass er damals den Verein gründete. Leider bekam er nicht den Einfluss, den wir uns alle wünschten.«

»Tja, die Frauen machen sich immer breiter, nicht nur in der Kirche.«

»Was würde Jesus nur dazu sagen?« Hermann Eckert schüttelte missbilligend den Kopf. »Der Kreis seiner zwölf Jünger umfasste nur Männer, denen er die Bewahrung und Weitergabe seiner Lehre und seiner Sakramente anvertraute. Wenn für ihn Frauen maßgebend gewesen wären, hätte er sich auch weibliche Jünger genommen. Aber sie eignen sich einfach nicht dafür. Sie haben andere Aufgaben. Deshalb habe ich auch nicht verstanden, warum du ausgerechnet eine Theologin heiratest.«

»Genau«, mischte sich Pastor Martin Klein aus Hannover ein. »Wie lange darf deine Frau noch arbeiten?« Die Männer am Tisch schauten Holger interessiert an.

»Ja, du sagtest doch damals, dass Mirjam höchstens noch ein Jahr tätig sein würde«, stieß der Hildesheimer Pastor Janßen noch tiefer in die Wunde. »Du wolltest doch drei Kinder oder noch mehr. Was ist passiert?«

Holger spürte heftigen Zorn in sich aufsteigen. Die Kollegen hatten ja recht. »Ja, ja. Ich weiß, was ich gesagt habe«, entgegnete er, mühsam beherrscht, seine Wut zu zügeln. »Aber ich bestimme, wie lange Mirjam arbeitet. Solange sie den Haushalt erledigt, soll sie etwas nebenbei tun.«

»Aber so wird das nichts mit drei Kindern.« Klein lachte und die anderen stimmten ein.

Holger wurde dieses Gespräch immer unangenehmer. Sein Vater konfrontierte ihn ständig mit denselben Fragen.

»Ich habe sowieso nicht verstanden, dass du die heiratest«, sagte Janßen. »Ausgerechnet die Enkelin von Peters, diesem gottlosen Menschen.« Klein trank noch einen Schluck Bier und wischte sich den Schaum vom Mund. »Der glaubte auch, er wäre uns allen überlegen. Na ja, alt ist er ja nicht geworden.«

»Peters war mein Lehrpfarrer und Mirjam ist eine wunderbare Frau. Ich bereue meine Heirat mit ihr keine Minute.« Holgers Hand hatte sich zu einer Faust geballt. Mit Mühe zwang er sich, nicht auf den Tisch zu hauen. Obwohl er Mirjams Großvater für zu liberal hielt, hatte er ihn doch immer als Menschen geschätzt. Es war respektlos, den alten Peters als gottlosen Menschen zu bezeichnen, denn das war er ganz gewiss nicht. Aber Holger beschloss, seine Meinung lieber für sich zu behalten.

»Es gibt ja noch anderes zu bereden«, sagte er, um von sich abzulenken. »Die finanzielle Situation unserer Landeskirche hört sich desolat an. Es wird Zeit, dass wir Wege aus dieser Krise finden.«

»Da stimme ich dir zu, Holger«, meinte Eckard. »In meiner Gemeinde müssen Ehrenamtliche immer öfter Tätigkeiten übernehmen, die bisher von Angestellten ausgeübt wurden. Diese Entwicklungen betreffen sogar den Vorsitz des Kirchenrates. Das wird in euren Gemeinden nicht anders sein.«

»Ja«, stimmte Janßen ein. »Weil wir kein Geld und keine Zeit mehr dafür haben. Immer mehr Kirchengemeinden werden zusammengelegt und auf jeden Pastor kommen somit mehr Gemeindemitglieder. Wie soll das noch weitergehen?«

»Wir müssen sparen«, sagte Klein.

»Oder wir brauchen mehr Kircheneintritte«, überlegte Eckard.

Holger dachte während dieser Diskussion an die von Jacqueline Achenbacher aufgestellte Statistik. Dieses Datenmaterial besaß einen hohen Wert, denn die Personalkosten in Lütjenstede waren zu hoch. Ohne Zweifel würde die Achenbacher eine perfekte Arbeit vorlegen, denn sie war nicht nur fleißig, sondern intelligent. Er könnte von ihr profitieren, doch dafür müsste er sie auf seine Seite ziehen. Sie war ja bereits Wachs in seinen Händen. Die meisten Menschen konnte man durchschauen. Man spielte mit ihren Ängsten und Eitelkeiten und schon hielt man die Fäden in der Hand.

Er lachte zufrieden vor sich hin und hob sein Glas: »Prost Männer, auf bessere Zeiten.«

Ich hatte nur zwei Stunden geschlafen. Wie sollte ich nur in meinem Zustand den Tag im Büro durchstehen? Krankmelden konnte ich mich nicht, denn Huber wollte sich die fertige Liste ansehen. Huber – oh Mann, wie konnte ich ihm nur gegenübertreten? Mir wurde heiß bei dem Gedanken an Mirjam. Alles in mir sehnte sich nach ihr. Am liebsten hätte ich einen Schnaps getrunken, um mich zu beruhigen. Ich stellte doch besser die Kaffeemaschine an. Nach zwei Tassen schwarzer Brühe ging es mir ein bisschen besser. Ich packte meine Sachen für das Büro zusammen und verließ meine Wohnung.

Trotz seiner schweren Erkältung hatte sich mein Chef Hannes Larsen ins Amt gequält. Seine Augen glänzten fiebrig und er hustete vor sich hin. Aber er wollte sich meine Arbeit noch ansehen, bevor wir sie Huber übergaben.

Ich erzählte ihm, dass Jens und Sybille Krüger mich wegen des Spezialauftrages zur Rede gestellt hatten. Larsen schüttelte ungehalten den Kopf: »In den Kirchenrat werden einfach zu viele Nieten gewählt«, schimpfte er. »Die sind nicht in der Lage, etwas für sich zu behalten.«

»Aber warum lag ausgerechnet dieses eine Blatt am Kopierer? Vielleicht wurde es dort absichtlich vergessen. Es war ja möglich, dass ein Mitglied des Gemeindekirchenrates wegen dieser Liste Bedenken bekam und uns Mitarbeitende warnen wollte.«

Larsen winkte ab. »Das glaube ich nicht. Dieser Auftrag war ja nur der Personalkommission bekannt.«

»Ach so. Ich dachte, alle Kirchenratsmitglieder hätten darüber beraten. Wer ist denn jetzt alles in dieser Kommission?«, fragte ich und trank einen Schluck aus meiner Kaffeetasse.

»Pastor Huber, die Leiterin der Sparkasse, Marlis Müller, Dr. med. Rubens, der Internist, der Apotheker Torsten Fellner und ich in beratender Funktion.«

Ich verschluckte mich, als ich den letzten Namen hörte und begann zu husten.

»Hoppla, trinken Sie nicht so hastig«, riet mir Larsen, während mir die Tränen über das Gesicht liefen.

»Ja, und auch Sie wussten Bescheid. Aber sonst keiner. Einer von uns muss schusselig gewesen sein.«

Torsten Fellner gehörte also auch dieser Kommission an. Das passte ja wunderbar zusammen. Ob er den Zettel liegen gelassen hatte? Er kam ja oft in das Amt und benutzte unseren Kopierer.

„Ich werde Huber darüber informieren. Wir sollten die Mitarbeitenden vor allem beruhigen«, sagte Larsen und schnäuzte lautstark in sein Taschentuch.

»Ja. Das wäre gut. Eventuell könnte man dabei meine Rolle etwas besser darstellen. Auf diese Prämie würde ich nur zu gerne verzichten.«

»Ich kann ihre Bedenken verstehen. Aber Sie haben viel Zeit in diesen Sonderauftrag investiert. Ich meine, dass Sie dafür diese Leistungsprämie annehmen dürfen. Pastor Huber scheint auf jeden Fall seine Meinung über Sie revidiert zu haben und das ist doch auch nicht unwichtig, oder?«

Larsen verstand mich einfach nicht. Ich konnte mir nur noch selbst helfen.

Um kurz nach ein Uhr klopfte es bei Larsen an der Bürotür und Huber trat ein. Er gab uns die Hand und ich versuchte, ihm nicht in die Augen zu sehen. Vor einigen Stunden noch hatte seine Frau bei mir im Bett gelegen und jetzt blätterte er in meinen Unterlagen. Ich spürte, wie sich Schweiß auf meiner Stirn bildete. *Verdammt, reiß dich zusammen*! Ich blickte nach unten und sah dabei auf Hubers feingliedrige Hände. Mit diesen berührte er Mirjam. Er küsste sie und schlief mit ihr – vielleicht schon in wenigen Stunden. Diese Gedanken ließen mich verzweifeln und ich musste mit meinen Tränen kämpfen. Ich hielt es nicht mehr aus und erhob mich von meinem Stuhl. »Entschuldigung. Ich muss wohin.«

Ich spürte die Blicke der beiden Männer, bis ich die Tür von außen schloss. Ich lehnte mich an die Wand. *Nein, ich kann da nicht mehr rein gehen.* Ich zerfloss vor Sehnsucht nach Mirjam und sollte mit Huber über so eine verdammte Liste reden, als wenn nichts passiert wäre? Ich benötigte dringend eine Abkühlung. In der Damentoilette drehte ich den Wasserhahn auf und hielt meine Hände unter das kalte Wasser. Dabei blickte ich in den Spiegel. Manometer, sah ich fertig aus. *Ich hau einfach ab. Nein, das geht nicht.* Wenn ich nicht wollte, dass die Beziehung zwischen Mirjam und mir aufflog, musste ich zur Tagesordnung zurückfinden. Ich spritzte mir ein paar Tropfen Wasser ins Gesicht und drehte den Wasserhahn zu. Mit wackligen Knien ging ich zurück ins Büro meines Chefs.

»Hatten Sie eine kurze Nacht?«, erkundigte sich Huber, als ich auf meinem Stuhl Platz nahm.

Für einen Moment setzte mein Herzschlag aus. Warum fragte er mich das? Ahnte er etwas? »Ähm, wieso?«

»Sie wirken ... übermüdet.«

»Ja ... ich habe, ähm, schlecht geschlafen«, stammelte ich und spürte, wie mein Kopf die Farbe einer Tomate annahm. Das konnte ja nicht wahr sein, dass ich bei so einer Frage in Verlegenheit geriet.

Huber lehnte sich in seinem Stuhl zurück. Er musterte mich und ich hielt seinem Blick nicht stand. *Bitte lieber Gott, lass dieses Meeting bald vorbei sein.*

»Herr Larsen erzählte mir, dass Ihr Auftrag bei der Belegschaft bekannt ist. Wer hat Sie darauf angesprochen?«

Ich räusperte mich kurz und hoffte, dass meine Stimme nicht versagte: »Herr Weden und Frau Krüger. Keine Ahnung, wem sie es weitererzählten. Mit mir redet ja niemand mehr.« Meine Stimme klang belegt.

»Das tut mir leid für Sie«, entgegnete Huber schroff. »Aber als Mitarbeiterin der Personalabteilung können Sie nicht nur für Höhergruppierungen zuständig sein.« Er sah mich mit seinem undurchdringlichen Blick an und ich spürte, dass sich erneut Schweißperlen auf meiner Stirn bildeten.

Huber steckte meine Aufzeichnungen in seine Aktentasche und stand auf. »Sie werden in nächster Zeit keine positiven Nachrichten überbringen können«, wandte er sich an Larsen. »Wir werden sparen, sparen, sparen. Die Personalkosten müssen heruntergefahren werden. Es bleibt uns keine andere Möglichkeit. Ich betone, dass in anderen Kirchengemeinden längst Maßnahmen ergriffen wurden. Mein Vorgänger arbeitete dagegen mit Geldern, die der Gemeinde nicht mehr zur Verfügung standen. Dieses Verhalten halte ich für grob fahrlässig und wir bekommen jetzt die Prügel dafür.«

So darf Huber doch nicht über Sander sprechen. Das war absolut unfair. Ich wollte aufbegehren und ihm gegen das Schienbein treten. Aber ich erstarrte und schwieg, genauso wie mein Chef. Bedrückt sahen wir Huber nach, als er das Zimmer verließ. Meine Hände hatten sich zu Fäusten geballt.

Mit schweren Schritten betrat Mirjam das Pfarrhaus. Sie hatte Holger betrogen. Mit Jacki Achenbacher. Das durfte niemals herauskommen. Sie hatte Angst, sich durch Gesten und Worte zu verraten, Holger durchschaute ihre Gefühle, ihr Innenleben. Es war unheimlich, wie er sich in Menschen hineinversetzen konnte. Er beobachtete sie genau und legte sich eine Taktik zurecht. Sein Charme schaffte Vertrauen, sein dominantes Auftreten verursachte Ängste und Unsicherheit. Er verstand es, mit seinen Charakterzügen zu jonglieren. Mirjam erlebte es ständig.

Holger war noch nicht zu Hause und Mirjam begab sich in die Küche. Sie hatte Schnitzel besorgt und setzte ein paar Kartoffeln auf. Sie musste sich konzentrieren, denn ihre Gedanken schweiften zu Jacki ab. Die Stunden mit ihr bedeuteten die totale Erfüllung. Jackis Worte und Berührungen waren wie Zärtlichkeiten, der Sex mit ihr eine Offenbarung. Sie hatte endlich wieder das Gefühl, selbst über ihren Körper bestimmen zu können. Sie wollte mit Jacki schlafen, sie wollte den anderen Körper spüren, sie durfte geben und gleichzeitig genießen. Wie sehr hatte sie das vermisst. Aber da war nicht nur die körperliche Nähe. In den letzten Wochen hatte sie eine immer tiefer werdende Zuneigung zu Jacki entwickelt. Eine Frau die, wie es schien, selbst noch auf der Suche war, aber trotzdem mit beiden Beinen im Leben stand. Jackis Lachen war ansteckend und befreite sie aus dem Gefängnis ihrer Traurigkeit. Sie war ein Mensch, in den man sich verlieben konnte.

Die Wucht dieser Empfindungen hatte sie überrascht und sie begann, sich immer weniger dagegen zu wehren.

Kapitel 20

»Der Herr ist mein Hirte. Mir wird nichts mangeln.«

(Ps 23,1 LUT)

Wenn man zu einer Weihnachtsfeier eines Sportvereins ging, durfte man nicht erwarten, dass dort gemeinsam *O du fröhliche* gesungen wurde, oder dass die Gäste ergriffen der Redepredigt des Vereinsvorsitzenden lauschten und man Geschenke erhielt. Die Betonung liegt stets auf *Feier* und mit Weihnachten hatte das alles wenig zu tun. Der Vorsitzende begrüßte Mitglieder und Gäste, die jedoch kaum zuhörten. Danach wurde gegessen, viel getrunken und laute Musik gehört. Zwischendurch kaufte man Tombolalose und nach Mitternacht konnten die Gewinnlose eingetauscht werden, der absolute Höhepunkt einer TSV-Lütjensteder-Weihnachtsfeier. Ich freute mich, mit meinen Mitspielerinnen das Jahr gemeinsam ausklingen zu lassen. Wir tanzten, schunkelten und betranken uns.

Nach Mitternacht stand ich an der Bar und trank mit Andi ein paar Schnäpse. Er hatte jahrelang in der ersten Mannschaft gespielt, gehörte inzwischen jedoch zum Team der Alten Herren. Er hatte den Arm um mich gelegt und flirtete mit mir. Andi war ein lockerer Typ, groß und muskulös. Seine Freundinnen wechselte er häufig, denn er wollte sich nicht binden. Vielleicht hielt es einfach keine Frau lange bei ihm aus. Er arbeitete als Möbelpacker in einer Umzugsfirma und konnte eine Menge Anekdoten zum Besten geben. Plötzlich stellte sich Torsten Fellner neben Andi und grinste mich an. Es war ihm anzusehen, dass auch er nicht mehr nüchtern war. Ich hoffte, dass er mich nicht erneut anbaggerte, denn von diesem Typ hatte ich die Nase gestrichen voll. Aber Torsten bestellte sich nur eine Flasche Bier und prostete Andi zu. Er legte seine Hand auf dessen Schulter und meinte: »An Jacki brauchst du dich nicht ranmachen. Die steht nämlich auf Weiber.«

Er sagte es laut, um so die Musik zu übertönen. Ich hatte das Gefühl, für einen Moment bliebe die Zeit stehen und alle starrten mich an. Aber nur einige Leute, die neben uns standen, bekamen Torstens Worte mit. Andi fragte mich: »He, Jacki, stimmt das? Bist du etwa eine Lesbe?« Er drückte mir einen Kuss auf die Wange. »Hat es dir noch nie jemand richtig besorgt?« Laut lachend prostete er Torsten zu. Er umfasste meine Hüfte. „Komm mit zu mir, Jacki. Ich pole dich um.«

Ich war wie gelähmt, denn ich spürte immer mehr Blicke auf mir.

»Weil jemand Single ist, heißt es noch lange nicht, dass sie auf Frauen steht«, sagte meine Trainerin Caro, die in der Nähe stand und alles mitbekam. »Und wenn es so wäre, geht euch das nichts an. Verstanden?!«

»He, in Lütjenstede gibt's keine Homos und schon gar nicht in unserem Verein«, rief jemand.

»Schwule können kein Fußball spielen, aber beim Frauenfußball tummeln sich doch viele Lesben«, sagte Torsten. »Ich hab Jacki knutschend mit einer Lesbe gesehen.«

»Bist du echt lesbisch?«, fragte mich Svenja, die Freundin des Vereinswirts.

Ich schüttelte den Kopf und wollte gleichzeitig laut *Ja* schreien. Aber ich starrte sie nur hilflos an. Mein Leben schien wie ein Kartenhaus zusammenzufallen. Schweiß rann über meine Stirn und innerlich erfror ich.

»Du erzählst so einen Scheiß nur, weil Jacki dir einen Korb gegeben hat.« Horst klopfte Torsten auf die Schulter.

»Das habe ich nicht nötig«, sagte Torsten überheblich. »Jeder Mann bekommt einen Korb von ihr. Gib es doch endlich zu, Jacki!«

»Wie intolerant seid ihr bloß?«, rief jemand.

»Ach, bist du etwa auch so eine?«, entgegnete ein anderer.

Die Stimmung war aufgeheizt und immer mehr Leute bekamen mit, um was es bei diesem Wortgefecht ging. Ich hätte ja einfach nur sagen müssen, dass ich, Jacki Achenbacher, auf Frauen stehe. *Gibt es jemanden, der ein Problem damit hat?* Doch ich konnte es nicht. Die Heftigkeit dieser Diskussion erschreckte mich zutiefst. Wie durch einen Schleier nahm ich die Wortwechsel wahr und hoffte auf das Erscheinen von Captain Janeway, die mich auf die Voyager beamte. Aber ich blieb auf der Erde, sah verzerrte Gesichter, vernahm Geschrei und Schubserei. Manche unterstützten mich und andere versuchten, zu provozieren. Doch ich klinkte mich einfach aus. Ich schob mich durch den Pulk der Menschen und eilte nach draußen. Mein Alkoholpegel gepaart mit Kälte und frischer Luft verursachten einen Brechreiz. Ich torkelte hinter einen Baum und musste mich übergeben. Dabei dachte ich, dass heute ein guter Tag zum Sterben war.

»Mensch Jacki, lass dich nicht so fertig machen.« Caro kniete vor mir und reichte mir ein Taschentuch. »Es ist uns egal, ob du auf Frauen oder

Männer stehst. So hinter dem Mond leben wir doch hier auch nicht mehr.«

Ich wischte mir den Mund ab. Alles in mir schien sich aufzulösen. Ich drückte meinen Kopf an Caros Schulter und weinte. Sämtliche Anspannung fiel von mir ab. Ich spürte einige Hände auf meinem Rücken, meinem Kopf, und ich hörte tröstende Worte von meinen Mitspielerinnen, die mit Caro herausgeeilt waren. Die Angst vor Entdeckung, die sich so lange wie eine Eisschicht auf mein Herz gelegt hatte, begann zu schmelzen. Ich wurde in übler Weise geoutet, aber um mich herum standen Menschen, die zu mir hielten.

»Komm mit rein«, meinte Silvia bibbernd. »Langsam wird es kalt.«

Zurück in das Vereinsheim? Nein! Niemals! Das konnte ich auf keinen Fall. Doch Caro zog mich hoch und ergriff meine Hand. »Ich weiß, dass du nach Hause rennen möchtest. Aber du musst dich jetzt und heute dieser Situation stellen. Verstanden?!«

Caro war durch und durch Trainerin und auch bei diesem Match gab sie die Taktik vor. Ich zitterte vor Aufregung, vor Angst und vor Kälte.

»Moment noch«, rief Astrid. »Wo wir gerade dabei sind ... ähm ... also ... Birgit und ich sind ... auch ... also, wir sind ein Paar.«

Ich dachte, mich träfe der Schlag. Mit diesem Outing hatte ich nicht gerechnet. Die beiden waren eindeutig betrunken. Aber vielleicht hielt man diese Geheimnistuerei einfach irgendwann nicht mehr aus.

»Ihr auch? Wer denn noch alles?«, fragte Lilly, unser Küken.

»Also, ich nicht«, entgegnete Svenja. »Ich steh auf Max.«

»Mir ist das egal, solange ihr mich in Ruhe lasst«, sagte Silvia.

»Denkst du etwa, dass Lesben auf jede Frau abfahren? Also du bist nicht mein Typ«, meinte Birgit.

»Na, darüber bin ich ja froh.« Silvia warf ihren Kopf in die Höhe.

»Super, dass wir darüber geredet haben«, sagte Caro lächelnd. »Jetzt gehen wir alle zusammen auf die Feier und zeigen, dass wir ein Team sind.«

Ich durfte nicht kneifen, auch wenn es mir elend ging. Als wir das Vereinsheim betraten, schien alles normal. Es wurde getanzt, palavert und getrunken. Ich setzte mich mit Caro und einigen Spielerinnen an einen freien Tisch und traute mich kaum, meinen Kopf zu heben.

»Du wirst nicht zur Schlachtbank geführt«, flüsterte mir Caro zu.

Ich nickte und blickte mich unsicher um. Torsten stand an der Bar und diskutierte noch immer mit Andi. Ein paar Leute blickten zu uns herüber und ich ahnte, dass sie über mich sprachen. Es war passiert und ich musste lernen, mich mit der Situation zu arrangieren. Ich wusste aber auch, dass es Menschen gab, denen es egal war, ob ich Frauen oder Männer liebte. Sie standen zu mir und dieses Gefühl wärmte meine Seele.

Kapitel 21

»Was ist das Leben? Es leuchtet auf wie ein Glühwürmchen in der Nacht. Es vergeht wie der Hauch des Büffels im Winter. Es ist wie der kurze Schatten, der über das Gras huscht und sich im Sonnenuntergang verliert.«

(Crowfoot, Blackfoot)

Mirjam fiel es immer schwerer, die Balance zu halten. Sie nahm das Hochzeitsbild in die Hand. Das *Ja-Wort* vor dem Altar bedeutete, dass sie Gott mit hinein in den Bund fürs Leben nahmen. Sie waren also nicht mehr zwei, sondern eins. Was Gott verbunden hat, das soll der Mensch nicht trennen.

Oh Gott, bitte vergib mir. Aber eigentlich wollte Mirjam keine Sekunde mit Jacki bereuen. Wie sollte Gott ihr etwas vergeben, was sie nicht bereute? Aber dadurch fühlte sie sich noch elender.

Sie stellte das Foto zurück ins Regal. Noch hatte Holger nichts gemerkt. Sie hatte sich am Freitag zusammengerissen und versucht, alle Geschehnisse der letzten zwei Tage abzustreifen. Es schien ihr gelungen zu sein. Sie hatte sich ihm hingegeben, denn sie durfte keinen Fehler begehen.

Doch sie hatte einen Entschluss gefasst.

Holger hatte am Samstag Termine und so fuhr Mirjam zu ihren Eltern. Diese freuten sich, dass Mirjam nach längerer Zeit zu Besuch kam. Sie unterhielten sich und hatten etliche Neuigkeiten auszutauschen. Nach einiger Zeit verabschiedete sich ihr Vater. Er war Schreiner mit einer eigenen Werkstatt und vor Weihnachten gab es viele Terminaufträge zu erledigen.

Mirjam atmete auf, als er endlich das Wohnzimmer verließ, denn sie musste etwas Wichtiges mit ihrer Mutter besprechen.

Kaum hatte er die Tür hinter sich zugezogen, fragte ihre Mutter: »Also, was ist los? Du wirkst nicht glücklich.«

Mirjam schluckte einige Male. »Kannst du mir die Pille verschreiben?« Verlegen sah sie auf den Boden.

Johanna Peters setzte sich überrascht auf. »Die Pille? Ja, ich dachte, ihr wollt unbedingt ein Kind. Holger will doch zwei oder drei.«

»Ja. Aber ich ... ich will noch keine«, stotterte Mirjam. »Der Beruf bringt mir Spaß und ich müsste ihn aufgeben.«

»Wie denkt Holger darüber? Weiß er, dass du verhüten willst?«

Mirjam schüttelte den Kopf. »Mutti, er darf es nicht erfahren.«

Ihre Mutter setzte sich zu ihr auf das Sofa und legte den Arm um sie. »Erzähl mir, was los ist.«

»Nichts. Es ist alles in Ordnung. Aber ich will einfach noch ein paar Jahre als Pastorin arbeiten.«

»Das kannst du doch auch mit Kind. Wo ist denn das Problem?«

»Holger hat eine andere Vorstellung.«

»Mirjam, wir Frauen sind doch schon einige Schritte weiter, oder? Als Ehepaar solltet ihr solche Entscheidungen gemeinsam tragen. In eurem Beruf gibt es die Möglichkeit, dass ihr euch die Elternzeit teilt.«

Ja, so sollte es sein. Mirjam sah, das innere Kopfschütteln ihrer Mutter. Wahrscheinlich fühlte sie sich bestätigt. Niemals hätte sie es ausgesprochen, doch Mirjam wusste, dass ihre Mutter die Hochzeit mit Holger von Anfang an für einen Fehler gehalten hatte.

»Wann warst du das letzte Mal bei einem Frauenarzt?«

»Ich gehe doch nur zu dir.«

»Okay, ich untersuche dich jetzt gründlich und danach sprechen wir darüber, welche Pille für dich in Frage kommt.«

Am Sonntag lud ich Monika zum Kaffee ein und erzählte ihr, was mir auf der Seele lag. Sie hörte mir ohne Unterbrechung zu. Ich berichtete ihr von der alten Geschichte zwischen Huber und Sander, von meinem Spezialauftrag, meinem Outing bei der Weihnachtsfeier und von Mirjam und mir. Eine Weile saß sie schweigend da. »Kannst du mir einen Schnaps einschenken?«, fragte sie. Ich goss ihr ein Glas ein und sah zu, wie sie es mit einem Schluck leerte. Mit dem Handballen wischte sie über ihren Mund und schüttelte dabei den Kopf. »Ich könnte dich schütteln und dir eine runterhauen.«

»Mir?«

»Ja, weil du dir alles gefallen lässt. Weißt du, was du bist? Ein Weichei, eine Lusche. Du musst anfangen, dich zu wehren.«

Ich sah sie sprachlos an. »Eigentlich habe ich ja Trost von dir erwartet. Stattdessen klatscht du mir solche Worte um die Ohren.«

»Trost für was? Dafür, dass du dich so memmenhaft benimmst? Du lässt dich von deinen Arbeitskollegen als Judas hinstellen, dabei hätte jeder von ihnen genauso gehandelt. Die kriechen dem Huber alle in den Hintern. Bei dir machen sie jetzt auf Moralapostel. Es ist dein Job und niemand kann dich dafür verurteilen.«

»Aber ... ich hätte vielleicht doch ...«

»Was? Für die anderen die Heldin spielen? Wer von deinen Kolleginnen oder Kollegen hätte dir geholfen?«

»Die Mitarbeitervertretung ...«

»Haha«, lachte Monika. »Der hat dich ja bisher auch unterstützt.«

»Trotzdem. Ich fühle mich wie eine Verräterin.«

»Dann sag es auch so: Ich habe den Job ungern getan, aber ich musste es tun. Die Buchhalterin wird auch Zahlen heraussuchen, nach denen Huber verlangt und die Sekretärin wird die Unterlagen kopieren und verteilen. Wird sich einer von denen dagegen wehren?«

Die Argumente konnte ich nicht von der Hand weisen.

»Und was ist gestern Abend passiert? Warum kannst du diesen hirnlosen Typen nicht deine Meinung sagen? Du stehst immer nur da, eine durchtrainierte Frau, die sich mit Hanteln Muckis antrainiert. Die Harte und Coole bist du nur äußerlich. Wenn es darauf ankommt, wehrst du dich nicht. Ständig muss jemand für dich in die Bresche springen.«

»Ständig? Das stimmt nicht.«

»Doch, das muss jetzt gesagt werden. Ein Leben lang hat Sander die schützende Hand über dich gehalten, gestern Caro und deine Mitspielerinnen. Ein anderes Mal ist es dein Chef, dann helfe ich dir oder deine Mutter. Es wird Zeit, dass du erwachsen wirst. Lerne endlich, Entscheidungen zu treffen und zu diesen zu stehen.«

Uff, Monika hatte gesprochen und das mit der Heftigkeit eines Orkans. Beleidigt verschränkte ich meine Arme vor der Brust und knetete mit den Zähnen meine Unterlippe, während Monika sich seelenruhig ein weiteres Stück Kuchen auf den Teller lud. Ich überlegte, ihr eine Boshaftigkeit bezüglich ihrer fülligen Figur an den Kopf zu werfen, doch ich konnte es mir verkneifen.

»Und wie soll es jetzt mit dir und Mirjam weitergehen? Wartest du darauf, wie sie sich entscheidet?« Monika steckte sich mit der Gabel ein Stück Kuchen in den Mund.

»Sie wird sich für ihren Mann entscheiden, schließlich bekommt sie ein Kind von ihm.«

Monika hörte auf zu kauen und sah mich überrascht an. »Sie ist schwanger?«

»Ja. Deshalb sind meine Chancen …«

»Rede bloß nicht weiter. Deine Chancen wären auch minimal, wenn sie nicht schwanger wäre. So wie du dich anstellst, klappt das bei dir nie mit einer festen Beziehung!«

»Danke. Aber du bist doch auch solo. Stellst du dich cleverer an?«

»Ich lebe allein, weil ich es mir so aussuche. Du bist solo, weil du nicht zu dir stehst. Das ist der entscheidende Unterschied.«

»Ich … ich stehe ja jetzt zu mir.«

Monika kicherte vor sich hin und schüttelte dabei den Kopf. »Du bist unverbesserlich.«

Eine Weile hingen wir schweigend unseren Gedanken nach. Schließlich meinte Monika, dass sie sich sicher wäre, dass Mirjam kein Kind bekäme.

»Ach nee. Woher willst du das denn wissen? Ich habe hier noch die SMS, da hat Mirjam es mir schwarz auf weiß mitgeteilt«, knurrte ich.

»Aber Mahpea …«

»Mahpea? Das ist jetzt nicht dein Ernst. Was hat die denn damit zu tun?«

Monika atmete tief durch und rollte die Augen. »Du hast Visionen gehabt und dich nicht darauf eingelassen. Deshalb habe ich versucht, etwas herauszufinden. Ich weiß genau, dass eure Konstellation nicht bestens ist und gefährlich sein könnte. Aber ich habe nichts von einer Schwangerschaft mitbekommen. Das würde mich wundern, wenn es Mahpea übersehen hätte.«

Ich fasste es nicht. Meine beste Freundin las mir die Leviten, weil ich nicht zu mir stand. Aber sie selbst holte sich ihre Weisheiten von irgendwelchen mystischen Gestalten aus der Indianerwelt. Ich tippte einige Male mit dem Zeigefinger gegen meine Stirn und erklärte Monika damit, was ich davon hielt.

»Du brauchst noch einmal ihren Rat!« Monika stellte den Kuchenteller auf dem Tisch ab.

»Nee, wirklich nicht! Ich bin nur froh, dass sich diese Dame und der Indianer aus meinem Leben verabschiedet haben.«

»Das werde ich jetzt auch tun.« Monika trank die Tasse Kaffee leer und erhob sich.

»Aber hoffentlich nur für heute«, grinste ich.

»Pass auf dich auf, Süße.« Sie umarmte mich beim Abschied. Monika sorgte sich um mich und das nicht nur, weil Mahpea ihr etwas ins Ohr geflüstert hatte.

Am Montag ging ich mit einem mulmigen Gefühl in die Arbeit. Ich war mir nicht sicher, ob Torsten Fellners Sprüche jemand für so ernst genommen hatte, dass darüber außerhalb des Vereinsheims weitergeredet wurde. Nachdem mich tagsüber niemand darauf ansprach, beruhigte ich mich. Ich kam endlich dazu, mich um meine liegen gebliebene Arbeit zu kümmern. Kurz nach neunzehn Uhr verließ ich als Letzte das Amt.

Am nächsten Tag musste ich mir einige Zahlen von Sybille aus der Buchhaltung holen. Ich druckte die Liste aus und legte sie in eine Umlaufmappe. Sybille hatte ihr Büro schräg gegenüber. Als ich bei ihr anklopfte und die Bürotür öffnete, sah ich mehrere Kolleginnen und Kollegen in ihrem Zimmer stehen. Ich wollte die Tür schließen, doch Jens rief mir zu, dass ich rein kommen sollte.

Zögernd betrat ich das Büro. Die meisten sahen mich missmutig an und ich kam mir vor, wie eine Angeklagte.

»Ich benötige einige Zahlen von dir«, sagte ich zu Sybille.

»Brauchst du die für deine Statistik? Oder ist das ein weiterer Spezialauftrag?« Ich hörte die Feindseligkeit in ihrer Stimme und das zustimmende Gemurmel der anderen.

Eine Schamwelle durchzog mich. Ich sah in die abwertenden Blicke meiner Kollegen und senkte den Kopf. *Am besten, ich haue ab. Freunde habe ich hier nicht mehr.*

»Du hast uns alle in die Pfanne gehauen.« Jens schlug mit der Faust auf den Tisch. »Echt superkollegial.«

Ich schluckte. Das war starker Tobak. Monikas Worte schossen mir durch den Kopf. Die Schamwelle wurde von einer Woge des Zorns überschwemmt. *Ich bin keine fiese, hinterhältige Kollegin.*

»Klar. Fühlt ihr euch wie Rühr- oder Spiegeleier?« Mit gekreuzten Armen ließ ich meinen Blick über die Kollegen streifen und blieb an Jens hängen.

»Dich sehe ich als weichgekochtes Ei.« Ich schob mein Kinn vor. Martina, unsere Auszubildende kicherte leise vor sich hin.

»He, was soll das denn jetzt?« Jens stemmte seine Hände in die Hüften.

»Tu doch nicht so, als wenn du der Superheld bist. Leute, ich arbeite in der Personalabteilung und bekam diesen Auftrag vom Chef. Wer hätte sich gegen Huber aufgelehnt?«

»Du hättest der Mitarbeitervertretung ...«

»... einen Tipp geben sollen? Hör auf Jens.« Ich atmete tief durch. »Hätte mich die MAV tatsächlich geschützt? Mir war verdammt unwohl dabei, diesen Auftrag auszuführen. Es ist ein mieses Gefühl, wenn diese Liste im Zusammenhang mit Personalabbau genannt wird. Aber der Arbeitgeber hat das Recht, Arbeitszeiten, Urlaubszeiten und Fehlzeiten der Mitarbeitenden zu überprüfen.«

»Trotzdem.« Sybille schob ihre Unterlippe nach vorne. »Du hättest deine Bedenken äußern können.«

»Woher willst du wissen, ob ich das nicht getan habe? Außerdem wird ihm jeder von euch zuarbeiten.« Ich sah mit festem Blick in die Runde.

»Du erhältst eine Prämie«, knurrte Jens. »Die bekommt man nicht ohne weiteres. Du wirst dich schon engagiert haben.«

»Ja, diese tolle Prämie. Ich wollte sie nicht und finde sie unpassend. Von mir aus können wir davon alle gemeinsam Essen gehen. So eine Art Henkersmahlzeit oder so.«

Ich spürte, dass die Anspannung zwischen uns allmählich nachließ. Einige fingen an zu lächeln. Jens starrte noch nachdenklich auf den Boden, während Sybille von einem zum anderen blickte. »Wir sollten Jacki einweihen, oder?« Ohne eine Antwort abzuwarten, sagte sie zu mir: »Wir haben uns hier bei mir versammelt, um zu überlegen, wie wir Huber zum Reden bekommen. Er soll die Karten endlich auf den Tisch legen.«

»Und ich war nicht eingeladen.« *Mann, das zum Thema beliebteste Kollegin des Hauses.*

»Na ja, wir wussten ja nicht, auf welcher Seite du stehst«, sagte Ines.

»Mensch, ihr kennt mich doch so lange. Mit Huber hatte ich von Beginn an meine Probleme.« Ich zwang mich, ruhig zu bleiben.

»Eben«, Ines hob die Schultern. »Er weist dir eine Leistungsprämie an. Da dachten wir ...«

»... ich bin käuflich«, vollendete ich den Satz.

»So ungefähr«, gab Sybille zu. »Sorry, aber ich glaube, wir waren nicht fair zu dir.«

Applaus, Applaus. Schade, dass Monika nicht Zeugin dieses Gespräches war. Nicht Sander, Caro, Monika oder meine Mutter, sondern *ich* hatte Überzeugungsarbeit in eigener Sache geleistet.

»Wie gehen wir weiter vor?«, fragte Jens in die Runde.

»Du wolltest der Mitarbeitervertretung Bescheid geben, nachdem ihr den Zettel am Kopierer gefunden habt.« Ich sah Jens fragend an.

Dieser fuhr sich nachdenklich mit den Fingern über das Kinn. »Ja. Aber das war ein bisschen schwierig.«

»Ich ließ ihn dort liegen«, fiel Ines Jens ins Wort. »Der Fellner kommt doch öfter hierher zum Kopieren und schaffte es einmal mehr, einen Papierstau zu fabrizieren. Dieser Mann kann wirklich schrecklich nerven. Ich half ihm also am Kopierer und beseitigte die eingezogenen Blätter. Natürlich musste ich ihm versprechen, diese in den Reißwolf zu stecken. Aber ich war neugierig und als er weg war, las ich auf einem dieser Blätter von dieser ominösen Statistik, die von Jacki angefertigt werden sollte. Ich glättete also dieses zerknüllte Papier und legte es neben den Kopierer, um die anderen darüber zu informieren. Anonym, weil ich keinen Ärger haben wollte. Aber wenn das nun bekannt wird, kann Fellner bestimmt nachvollziehen, dass ich damit zu tun habe.«

Oh je, wie dilettantisch war das denn? Ich räusperte mich. »Huber und Larsen wissen, dass einige Mitarbeitende über diese Liste informiert sind. Ich habe es ihnen gesagt.«

»Oh, Mist. Natürlich.« Jens griff sich an den Kopf. »Wir hätten dich einweihen sollen, damit du nichts von dem Zettel erzählst.«

»Das Kind ist in den Brunnen gefallen«, sagte ich. »Übergib das Schreiben dem Vorsitzenden der Mitarbeitervertretung. Was kann schon passieren?«

Sybille nickte: »Ja, ich denke, dass die MAV am Zug ist.«

Jens sah fragend in die Runde. Als alle den Vorschlag bejahten, versprach er, sich um die Sache zu kümmern.

Das Treffen löste sich langsam auf und ich blieb mit Sybille im Zimmer zurück, die mich fragte, was für Zahlen ich aus der Buchhaltung benötigte.

Während ich ihr zusah, wie sie die Zahlen heraussuchte, verspürte ich, wie mich Zufriedenheit ergriff. Ich hatte es geschafft, Misstrauen meiner Kollegen auszuräumen. Sybille gab mir die Unterlagen zurück. Pfeifend ging ich in mein Büro.

»Ich muss los.« Mirjam kuschelte sich in meinen Arm.

»Nein, du hast noch Zeit. Die Personalkommission tagt heute bis Mitternacht. Es gibt so viel zu bereden.« Um nichts auf der Welt wollte ich, dass Mirjam mein Bett verließ. Ich küsste sie und streichelte ihr dabei sanft über den Rücken.

»Du bist eine Verführerin«, schnurrte Miriam.

»Ich muss jede Sekunde mit dir genießen.« Der Gedanke, sie einen Tag nicht zu sehen, riss eine tiefe Wunde in mein verliebtes Herz.

»Ja, denn ich kann dir nicht sagen, wann das nächste Mal ist.«

»Warum trennst du dich nicht von ihm?« Die Frage rutschte mir heraus, weil ich Mirjam nicht verstand und doch ihre Traurigkeit spürte. Ich streichelte ihr Gesicht. »Sorry, ich weiß natürlich, dass man sich so einen Schritt überlegen muss.«

Mirjam sah nachdenklich vor sich hin. »Holger und ich sind eine Verbindung vor Gott eingegangen«, sagte sie leise. »Man sollte das nicht einfach trennen.«

»Liebst du ihn denn noch?« Meine Hände lagen auf Mirjams Hüfte.

»Es ist alles so verwirrend«, hauchte Mirjam. »Wenn ich bei dir bin, geht es mir gut und ich spüre eine wiedergewonnene Freiheit. Aber ich begehe Ehebruch und das fühlt sich nicht richtig an. Verstehst du?«

Natürlich, meine Rolle war klar. Ich spielte nur die Geliebte und das behagte mir immer weniger. Ich wollte mit Mirjam zusammen sein und sie nicht teilen, schon gar nicht mit diesem Widerling.

»Bleibst du bei ihm, weil du schwanger bist?« Meine Stimme klang eine Spur zu grimmig.

Einen Moment lang schwieg Mirjam. »Jacki, ich bin nicht schwanger. Es war ... ein Fehlalarm«, sagte sie leise.

»Fehlalarm? Seit wann weißt du das?«

»Schon etwas länger.« Sie senkte den Blick.

Ein heftiger Schmerz schoss durch meinen Körper. Warum hatte sie es mir nicht eher gesagt? Doch dann wich dieser Schmerz der Erleichterung. Die ganze Zeit hatte ich überlegt, ob es eine Zukunft für uns geben könnte, wenn ein Kind im Spiel war. Diese Nachricht änderte vieles. Eine Trennung ohne Kind erschien doch leichter. Ich atmete tief durch und drehte mich auf den Rücken.

»Es tut mir leid, Jacki. Ich verpasse oft den besten Zeitpunkt.«

»Was soll das heißen?« Ich spürte, wie sie meine Hand drückte.

»Ich wollte dich nicht zu nahe an mich heranlassen.«

»Dachtest du, eine Schwangerschaft würde mich davon abhalten, mir mehr von unserer Beziehung zu erhoffen?«

»Ja, so ähnlich.«

»Mich hat das nicht abgehalten.«

»Das weiß ich, Jacki. Es war dumm von mir. Ich hätte es dir früher sagen müssen.« Ich spürte ihre Traurigkeit und kam mir entsetzlich egoistisch vor. Vielleicht wollte Mirjam gerne ein Kind und ich atmete erleichtert aus, weil es nicht geklappt hatte.

»Es ist alles okay«, sagte ich und zog sie an mich. »Du musst dich nicht entschuldigen.«

»Gibt es einen Ort, an den du flüchtest, wenn du nicht mehr weißt, wie es weitergehen soll?«

Was ging Mirjam jetzt nur durch den Kopf? »Ähm, flüchten musste ich noch nicht. Meinen Kopf bekomme ich in Greetsiel frei.«

»Greetsiel. Wo ist das?«

»Du kennst Greetsiel nicht?« Überrascht sah ich sie an. Okay, Mirjam kam aus der Nähe von Hannover, da wohnte man weit entfernt von der ostfriesischen Küste.

»Ich habe einige Male Wilhelmshaven besucht, aber mehr Küstenorte an der Nordsee habe ich leider noch nicht gesehen.«

Ich schaute sie kopfschüttelnd an. »Das kann nicht wahr sein. Hast du denn nie an der Küste Urlaub gemacht?« Ein Leben ohne Meer konnte ich mir nicht vorstellen.

»Als Kind, aber daran kann ich mich nicht mehr erinnern. Meine Eltern reisten später in den Süden, nach Mallorca oder Portugal. Dort war ihnen das Wetter beständiger.«

»Und als du nicht mehr mit deinen Eltern verreist bist?«

»Du bist heute aber neugierig«, meinte Mirjam lächelnd.

»Ich will einfach mehr über dich erfahren.«

»Und du willst mir noch von Greetsiel erzählen.«

»Erst du.«

»Nein, ich habe zuerst gefragt.«

»Okay. Ich beschreibe mein Städtchen immer als übrig gebliebene Piratenstadt. Jeder, der nach Greetsiel kommt, ist gefangen von dem Anblick dieses Puppenstubenortes, mit den historischen Giebelhäusern aus dem 17. Jahrhundert, den Zwillingsmühlen und den malerischen Gassen.«

»Du könntest als Greetsieler Fremdenführerin durchgehen.« Mirjam schmunzelte und küsste meine Hand.

»Ja, ich schwärme für diesen Ort. Ich setze mich auf eine bestimmte Bank, um einfach nur aufs Meer zu schauen. Und weißt du, in solchen Momenten bin ich Gott viel näher, als in jeder Kirche. Ich fühle, er ist bei mir.«

Mirjam löste sich aus meiner Umarmung und setzte sich auf. Sie strich über mein Gesicht. »Das hast du so wunderschön gesagt. Ich sehe es genau vor mir. Aber jetzt wird es dort zu kalt sein. Ich möchte mit dir nach Greetsiel fahren, sobald es Frühling wird.«

Mirjam und ich auf dieser Bank, Händchen haltend, glücklich und frei? Vielleicht würde doch alles gut werden.

»Ich kann mir nichts Schöneres denken«, sagte ich und meine Seele tanzte durch meinen Körper.

»Doch, das kannst du bestimmt«, entgegnete Mirjam schelmisch. Sie drehte sich auf mich und knabberte an meinen Ohrläppchen.

»Du schuldest mir noch eine Antwort«, stöhnte ich. Ihre Hände streichelten meinen Busen. Mit kreisenden Bewegungen drängte sie sich mit ihrem Unterleib gegen den meinen. *Okay, was interessierte mich in diesem Moment die Antwort, wenn in meinem Körper ein Feuerwerk gezündet wurde?*

Ihre Zunge spielte mit meinem Ohr und dann hörte ich Mirjam flüstern: »Barcelona. Ich liebe Barcelona.«

Die Sitzung der Personalkommission verlief nicht nach Hubers Vorstellungen. Die Mitglieder Dr. Rubens, Marlies Müller und Torsten Fellner erkannten zwar wegen der schwierigen Finanzsituation die Notwendigkeit von Sparmaßnahmen an, aber Kündigungen müssten der letzte Schritt sein. Zudem wurde ihm aufgetragen, ein Gespräch mit der Mitarbeitervertretung zu suchen.

»Pastor Sander legte viel Wert auf partnerschaftliches Miteinander zwischen Dienststelle und der Arbeitnehmervertretung. Das sollten wir so fortführen«, sagte Dr. Rubens. Marlies Müller und Hannes Larsen, der beratend an dieser Sitzung teilnahm, stimmten nickend zu, während sich Torsten Fellner bedeckt hielt.

Huber knirschte mit den Zähnen. Immer noch stand Pastor Sander bei den Lütjenstedern auf diesem Sockel und ließ sich einfach nicht umschmeißen. »Ich werde mit der Mitarbeitervertretung reden«, versprach Huber und überlegte gleichzeitig, ob er deren Rechte nicht einschränken könnte.

»Gut, wir treffen uns in zwei Wochen«, sagte Marlies Müller. »Dann können Sie uns ja über das Gespräch berichten.«

»Ja. Ich bedanke mich bei Ihnen für diese ... konstruktive Sitzung und wünsche allen eine angenehme Nacht. Herr Fellner, könnten Sie noch kurz da bleiben?«

»Ja. Natürlich Pastor Huber«, nickte der Apotheker eifrig und setzte sich auf seinen Platz.

Nachdem die anderen Mitglieder der Personalkommission den Sitzungsraum verlassen hatten, stellte sich Holger vor Fellner, der ihn erwartungsvoll ansah. Den Abend über hatte er sich zusammengerissen und sich in Diplomatie geübt. Aber das war vorbei.

»Sie sind ein Versager, Fellner«, zischte er und sah befriedigt, wie dem Apotheker sämtliche Gesichtszüge entglitten.

»Wieso Versager? Was habe ich denn angestellt?« Fellners Stimme überschlug sich fast.

»Ja, was haben Sie getan? Waren Sie so betrunken, dass Sie nichts mehr wissen? Ich wollte nicht, dass Achenbachers sexuelle Verwirrungen bekannt werden. Sie sollten nur die Augen offen halten. Und was tun Sie aus gekränkter Eitelkeit? Sie posaunen es im Vereinsheim herum. Was kann ich jetzt noch mit dieser Information anfangen? Sie sind zu nichts zu gebrauchen.« Huber ließ seine Worte wie Peitschenhiebe auf Fellner knallen. Wie ein geprügelter Hund saß dieser vor ihm.

»Es tut mir leid. Ich weiß nicht, was in mich gefahren ist. Ich werde es wieder gutmachen.«

Huber wusste, dieser Mann war eine Marionette. Er legte seine Hand auf Fellners Schulter und meinte: »Es gibt bestimmt eine Möglichkeit, mein Vertrauen zurückzugewinnen. Ich werde auf Sie zukommen.« Huber sah mit Genugtuung, wie der Apotheker erleichtert ausatmete.

Die Woche neigte sich dem Ende zu und die Momente mit Mirjam gab es häufiger, als ich es mir erträumt hatte. Es sollte uns jedoch immer nur wenig gemeinsame Zeit bleiben. Am Donnerstag musste Mirjam am frühen Nachmittag zu einem Termin nach Oldenburg. Ich nahm mir ab Mittag frei und wir trafen uns in der Stadt. Ich schlug vor, ins *Cafe Frauenzimmer* zu gehen, ein Szenelokal, in dem vor allem Lesben verkehrten. Ich spürte Mirjams Bedenken.

»Da wird dich kein Mensch kennen und wir müssen uns nicht verstellen.« Ich strich ihr über den Arm.

Sie nickte zögernd und wir betraten wenig später das Lokal. Wenn ich mich in Oldenburg aufhielt, verbrachte ich immer einige Zeit im *Frauenzimmer*. Ich mochte dieses Lokal mit den roten Wänden, den hellen Holztischen und der langen Bar. Im Hintergrund erklang leise Jazzmusik. Um diese Zeit waren nur wenige Tische besetzt.

»Wo willst du sitzen?«, fragte ich und gab ihr ungezwungen einen Kuss. Mirjam sah sich erschreckt um.

»He, hier schaut keiner.« Ich legte den Arm um sie.

»Komm, nehmen wir den Tisch dahinten im Eck. Da sieht uns niemand.«

»Ja, der ist gut«, entgegnete Mirjam mit beklommener Stimme. Sie fühlte sich eindeutig unwohl.

Ich nahm ihre Hand und wir gingen zu dem ausgewählten Tisch. Wir setzten uns gegenüber und hängten die Jacken über unsere Stühle.

»Hast du Hunger?«

Mirjam hob die Schultern und schaute sich um.

»Du brauchst keine Angst haben. Wer sollte hier auftauchen? Alle sind auf der Arbeit, dein Mann bei einer Sitzung. Du kannst beruhigt sein. Weißt du, dass ich mich so auf diese Stunden mir dir freue?«

»Ich mich auch auf dich. Aber alles ist so ungewohnt.«

»Du warst noch nie in so einem Lokal?«

»Wo denkst du hin? Mit wem hätte ich dort hingehen sollen?«

»Mit deiner Lehrerin.«

»Mit Ilona? Nein. Das hätte sie sich auch nie getraut. Als Lehrerin? Die Schüler durften nichts erfahren.«

Ich nickte und dachte an meine eigenen Ängste. Doch hier fühlte ich mich sicher. Wer diese Lokale und Diskotheken besuchte, gehörte dazu. Inzwischen stand die Bedienung an unserem Tisch. Wir bestellten zwei Milchkaffees.

»Alles in Ordnung?« Ich strich mit meinen Fingern über ihre Hände.

»Hier jetzt schon. Aber sonst ... na ja ... es ist alles schwierig und chaotisch.«

Natürlich, ich hätte nicht mit Mirjam tauschen wollen. Sie musste mit ihren Gefühlen jonglieren, denn Holger durfte niemals von unserer Beziehung erfahren. Ich stellte mir oft vor, er würde uns erwischen. Wenn ich nur daran dachte, wurde mir angst und bange. Ich überlegte, ob wir nicht zu viel riskierten, doch diese Gedanken verflogen, sobald ich Mirjam sah.

Für sie hätte ich mit dem Teufel persönlich gefochten oder mich eben mit ihrem Mann duelliert.

»Ich bin bei dir, wenn du mich brauchst«, sagte ich und küsste ihre Handinnenflächen.

»Ich weiß, Jacki. Was wäre, wenn du gerade ein Fußballspiel hättest?«

»Dann müsstest du natürlich auf den Schlusspfiff warten.«

»Das dachte ich mir. Ich werde bei dir immer nur an zweiter Stelle stehen.« Sie seufzte bühnenreif, während ihre Augen strahlten. In diesen Momenten gab sie mir das Gefühl, dass es ihr gut ging und das machte mich glücklich.

»Ich kann es nicht glauben, aber Fußball steht weit hinter dir.«

»Ach, du müsstest doch jetzt eine lange Pinocchio-Nase bekommen.« Sie ließ ein helles Lachen erklingen und ich liebte Mirjam mit jedem Augenblick mehr.

»Seit wann spielst du Fußball?«

»Mit zwölf, dreizehn habe ich angefangen.«

»Kurz, nachdem dein Vater gestorben ist, oder?«

Ich nickte. »Woher weißt du das?«

»Von Frau Feddersen. Du bist ja lange Zeit im Pfarrhaus ein- und ausgegangen. Mit ihr kann man so wunderbar plaudern.« Sie lächelte verschmitzt und ich ahnte, dass sie viel von der älteren Dame erfahren hatte.

»Ja, Frau Feddersen, die gute Seele des Hauses.« Sehnsucht überkam mich, als ich an diese vergangenen Zeiten dachte.

»Pastor Sander muss ein besonderer Mensch sein. Man redet in der Gemeinde immer noch mit Hochachtung von ihm. Ich weiß, dass ihn viele vermissen.« Mirjam sah mich dabei mit einem undefinierbaren Blick an. Was wollte sie von mir hören? *Mirjam, dein Mann wird Sander niemals das Wasser reichen und ihn schon gar nicht ersetzen können. Im Gegenteil.* »Ja«, antwortete ich und strich ihr mit meiner Hand leicht über die Wange. »Er ist ein wunderbarer Mensch. Du solltest ihn kennen lernen.« *Da wäre Holger begeistert.*

»Gerne, wenn er dich in Lütjenstede besucht. Ich bin neugierig auf ihn.« Ich starrte sie an. *Sie scheint nichts von der Feindschaft zwischen Sander und ihrem Mann zu wissen. Somit kennt sie bestimmt nicht Holgers dunkle Vergangenheit. Oder doch?*

»Habe ich etwas Falsches gesagt?«, fragte Mirjam zögernd.

»Nein, nein. Ich meine, hattet ihr keinen Kontakt ... immerhin habt ihr doch seine Pfarrstelle übernommen.«

Mirjam hob die Schultern. »Holger ist der Organisator. Ich habe Pastor Sander noch nicht zu Gesicht bekommen.«

Ich kam in Versuchung, ihr von Helen zu erzählen, die von Holger gemobbt worden war und sich das Leben genommen hatte. Aber sollte ich unsere kostbare Zeit mit solchen Geschichten verschwenden? Ich hatte keine Ahnung, wie sie darauf reagieren würde. Nein, ich wollte einfach nur jede Minute mit ihr genießen.

Die Bedienung kam zurück und brachte uns die Milchkaffees. »Mögt ihr auch etwas essen?«

»Nein, danke«, entgegnete ich und auch Mirjam schüttelte den Kopf.

»Weißt du, dass ich früher auch Fußball gespielt habe?«, fragte Mirjam, als wir allein waren.

»Du?« Ich sah sie verblüfft an.

»Das glaubst du nicht? Mit den Jungs auf der Straße. Ich kickte gar nicht so schlecht. Leider gab es keine Mädchenfußballmannschaft in der Nähe und es verlief mit der Zeit im Sande.«

Sie spielte Fußball? Ich glaub es nicht. Deswegen hatte Mirjam Verständnis für meine Fußballleidenschaft. »Du kannst noch bei uns mitspielen. Wir suchen immer Leute.« *Wir beide in einem Team. Ich stand im Tor und sie im Sturm.*

»Was meinst du, was Holger sagen würde?« Ihr Lachen verstummte und ich konnte diesen Namen nicht mehr hören.

»Warum Barcelona?«, fragte ich, um auf ein anderes Thema zu kommen.

»Barcelona?«

»Ja, du hast mir ins Ohr geflüstert, dass du Barcelona liebst.«

Mirjam führte die Tasse zum Mund und trank einen Schluck. »Wir verbrachten dort einige Tage.«

»*Er* und du?«

»Du meinst mit Holger? Nein. Mit Ilona. Barcelona ist eine herrliche unbeschwerte Stadt.«

Für einen Augenblick strahlten ihre Augen und ich spürte einmal mehr diese schreckliche Eifersucht. Es war offensichtlich, dass Ilona eine Rolle in Mirjams Leben gespielt hatte. Ich fragte mich, ob ich ihr auch so wichtig werden könnte oder ob sie mir nur die Rolle der Nebendarstellerin zugedacht hatte.

»Als ich aus Barcelona zurückkam, stand Holger vor meiner Tür.«

»Und?« Ich wusste natürlich, wie die Geschichte weiterging. Aber es war für mich unbegreiflich, dass Mirjam sich für Holger entschieden hatte. Wie um Himmels Willen sollte ich Mirjams Entscheidung verstehen? Da verbrachte sie herrliche Tage mit ihrer Geliebten in Barcelona und dann war plötzlich alles vorbei?

»Kurz danach habe ich ihn geheiratet.« Ihr Blick verdüsterte sich.

»Aber du träumst heute noch von Barcelona«, stellte ich fest. »Wohin bist du mit *ihm* verreist?« Mit jeder Frage litt ich ein bisschen mehr. Eigentlich wollte ich gar nicht hören, wo sie mit *ihm* den Urlaub verbrachte oder wie viel ihr Ilona bedeutet hatte. Aber ich spürte, dass es für Mirjam wichtig war, darüber zu reden.

»Venedig. Wir haben dort unsere Flitterwochen verbracht.«

Na klar, Venedig. Was für eine Überraschung.

»Wie hat Ilona reagiert?«

Mirjam führte ihre Tasse an den Mund. »Wir trennten uns im Guten«, sagte sie leise.

Wie bitte? Da erlebten die beiden Frauen traumhafte Tage in Barcelona und dann trennte man sich im Guten? Hallo. Wie sollte das denn funktionieren? »Das kann ich kaum glauben.«

»Wie ich dich inzwischen kenne, hättest du anders als Ilona reagiert.« Ein zauberhaftes Lächeln lag auf ihrem Gesicht. »Aber Ilona und ich haben uns nicht genug geliebt, um diesen Weg zu gehen.«

Okay, das könnte stimmen. Nur wenn man verzweifelt liebt, ist man auch bereit, alles dafür in Kauf zu nehmen.

»Nun habe ich genug von mir erzählt. Was ist in deinem Leben bisher passiert. Hattest du eine feste Freundin oder auch mal einen Freund?«

Ich schüttelte den Kopf. »Nein, nein, so kommst du mir nicht davon. Ich habe noch so viele Fragen an dich«, wich ich aus. *Was habe ich schon großartig zu erzählen?*

Mirjam tastete nach meiner Hand. »Erzähle mir von deinem Vater, von Pastor Sander, von deiner ersten Liebe.«

Meine Traumfrau nickte mir aufmunternd zu. Aus ihren hellblauen Augen strahlte diese sehnsuchtsvolle Melancholie, in der ich regelmäßig versank. Aber ich spürte noch etwas anderes, nämlich grenzenloses Vertrauen. Und so begann ich, von mir zu erzählen, und kehrte meine Seele nach außen.

Kapitel 22

»Selig sind, die um der Gerechtigkeit willen verfolgt werden; denn ihrer ist das Himmelreich.«

(Mt 5,10 LUK)

Wie jedes Jahr lag die Zuständigkeit für die Organisation des Weihnachtsbasars bei Pastor Reese. Dabei zählte er auf die Unterstützung der Mitarbeitenden. Am Freitagvormittag versammelten wir uns deshalb im Frühstücksraum und Pastor Reese verteilte die Aufgaben. Die meisten Arbeiten übernahmen Ehrenamtliche, aber bei den organisatorischen Tätigkeiten war unsere Mithilfe notwendig. Ich stellte mich für das Wochenende als Springerin zur Verfügung und sollte überall dort anpacken, wo meine Hilfe benötigt wurde. Ich hoffte, dadurch oft in der Nähe von Mirjam zu sein.

Der Weihnachtsbasar gehörte zu den Jahreshöhepunkten in Lütjenstede und war immer hervorragend besucht. Das lag am Organisationstalent von Pastor Reese, der es jedes Jahr schaffte, ein abwechslungsreiches Programm zusammenzustellen. Nachdem alle Mitarbeitenden für ihren Dienst eingeteilt waren, löste sich die Runde auf. Ich wollte den Raum verlassen, als Ines mich festhielt und fragte, ob ich noch kurz Zeit hätte.

»Es liegt zwar eine Menge Arbeit oben, aber wenn es wichtig ist ...«, sagte ich.

Sybille saß auf einem der Tische.

»Du Jacki, ich habe da was gehört.« Ines sah verlegen an mir vorbei.

Ich ahnte sofort, um was es ging und hielt den Atem an.

»Weißt du, ein Bekannter von mir ist beim TSV.«

»Und?«, fragte ich. Ich wollte cool bleiben, während sich mein Magen zu einem Klumpen aus Angst und Übelkeit verformte.

»Stimmt das, was auf der Weihnachtsfeier erzählt wurde?«

»Was genau meinst du?« *Es hat sich also herumgesprochen.* Heerscharen von Ameisen krabbelten über meinen Hinterkopf.

»Das du ... das du ...«

»... auf Frauen stehst?« Ich lehnte mich an den Türrahmen.

Ines nickte kaum merklich. Das Thema dieses Gesprächs schien ihr unangenehm, doch die Neugierde war größer.

»Ich dachte mir so etwas«, erklang Sybilles Stimme aus dem Hintergrund. »Dich habe ich nie mit einem Kerl gesehen.«

»Nicht jede Frau ist lesbisch, nur weil sie keinen Freund hat.« Ich sah, wie Ines bei dem L-Wort zusammenzuckte.

»Du bist also nicht ...?« Sybille stand auf und trat neben Ines.

»Ihr seid neugierig und indiskret«, sagte ich, um Zeit zu gewinnen. Der Klumpen im Magen wurde immer schwerer.

»Jacki, man redet darüber. Mir erzählte am Montagabend ein Bekannter davon. Ich dachte, es handelt sich um einen Scherz. Gestern bin ich beim Bäcker direkt auf dich angesprochen worden, weil wir doch Kolleginnen sind.« Ines schüttelte den Kopf. »Das war eine unangenehme Situation.«

Meine Beine fühlten sich wie aus Gummi an. Beim Bäcker wurde über mich gesprochen? Gab es denn keine interessanteren Themen? Nein, wohl nicht. Hallo Jacki, du lebst in einer übersichtlichen Kleinstadt und da ist so eine Geschichte eine echte Sensation. Verdammt, mir wurde klar, dass durch ein Outing es auch immer komplizierter wurde, mich unauffällig mit Mirjam zu treffen. Ich konnte noch alles abstreiten und Torsten Fellner gekränkte Eitelkeit vorwerfen.

»Also, stimmt das jetzt, oder nicht?«, fragte Ines und ich entdeckte einen sensationsgierigen Glanz in ihren Augen.

»Sie muss uns nichts erklären«, sagte Sybille.

»Aber ihr Schweigen ist doch Antwort genug.« Ein triumphierender Ausdruck lag in Ines Gesicht. »Ich bin mir sicher, dass es wahr ist.«

Es wäre die Gelegenheit gewesen, mich zu outen. Aber ich war dazu nicht in der Lage. Statt dessen suchte ich verzweifelt nach einem Ausweg, den es jedoch nicht mehr gab.

»Es ist okay, Jacki. Du musst wissen, wie du damit umgehst.« Sybille legte kurz ihre Hand auf meine Schulter. »Ich habe auf jeden Fall kein Problem damit.«

Ines verschränkte die Arme über der Brust. »Wir arbeiten für die Kirche. Ich weiß nicht, Sybille, ob alle das hier so locker sehen wie du. Ich möchte nicht wissen, wie Pastor Huber reagiert, wenn er das erfährt.« In ihrer Stimme klang Schadenfreude mit. »Der wird dir die Prämie gleich wieder abziehen.«

»Mein Gott bist du unsensibel.« Sybille schüttelte den Kopf, während ich nur dachte, dass eine gestrichene Prämie mein geringstes Problem sein würde. Ob Sybille wohl auch noch so tolerant wäre, wenn sie erfuhr, dass ich mit Frau Pastorin schlief? Bei Ines konnte ich dafür mit Sicherheit kein Verständnis erwarten.

Die Schlinge um meinen Hals zog sich zusammen und das Atmen fiel mir immer schwerer. Ich benötigte dringend einen Plan. Doch leider hatte ich keine Vorstellung davon, wie dieser aussehen sollte. Mein gesamtes Denken kreiste um die Fragen, wann ich mich wo und wie lange mit Mirjam treffen konnte. Alles andere wurde nebensächlich. Ich spürte die Blicke von Ines und Sybille auf mir.

»Es gibt nichts zu sagen«, meinte ich leise. »Die Leute reden gerne.«

Hastig öffnete ich die Tür und verließ den Raum. Ines würde ihre Sicht der Dinge mit viel Genuss weitertratschen. Somit erfuhr auch Pastor Huber davon, wenn er es nicht bereits wusste. Das Weihnachtsbasar-Wochenende stand unter keinem günstigen Stern.

Kaum betrat ich das Büro, klingelte das Telefon. Meine Mutter meldete sich und ich hörte an ihrer Stimme, dass ihre Stimmung am Siedepunkt war.

»Kannst du mir erklären, was auf der Weihnachtsfeier passiert ist?« Sie schnaufte laut, um ihren Ärger zu unterdrücken und nicht gleich die volle Munition auf mich abzufeuern.

»Der Fellner hat mich geoutet.« Ich wollte nicht mehr drum herumreden.

»Warum erzählst du mir das nicht? Ich hätte mich auf diese fiesen Kommentare einstellen können.«

»Was ist passiert?« Mein Atem stockte.

»Die Woche über spürte ich, dass über mich geredet wurde. Heute Morgen sprach mich Lieselotte direkt an: *Du Arme, das wird wohl nichts mit Enkelkindern. Du tust mir echt leid, aber man kann sich ja seine Kinder nicht aussuchen.*« Sie imitierte übertrieben die Stimme ihrer Kollegin. »Dann kamen noch andere Kolleginnen und gaben ihren Senf dazu. Schreckliche Lästertanten.«

»Es tut mir leid, Mama.« Ich fühlte mich schuldig.

»Jacki, das wird jetzt nicht einfach. Du musst dich langsam entscheiden. Entweder wir halten das aus oder du solltest dir schnellstmöglich einen Freund zulegen.«

»Ich bin mit Mirjam zusammen«, antwortete ich nur und ich hörte meine Mutter nach Luft schnappen.

»Was soll das heißen? Hast du völlig den Verstand verloren? Weiß der Huber davon?«

»Nein, natürlich nicht.«

»Ihr trefft euch heimlich? Hier in Lütjenstede? Was meint ihr denn, wie lange das geheim bleibt? Du setzt deinen Arbeitsplatz aufs Spiel. Die meisten können noch akzeptieren, dass du so bist. Aber dass du mit der Frau vom Pastor etwas anfängst. Oh Gott, Kind, was machst du nur für Sachen?«

Meine Mutter klatschte mir meine innersten Ängste rechts und links um die Ohren. Aber ich wollte für keine dieser möglichen Konsequenzen einen Moment mit Mirjam verpassen. Die Liebe schaffte es, jeden klaren Gedanken verschwimmen zu lassen. Die Angst lähmte mich und das Verlangen ließ mich entschweben.

»Du machst sofort Schluss mit der Pastorin. Verstehst du? Jacki, das ist mein Ernst. Wenn das herauskommt, gibt es wenig Argumente, dich zu verteidigen.«

»Das kannst du nicht von mir verlangen.« Ich fühlte mich wie ein Kind, dem man das Lieblingsspielzeug wegnehmen wollte. Nur Mirjam und ich sollten das Recht haben, über unsere Zukunft zu entscheiden. Ich musste sie dringend über die Entwicklungen informieren.

Meine Mutter versuchte mir zu erklären, dass ich mir wegen dieser Frau mein Leben vermasselte und ich endlich zu Verstand kommen sollte. Ich wollte nur noch dieses Gespräch beenden und flüsterte durchs Telefon: »Mama, ich bin doch noch im Büro und jemand klopft an meine Tür. Ich muss jetzt Schluss machen. Lass uns später weiterreden.«

»Du Trotzkopf. Was habe ich nur mit dir falsch gemacht«? Ich hörte meine Mutter tief durchatmen, bevor sie den Hörer einfach auflegte.

Ich blickte zur Uhr, es war kurz nach elf. Mirjams Unterricht ging bis zwölf, ich kannte ihre Termine auswendig. Ich schrieb ihr eine SMS, dass ich sie dringend sprechen müsste. Trotz meiner Aufregung versuchte ich, noch einige Arbeiten zu erledigen. Kurz nach zwölf erhielt ich eine Nachricht: *Wir treffen uns gegen eins in deinem Büro. Freue mich. M.*

Mein Herz begann sofort zu rasen und gleichzeitig verspürte ich eine innere Unruhe. Wir wurden unvorsichtig, denn das Amt besaß doch die meisten Augen und Ohren. Aber ich ignorierte dieses ungute Gefühl, denn wenn ich ehrlich war, wurde es mir immer gleichgültiger, ob jemand etwas ahnte oder nicht. Alles in mir war auf die Begegnung mit Mirjam programmiert. Um kurz nach eins klopfte es an der Tür und sie betrat mein Büro. Ich sprang auf und ging ihr entgegen. Ich zog sie an mich und wir suchten gierig unsere Lippen. Eine Welle der Leidenschaft überflutet uns und wir mussten uns zwingen, vernünftig zu bleiben. Wir setzten uns an meinen Besuchertisch und Mirjam legte ihr Fahrtenbuch darauf.

»Damit ich einen Grund hatte, dich aufzusuchen.« Sie nahm meine Hand und führte sie an ihre Lippen. »Was gibt es?«, fragte sie, ohne meine Hand loszulassen.

Oh Gott, wie liebte ich diese Frau und wie sollte ich ihr jetzt erklären, dass beim Bäcker über mich geredet wurde? Wie würde sie nur darauf reagieren?

Mirjam sah meinem gequälten Gesichtsausdruck an, dass ich keine positiven Nachrichten hatte.

»Was ist geschehen?« Ihre Stimme klang rau und atemlos.

»Torsten Fellner hat mich geoutet«, erklärte ich ihr. »Auf der Vereinsweihnachtsfeier. Jetzt macht es die Runde und zwei Kolleginnen haben mich vorhin darauf angesprochen.«

»Torsten Fellner, der Apotheker?«

»Ja, genau der.«

»Warum? Was weiß der von dir?« Mirjams Stirn lag in Falten. Sie konnte nichts von der Geschichte zwischen Torsten und mir wissen. Ich erzählte ihr kurz von dem Abend im Vereinsheim, als er mich zum ersten Mal angebaggert hatte, dem gemeinsamen Essen und von den Geschehnissen auf der Weihnachtsfeier.

Mirjam schüttelte den Kopf und starrte vor sich hin. »Hast du es denn zugegeben?«

»Nein.« Ich schämte mich vor Mirjam, denn ich stand wie ein Feigling da.

»Du hast dich nicht geoutet?«

»Mirjam, ich bin weggelaufen. Mein Verhalten ist Antwort genug. Jeder, der mich kennt, weiß, dass ich noch nie einen Freund hatte. Meine Wochenenden verbrachte ich in Bremen, Oldenburg oder Hamburg in Lesbenlokalen und schlief dort ab und zu mit Frauen. So sah mein Leben bisher aus. Wenn Torsten behauptet, ich bin eine Lesbe, werden viele das glauben. Es ist ja auch wahr.«

»Schläfst du mit anderen Frauen, außer mit mir?« Der Druck ihrer Hand wurde fester.

Sollte das ihre einzige Sorge sein, konnte ich mich ja entspannt zurücklehnen. Anna hatte ich vor einigen Tagen am Telefon von Mirjam erzählt und damit unsere Bettgeschichte beendet. »Nein. Wie kommst du nur auf solche Gedanken?« Ich beugte mich vor und küsste sie sanft auf den Mund. »Ich liebe dich, auch wenn du das nicht hören willst.«

Sie schüttelte den Kopf und ich sah das Lächeln auf ihrem Gesicht.

»Und du?«, hörte ich mich fragen. Am liebsten hätte ich diese Worte zurück in meinen Mund gestopft. Ich sollte nicht wissen, ob Mirjam noch mit Holger schlief. Die Eifersucht quälte mich jeden Abend und meine Fantasie schlug dabei brutale Purzelbäume. Jetzt sprach ich diese zwei Worte aus und Mirjams Miene verfinsterte sich schlagartig. Sie ließ meine Hand los.

»Es tut mir leid«, sagte ich. »Ich wollte das nicht fragen. Du bist mit ihm verheiratet« *Mist, warum konnte ich meine Klappe nicht halten?*

Mirjam fuhr sich mit der Hand durch die Haare. Sie sah mich an. Ihr Lächeln wirkte gequält. »Dir muss nichts leidtun. Ich an deiner Stelle könnte das nicht ertragen.« Sie legte ihre Hand in die meine. »Ich überlege ständig, warum ich mich auf dich einließ. Wenn ich in deiner Nähe bin, habe ich die Antwort dafür.«

Ich wurde von ihren Worten überrascht. Es hörte sich wie eine Liebeserklärung an und es klang fast noch wunderbarer als *Ich liebe dich.* Solche Sätze hatte sie bisher vermieden.

»Sieh mich nicht so erstaunt an.« Sie küsste meine Hand. »Es ist alles verrückt und ich habe keine Vorstellung davon, wie es weitergehen soll. Das zwischen uns wird immer schwieriger. Holger wird von deinem Outing erfahren und dich mit Fellners Aussagen konfrontieren. Du weißt, dass er konservativ ist und er wird sich schwer damit tun, eine lesbische Angestellte in seiner Gemeinde zu akzeptieren.«

»Ja, das ist mir klar. Wenn er noch erfährt, dass ich mit seiner Frau schlafe, werde ich auf dem Scheiterhaufen verbrannt.« Ich versuchte es mit Galgenhumor, obwohl mir nicht zum Scherzen zumute war.

»Wir sollten besser unser Verhältnis beenden. Es ist zu befürchten, dass es für uns beide nicht gut ausgehen wird.«

Wir sahen uns an und wussten, dass wir nicht voneinander lassen konnten. Ich stand auf und verschloss meine Bürotür.

Meine Mutter hatte nicht vor, in den nächsten Tagen wegen ihrer uneinsichtigen Tochter im Mittelpunkt zu stehen. Sie informierte mich, dass es ihr Schichtplan erlaube, bis Dienstag in Hamburg zu bleiben.

Sie ließ mich einfach mit meinen Problemen zurück. Ich konnte es nicht fassen. Ich telefonierte mit Sander, der sich viel zu sehr über den Besuch meiner Mutter freute, als das er mir Trost spenden konnte.

»Du hast mir doch alles hier eingebrockt«, sagte ich maulend. »Deine alte Geschichte mit Huber und jetzt lässt du mich hängen.«

»Dein Problem und die Vergangenheit sind zwei verschiedene Geschichten«, widersprach Sander. »Ich kann mich nicht daran erinnern, dich in die Arme von Mirjam getrieben zu haben.«

»Das nicht, aber ...«

»Nicht aber, Jacki. Du bekommst es knüppeldick, das ist bitter. Aber du liefst jahrelang einen Bogen um die Worte Entscheidungen und Verantwortung. Das funktioniert jetzt nicht mehr. Es ist niemand da, der dir etwas abnehmen kann. Du wirst es aussitzen oder davonrennen, so wie bisher. Du könntest zu deiner Schwester nach München ziehen oder nach Hamburg zu deinem alten Pastor. Deine Probleme werden dich einholen, solange du nicht lernst, zu dir zu stehen.«

Na klasse, ähnliche Worte hatte mir meine beste Freundin um die Ohren gehauen.

»Ich weiß nicht, was ich unternehmen soll. Ich liebe Mirjam, doch es gibt keine Zukunft für uns. Was soll ich denn da für eine Entscheidung fällen?«

»Du sagst, du liebst diese Frau und im nächsten Satz erklärst du, dass es keinen Sinn hat. So tickst du, Jacki. Du wirst immer das anstreben, was dir am wenigsten Ärger bereitet. Hör endlich auf, in Selbstmitleid zu vergehen.«

Diese Abreibung meines Pastors saß gewaltig. So hatte Sander noch nie mit mir gesprochen. Ich war stinksauer. Meine Mutter und er verbrachten ein paar romantische Tage in Hamburg, während ich mich für meine sexuelle Orientierung rechtfertigen musste.

»Jacki, ich werde für dich beten und vertraue auf Gott, dass diese Geschichte ein gutes Ende nimmt.«

»Herzlichen Dank für diese Unterstützung«, knurrte ich ins Telefon und legte auf.

Ich ging an den Kühlschrank und nahm mir ein kühles Bier heraus. Was bildete sich Sander ein? Entscheidungen treffen. Ha! Sollte ich zu Huber gehen und ihm sagen, dass ich seine Frau liebte? Könnte er vielleicht so freundlich sein und sich scheiden lassen? Oder sollte ich ihn zu einem Duell herausfordern? High Noon in Lütjenstede und das mitten auf dem Kirchplatz. Ich schlug mit der Faust auf die Anrichte. Ich hatte immer noch keinen Plan und ließ mich weiterhin nur von meinen Gefühlen treiben.

Holger erwartete Mirjam, als sie um zwei Uhr nach Hause kam. Wegen der Erkrankung eines Stadtratsmitglieds fiel sein Termin aus. Sie hatte ihre Arbeitstasche und eine Einkaufstüte in der Hand.

»Ich dachte, du kommst früher nach Hause«, sagte er. »Wo bist du so lange gewesen?«

Es entging ihm nicht, dass in seiner Frau seit einiger Zeit eine Veränderung vorging. Er beobachtete kleine Verwandlungen, der verträumte Blick in ihren Augen, die aufrechtere Haltung, ihr befreites Lächeln. Doch sie versuchte, diese Wandlung vor ihm zu verbergen. Ihre hilflosen Bemühungen um Normalität amüsierten ihn zwar, dennoch spürte er eine ernsthafte Gefahr.

»Einkaufen«, sagte Mirjam. »Es gibt heute Abend frischen Fisch.«

Holger folgte Mirjam in die Küche und lehnte sich an den Türrahmen. Sie leerte die Einkaufstüte, legte die Einkäufe in den Kühlschrank und die Kartoffeln in eine Schale.

»Wie war dein Tag?«, fragte er.

»Danke, es geht so. Die achte Klasse am Freitagvormittag ist immer anstrengend. Sie interessieren sich mehr für Smartphones als für die Bibel. Die vierte Klasse gleicht das aus. Ich habe selten erlebt, dass Kinder so begeistert mitarbeiten.«

Holger nickte verständnisvoll und ärgerte sich gleichzeitig über ihren Enthusiasmus. *Ich muss die Zügel anziehen.*

Kapitel 23

»Die Erde lächelt, die Gewässer lächeln, die Himmel lächeln – aber ich, ich verlerne zu lächeln, wenn du mir nicht nahe bist.«

(Indianisches Volkslied)

Ich rannte und rannte und rannte, doch ich kam keinen Schritt voran. Verzweifelt versuchte ich zu schreien und brachte nur ein heiseres Krächzen heraus. Die Schritte hinter mir erklangen lauter und schneller. Ich spürte den Atem des Verfolgers und gleich würde seine Hand nach mir greifen. Schnaufend, fast so, als wäre ich gerannt, wachte ich auf.

Unruhig warf ich mich im Bett hin und her. Als ich erneut einschlief, geriet ich in den nächsten wirren Traum. Eine alte Bekannte meldete sich zurück. Ich befand mich in Mahpeas Holzhütte und sah mich auf dem Boden liegen. Mein Körper und mein Gesicht waren übersät von Verletzungen. Während die alte Indianerin meine Wunden versorgte, erklang aus ihrem Mund meditativer Gesang. *Wo ist Mirjam?*, fragte ich die Indianerin mit schmerzverzerrtem Gesicht. Sie schüttelte nur den Kopf und sang weiter. Plötzlich traten Monika und Pastor Sander in die Hütte. *Wo ist Mirjam?*, fragte ich sie verzweifelt. *Du bist doch weggerannt – du bist doch weggerannt – du bist doch weggerannt ...* riefen sie und ich hielt mir die Ohren zu. Tränen liefen mir über mein Gesicht. Ich wachte mit laut klopfendem Herzen auf. Zitternd blickte ich zur Uhr, es war halb vier.

Wir wollten uns um neun Uhr im Gemeindesaal treffen und ich hatte Angst, auch nur eine Minute wieder einzuschlafen. Welcher Traum würde mich erwarten? Wütend riss ich den Traumfänger vom Nagel und schmiss ihn gegen die Wand. Was für ein sinnvolles Geschenk meiner besten Freundin.

Ich stand auf und setzte mich vor den Fernseher. Wenn man nachts durch die Programme zappte, wurde einem klar, dass man so gar nichts verpasste, wenn man in seinem Bett schlief. Ich ging zurück in mein Bett und las einige Seiten des Krimis, der schon eine Weile auf meinem Nachtisch lag. Darüber schlief ich ein und wurde um acht Uhr vom Nachrichtensprecher geweckt.

Schlaftrunken wankte ich ins Badezimmer und stolperte in die Dusche. Ich ließ das warme Wasser über meinen Körper laufen, schloss die Augen und genoss das Prickeln auf meiner Haut. Langsam wurde ich munter, es fehlte nur noch ein starker Kaffee.

Um viertel vor neun verließ ich meine Wohnung und hastete zum Gemeindesaal. Die meisten der ehrenamtlichen Helferinnen und Helfer hatten sich bereits eingefunden. Als ich grüßend die Räumlichkeiten betrat, spürte ich sofort, dass man über mich geredet hatte. Manche erwiderten freundlich meinen Gruß, andere wandten sich ab. Ich fühlte mich unwohl in meiner Haut und versuchte gleichzeitig, mir nichts anmerken zu lassen.

Wir stellten Tische für die Verkaufsstände zusammen und trugen Stühle in den Hauptsaal. Dort sollten die Konzerte und Vorträge stattfinden. Immer mehr Helferinnen und Helfer betraten das Gemeindehaus. An den Ständen verteilten sich verschiedene Verkäufer, die Weihnachtsartikel, gebrauchte Bücher oder Kinderkleidung anboten. Außerdem gab es Essens- und Getränkestände.

Punkt zwölf Uhr eröffnete Pastor Reese mit einer kurzen Ansprache den Adventsbasar. Die Lütjensteder Saitenmusikanten spielten *Es ist ein Ros' entsprungen* und zauberten damit eine gemütliche Weihnachtsatmosphäre in den Gemeindesaal. Eine Gänsehaut legte sich über meinen gesamten Körper. Ich liebte einfach die Weihnachtszeit. Doch für besinnliche Momente gab es wenig Zeit, denn ich musste kräftig anpacken. Ich half an den Verkaufsständen, kochte Kaffee, schenkte Getränke aus oder schmierte Brötchen. Wenn Menschen zusammenkommen, haben sie das Bedürfnis, zu reden und zu erzählen. Oft wird ein Thema brisant, wenn unerschöpflich darüber diskutiert wurde. Ich sah viele Gemeindemitglieder, vor allem ehrenamtlich Tätige bei den beiden Pastoren März und Reese stehen. Pastor Huber und Mirjam sollten erst am Nachmittag zum Basar dazustoßen.

Irgendwann stand Pastor Reese an meiner Seite und bat mich, ihn zu begleiten. Mir rutschte das Herz in die Hose. Das konnte nichts Gutes bedeuten. Ich schlich hinter ihm her in einen Nebenraum.

»Warum vertrauten Sie sich niemandem an?«, fragte er mit trauriger Stimme.

Mit ihm reden? Ich starrte Reese nur stumm an.

»Pastor März und ich werden ständig angesprochen. Wenn wir es gewusst hätten, wir wären besser vorbereitet gewesen.«

Reese konnte ich nicht anlügen und ihm eine Geschichte vom frustrierten Torsten Fellner auftischen, der Gerüchte in die Welt setzte. Ich wollte aber nicht, dass so viele Leute über mich redeten. »Aber ... ist das nicht meine Privatsache?« Meine Stimme bebte.

»Sie arbeiten für die evangelische Kirche.« Er nahm meine Hände. »Es ist für uns keine einfache Situation, damit umzugehen. Es ist uns bewusst, dass Homosexualität in unserer Kirche ein Anliegen ist. Immer mehr Pastorinnen und Pastoren stehen offen zu ihrer Homosexualität. Das ist gut so, Frau Achenbacher. Ich unterstütze das. In unserer Kirchengemeinde ist es ein Novum. In Lütjenstede gibt es so etwas offiziell nicht. Sie sind zwar keine Pastorin, jedoch kirchliche Mitarbeiterin. Für die Gemeindemitglieder ist es ein Thema. Viele Menschen engagieren sich für unsere Kirche. Wir müssen ihre Befürchtungen und Ansichten ernst nehmen.«

Meine schlimmsten Ängste bewahrheiteten sich. Ich wurde nicht nur komplett geoutet, sondern als Problemfall behandelt. *Herzlichen Glückwunsch.*

»Wie soll es denn jetzt weitergehen?«, fragte ich verzagt.

Er ließ meine Hände los und lächelte milde. »Sie müssen sich nicht sorgen, Frau Achenbacher. Niemand sagt, dass das Leben immer einfach ist. Gott weist uns neue Wege. Vertrauen Sie auf ihn.«

Ich nickte nur und bekam kein Wort mehr heraus. Er strich mit seiner Hand über meinen Arm und verließ mit bedächtigen Schritten den Raum.

Ich blieb wie gelähmt zurück und keinem wäre aufgefallen, wenn ich mich weggebeamt hätte. Für mich gab es nur einen einzigen Grund dazubleiben und der hieß Mirjam. Sie käme später zum Basar.

Ich atmete tief durch und ging in den Gemeindesaal, der immer voller wurde. Ein knallig roter Haarschopf kämpfte sich durch die Menschenmenge. Monika. Zum Glück verzichtete sie diesmal auf Indianerkleidung, aber sie trug eine Menge ihres Indianerschmucks spazieren. Schwer atmend kam sie an meinen Getränkestand. Ich umarmte sie erleichtert.

»He, da hat jemand Sehnsucht nach mir«, sagte sie und verzog ihren Mund zu einem Grinsen. »Ich brauche etwas zu trinken, am besten eine Cola.«

Ich schenkte ihr ein Glas ein und legte das Geld für sie in die Kasse.

»Wo ist dein Herzblatt?«, fragte sie mich und sah sich suchend um.

»Sie ist noch nicht da.«

»Ich kann es kaum erwarten, deine geliebte Pastorin kennenzulernen.«

»Pst«, flüsterte ich ihr zu. »Bist du verrückt! Mich beobachten hier sowieso alle Leute.«

»Tatsächlich? Oh weh. Jacki Achenbacher muss sich einem Problem stellen.«

»Deinen Sarkasmus kannst du dir sparen.«

Monika lachte und trank das Glas fast in einem Zug leer.

In diesem Moment entdeckte ich Mirjam, die die Räumlichkeiten ohne Holger betrat. Ich stieß Monika an und deutete mit dem Kopf in Mirjams Richtung.

»Das ist sie.«

»Die zierliche Dame in dem Talar?«

»Ja, genau die.«

»Bezüglich ihrer Kleidung könnte sie noch zulegen«, kicherte Monika. »Schwarz steht ihr nicht.«

»Witzig.«

»Ich gebe zu, auf den ersten Blick hat sie etwas.«

Mirjam kam in meine Richtung gelaufen.

»Oh ja, ich kann dich verstehen.« Monika hob den Daumen. »So viel Geschmack habe ich dir nicht zugetraut.«

Mirjam hatte den Getränkestand erreicht. »Hallo, Frau Achenbacher. Können Sie mir bitte ein Wasser geben?«, bat sie mich und warf einen kurzen Blick auf Monika.

»Sie brauchen Jacki nicht vor mir zu siezen«, sagte meine Superfreundin grinsend. Zum Glück standen neben uns keine anderen Leute.

Mirjam sah erst Monika und danach mich verunsichert an.

»Ja, das ist Monika. Sie ist meine beste Freundin.«

»Oh, Sie haben mich jetzt etwas überfahren.« Mirjam blickte kurz über ihre Schulter. »Ich freue mich, eine Freundin von Jacki kennenzulernen.«

»Und ich bin begeistert, *Sie* endlich kennenzulernen.«

»Monika gehört das Indianergeschäft in der Innenstadt«, sagte ich zögernd.

»Tatsächlich? Ich stand des Öfteren davor, traute mich aber nicht hinein. Ich dachte, dass ich nichts Passendes fände.«

Monika musterte Mirjam von oben bis unten. »Mit solch modischen Anzügen kann ich in der Tat nicht dienen. Ich biete vor allem Schmuck an, zum Beispiel Türkisanhänger mit Kreuzmotiven. Sie sehen wunderschön aus und werden gerne gekauft.«

»Das hört sich interessant an. Wie kamen Sie darauf, Indianerschmuck zu vertreiben?«

Während Monika die Geschichte erzählte, schenkte ich Mirjam ein Glas Wasser ein. Ich reichte ihr das Getränk und dabei berührten sich wie zufällig unsere Hände. Es begann sofort zwischen uns zu knistern und ich befürchtete, dass jeder bemerkte, was los war.

»Sie werden am Kaffeestand benötigt«, rief mir jemand zu. Ich seufzte tief und ließ Monika und Mirjam schweren Herzens allein. Die nächste halbe Stunde spülte ich mit Sybille und Jens das Geschirr. Zwischen uns herrschte eine eigenartige Reserviertheit. Ich fühlte mich wie ein Fremdkörper. Uns belastete diese unsichere Situation. Warteten sie darauf, dass ich über das Thema sprach und ihnen eine Brücke schlug? Ich sah mich nicht in der Lage zu handeln, denn die Angst vor Entdeckung meiner Beziehung zu Mirjam lähmte mich.

Mirjam unterhielt sich glänzend mit Monika. Sie wusste schon gar nicht mehr, wann sie das letzte Mal mit Freunden zusammengesessen, einfach nur geredet, Musik gehört, sich ausgetauscht und diskutiert hatte. In ihrem Leben gab es das nicht mehr. Sie lernte durch ihren Beruf viele Leute kennen, aber das unbeschwerte Gespräch unter vertrauten Menschen vermisste sie. Das wurde ihr bewusst, als sie mit Monika zusammenstand und sie sich selbst entspannt lachen hörte. Monika war amüsant und ein bisschen verrückt. Mirjam hatte Jackis Freundin in ihr Herz geschlossen.

»Wir können doch zu dritt zum Essen gehen«, schlug Monika vor. »Das wäre unverfänglich.«

Mirjam nickte zustimmend und gleichzeitig wusste sie, dass es dieses Treffen nicht geben würde. *Holger hätte etwas dagegen* – was war das nur für eine Aussage? Wieso wehrte sie sich nicht? Sie musste damit beginnen und warum nicht dann, wenn es um ein Essen mit zwei Freundinnen ging?

»Hallo, mein Engel, hier bist du.« Holgers Stimme holte sie aus ihren Gedanken zurück. Er streifte Monika mit einem kurzen Blick und nahm die Hand seiner Frau. »Unser Chor singt jetzt und ich würde ihn gerne zusammen mit dir anhören.«

»Ja. Ich komme«, entgegnete Mirjam leise und sah Monika kurz an. »Es war nett, Sie kennenzulernen.«

»Das Vergnügen ist auf meiner Seite«, antwortete Monika und deutete eine Verbeugung an.

Holger zog Mirjam fort. Während sie in den Saal gingen, fragte er, wer diese seltsame Person war.

»Ihr gehört der Indianerladen in der Innenstadt«, sagte Mirjam.

»Du wirktest ausgelassen, fast so, als wenn ihr euch länger kennen würdet.«

Er hatte sie eine Weile beobachtet. Sie spürte diese Unsicherheit, die von ihr Besitz nahm. »Nein. Ich kenne sie nicht, aber sie ist amüsant.«

Holger drehte sich um und Mirjam folgte seinem Blick. Jacki war bei Monika und die beiden steckten die Köpfe zusammen. Sie spürte seinen harten Griff an ihrem Arm. »Es ist eine Freundin von der Achenbacher«, zischte er und sah sie wutentbrannt an. »Wieso kennst du sie?«

Mirjam schossen vor Schmerz die Tränen in die Augen und er lockerte seinen Griff. »Holger, ich habe die Frau vorher nie gesehen. Sie unterhielt sich mit Jacki, als ich mir ein Getränk bestellte. Dabei kamen wir ins Gespräch.«

»Jacki«, wiederholte Holger leise. »Wieso nennst du Frau Achenbacher Jacki?«

Was für ein unverzeihlicher Fehler. Mirjams Mund fühlte sich trocken an. Sie fuhr sich mit der Zunge über die Lippen.

»Mir war der Name im Ohr, weil diese Monika ihre Freundin so nennt«, versuchte sie sich herauszureden. »Warum reagierst du nur so wütend?« Sie flüsterte, damit niemand ihre Auseinandersetzung mitbekam.

»Weil ich dich bat, keinen Kontakt zu der Achenbacher aufzunehmen. Dir müsste ja zu Ohren gekommen sein, was die für eine Person ist. Verstehst du?« Seine Tonlage klang für diese Worte zu sanft. Als Mirjam nicht antwortete, hielt er sie fest und blickte sie mit zusammengekniffenen Augen an. »Ich fragte, ob du mich verstanden hast.«

Mirjam nickte gehorsam.

»Es geht doch.«

Sie hatten den Saal erreicht und setzten sich auf zwei freie Stühle. Neben Holger nahmen sofort einige Damen mittleren Alters Platz. Charmant plauderte er mit ihnen, während Mirjam innerlich erfror.

»Mensch Jacki, dein Herzblatt gefällt mir«, begrüßte mich Monika, als ich an den Getränkestand zurückkam. »Puh, sie steht total unter der Fuchtel ihres Mannes. Das ist ja unfassbar, welche Dominanz der Typ ausstrahlt.«

»Ja, der ist echt widerlich.«

»Wenn ich ihn nur äußerlich betrachte, ist das ein Schnuckelbär. Ich kann verstehen, dass Mirjam auf ihn abfährt oder abgefahren ist.«

»Dir gefallen beide?«

»Man sollte sich nie festlegen, das Leben könnte langweilig werden.«

Im Saal begann der Kirchenchor *Oh du fröhliche* zu singen und Monika verzog das Gesicht. »Ich glaube, es wird jetzt Zeit zu gehen«, meinte sie. »Das ist nicht meine Welt.«

Monika konnte der Weihnachtszeit leider wenig abgewinnen, was ich bedauerte. Meine Überzeugungsarbeit prallte einfach an ihr ab. Für sie bedeutete Weihnachten vor allem ein ertragreiches Geschäft, denn Schmuck wurde gerne verschenkt.

Wir umarmten uns, bevor Monika zwischen den vielen Besuchern verschwand. Mich umfing die Einsamkeit.

Kurz, nachdem Monika das Fest verlassen hatte, entdeckte ich Torsten Fellner. Ich riss mich zusammen, ihm nicht den Mittelfinger entgegenzustrecken. Mit gesenktem Kopf schlich er in den Saal, in dem das Konzert begonnen hatte. Er schien sich nicht wohl zu fühlen. Ich verstand nicht, warum er sich zu dieser Aussage hatte hinreißen lassen. Scheinbar hatte ich ihn mit meiner Abweisung doch getroffen, was ihm aber nicht das Recht gab, so hinterhältig zu reagieren.

Der Auftritt des Chors stand als letzter Punkt für den heutigen Tag auf dem Programm. Da sich die meisten Besucher im Saal befanden, konnten wir damit beginnen, aufzuräumen. Die Anspannung ließ nach und die Müdigkeit nahm mich langsam gefangen.

An der Seite von Holger verließ Mirjam den Saal. Sie sah sich unauffällig um, bis sie Jacki entdeckte. Ihre Blicke trafen sich und sie spürte, wie das Eis in ihr zu schmelzen begann. Sie wollte Jackis Lächeln einfangen und behalten, damit diese Kälte nicht zurückkehrte. Diese Frau hatte es geschafft, ihrem Leben wieder Wärme zu geben und sie damit gleichzeitig in einen Gewissenskonflikt getrieben. Sie befand sich in einer grotesken Situation und sie hatte keine Ahnung, wie sie da herauskommen sollte.

Holger legte seinen Arm um sie und für einen Moment fühlte sie sich ertappt. Er sagte, dass er etwas mit Reese und März besprechen müsste und sie nach Hause gehen sollte. Mirjam nickte und Holger steuerte zielstrebig seine Pastorenkollegen an. Sie zögerte eine Sekunde, bevor sie sich umdrehte. Jacki hatte ihren Blick auf sie gerichtet. Durch ihren Körper brandete eine Woge der Leidenschaft und sie verstand nicht mehr, was mit ihr passierte. Fühlte sich so wahre Liebe an? Jacki verließ den Platz. In der Hand hielt sie einen leeren Getränketräger. Mirjam beobachtete, wie sie Flaschen von den Tischen einsammelte und dabei wie zufällig immer näher kam, bis sie vor ihr stand.

»Ich möchte dich küssen«, flüsterte Jacki.

»Mir geht es genauso«, sagte Mirjam ebenso leise.

Sie tanzten auf dem Drahtseil. Mirjam wollte Jacki berühren, nur ihre Hand, ihren Arm, ihr Gesicht. Sie durfte diesem Drang nicht nachgeben. Ihr Blick ging kurz zu Holger, der sich scheinbar in einem angeregten Gespräch mit seinen Kollegen befand. »So kann es nicht mit uns weitergehen.« Jacki sah sie bestürzt an. »Du willst das zwischen uns beenden?«

»Nein«, flüsterte Mirjam. »Oh nein, Jacki. Ich will dich doch nicht aufgeben. Aber ich muss eine Entscheidung treffen. Gib mir nur ein bisschen Zeit dafür.«

Jacki atmete erleichtert auf. Sie sahen sich tief in die Augen, dann eilte Mirjam aus dem Gemeindehaus.

Kapitel 24

»Richtet nicht, damit ihr nicht gerichtet werdet.«

(Mt 7,1 LUT)

Mirjams Worte hallten noch lange in meinem Kopf nach. Sie wollte eine Entscheidung treffen, aber mich nicht aufgeben. Das konnte ja nur heißen, dass sie in Betracht zog, Holger zu verlassen. Meine Seele machte Luftsprünge und mein Puls raste vor Aufregung. Ich hatte das Bedürfnis zu tanzen und zu pfeifen, doch gleichzeitig spürte ich meine Zweifel. Wie sollte das gemeinsame Leben aussehen? Wie würden die Leute auf unsere Beziehung reagieren? Mirjam müsste sich eine Gemeinde suchen und wo sollte ich arbeiten?

Obwohl ich mir nichts sehnlicher wünschte, als mit ihr zusammen zu sein, wurde ich von Minute zu Minute unsicherer. Ich fragte mich, ob ich bereit war, offen mit einer Frau zusammenzuleben. Solange alles für mich unerreichbar schien, hatte ich mir über die Realität wenig Gedanken gemacht. Doch jetzt sah das Leben mit ihr nicht mehr nur rosarot aus. Die Angst klopfte in meinem Kopf an, während sich alles in mir nach Mirjam verzehrte.

Ich blickte mich um und registrierte, dass einige Helferinnen und Helfer das Gemeindehaus verließen. Auch für mich wurde es Zeit zu gehen, denn ich befand mich über neun Stunden auf dem Basar. Ich ging zu Jens und Sybille, um mich zu verabschieden, als sich Pastor Huber vor mir aufstellte. Seine Kollegen Reese und März hielten sich im Hintergrund und starrten zu Boden. Hubers Augen musterten mich abschätzig, er wollte mir also keine positive Nachricht überbringen.

»Frau Achenbacher, wir haben beschlossen, morgen auf Ihre Dienste zu verzichten«, erklärte er mir so eisig, dass sein kalter Atem in der Luft stand.

»Ver-verzichten? Warum?«, fragte ich stotternd und ahnte längst die Antwort.

»Weil Ihre Anwesenheit nicht erwünscht ist. Morgen kommen noch viele engagierte Gemeindemitglieder und denen will ich Sie nicht zumuten.«

Seine Worte trafen mich mit unfassbarer Brutalität. Es war wie beim Boxen. Ein harter Schlag gegen die Schläfe und der Getroffene konnte sich nicht mehr auf den Beinen halten. Am Boden liegend wurde er angezählt. Eins – zwei – drei – vier – fünf – sechs ... Taumelnd stand der Boxer wieder auf, hielt seine Handschuhe vors Gesicht, um sich vor dem nächsten Schlag zu schützen. Doch ich hatte die Hände nicht schnell genug oben.

»Wenn ich Sie Morgen auf dem Basar entdecke, werden Sie abgemahnt. Haben Sie mich verstanden?« Er sah mich mit schneidendem Blick an.

Ich wollte etwas antworten, mich wehren und auf keinen Fall so vorführen lassen. Doch wie paralysiert starrte ich ihn an und konnte nur nicken. Diese Situation war ein einziger Albtraum und ich schämte mich zutiefst. Huber dagegen schien seinen Auftritt zu genießen. »Gut.« Er sah zufrieden in die Runde. »Nächste Woche werden wir darüber entscheiden, wie es mit Ihnen weitergeht.«

Er wünschte einen schönen Abend, bevor er sich umdrehte und ging. Krampfhaft bemühte ich mich, die Tränen zurückzuhalten.

Reese und März sahen mich verlegen an, während Jens und Sybille mit offenen Mündern dastanden.

»Das geht nicht«, brach Sybille das Schweigen. Sie sah die Pastoren hilflos an. »So kann man Mitarbeitende nicht behandeln.«

März schüttelte den Kopf und meinte, dass ich mir keine Sorgen machen müsste. Niemandem dürfte wegen seiner sexuellen Orientierung gekündigt werden.

In Jens regte sich der Mitarbeitervertreter und er nickte eifrig. »Ja, das stimmt.«

»Wenn es so ist, unterstützt Jacki auch.« Sybille fauchte diese Worte. »Jetzt kann die MAV zeigen, ob sie für die Mitarbeitenden da ist oder immer nur Sprüche klopft.«

Betreten sah Jens zu Boden.

Mir war alles auf der Welt egal. Ich wollte nur noch weg vom Ort dieser Demütigung. Ohne ein Wort zu sagen, griff ich nach meiner Jacke, die an der Garderobe hing und flüchtete.

Mirjam traf eine Entscheidung. Da sie nicht abschätzen konnte, wie lange sich Holger noch im Gemeindehaus aufhielt, musste sie rasch handeln. Sie nahm das Telefon und wählte die Nummer ihrer Eltern. Es läutete einige

Male durch. Mirjam wollte bereits auflegen, als sich endlich ihre Mutter meldete.

»Peters.«

»Hallo, Mutti. Hier ist Mirjam.«

»Mirjam. Schön, dass du anrufst. Wie geht es dir?«

»Danke. Es ist alles Okay.« Ihre Stimme klang gehetzt und das schien ihre Mutter zu bemerken.

»Was ist los?«

Mirjam atmete tief durch, während sie angespannt die Haustür im Blick behielt.

»Mutti, es könnte sein, dass ich etwas Verrücktes anstellen werde ...«

»Was hast du vor?« Die Stimme ihrer Mutter klang ernsthaft besorgt.

Mirjams Kehle schien zugeschnürt. Sie sah sich noch nicht in der Lage, ihrer Mutter alles zu offenbaren. »Ich ... ich kann dir nicht mehr erklären, aber ich habe es mir gut überlegt.«

»Es hat mit Holger zu tun, oder?!« Das war keine Frage, sondern eine Feststellung. »Soll ich zu dir kommen?«

Ein Schlüssel wurde in das Haustürschloss gesteckt.

»Nein, nein, das brauchst du nicht. Ich muss auflegen.«

»Mirjam. Ich mache mir Sorgen ...«

»Es geht mir gut. Tschüss, Mutti. Grüß Paps von mir.«

Sie legte auf und eilte in die Küche, bevor Holger das Wohnzimmer betrat.

Mein Weg führte zu Monika, der ich erst nach dem zweiten Bier alles erzählen konnte. Meine Freundin wurde immer wütender. Nur mit Mühe hielt ich sie davon ab, zum Pfarrhaus zu fahren.

Laute Musik dröhnte durch das Wohnzimmer. Ich öffnete eine weitere Flasche Bier und hatte längst aufgehört, sie zu zählen. Monika goss sich das nächste Glas Cola-Weinbrand ein und lehnte sich ins Sofakissen zurück. Wir betranken uns, weil wir sonst keine andere Antwort fanden.

Irgendwann meinte Monika, dass ich mich wie eine Idiotin benommen hätte. »Warum hast du nicht geantwortet, dass ... dass seine Frrrrau dann auch ... auch nicht zum Basar darf. Schließlich ... schläft ... sie ja in ... deinem Bettchen. Hihi. Vor allen ... Leuten ... hättest du ... das ... sagen sollen. Seine ... Frau ... hat Sex ... mit dihir, weil er, der Schlappischwanz, es nicht mehr ... hinbekommt. Das ... das Gesicht von Hu-Huber hätte ... ich sehen wollen!« Monika lallte bedenklich, aber mir ging es nicht besser.

Ja, verdammt, es stimmte. Diese Antwort hätte gesessen und einen Skandal nach sich gezogen. Ich saß auf dem Fußboden und lehnte mit dem Oberkörper am Sofa. Mit der Fernbedienung des CD-Players drückte ich zum fünfzehnten Mal die Wiederholung von AC/DCs Höllenfahrt *Highway to hell.* Monika stand auf und nahm meine leere Bierflasche. Wenig später kam sie zurück und reichte mir eine volle Flasche. Nach einer Weile hielt sie mir eine selbstgedrehte Zigarette hin. »Hier, zur Frust-Feier des Tages«, meinte sie mit glasigen Augen.

»Ich weiß nicht. Nicht, dass ich deine alte Heilerin treffe.«

»Quatsch. Das ist ... kein ... kein Kraut von Mahpea ...«

Ich nahm die Zigarette und stand mühsam auf. Während ich mir die Selbstgedrehte anzündete, stakste ich in Monikas Meditationszimmer.

»Wo willst du hin?« Sie torkelte hinter mir her.

»Ich will mit ihm sprechen.«

»Mit ... mit wem?«

»Mit ihm.« Ich stand vor Spirit Hawks Bilderrahmen und starrte ihn an. Er starrte mit unbewegter Miene zurück.

Ich inhalierte einen tiefen Zug aus der Zigarette und blies den Rauch Richtung Rahmen.

»He! Spinnst du?« Monikas Augen blitzten.

»Wieso?« Ich nahm den nächsten Zug, drückte meine Nase direkt an das Poster und pustete erneut.

»Lass Spirit Hawk in Ruhe.« Monika wollte mich vom Bild wegschubsen, verlor dabei die Balance und fiel der Länge nach hin. Während sie kichernd auf dem Boden lag, qualmte ich Spirit Hawk das dritte Mal an. Dann nahm ich noch einen tiefen Zug und inhalierte den Rauch. Das Kraut schmeckte angenehm weich und ich zog noch einige Male an der Zigarette.

»Hör zu, du großer weiser Indianer«, sagte ich. »Bilde dir nichts darauf ein, dass ich jetzt wieder mit dir rede. Mein Doktor Psycho meinte, ich soll versuchen, meine Visionen zu deuten und eventuell könntest du mir ja dabei helfen.«

Spirit Hawk schwieg.

»Mir geht das nicht aus dem Kopf, warum ihr den Huber dauernd skalpiert. Okay, wenn ich ehrlich bin, hält sich mein Mitleid in Grenzen, aber eigentlich ist das schon ein bisschen grausam, oder? Ja, und ständig ist

Mirjam in meinen Träumen verletzt. Was soll das bedeuten? Kannst du mir nicht einen Tipp geben?«

Spirit Hawks Miene blieb unbeweglich. Plötzlich verzerrte sich sein Gesicht. Das Bild begann zu schwanken und der Raum schien sich zu drehen.

»Monika, was ist los?«, rief ich erschrocken und überlegte panisch, ob es mitten in Lütjenstede zu einem Erdbeben kommen könnte. Nur noch aus weiter Ferne hörte ich Monikas Kichern. Ich versuchte, mich an einem Regal festzuklammern, doch ich rutschte ab und fiel hart auf den Boden. Ich spürte einen stechenden Schmerz am Kopf. Die Welt drehte sich in einem Höllentempo. Jede räumliche und zeitliche Gegebenheit löste sich auf.

Als ich erwachte, war mir übel. Aus dem Badezimmer vernahm ich eindeutige Geräusche. Monika musste sich mindestens genauso elend fühlen wie ich. Ich schwor mir nach diesem Horrortrip, nie mehr Gras zu rauchen. Meine Kleidung klebte am Körper, mein Gesicht und meine Haare waren nass geschwitzt.

Ich hörte die Badezimmertür klappen und schlurfende Schritte. Das Licht vom Flur schien in den Meditationsraum herein. Monika lehnte am Türrahmen und fragte leise, ob ich wach wäre.

»Ja«, flüsterte ich zurück.

»Mir ging es noch nie so mies wie jetzt. So ähnlich muss sich Sterben anfühlen.«

»Ja.« Ich stimmte ihr mit matter Stimme zu.

»Was für ein fieser Kick. Lag bestimmt am Alkohol. Ich glaube, wir sollten das mit dem Kiffen zukünftig lassen.«

»Was lief denn bei dir ab?«

Monika rutschte am Türrahmen auf den Boden. »Tausende von Bildern rauschten vor meinen Augen vorbei und ich hatte das Gefühl, durch die Luft zu fliegen. Alles wirkte schrecklich düster, an Einzelheiten kann ich mich nicht mehr erinnern. Als ich erwachte, war mich so schlecht. Was spielte sich bei dir im Kopf ab?«

»Es verlief ähnlich ...« Ich spürte ein heftiges Brechreizgefühl und stand mühsam auf. Doch ich musste mich beeilen, um rechtzeitig die Kloschüssel zu erreichen. So elend hatte ich mich noch nie gefühlt. Als ich nach einer Viertelstunde das Badezimmer verließ, lehnte Monika immer noch sitzend am Türrahmen und schnarchte leise vor sich hin. Ich ließ mich neben sie plumpsen und schüttelte sie leicht an der Schulter.

»Monika«, wisperte ich. »Schläfst du?«

Ich vernahm nur ein Grummeln.

»M o n i k a.« Ich schüttelte sie energischer.

»Scheiße, was ist los?«, knurrte sie und öffnete mühsam die Augen.

»Ich kann noch nicht schlafen.«

»Verdammt, ich aber.«

Das war mir egal. Ich musste mit ihr reden, denn ich konnte die vielen Bilder, die sich in meinen Kopf festgesetzt hatten, nicht beiseiteschieben.

»Ich war Zuschauerin meines bisherigen Lebens.«

»Deines Lebens? Und? Was regt dich denn da so auf?«

Monika schaffte es sogar, im verschlafenen, bekifften und besoffenen Zustand zynisch zu sein.

»Witzig. Hör mir zu. Ich bin auf einem schwarzen Mustang geritten. Immer traf ich mich ... in Situationen. Ach, es fühlte sich schrecklich an.« Ich lehnte meinen Kopf an Monikas Schulter und sie legte den Arm um mich.

»Was war so schrecklich, Süße?«

»Mir zuzusehen.«

»Aha.«

»Weil ... weil mein Leben bisher keine Glanzleistung war.«

»So?«

»Verdammt. Ja. Ich habe mich nie für jemanden eingesetzt und bin immer den Weg des geringsten Widerstandes gegangen. Erinnerst du dich noch an *Trutschi*?«

»Trutschi. Hieß so nicht eine Mitspielerin von dir?«

»Ja, wir nannten sie so, weil sie so langsam war. Sie hieß Anja. Wir lästerten echt heftig. Anja zog sich unvorteilhaft an und kickte grottenschlecht.« Mir wurde bei diesen Erinnerungen erneut übel.

»Oh ja, du hast keine netten Dinge über sie erzählt.« Monika gähnte herzhaft. »Sie verschwand recht bald, oder?«

»Ja, sie merkte, dass wir sie nicht mochten, über sie lachten.«

»Das zum Thema: Elf Freundinnen müsst ihr sein.«

»Das Schlimme ist, dass mir Anja ihre Sorgen anvertraute. Der Vater abgehauen, Mutter alkoholabhängig. Sie musste sich um den Haushalt und auch um ihre Geschwister kümmern. Obwohl ich ihre Nöte kannte, habe ich sie weder unterstützt noch in Schutz genommen. Ich wollte mich einfach nicht einmischen.«

»Oh, du hättest etwas für das Mädchen tun können.«

»Ja.«

»Warum bist du nicht dazwischen gegangen?«

»Vielleicht, weil ich früher Specki-Jacki war.« Der Gedanke an diese Zeit ließ mich innerlich frieren.

»Specki-Jacki?« Monika kicherte vor sich hin.

»Das ist nicht lustig. In der Schule nannte man mich so, weil ich trotz meiner Größe eine Menge Speck auf den Rippen hatte. Ich bin viel gehänselt worden.«

»Echt? Das wusste ich nicht.« Monika drückte mich enger an sich und diese Geste tat mir so gut.

»Als mein Vater starb, nahm ich ab, begann Fußball zu spielen und es gab keine fiesen Sprüche mehr. Ich gehörte nicht mehr zu den Außenseitern. Die anderen suchten sich neue Opfer. Es ist hart, was teilweise unter Schülern abgeht.«

»Und du hast mitgemacht?«

»Nun ... ja.«

»Krass.« Monika nahm den Arm von meiner Schulter und ich fühlte mich aus meiner Geborgenheit gerissen.

»Ich wollte nicht mehr verletzt werden.« Ich senkte den Kopf.

»Und deswegen hast du andere verletzt?«

»Ja. Armselig, nicht?«

»Allerdings.«

»Ich glaube, ich habe meine Gefühle vergraben.«

»Jetzt werde nicht dramatisch.«

»Bin ich nicht. Weißt du, als ich spürte, dass ich auf Frauen stehe, wollte ich nicht wieder die Außenseiterin sein. Ich konnte nur mit dir darüber reden ...«

»... und mit Sander.«

»Ja, als Carmen mich zum Teufel schickte, sah er, dass etwas mit mir nicht stimmte.«

»Sander hat dich unterstützt.«

»Ja, trotzdem hatte ich nicht die Kraft, zu mir zu stehen.«

»Du wolltest nicht wieder einstecken.«

»Möglich. Es gab einfach keinen Grund für mich, aus meinem bisherigen Leben auszubrechen. Doch nun gibt es Mirjam. Wenn ich mich hinter meinen Mauern verschanze, werde ich sie verlieren. Also muss ich jetzt mutig sein.« Mein Weg lag auf einmal so klar vor mir und ich fühlte mich fast ein bisschen erleichtert.

»Du wirst mir unheimlich.« Monika legte den Arm um meine Schulter, zog mich an sich und gab mir einen Kuss auf die Wange. »Alles wird gut, Süße.«

Ja, genau das empfand ich.

Wir saßen schweigend nebeneinander. Während meine Gedanken sehnsüchtig zu Mirjam krochen, schlief Monika bald ein.

Mein Blick ging zu dem Bild von Spirit Hawk. Er hatte mich hinauf auf seinen schwarzen Mustang gezogen. Ich saß vor ihm und er hielt mich mit seinen starken Armen fest. Es gab keine Möglichkeit zu fliehen. Während mein Körper bekifft und besoffen auf dem Boden von Monikas Meditationszimmer lag, galoppierte *etwas von mir* mit offenen Augen und klarem Verstand durch meine Vergangenheit.

»He, Spirit Hawk«, murmelte ich. »Also, ich wollte dir nur sagen, dass ich verstanden habe.«

Ich drehte meinen Kopf und sah, dass Monika schlief. Scheinbar war ich noch immer etwas high, sonst hätte ich nicht mit einem Poster gesprochen. Mein Blick ging zurück zum Stammesoberhaupt.

»Deine Indianer-Schwester Monika nennt mich Lusche und damit liegt sie bisher nicht falsch.« Ich atmete tief durch, als ich diese Worte aussprach. Wer nannte sich schon gerne einen Hasenfuß? Aber die Vergangenheit hatte gezeigt, dass dieser Name wohl zu mir passte. Aber das würde sich ab heute ändern.

»Spirit Hawk, ich verspreche dir, nicht mehr wegzurennen. Du hast mir gesagt, jeder Mensch fürchtet sich vor irgendetwas. Mut zu zeigen würde nicht bedeuten, keine Angst zu haben, sondern es ist die Entscheidung, dass einem etwas wichtiger ist, als die Angst. Mir ist klar geworden, was ich will. Ich werde ab sofort eine tapfere Kriegerin werden. Großes Indianerehrenwort.« Dabei hob ich zur Bekräftigung meine Hand. Spirit Hawk nickte mir zu, aber das war bestimmt nur eine Sinnestäuschung. Noch lange Zeit saß ich da und dachte über Mirjam und mein Leben nach.

Kapitel 25

»Verzweifle niemals. Die Tage vergehen wie das im Wind fliegende Herbstlaub, und die Tage kehren wieder mit dem reinen Himmel und der Pracht der Wälder. Aufs Neue wird jedes Samenkorn erweckt, und genauso verläuft das Leben.«

(Indianische Weisheit)

Mirjam führte am Sonntag auf dem Basar eine Kinderbibelstunde durch, an der viele Kinder teilnahmen. Sie war froh über die Abwechslung. Das Gespräch mit Holger am gestrigen Abend beunruhigte sie. Genüsslich hatte er erzählt, wie er Jacki für den Basarsonntag ausgeladen hatte. »Diese lesbische Schlampe wird hier nicht mehr lange arbeiten.« Seine Stimme hatte dabei hasserfüllt und voller Verachtung geklungen.

Mirjam hatte ihm fassungslos zugehört. Sie überlegte, ob Holger nicht psychologische Hilfe benötigte, denn er schien immer unberechenbarer zu werden. Ihr wurde klar, dass sich Jacki in Gefahr befand. Wenn Holger rechtlich nicht gegen sie vorgehen konnte, setzte er andere Mittel ein. Mirjam hatte bisher die Gerüchte um Holgers Vergangenheit nicht wahrhaben wollen und deswegen verdrängt. Sie würde Jacki später anzurufen und ihr von dem Gespräch mit Holger erzählen. Schon jetzt freute sie sich drauf, Jackis Stimme zu hören. Mit jeder Begegnung, jedem Treffen, jedem Gespräch stellte sie sich mehr gegen ihren Mann. Sie hatte sich entschieden.

Mirjam nutzte die Zeit, um sich mit Gemeindemitgliedern zu unterhalten. Die Menschen trugen ihre Sorgenbündel mit sich herum und waren froh, dass ihnen jemand zuhörte. Zum Thema Homosexualität wurde sie nur selten angesprochen. Mirjam glaubte, dass sich das Outing eines Gemeindemitgliedes eher zum Tratschen eignete, als zu ernsthaften Gesprächen mit Theologen. Eine ältere Dame fragte nach der *lesbischen Angestellten.* Erfreut stellte Mirjam fest, dass sie mit dem Thema tolerant umging. »So ganz bibelfest bin ich ja nicht«, gab die Dame zu, »und das Alte Testament gefällt mir sowieso nicht. Das ist zu blutrünstig. Ich glaube, dass der Herr Jesus verständnisvoll darauf reagiert. Das Wesentliche in unserem Leben ist doch die Liebe. Finden sie nicht, Frau Pastorin?«

Viele Theologen hätten bei diesen Worten wohl die Hände über dem Kopf zusammengeschlagen. Mirjam wollte sie dafür in den Arm nehmen. »Aus theologischer Sicht sind manche Ihrer Worte diskutabel«, sagte sie lächelnd. »Sie besitzen ein großes Herz und das ist das Wichtigste.«

Die Dame ergriff Mirjams Hand: »Es wurde Zeit, dass wir hier in Lütjenstede endlich eine Pastorin bekommen. Bleiben Sie uns lange erhalten.«

»Danke. Ich werde alles dafür tun.« Die Frau ließ ihre Hand los und sie verabschiedeten sich. Diese warmen Worte taten Mirjam gut und sie blickte ihr noch eine Weile nach. Dabei entdeckte sie Holger, der mit einigen Kommunalpolitikern zusammenstand. Eine passende Gelegenheit für ein Telefonat mit Jacki. Sie verließ das Gemeindehaus, stellte sich in eine geschützte Ecke hinter der Kirche und wählte die Handynummer. Jacki meldete sich sofort.

»Ist alles in Ordnung bei dir?«, hörte Mirjam ihre besorgte Stimme.

»Ja, außer, dass ich dich schrecklich vermisse.«

»Ich dich auch. Ich durfte ja heute nicht ...«

»Ich weiß. Holger erzählte es mir gestern Abend. Ich konnte es kaum fassen.«

»Nein, ich auch nicht. Es war so ... so demütigend.«

Mirjam verstand Jacki, denn zu oft hatte sie sich selbst so gefühlt.

»Du musst aufpassen. Holger wird dir das Leben zukünftig schwer machen.«

Für einen Moment war es still in der Leitung.

»Du warnst mich vor deinem Mann«, stellte Jacki fest.

»Das ist mir bewusst.«

Ein verlegenes Schweigen entstand.

»Du hast dich entschieden.«

»Ja. Es sieht so aus, oder?« Mirjam versuchte fröhlich zu klingen, doch spürte sie den dicken Kloß im Hals.

»Wann willst du mit ihm reden?«

»Ich weiß es nicht. Mir ist klar, dass unsere Beziehung auffliegen wird. Es ist nur noch eine Frage der Zeit. Es wäre fair, wenn ich es Holger selbst erkläre.«

»Mirjam, er wird es nicht verstehen und nicht akzeptieren. Du solltest dir jemanden dazu nehmen. Mir ist nicht wohl bei dem Gedanken, dass du mit ihm alleine sprichst.«

Mirjam verspürte dasselbe Unbehagen. Das wollte sie Jacki gegenüber aber nicht zugeben.

»Jacki, er ist mein Mann. Wir werden vernünftig miteinander reden.« Sie glaubte selbst nicht, was sie da sagte. Sollte sie ihre Eltern anrufen und bitten, zu kommen?

»Ich gebe nicht dich als Grund für die Trennung an. Es muss unabhängig von dir passieren, denn sonst würde ich dir schaden. Das ist das Letzte, was ich will. Aber uns muss klar sein, dass sich unser Leben ändern wird.«

»Das verstehe ich.«

»Jetzt muss ich auflegen. Wir sehen uns hoffentlich morgen.«

»Ja, das wäre fantastisch.«

»Ja. Grüß Monika. Sie gefällt mir.«

»Das mache ich. Tschüss.«

»Tschüss, Jacki.«

»Warte. Ich liebe dich, Mirjam.«

»Jacki ... ich weiß.« Sie beendete das Gespräch und atmete tief durch. *Ja, ich liebe dich auch.* Es fiel ihr schwer, diese Worte auszusprechen, solange sie noch nicht mit Holger gesprochen hatte. Doch sie schrieb Jacki eine SMS. Lächelnd ging sie zurück ins Gemeindehaus. Dort holte sich Mirjam eine Tasse Kaffee und stellte sich an einen der Tische. Langsam ging der diesjährige Weihnachtsbasar seinem Ende zu. Es waren nicht mehr viele Besucher anwesend. Holger verabschiedete sich von den Stadträten.

»Hallo, Frau Huber«, sprach sie ein Ehepaar an.

»Hallo«, antwortete Mirjam freundlich.

»Wir suchen Jacki Achenbacher. Wissen Sie, wo sie sich aufhält? Oder ist sie schon nach Hause gegangen?«, fragte die Frau.

»Jacki, also die ist heute nicht da.«

»Ist sie krank? Sie hat uns ausdrücklich an diesen Basar erinnert und gesagt, dass sie an beiden Tagen da wäre.«

Mirjam überlegte, woher sie die Frau kannte. »Sind Sie mit Frau Achenbacher befreundet?«

»Ich bin ihre Trainerin. Caro Janssen und das ist mein Mann Horst.«

Mirjam gab den beiden die Hand. »Jetzt kann ich mich an Sie erinnern.«

Caro nickte ihr zu. »Sie haben einmal bei einem Spiel unserer Frauenmannschaft zugesehen. Das habe ich nicht vergessen.«

»Ja, das stimmt. Mir hat es gut gefallen.«

»Na prima. Dann können Sie ja mal wieder vorbeischauen«, entgegnete Caro.

Mirjam gab sich einen Ruck. »Es ist nicht so einfach, Jackis Fernbleiben zu erklären.«

Caro sah Mirjam irritiert an. »Hat sie etwas angestellt?«

»Nein. Um Gottes willen.«

»Gibt es ein Problem?«

Mirjam sah Caro unentschlossen an. »Sie waren auch bei der Weihnachtsfeier des TSV dabei?«, fragte sie.

»Natürlich. Aber es geht ja wohl nicht um das fiese Outing?«

»Es gab deswegen Irritationen.«

»Wie bitte?«, mischte sich Horst ein. »Ich dachte, die Zeiten der Hexenjagd sind vorbei.«

»Bitte fassen Sie es nicht so auf«, bat Mirjam. »Wir wollten sie eher schützen, denn nicht jedes Gemeindemitglied kann so tolerant mit diesem Thema umgehen.«

»Ach, hören Sie auf damit.« Caro winkte ab. »Schützen? Sie wollten sich schützen. Ich weiß, warum ich vor Jahren aus Ihrem Verein ausgetreten bin.«

Mirjam legte ihre Hand auf Caros Arm. »Mit solchen Themen hat sich die Kirche noch nie leichtgetan. Ich bitte Sie, unsere Kirche nicht gleich zu verurteilen, sondern etwas Geduld zu haben.«

Caro schüttelte den Kopf. »Ich dachte, Sie wären eine nette, tolerante, weltoffene Pastorin. Es war eine tolle Geste, dass sie bei unserem Spiel zugesehen haben. Und nun das! So kann man sich täuschen.«

Grußlos wandten sich Caro und Horst ab und ließen Mirjam stehen. Sie fühlte sich elend. Kurz darauf spürte sie einen Arm, der sich um ihre Hüfte legte. »Gab es Probleme, mein Engel?«, fragte Holger.

Mirjam erstarrte. Hatte Holger das Gespräch mitbekommen? Dann wusste er jetzt auch von ihrem Besuch auf dem Sportplatz. Zögernd sah sie sich um, doch in seinem Blick ließ nichts darauf schließen.

Mirjam lächelte Holger an. »Nein, alles in Ordnung.«

Sie spürte Holger skeptischen Blick. Deshalb legte sie den Arm um ihn und sagte: »Es war ein erfolgreiches, besinnliches Basar-Wochenende, trotzdem bin ich froh, wenn Feierabend ist.«

Holger nickte zustimmend. »Bald haben wir es ja geschafft.«

»*I feel good* – so good«, sang ich lauthals James Browns Gute-Laune-Song mit und tanzte mit meinem Handy durch das Wohnzimmer. Sie hatte mir diese drei Worte geschrieben. Unfassbar. Mirjam liebte mich und wollte das durchziehen. Ich küsste mein Handy und drückte es an mein vor Glück überschäumendes Herz. Ich müsste Mirjam nicht mehr heimlich treffen. Wir könnten zusammen einschlafen, zusammen aufwachen, zusammen frühstücken, reden, weggehen, tanzen. Aber wie funktionierte überhaupt das Leben an der Seite einer Pastorin? Was würden die Menschen in der Gemeinde über mich, über uns denken? Ich hatte keine Ahnung, wie sich Mirjam eine Zukunft mit mir vorstellte. Wir hatten einfach bisher zu wenig Zeit miteinander verbracht. Doch diese Momente der Zweisamkeit waren so intensiv, dass ich manchmal glaubte, Mirjam ewig zu kennen. Gleichzeitig dachte ich, dass alles nur ein Traum wäre. Trotz dieser Euphorie verspürte ich eine Unruhe. Hoffentlich verliefe das Gespräch mit Holger gut. Ich starrte auf mein Handy und hoffte, dass sich Mirjam bald meldete.

Mirjam war froh, dass es vorbei war. Das Basar-Wochenende verlangte allen Mitwirkenden viel ab. Während Holger in sein Arbeitszimmer ging, wollte sich Mirjam erfrischen und sich umziehen. Sie legte ihren Talar ab und hängte ihn an den Kleiderschrank. Einen Moment lang überlegte sie, sich ein Bad einzulassen, doch sie entschied sich für die Dusche. Sie zog sich aus und nahm ein frisches Handtuch aus dem Schrank. Dann begab sie sich ins Badezimmer, das sie direkt vom Schlafzimmer aus erreichte.

Sie wollte das Handtuch an die Duschkabine hängen, als die Tür aufging. Holger stand im Türrahmen und sah sie schweigend an.

»Willst du erst in die Dusche?«, fragte Mirjam zaghaft und bedeckte ihren Körper mit dem Handtuch.

»Nimm das runter«, sagte Holger leise.

»Aber du kennst doch meinen Körper.« Ihr Herz pochte laut. Sie spürte, dass etwas in der Luft lag.

»Ich weiß nicht, ob ich überhaupt noch etwas von dir kenne.« Seine Stimme klang beunruhigend bedrohlich.

»Ich ... ich weiß nicht ... was du meinst.« Mirjam schluckte und die Angst begann, durch ihren Körper zu kriechen.

»Warum gehst du zum Beispiel zu einem Fußballspiel von der Achenbacher, obwohl ich dich bat, dieser Frau aus dem Weg zu gehen?«

»Weil ... weil ... ich ... weil mich ... Frauenfußball interessiert«, stammelte Mirjam.

»So, so. Interessiert dich der Fußball oder interessiert dich eher eine bestimmte Person?«

»Wen meinst du?« Mirjam zitterte und zog das Handtuch enger an sich.

Holger griff in seine hintere Hosentasche und holte ein Handy heraus. Er drückte einige Tasten und schaute sie dabei mit kaltem Blick an.

»Das ist meins!«, sagte Mirjam fassungslos. Sie hatte ihre Arbeitstasche mit ihren persönlichen Dingen im Wohnzimmer stehen gelassen. Sie war unvorsichtig geworden, denn sie hatte es nicht übers Herz gebracht, die letzten Nachrichten von Jacki einfach aus dem Handy zu löschen. Sie waren ihr zu wertvoll, zu tröstend, zu wichtig. Wenn Holger die Nachrichten gelesen hatte, wusste er Bescheid.

»Soll ich dir die Nachricht vom heutigen Tag vorlesen?«

Mirjam schüttelte den Kopf. Vor zwei Stunden hatte sie Jacki auf dem Handy die Worte geschrieben, die sie noch nicht aussprechen konnte. Diese drei Worte, die sie ins Verderben stürzen würden. Nun hatte das dünne Eis sie nicht mehr länger getragen.

»Und was ist damit?« Er hielt ihr die Packung der Pille entgegen, die ihre Mutter ihr verschrieben hatte.

»Willst du kein Kind mehr von mir, weil du etwas mit ihr hast? Wie lange geht das schon?«

»Es ist nichts ...«

»Wie lange schon?«, brüllte Holger und kam auf sie zu, sein Gesicht verzerrt vor Zorn.

Mirjam duckte sich. Aus. Er hatte alles herausbekommen. Sie musste versuchen, stark zu sein.

»Holger, bitte lass uns vernünftig reden.« Ihre Stimme bekam einen festeren Klang.

Holger sah sie irritiert an. Dann lachte er kurz auf. Er warf die Pillenpackung auf den Boden und steckte das Handy in die Hosentasche. Mirjam verfolgte erstarrt, wie er seinen Arm hob. Im nächsten Augenblick spürte sie den Schmerz. Sie hielt sich an der Duschkabine fest. Ihre Wange brannte wie Feuer und Tränen schossen aus ihren Augen. »Du erreichst damit nur das Gegenteil.«

Doch Holger war wie von Sinnen. Der nächste harte Schlag traf Mirjam erneut im Gesicht und sie konnte sich nicht länger auf den Beinen halten. Als sie mühsam versuchte aufzustehen, trat er mit dem Fuß in ihre Seite.

Vor Schmerz und Angst blieb Mirjam wie erstarrt liegen. Holger beugte sich über sie und packte ihre Haare. Mit der anderen Hand schlug er erneut zu. Mirjam schmeckte das Blut und sie wusste nicht, ob es aus dem Mund oder der Nase kam.

»Holger, bitte nicht«, bettelte Mirjam, während sie mit ihren Händen versuchte, ihr Gesicht zu schützen.

»Wie oft hast du es mit ihr getrieben, du lesbische Hure?«, stieß er zischend hervor. Er hielt sie noch immer an den Haaren fest und Mirjam schrie vor Schmerzen. Wie oft hatte er sie verprügelt? Diese Situation nahm eine andere Dimension an, denn Holger fühlte sich provoziert und gedemütigt. Panik kroch durch Mirjams Körper. »Holger, bitte, Holger. Das darfst du nicht tun.« Ihr Körper und ihre Stimme bebten, während sie ihn anflehte, dass er zur Besinnung kommen sollte.

Holger sah sie mit flackernden Lidern an. Seine Hände glitten über ihr gerötetes und blutendes Gesicht. Er küsste ihre Wangen und ihre Lippen. »Warum hast du mir das angetan?«, fragte er leise.

»Ich wollte dich doch nicht verletzen«, schluchzte Mirjam. »Aber ...«

Doch bevor sie ihren Satz beenden konnte, schlug er erneut zu. Die nächsten Schläge trafen sie mit voller Wucht. Es wurde ihr schwarz vor Augen. Als Mirjam zu sich kam, lag er bereits mit heruntergezogener Hose auf ihr. Unbarmherzig drang er in sie ein. Ein heftiger Schmerz durchzog ihren Unterleib. Voller Angst unterdrückte Mirjam das Verlangen, laut aufzuschreien. Sie schloss die Augen, wandte den Kopf zur Seite und ließ es wie gelähmt geschehen. Ihr Körper schien sich in eine seelenlose Hülle zu verwandeln. Sie verlor jedes Zeitgefühl.

Irgendwann ließ er von ihr ab und stand auf. Er zog seine Hose hoch und verließ das Badezimmer, während sich Mirjam auf den neuen azurblauen Teppich übergab.

Die Mauer erhöhte sich Stein um Stein. Ich stand dahinter und stellte mit Schrecken fest, dass der Maurer vergaß, Fenster und Türen einzusetzen. Die Mauern um mich herum wurden höher und höher. Ich schrie um Hilfe, doch niemand hörte mich. Man mauerte mich bei lebendigem Leib ein. Verzweifelt versuchte ich, mich an den Steinen hochzuziehen, doch ich rutschte ab. Die Wände reichten bis in den Himmel und es gab keine Chance für mich, aus diesen Mauern herauszukommen. Der Maurer schaute von oben auf mich herunter und ich erkannte das Gesicht von

Pastor Huber. *Holen Sie mich hier sofort raus*, schrie ich laut, doch er lachte nur zynisch. Es wurde dunkel um mich. Plötzlich vernahm ich nur noch ein penetrantes Geräusch.

Ich schreckte hoch und riss meine Augen auf. Das Telefon klingelte. Ich war vor dem Fernseher eingeschlafen. Während ich mich zum Telefon tastete, sah ich, dass diesmal die Münchener Kommissare beim Tatort ermittelten.

»Hallo Jacki. Ich bin zurück aus Hamburg«, meldete sich meine Mutter am Telefon.

»Und? Hat es dir gefallen?«

»Ach, Kindchen, es war wunderschön.« Ihre Stimme klang begeistert, fast euphorisch.

»Da bahnt sich doch nichts an?«

Sie seufzte tief und antwortete: »Ich glaube, Wilhelm hat es geschafft, mich um den Finger zu wickeln.«

Das konnte nicht wahr sein. Während ich mich dabei abstrampelte, etwas in meinem Leben auf die Reihe zu bekommen, fuhr meine Mutter einfach nur nach Hamburg und kam glücklich nach Hause zurück.

»Heißt das, ihr seid zusammen? Ich meine, so richtig?« Ich konnte mir früher nur schwer vorstellen, dass meine Mutter und Sander das Bett teilten.

»Nun ja ... wir haben viel geredet und dabei festgestellt, wie viele Gefühle noch da sind.«

»Aha. Und?«

»Was und?«

»Ja, habt ihr nur geredet oder ...«

»Jacki. Du willst nicht ernsthaft wissen, ob er und ich ... Nein, das werde ich dir nicht erzählen! Wilhelm kommt in den nächsten Tagen nach Lütjenstede und wir sehen dann weiter«, beendete meine Mutter schroff meine neugierige Fragerei. »Wie verlief denn dein Wochenende?«

»Es geht so«, murmelte ich nur.

»Wie kam der Weihnachtsbasar dieses Jahr an?«

»Huber hat mich für Sonntag ausgeladen. Er meinte, dass man mich anderen Gemeindemitgliedern nicht zumuten dürfte.«

»Wie bitte?«

»Du hast richtig verstanden.«

»Und du bist zu Hause geblieben?«

»Natürlich. Ich wollte keine Abmahnung riskieren, denn die drohte mir Huber für den Fall an, dass er mich auf dem Basar anträfe.«

Ich hörte meine Mutter aufstöhnen.

»Tja, und auf diese Nachricht hin haben Monika und ich uns am Samstagabend besoffen und uns die Birne zugekifft.« Es blieb still am anderen Ende der Leitung. *Was erzählte ich meiner Mutter davon?*

»Jacki. Du kiffst?«, hörte ich sie ungläubig fragen. »Oh Kind, du machst nur Unsinn. Du trinkst gerne und jetzt kiffst du auch noch. Also ehrlich, diese Pastorin bringt dich um den Verstand.« Diese Reaktion meiner Mutter musste ja kommen.

»Mama, Mirjam will sich von Huber trennen.«

»Sie will sich trennen? Aber doch nicht wegen dir? Da wird es Probleme geben ... ich meine, mit der Kirche und so.«

»Sie wird nicht erzählen, dass es mit mir zu tun hat. Mirjam ist sich bewusst, dass es nicht einfach wird.«

»Mir ist doch die Pastorin egal. Es geht mir um dich. Ach Kind, warum gibst du mir immer noch das Gefühl, dass man auf dich aufpassen muss?«

Das war noch einmal die Bestätigung für meine eigene Lebensbetrachtung. Niemand traute mir zu, mein Leben in die Hand zu nehmen, weil ich mich noch nie als tapfere Kriegerin gezeigt hatte, sondern nur als Schwester Hasenfuß oder Frau Gleichgültig.

»Mama, sorge du dafür, dass du das diesmal mit Sander besser hinbekommst. Ich kümmere mich um mein Leben.«

»Oh, Jacki. Du willst doch nicht langsam erwachsen werden?« Meine Mutter lachte mir ins Ohr und es klang ironisch.

»Du wirst es sehen«, sagte ich und vernahm den Zweifel in meiner Stimme.

Mirjam hatte kein Gefühl dafür, wie lange sie im Badezimmer lag. Neben sich nahm sie den sauren Geruch ihres Erbrochenen wahr. Ihr Gesicht, ihr Unterleib, ihr ganzer Körper brannte wie Feuer. Auf ihrem rechten Auge konnte sie nichts mehr erkennen. Sie spürte ihre Gänsehaut und tastete nach dem Handtuch, das auf dem Boden lag. Zitternd zog Mirjam es über sich. Wann hatte sie mit dem Zählen aufgehört? Als er das vierte oder fünfte Mal zugeschlagen hatte? Sie ließ sich stets krankschreiben, bis die Wunden verheilt waren. Dem Arzt erzählte sie die Geschichte von einem Treppen- oder Fahrradsturz. Darum wechselte sie auch häufiger den Arzt, damit diese Verletzungen nicht so auffielen. Doch diesmal schien alles anders. Holger hatte sie nicht nur verprügelt, sondern sich rücksichtslos an ihr vergangen. Das war eine weitere, eine neue Dimension der Gewalt und der Demütigung. Sie begriff, dass sie augenblicklich handeln musste, ansonsten würde ihr Leben in einer Katastrophe enden.

Mühsam setzte Mirjam sich auf. In ihrem Kopf drehte sich alles und sie schnaufte ein paar Mal durch. Ihre Rippen schmerzten. Langsam zog sie sich am Waschbecken hoch. Einen Moment lang hielt sie den Kopf gesenkt, bevor sie einen Blick in den Spiegel wagte. Sie zuckte regelrecht zusammen, als sie in ihr Spiegelbild sah. Das Gesicht bestand aus einer geschwollenen Masse, ihr rechtes Auge war zu und verkrustetes Blut umgab Nase und Mund. Dieser Anblick schockierte Mirjam so, dass ihr die Tränen aus den Augen schossen. Wie hatte sie es nur so weit kommen lassen können? Jacki oder ihre Eltern durften sie niemals in diesem Zustand sehen. Diese Vorstellung erschien ihr so beschämend, dass sie überlegte, sich mit der Situation zu arrangieren. Verzweiflung breitete sich in ihr aus. Holger wusste von ihr und Jacki und er würde jetzt noch unberechenbarer werden. Sie musste Hilfe holen und vor allem benötigte sie einen Arzt. Langsam ging Mirjam zur Badezimmertür. Sie drückte die Klinke herunter. Die Tür war abgeschlossen. Mirjam konnte es nicht fassen und drückte erneut. Nichts. Sie hämmerte gegen die Tür. Niemand würde sie hören, denn es gab kein Fenster. Holger war ihr einen Schritt voraus. Schluchzend lehnte Mirjam sich mit dem Rücken an die Tür und sank langsam zu Boden.

Kapitel 26

»Die Angst meines Herzens ist groß; führe mich aus meinen Nöten!«

(Ps 25,17 LUT)

In der Nacht wurde ich unsanft von Spirit Hawk geweckt. *Komm und beeile dich.* Ehe ich mich versah, rannten wir los, liefen über endlose Prärien, bestiegen Berge und durchschritten Täler. Ich wollte stehen bleiben, um mir die faszinierende Landschaft anzusehen, doch der Indianer zog mich ungeduldig weiter. *Du hast keine Zeit dafür.* Ich keuchte Spirit Hawk hinterher, der scheinbar niemals müde wurde. Meine Kräfte begannen zu schwinden, aber er trieb mich vorwärts. Plötzlich hielt er an, wir setzten uns auf einen Felsen und er sah mich mit eindringlicher Miene an. *Unsere Träume geben uns Kraft, weiterzuleben. Ich gab dir den Rat, deine Augen, deine Ohren und dein Herz zu öffnen. Du solltest die Bäume fragen und dem Wind lauschen. Langsam beginnst du zuzuhören, aber noch immer willst du vieles nicht erkennen. Doch du hast nicht mehr viel Zeit, um zu handeln.* Er deutete in die endlose Weite der Prärie, aus dem sich ein Sandsturm erhob. Wieder sah ich die Frau, die wie erstarrt stehen blieb. Ich sprang auf und schrie: »Lauf Mirjam. Bitte lauf.« Sie hörte mich und begann zu rennen.

»Bitte, hilf ihr«, flehte ich Spirit Hawk an. Doch der schüttelte nur den Kopf. *Nicht ich kann ihr helfen. Vertraue deinem Instinkt, denn der hat immer recht.* Wie gelähmt sah ich zu, wie die Sandwand näher kam und Mirjam verschluckte. »Neeiiin!« Meine Stimme hallte über die Prärie. »Warum hast du ihr nicht geholfen?« Ich schrie Spirit Hawk an, doch er war verschwunden. Der tödliche Sandsturm kam immer dichter. Ich drehte mich um und rannte vor ihm davon.

Keuchend wachte ich in meinem Bett auf. Meine Lungen brannten und ich war schweißgebadet. Es dauerte eine Weile, bis mein Atem flacher wurde. Verdammt, was für ein Traum. Was passierte mit Mirjam? Ich griff nach meinem Handy und hoffte, eine Nachricht von ihr vorzufinden. Enttäuscht legte ich es auf den Tisch. Unentschlossen starrte ich zur Decke. An Schlaf war nicht mehr zu denken und deshalb beschloss ich aufzustehen. Während ich meinen Morgenkaffee trank, überlegte ich, was dieser

Traum bedeuten konnte. Wollte ich irgendetwas nicht erkennen? Ich spürte dieses ungute Gefühl, doch mein Verstand versuchte immer, mir eine Lösung anzubieten. Es war Montag und die Pastoren hatten ihren freien Tag. Ob Mirjam heute die Gelegenheit zu einem Gespräch mit Holger nutzte? Ich musste mich in Geduld üben.

Das kalte Licht der Sparlampe erzeugte zumindest Helligkeit. Mirjam verlor jedes Zeitgefühl, denn ihre Armbanduhr lag im Schlafzimmer. Sie begann, ihr Erbrochenes aufzuwischen. Durch die Frischluftzufuhr des Gebläses im Badezimmer milderte sich irgendwann der saure Geruch, aber das Geräusch empfand sie als unerträglich. Ihre Blessuren im Gesicht schmerzten. Mühsam versuchte sie, in die Dusche zu steigen, um die Spuren der Vergewaltigung, die an ihrem Körper klebten, den Dreck und die Scham abzuwaschen. Ihre Beine konnten sie nicht tragen. Sie saß auf dem Boden, eingewickelt in ihrem einzigen Handtuch. Es gab nicht mehr in diesem Badezimmer. Holger hatte sie öfter im Schlafzimmer eingesperrt. Da lag sie im Bett und hoffte, dass die Wunden seiner Schläge schnell verheilten.

Mirjam begann, die Hände zu falten. Sie betete für Holger, dass er zur Vernunft kam, und bat um Vergebung für ihre Fehler. Sie sprach das *Vater unser* und sie spürte, wie das Vertrauen in ihren Glauben ihre Angst verdrängte. Langsam wurde sie ruhiger und schlief vor Erschöpfung ein.

Um Punkt acht Uhr betrat ich mein Büro. Ich schaltete die Kaffeemaschine ein und setzte mich. Mein Blick ging durch den mir so vertrauten und an mein Herz gewachsenen Raum. Vor meinem Schreibtisch hing eine überdimensionale Magnettafel, an der ich Zettel mit Notizen oder Postkarten mit lustigen Sprüchen und nachdenklichen Zitaten befestigte. An der Wand hingen zwei Bilder von einem einheimischen Maler, der sich auf Nordseemotive spezialisiert hatte. Im Büro standen drei Grünpflanzen, die nur überlebten, weil sich Sybille um sie kümmerte.

Wie lange würde ich hier noch arbeiten? Die Woche der Wahrheit lag vor mir. Mit Unbehagen dachte ich an Sanders Geschichte von Pastorin Helen. Wenn Huber mich mobbte, mir Fehler unterstellte und mich ständig kritisierte, wie lange hielte ich so etwas aus? Mit wessen Hilfe könnte ich rechnen? Ein Pastor besaß in Teilen der Gesellschaft ein hohes Ansehen. Aber wer setzte sich für eine kleine lesbische Angestellte ein?

Also musste ich mir selbst helfen und mich wehren. Ich wollte nicht als ewiger Hasenfuß durch die Gegend laufen.

Ein Geräusch ließ Mirjam hochschrecken. Die Badezimmertür wurde zugeklappt und der Schlüssel umgedreht. Mirjam robbte sich zur Tür und schlug mit der Faust dagegen. »Holger. Mach sofort auf.« Sie wollte schreien, doch sie schaffte es nicht, ihre Stimme lauter zu erheben. Mutlos setzte sie sich auf den Boden und lehnte sich gegen die Tür. Was wollte Holger? Nachsehen, ob sie noch lebte. Ihr Blick ging in die Dusche. Dort stand ein Tablett mit einer Thermoskanne Kaffee, einem Becher und ein mit Käse belegtes Brötchen. Er hatte ihr Essen und Trinken hingestellt. Das bedeutete, dass er plante, sie noch länger in diesem Gefängnis festzuhalten.

»Nein, nicht«, flüsterte sie verzweifelt. »Ich halte das nicht aus.«

Holger würde sie krank melden. Spätestens nächste Woche benötigte sie eine Krankmeldung. *Er konnte mich doch nicht so lange einsperren.* Die Angst kroch durch ihren Körper. Nein, Jacki wartet auf meine Nachricht. Doch was könnte sie unternehmen? Ihr Magen zog sich zusammen. Jacki wusste nicht, dass Holger alles herausgefunden hatte. *Ich muss Jacki warnen. Doch wie? Ich sitze wie eine Maus in der Falle.* Sie klopfte erneut an die Tür. Nichts passierte. Erschöpft gab sie nach einiger Zeit auf. Ihr Blick ging zur Thermoskanne und sie konnte nicht widerstehen. Eine Tasse Kaffee gäbe ihr Kraft. Mit zittrigen Händen schenkte sie sich einen Becher ein. In kleinen Schlucken trank sie das heiße Getränk, das sie nach und nach von innen wärmte. Sie griff zum Käsebrötchen, um sich zu stärken. Das Kauen fiel ihr schwer, denn ihre Lippen waren von den Schlägen geschwollen. Nach einiger Zeit verspürte sie eine immer größer werdende Müdigkeit. Sie konnte ihre Augen kaum noch offen halten.

Um zehn Uhr betrat Hannes Larsen mein Büro. Seine Miene verriet Unbehagen. Er setzte sich auf einen Stuhl und sah mich bedrückt an.

Ich räusperte mich. »Sie haben auch davon erfahren?«

Er nickte. Krisengespräche gehörten nicht zu seinem bevorzugten Spezialgebiet.

»Kommen Sie im Auftrag von Pastor Huber?«

Larsen schüttelte den Kopf. »Nein. Das Gespräch steht Ihnen noch bevor. Sie wissen, dass ich kein Chef bin, der sich in das Privatleben seiner Mitarbeiter einmischt. Als Personalchef sollte ich mich vielleicht mehr mit meinen Leuten befassen. Das ist leider nicht meine Stärke, aber es muss sich auch niemand kontrolliert vorkommen.«

Er atmete tief durch. »Mir ist diese Angelegenheit zuwider, Frau Achenbacher. Ich schreie nicht hurra, dass Sie so sind, wie Sie sind. Mir würde es besser gehen, wenn wir nicht über so ein Thema sprechen müssten. Aber Pastor Huber sieht das anders. Es ist eine delikate Angelegenheit.«

Mir war das Gespräch mindestens so unangenehm wie ihm. Die ganze Zeit dachte ich daran, dass noch niemand von Mirjam und mir wusste. Wenn das herauskam, gäbe es den XXL-Superskandal in Lütjenstede. Ich überlegte, ob ich Larsen nicht gleich reinen Wein einschenken sollte. Aber diesen Gedanken verwarf ich wieder, weil Mirjam die Initiative ergreifen musste, denn sie hatte wesentlich mehr zu verlieren.

»Was könnte mir jetzt arbeitsrechtlich passieren?«

»Nichts. Mit einer Kündigung wegen ihrer sexuellen Orientierung würden wir uns vor jedem Arbeitsgericht blamieren. Abgesehen von einem beschädigten Ruf. Homosexuelle bekleiden in der Politik hohe und wichtige Ämter und in Lütjenstede wird einer lesbischen Angestellten gekündigt. Das ist doch lächerlich.«

Ich nickte. Die Sorgenfalten auf Larsens Gesicht wurden nicht weniger.

»Sie sind trotzdem beunruhigt.«

Larsen nickte zögernd. »Ich habe die rechtliche Seite festgestellt. Es gibt noch die moralische, die emotionale Seite. Welchen Einfluss hat das auf die Gemeinde? Innerhalb der evangelischen Kirche sehen viele Gläubige, die Homosexualität als nicht vereinbar mit der Bibel an. Pastor Huber gehört zu dieser konservativen Gruppe und er wird es Ihnen nicht einfach machen.«

Ich schluckte schwer und dachte an Sanders Geschichte von Pastorin Helen, die Selbstmord beging. Verdammt, warum konnte man nicht so leben, wie man wollte? Warum gab es Menschen, die mit erhobenem Zeigefinger vor einem standen? Die sich anmaßten, über die Lebensweise anderer zu richten?

»Was würden Sie mir empfehlen?« Ich lehnte mich in meinem Sitz zurück und verschränkte die Arme vor der Brust.

Er zuckte mit den Schultern. »Ich schlage vor, dass wir einfach normal weiterarbeiten. Das ist im Moment die beste Strategie.«

Ich nickte zustimmend. »Danke«, sagte ich leise.

Larsen lächelte verhalten und verließ mein Büro. Ich sah ihm eine Weile nach, bevor ich mich aus meiner Starre löste. Larsen hatte recht und ich befolgte seinen Rat. Es lag genug Arbeit auf meinem Schreibtisch.

Kurz nach Larsen betraten Jens und Sybille mein Büro. Auch sie bekundeten ihre Solidarität und Jens versprach, dass er sich als Mitarbeitervertreter für mich einsetzte. Mir taten ihre Worte gut, obwohl ich ein schlechtes Gewissen verspürte. Sie ahnten ja nicht, dass ein wesentlicher Teil meiner Geschichte fehlte.

Doch es gab einige im Amt, die sich mir gegenüber verunsichert oder reserviert verhielten. Vor allem Ines tat sich dabei hervor. »Homosexuelle sind eklig«, zischte sie mir zu. »So etwas wie du dürfte nicht für die Kirche arbeiten.«

»Zum Glück entscheidest das nicht du.« Es war klar, dass Ines und ich keine besten Freundinnen mehr werden würden.

Mittags hielt ich es nicht mehr aus und versuchte, Mirjam auf dem Handy zu erreichen. Leider meldete sich nur die Mailbox. Ich übte mich weiter in Geduld und ging zum Mittagessen in Marthas Buchladen. Als ich über den Kirchplatz zum Amt zurückgehen wollte, blickte ich automatisch hinüber zum Pfarrhaus. Torsten Fellner stand an der Haustür und verabschiedete sich von Pastor Huber.

Um fünf Uhr hatte ich immer noch keine Nachricht von Mirjam erhalten. Ich schaltete den Computer aus und blieb unentschlossen am Schreibtisch sitzen. Dann nahm ich mein Handy und schrieb ihr eine SMS: *Ist alles in Ordnung bei dir? Vermisse dich und warte sehnsüchtig auf eine Nachricht von dir. J.*

Als ich das Amt verließ, herrschte draußen Dunkelheit. Im Erdgeschoss des Pfarrhauses brannte Licht. Die Hubers waren zu Hause. Ich könnte klingeln und nach Mirjam fragen. Aber aus welchem Grund sollte ich sie besuchen? Es gab keinen offiziellen Anlass und ich wollte keinesfalls mit ihm zusammentreffen. Ich verspürte eine immer stärker werdende Unruhe. *Mirjam, warum höre ich nichts von dir? Was ist nur los?* Mein Blick ging zur Kirche. An diesem Ort würde ich Trost und Hoffnung finden. Ich öffnete die schwere Eingangstür und schritt über den Kreuzgang, vorbei an den leeren Kirchenbänken zum Altar vor. Ich setzte mich auf die vordere Bank und schloss die Augen. Eine eigenartige Stille lag in der Luft. Plötzlich vibrierte mein Handy in der Hosentasche. Ich stand auf und fingerte es aufgeregt aus der Tasche. Eine Nachricht von Mirjam. Mein Herz klopfte wie wild.

Hallo Jacki. Ich habe mich für Holger entschieden. Es ist der wahre Weg. Ich weiß, dass ich einen schweren Fehler begangen habe und ich bete, dass Gott mir diese Sünde verzeiht. Wenn du mich liebst, lass mich los. Ich werde für einige Tage wegfahren, damit wir uns nicht sehen. M.

Fassungslos starrte ich auf diese Nachricht. Was sollte das denn bedeuten? Gestern klang doch alles anders. Sie hatte mir diese drei Worte geschrieben. Ich hatte es langsam satt, ständig von ihr in ein Gefühlschaos geworfen zu werden. Ich las noch einmal die Nachricht. *Schwerer Fehler und ich bete, dass Gott mir diese Sünde verzeiht?* Diese Worte klangen, als hätte Holger ihr eine Gehirnwäsche verabreicht. Ich konnte doch jetzt nicht so tun, als hätte es die letzten Wochen nicht gegeben. Mirjam konnte doch nicht so einfach wegfahren, ohne mit mir zu sprechen. Tränen kullerten aus meinen Augen. Ich blickte zum Altar und sah den gekreuzigten Jesus Christus an. *Du kannst nie tiefer fallen als in Gottes Hand.* Doch ich fühlte keinen Trost in diesem Gedanken. *Ich glaube, ich bin an deiner Hand vorbei geflogen.* Die Einsamkeit fesselte meine Seele. Plötzlich wurde mir schwindelig und alles drehte sich. Der Altar schwankte und mit letzter Kraft hielt ich mich an der Bank fest. Ich vernahm immer lauter werdende Trommelwirbel und mein Kopf drohte zu zerspringen. Genauso blitzartig, wie es begann, kam die Stille zurück. Der Altar befand sich an seinem Platz.

Himmel, Herrgott, was passierte hier? Meine Zähne klapperten aufeinander. Ich blickte zum Jesus-Kreuz und murmelte das *Vater unser.* Am besten ging ich nach Hause und ließ den Rest des Tages an mir vorbeigehen. Ich stand auf und bemerkte eine alte Frau, die zwei Bänke hinter mir saß. Mit offenem Mund starrte ich Mahpea an. Ich war mir sicher, meinen Verstand zu verlieren. Die alte Indianerin legte ihren Finger auf den Mund und zeigte auf den Platz neben sich. Mit zittrigen Knien setzte ich mich zu ihr. Mahpea nahm meine Hand in die ihrige und legte sie auf mein Herz. Eine angenehme Wärme durchzog meinen Körper. Mein Kopf begann sich von den wütenden und verzweifelten Gedanken zu befreien. Die alte Indianerin sang leise vor sich hin und die meditativen Töne ließen mich entspannen. Plötzlich ließ sie meine Hand los und ich saß allein auf der Bank. Mit offenem Mund starrte ich auf den leeren Platz. Ich sprang auf und rannte suchend durch die Bankreihen. Eine alte Indianerin fand ich nicht.

Mahpea lebte in einem Reservat in den USA, sie konnte nicht auf einer Kirchenbank in Lütjenstede sitzen. Ich befürchtete, ein Fall für die Klapse zu werden. Oder spielten sich in unserem Leben wirklich Dinge ab, für die es keine Erklärung gab? Mit zittrigen Beinen ging ich zum Altar. »Kannst du mir das erklären?«, fragte ich Jesus. Einen Moment lang glaubte ich, dass er mit dem Kopf nickte, aber das konnte nur eine Einbildung sein.

Als Mirjam erwachte, fühlte sie sich wie erschlagen und wusste nicht, wo sie sich befand. Erst langsam kehrten die Erinnerungen zurück. Holger hatte sie im Badezimmer eingesperrt. Aber einiges schien plötzlich verändert. Sie lag unter einer Wolldecke. Ihr Körper roch wie frisch gewaschen und ihre Hände ertasteten im Gesicht Pflaster. Während sie schlief, hatte Holger sie verarztet. Warum hatte sie nichts davon mitbekommen? Ihr Blick ging zur Dusche. Dort stand ein Tablett mit einer Thermoskanne und einem mit Käse belegten Brötchen. Neben der Toilette sah sie zwei Eimer, gefüllt mit Wasser.

Mirjam schloss die Augen. Holger musste ihr Schlaftabletten oder Ähnliches untergeschoben haben. Sie hatte sich über den bitteren Geschmack des Kaffees gewundert und es auf die Thermoskanne geschoben. Holger wollte die Spuren seiner Gewalt von ihrem Körper entfernen. Nach einigen Tagen gäbe es keinen Beweis für seine Misshandlung. Was für einen grausamen und unmenschlichen Plan hatte sich Holger nur ausgedacht? Wie lange wollte er sie hier festhalten? Panisch überlegte Mirjam, wie sie aus dem Raum entfliehen könnte. Das Aufstehen fiel ihr schwer, noch immer verspürte sie Schmerzen. Stöhnend stützte sie sich an der Wand ab. Mit den Handballen schlug sie gegen die Tür. Niemand öffnete.

»Bitte Holger, lass mich raus.« Verzweifelt lehnte sie ihren Kopf an die Tür. Tränen rannen über ihr Gesicht. Noch nie in ihrem Leben hatte sie sich so verlassen gefühlt. Sie sehnte sich nach Zuwendung und einer zärtlichen Berührung. *Jacki, bitte hilf mir.*

Ihre trockenen Lippen brannten und sie hatte Durst. Doch sie traute sich nicht mehr, aus der Thermoskanne zu trinken. Sie stellte sich an das Waschbecken und drehte das kalte Wasser an. Nichts passierte. Auch bei dem warmen Wasser und der Dusche kam kein Tropfen heraus. Mirjam drückte die Spülung der Toilette und auch diese funktionierte nicht. Sie verstand, warum die beiden Wassereimer dort standen. Das Wasser war mit Reinigungsmittel versetzt und deshalb nicht trinkbar. Holger hatte an alles gedacht. Sie musste das Getränk aus der Thermoskanne trinken, wenn sie nicht verdursten wollte. Aber damit würde er sie weiter außer Gefecht setzen. Was für teuflische Gedanken spielten sich nur in Holgers Kopf ab? Sie wusste nicht, wie lange sie diese Situation noch ertragen konnte.

Am nächsten Tag stürzte ich mich in meine Arbeit. Es gab für mich zum Jahresabschluss eine Menge Aufgaben zu erledigen.

Kurz nach meiner Mittagspause rief mich Huber an. »Ich erwarte Sie in fünf Minuten in meinem Büro«, sagte er ohne Begrüßung und mit eiskalter Stimme. Ich musste mit dem Zusammentreffen rechnen und trotzdem begann sich mein Magen zu drehen. Hoffentlich musste ich mich nicht über seinem Schreibtisch übergeben. Bei diesem Gedanken musste ich schon wieder grinsen. Ich stand auf und ging über den Flur zu den Toilettenräumen, um meine nervöse Blase zu entleeren. Beim Händewaschen sah ich in den Spiegel, der über dem Waschbecken hing. Wie sollte ich Huber jetzt begegnen. Mit einem *du-kannst-mir-gar-nichts-Lächeln*? Ich zog meine Mundwinkel nach oben. Nein, das ging gar nicht. Ernst und selbstbewusst? Meine Lippen wurden zum geraden Strich. Auch nicht – zu verkrampft. Ich zog eine Grimasse, während ich meine Hände abtrocknete. Worüber mache ich mir nur Gedanken? Ich gehe da jetzt einfach rein. Punkt. Als ich die Tür öffnete, um wieder auf den Gang hinauszutreten, sah ich Torsten Fellner aus Hubers Büro kommen. Schnell drückte ich mich zurück in den Toilettenraum. *Dieser feige Blödmann.* Ausgerechnet dem musste ich noch begegnen, bevor ich meinem ärgsten Widersacher gegenübertrat. Verdammt, hoffentlich hatte ihm Mirjam nichts von uns beiden erzählt. Eine Hitzewelle schwappte durch meinen Körper und Schweiß perlte über meine Stirn. Ich wischte mir mit dem Arm über das Gesicht. Ich werde ruhig bleiben und mir nichts anmerken lassen.

Ich klopfte zaghaft an seine Bürotür. Noch einmal atmete ich tief durch und öffnete die Tür einen Spalt. Er saß hinter seinem Schreibtisch, unsere Blicke trafen sich und mit einer Kopfbewegung bedeutete er mir, einzutreten. Meine Beine fühlten sich wie aus Gummi an. Ich konnte seinem ausdruckslosen Gesicht nicht entnehmen, ob er von dem Verhältnis zwischen Mirjam und mir wusste. Mit der Hand deutete er auf den Besucherstuhl vor seinem Schreibtisch und ich setzte mich hin. Wortlos übergab er mir einen Stapel Papiere. Es handelte sich dabei um meine Aufzeichnungen zu dem Sonderauftrag.

»Ich habe einiges dazugeschrieben. Bitte korrigieren Sie die Statistik anhand meiner Vermerke. Bis halb fünf legen Sie mir das berichtigte Exemplar in mein Fach. Bekommen Sie das hin?«

»Ja, klar. Dringende Vorgänge müssen dann aber liegen bleiben.« Meine Stimme klang brüchig.

»Tja, dann sollten Sie schneller arbeiten oder länger bleiben.«

»Aber das sind doch ...«

»Ich glaube nicht, dass Sie sich deswegen mit mir streiten wollen.« Huber verzog keine Miene. »Von einer Personalsachbearbeiterin erwarte ich ein bisschen mehr Engagement. Wenn Sie mir so eine Statistik erstellen, sollten Sie Vorschläge liefern, auf welche Mitarbeitenden wir am ehesten verzichten können.«

Was erwartete er von mir? Ich schüttelte den Kopf. »Das kann doch nicht meine Aufgabe sein.«

»Nein? Das sehe ich anders. Ich werde mich morgen mit Ihrem Chef beraten.«

Sein dominantes Auftreten ließ mich schweigen.

»Bitte tragen Sie den Urlaub von meiner Frau ein. Von Montag bis Freitag.«

Ein stechender Schmerz zog durch meinen Körper. Sie war tatsächlich weg.

»Hören Sie mir zu?«

»Ja, ja.« Mühsam quetschte ich die Worte aus meinem Mund. »Der Urlaub ist eine persönliche Angelegenheit und muss deshalb von ihrer Frau beantragt werden.« *Oh Hilfe, was sagte ich denn da nur? Gleich wird er mich in Stücke zerreißen.*

Es folgte ein unheimliches Schweigen. Huber stand von seinem Bürosessel auf, stützte sich mit beiden Händen auf den Schreibtisch und beugte sich zu mir herüber. Seine stahlblauen Augen musterten mich kalt. »Achenbacher, Sie sind krankhaft veranlagt. Meine Frau ist verwirrt. Sie suchte in Ihnen eine Art Freundin und Sie nutzen die Gutherzigkeit meiner Frau aus. Das Einzige was sie will, ist Gott dienen und eine gute Pastorin sein. Eine anomale Frau wie Sie, wird Mirjam nicht von ihrem Weg abbringen. Ich weiß nicht, wie weit Sie gegangen sind. Wenn mir meine Frau erzählt, dass Sie sie unsittlich anrührten, werden Sie hier in Lütjenstede erledigt sein.«

Sein Gesicht war nur wenige Zentimeter von meiner Nasenspitze entfernt. Ich handelte wie das Kaninchen, das paralysiert vor einer Schlange saß.

»Meine Frau ist für mindestens eine Woche weggefahren, um Abstand zu finden«, fuhr er mit frostiger Stimme fort. »Es wäre das Beste, wenn Sie verschwinden. Sie sind ein Makel für die Gemeinde.«

Mein Hirn wurde mit jedem Wort Hubers leerer. Er sprach es offen aus, dass er mich zum Teufel wünschte. Ich konnte vor Panik kaum schlucken. *Mirjam warum bist du nur davongerannt?*

»Sie können jetzt gehen«, hörte ich Huber sagen. Ich stand auf, wandte mich ab und verließ grußlos sein Büro. Mit schlotternden Knien schleppte ich mich in mein Zimmer und saß eine Weile wie gelähmt auf meinen Stuhl. Mein Gott, was passierte nur?

Ich benötigte dringend die Unterstützung eines Freundes und griff zum Telefon. Sander meldete sich nach dem dritten Klingeln. Er freute sich, von mir zu hören, und fragte nach meiner Mutter.

»Die ist im siebten Himmel, aber da seid ihr ja gemeinsam hineingetanzt.«

Sander lachte vor sich hin und ich wurde wütend. Wie toll, dass die beiden alten Turteltauben glücklich und zufrieden lebten. Sander säuselte mir vom wunderschönen Wochenende mit meiner Mutter vor und erzählte, was sie zusammen in Hamburg unternommen hatten.

»Ja, super für dich und meine Mutter. Aber ich muss dir etwas sagen.«

»Ein bisschen mehr freundliche Anteilnahme an unserem Glück würde ich mir schon wünschen.«

»Ja, ja. Ich hatte doch nie etwas gegen diese Beziehung. Aber ich ... ich habe hier alles andere als frohe Weihnachten. Pastor, ich weiß nicht mehr, was ich tun soll. Ich bekomme echt Angst.«

»Jacki, was ist jetzt wieder passiert?«

Ich erzählte Sander, was sich in der Zwischenzeit zugetragen hatte. Einige Male hörte ich ihn seufzen. Als ich endete, blieb es eine Weile still in der Leitung.

»Hallo, bist du noch dran?«, fragte ich zaghaft.

»Ja, Jacki, auch wenn ich am liebsten deinen Kopf in einen Schneehaufen stecken würde. Leider ist dafür zu wenig Schnee vorhanden.«

»Toll. Vielen Dank. Verdammt Pastor, warum nimmst du meine Liebe nicht genauso ernst, wie deine Liebe zu meiner Mutter?«

»Weil deine Mutter nicht mit Holger Huber verheiratet ist. Rede ich ständig umsonst?«

»Nein. Aber kann man etwas für seine Gefühle? Mirjam fühlte doch wie ich.«

»Aber du bist geoutet und sie hat vor den Konsequenzen Angst bekommen.«

»Sie schrieb mir, dass sie mich liebt. Und heute erzählt mir Huber so einen Mist. Das passt nicht zusammen.«

Er schwieg.

»Sander, bitte rede mit mir.« Ich flehte ihn an.

»Ja, mien Deern, ich bin noch dran.« Seine Stimme klang nachdenklich. »Du glaubst nicht, dass Mirjam so reagierte, wie Huber es dir geschildert hat?«

»Nein. Das kann ich mir einfach nicht erklären. Diese SMS, das waren nicht ihre Worte.«

»Jacki. Vertraue deinem Instinkt, denn der hat immer recht.«

»Hä? Was sagst du da?« Dieser Satz kam mir bekannt vor.

Sander wiederholte seine Worte und plötzlich fiel mir ein, wer mir diesen Spruch mit auf den Weg gegeben hatte.

»Spirit Hawk, er sagte dieselben Worte.« Ich schluckte. Hoffentlich hielt mich Sander nicht für total bekloppt.

»Was hat Spirit Hawk damit zu tun?«

Ich zögerte kurz, bevor ich mich entschloss, ihm von meinen Träumen und Visionen, zu berichten. »Ich gebe ja zu, dass sich alles wirr und bescheuert anhört. Diese Träume wirken einfach so unfassbar realistisch, dass es beängstigend ist.«

»Wir haben verlernt, uns auf Träume einzulassen«, sagte Sander. »Es handelt sich um interessante Träume und du solltest diese Bilder ernst nehmen.«

»Hallo? Ich bin Christin und vertraue auf Gott. Du als Pastor rätst mir, Visionen von Heiden ernst zu nehmen? Das passt doch nicht zusammen, oder?«

Sander lachte vergnügt in sich hinein. »Jacki, warum denkst du nur so engstirnig? Verlass dich auf den Herrn von ganzem Herzen, und verlass dich nicht auf deinen Verstand, sondern gedenke an ihn in allen deinen Wegen, so wird er dich recht führen.«

»Ja, ja. Diesen klugen Spruch gabst du mir in Hamburg mit auf den Weg.«

»Und?«

»Und was?«

»Vertraust du dem Herrn oder doch eher deiner vermeintlich eigenen Klugheit?«

»Ähm ...«

»Genau. Verlass dich auf den Herrn von ganzem Herzen. Und verlass dich nicht auf deinen Verstand, sondern gedenke an ihn in allen deinen Wegen. Vielleicht ebnet Gott dir den Weg durch diese Visionen.«

»Findest du nicht, dass das eine waghalsige Auslegung ist?«

»Warum denn?«, fragte Sander erstaunt. »Er gibt keine Gebrauchsanleitung dafür, wie Gott unser Leben beeinflussen kann. Wichtig ist nur, dass du ihm vertraust. Das tust du doch, oder?«

»Ja.«

»Du bekommst Zeichen und nun vertraue deinem Instinkt.«

»Meinem Instinkt. Darüber muss ich nachdenken.«

»Jacki, nicht nachdenken. Du musst es in *dir fühlen.*«

»Pastor. Mein Leben lang habe ich alles mit meinem Kopf gesteuert und kontrolliert. Jetzt soll ich etwas *in* mir *fühlen* und meinem Instinkt vertrauen. Mein Instinkt sagte mir bisher lediglich, ich soll etwas essen, wenn mein Magen knurrt.«

»Dann wird es höchste Zeit, dass du damit beginnst. Du spürst doch in dir ein Gefühl, wenn du über Mirjam nachdenkst.«

»Ja.«

»Nämlich?«

»Unruhe.«

»Beschreibe diese Unruhe.«

»Beschreiben? Du bist gut. Wie soll ich das denn beschreiben?«

»Was fühlst du, wenn du jetzt an Mirjam denkst?«

Ich nahm eine Büroklammer in die Hand und fing an, sie zu verbiegen.

»Unruhe.«

»Jacki!«

»Ja, das fühle ich aber. Ich fühle Unruhe, weil ...«

»Ja?«

»... weil es sich in meinem Bauch so komisch anfühlt. Mir sagt mein Gefühl, es geht ihr nicht gut. In meinen Träumen war sie oft verletzt und wurde zweimal in einem Sandsturm verschüttet. Dann denke ich wieder, dass Huber die Wahrheit sagt. Mirjam würde ihn nie verlassen, weil sie nicht den Mut hat.« Die Büroklammer zerbrach. Zwei verbogene Stücke blieben in meiner Hand zurück.

»Hörst du dir überhaupt zu? Du spürst, Mirjam befindet sich in Gefahr und denkst, dass Huber die Wahrheit sagt. Vertraust du deinem Gefühl oder deinem Kopf?«

»Ich weiß es nicht.«

»Doch. Du weißt es, Jacki. Entscheide dich und dann handle.«

»Aber Pastor, was ...«

»Pass auf dich auf«, fiel mir Sander ins Wort. »Wir werden uns bald sehen.«

Er legte auf. Das konnte ja wohl nicht wahr sein. Er lässt mich mit der Frage allein, ob ich meinem Gefühl oder meinem Kopf vertraue? Als wenn das so einfach zu beantworten wäre. Wütend schmiss ich die zerbrochene Büroklammer in den Mülleimer. Eine Weile ging ich unruhig in meinem Zimmer auf und ab. Was sollte ich nur tun? Mein Kopf und mein Gefühl standen in Konkurrenz zueinander. Verdammt. Ich musste erst auf den Boden kommen. Am besten kümmerte ich mich um Hubers Korrekturen an meiner Statistik. Ich wollte ihm auf keinen Fall die Chance geben, Kritikpunkte an meiner Arbeit zu finden. Ich schlug die Aufzeichnungen auf und überprüfte seine Anmerkungen. Nach kurzer Zeit wurde mir klar, dass es nur um Schikane und Arbeitsbeschaffung ging. Huber hatte Sätze umgestellt, die Tabellen anders aufgeteilt und benötigte noch einige zusätzliche Informationen. Ich biss die Zähne zusammen und stellte die Statistik nach seinen Wünschen um. Während ich diese Arbeit erledigte, hörte ich mehrere Türen im Gang klappen und Stimmengewirr.

Kurz vor vier hatte ich die Korrekturen beendet. Ich druckte die Aufstellung aus und legte sie in die Mappe, die Huber mir ausgehändigt hatte.

Als Personalsachbearbeiterin sah ich es nicht als meine Aufgabe an, meinen Chefs vorzuschlagen, welchen Mitarbeitenden wir kündigen sollten. Das konnte ich morgen mit Larsen besprechen, denn heute verbrachte er den Tag wegen einer dienstlichen Angelegenheit in Oldenburg.

Ich beschloss, den Arbeitstag zu beenden, fuhr den Computer herunter, und legte die Papiere zusammen. Wo war überhaupt mein Handy? Ich riss die Schubladen auf, inspizierte jeden Zentimeter meines Schreibtisches, durchwühlte meinen Rucksack, durchsuchte die Jackentaschen, das Handy blieb unauffindbar. Panik breitete sich in mir aus. Verdammt, vielleicht war ja doch noch eine weitere Nachricht von Mirjam angekommen und ich konnte sie nicht lesen. Wann hatte ich überhaupt das letzte Mal das Ding in der Hand? Heute Vormittag? Oder hatte ich es zu Hause liegen gelassen? Verdammt! Verdammt! Ich zermarterte mein Hirn, aber ich konnte mich nicht mehr daran erinnern, wann ich es zuletzt gesehen hatte. Es half nichts, ich musste zuhause nachsehen.

Ich zog meine Jacke an und verließ mit der Mappe für Huber in der Hand das Büro. *Komisch, die Stille auf dem Flur.* Ich lief die Treppen hinunter und stempelte mich aus. Als ich an unserem Frühstücks- und Aufenthaltsraum vorbeiging, vernahm ich Stimmen und Gelächter. Die Tür öffnete sich und Jens trat heraus. Er sah mich an, als wäre ich ein Gespenst.

»Du? Ich dachte, du bist zu Hause.«

»Nee. Ich habe noch gearbeitet. Was wird denn hier gefeiert?«

Jens sah mich unsicher an.

»Da gab es wohl Probleme in der Kommunikation.«

»Nämlich?«

»Ines rief jeden von uns an. Wir sollten herunterkommen. Huber wollte sich spontan bei uns für die Mitarbeit beim Basar bedanken. Es gibt ein kaltes Büffet, Sekt und andere Getränke.«

»Mich hat man vergessen.« Unfassbar. Ich konnte es kaum glauben. Ich schluckte hart.

»Ines meinte, du wärst nicht mehr im Hause.«

»Von wegen. Ich musste mich mit Hubers Sonderauftrag beschäftigen.« Ich hielt ihm die Mappe mit den Unterlagen entgegen. »Spätestens um halb fünf sollte ich ihm die korrigierte Aufstellung aushändigen.«

»Das ist ja der Hammer.« Jens kratzte sich am Kinn. »Ich glaube es nicht. Huber wollte dich nicht dabei haben.«

»Ja, und Ines handelt als willige Erfüllungsgehilfin.«

»Das ist echt nicht nett.« Jens schüttelte den Kopf. Dann fasste er mich am Arm und meinte: »Du musst in die Offensive gehen. Du kommst jetzt mit in den Saal und übergibst Pastor Huber persönlich die Unterlagen. Ich bin gespannt, wie er darauf reagiert.«

Wie bitte? Ich soll mich freiwillig in die Höhle des Löwen begeben. Nein ich wollte mich nicht noch mehr demütigen lassen.

»Nein, Jens. Das schaffe ich nicht. Ich ...«

»Jacki, wenn du jetzt keine Grenze ziehst, wird sich Huber dir gegenüber immer mehr erlauben. Die Schraube wird sich schneller und schneller drehen.«

Ach, Jens. Du kennst nicht die gesamte Geschichte.

»Ich kann Huber nicht so gegenübertreten. Der Gedanke, er könnte mich vor versammelter Mannschaft niedermachen ...« Ich atmete tief durch. »Ich möchte das nicht noch einmal erleben.«

Jens ließ meinen Arm los. »Schade. Ich hatte es mir gerade so schön ausgemalt, wie du da selbstbewusst reinmarschierst. Auf Hubers Reaktion hätte ich mich echt gefreut.«

»Selbstbewusst?« Ich schüttelte den Kopf. »Vielleicht im nächsten Leben.«

Ich reichte ihm die Mappe. »Hier ist das aktuelle Exemplar Hubers Sonderauftrags.«

Jens blies die Backen auf und griff zögernd zu. Ich blickte auf die Uhr. »Er erwartet es erst in zwanzig Minuten in seinem Fach.«

»Alles klar. Du kannst dich drauf verlassen, dass Huber die Mappe rechtzeitig vorfindet.«

»Okay. Wir sehen uns morgen.«

»Ja, bis morgen.« Er zwinkerte mir zu. »Danke.«

Wir sahen uns kurz an, bevor ich mich umdrehte und das Amt verließ. Ich sah zum Pfarrhaus. Es lag in völliger Dunkelheit. Ich schlich über den Kirchenplatz und klingelte an der Haustür. Mein Herz raste vor Aufregung. Die Sekunden verstrichen. Niemand öffnete mir. Was hatte ich erwartet? Dass Mirjam im dunklen Zimmer auf mich wartete?

Unruhe breitete sich in mir aus. *Vertraue deinem Instinkt, denn der hat immer recht.* Ich atmete tief ein. In meinem Kopf begann es zu trommeln. Verdammt, Spirit Hawk, hör auf damit! Ich brauche jetzt meinen Verstand und einen Plan. Ich ging um das Haus herum und versuchte, durch die Fenster zu sehen. Nichts. Ich klopfte an die Scheiben, niemand reagierte. Langsam sollte ich verschwinden. Huber kam sicher bald nach Hause. Ich würde wiederkommen. Mein Blick fiel auf die Garage. Der Größe nach fanden zwei Autos darin Platz. Die Garage besaß ein Fenster. Geduckt schlich ich mich heran. Ich musste mich auf die Zehenspitzen stellen, um durch die Scheibe sehen zu können. Da stand Mirjams weißer Golf neben dem Opel von Holger Huber. Meine Sorge wuchs mit dieser Entdeckung. Die Lütjensteder verließen sich auf ihr Auto, auch Mirjam. Warum sollte sie mit dem Zug gefahren sein?

Wo bist du bloß? Ich weiß nicht mehr, wo ich noch nach dir suchen soll. Am besten ist es wohl, wenn ich jetzt erst mal nach Hause gehe.

Kapitel 27

»Frieden wird in die Herzen der Menschen kommen, wenn sie ihre Einheit mit dem Universum erkennen.«

(Black Elk, Medizinman der Lakota)

Als Mirjam zu sich kam, umgab sie Dunkelheit. Panisch setzte sie sich auf. Die Erinnerungen kamen zurück. Sie hatte Tee aus der Thermoskanne getrunken und musste in einen tiefen Schlaf gefallen sein. In der Zwischenzeit hatte die Glühbirne ihren Dienst versagt. Mühsam stand Mirjam auf und hielt sich am Waschbecken fest. Schwer atmend blieb sie eine Weile stehen. Die Augen gewöhnten sich nur langsam an die Dunkelheit. Über dem Waschbecken hing ein Spiegelschrank mit einer Lampe. Sie tastete sich zum Lichtschalter vor und ein sanftes Licht erhellte den Raum. Mirjam atmete erleichtert auf. Sie sah sich im Spiegel an. Die Schwellungen im Gesicht gingen leicht zurück, aber um ihr Auge hatte sich ein blaues Veilchen gebildet.

»Was soll ich nur tun?«, fragte sie sich leise. »So kann es nicht weitergehen. Ich muss Wachbleiben, bis er kommt.« Doch wie lange konnte sie es ohne Trinken aushalten? Wie viele Stunden, wie viele Tage war sie bereits eingeschlossen? Sie hatte jedes Zeitgefühl verloren. Holger hielt alle Fäden in den Händen. Er hatte ihr Handy in seinem Besitz und konnte damit Nachrichten in ihrem Namen übermitteln. Es vermisste sie vielleicht niemand. *Oh Jacki, hoffentlich hat er dir nichts angetan.* Wie eine Faust grub sich die Angst in ihre Magengrube. »Ich will mein Leben zurück«, schluchzte sie. Lange hielte sie die Enge dieses Raumes, die Einsamkeit, die Schmerzen und die Demütigungen nicht mehr aus. Sie begann zu frieren und wickelte die Decke um ihren nackten Körper. Ihr Blick blieb an den beiden mit Wasser gefüllten Eimern hängen. Ihr kam eine Idee, mit der sie sich vielleicht aus dieser verzweifelten Situation befreien könnte.

Zu Hause stellte ich meine Wohnung auf den Kopf, aber mein Handy blieb unauffindbar. Ich musste es verloren haben, obwohl ich mir so sicher war, dass ich es auf meinem Büroschreibtisch hingelegt hatte. Gut, ich verschloss meine Tür nie, wenn ich das Büro mal für einige Minuten verließ. Aber bisher war noch nie etwas weggekommen. Außerdem – wer sollte ausgerechnet dieses Handy stehlen? Es war doch nichts Besonderes. Ich wollte mir schon längst ein Smartphone zulegen, aber ich war einfach bisher zu bequem, mir neuen technischen Schnickschnack anzuschaffen.

Als ich Monika am Telefon von dem Verlust erzählte, schnaufte sie tief durch.

»Uff, ohne mein Smartphone möchte ich nicht sein. Was ich da alles drauf gespeichert habe. Es ist ja praktisch mein zweites Gehirn.«

»Das stimmt schon, denn alle wichtigen Telefonnummern habe ich dort auch abgespeichert.« Plötzlich schoss es mir durch den Kopf. Natürlich! »Die Nachrichten von Mirjam, sie sind alle auf dem Handy«, sagte ich tonlos.

Monika pfiff durch den Hörer. »Ups, das ist echt hart, zumal es nun keinen Beweis mehr dafür gibt, dass die Beziehung auch von Mirjam ausging.«

Mein Gott, Monika war die Meisterin des Kombinierens. Während ich über den Verlust der persönlichen Zeilen von Mirjam trauerte, dachte Monika schon viel weiter.

»Ich könnte heulen, wenn ich dir erzähle, was heute noch alles passiert ist.«

»Mensch Süße, kündige endlich deinen Job«, empfahl mir Monika, nachdem ich ihr von den Erlebnissen meines Tages erzählt hatte. »Als Bonus kannst du gleich aus diesem Verein austreten.«

»Wegen Huber werde ich nicht alle meine Überzeugungen über den Haufen schmeißen«, sagte ich. Meine Stimme klang kläglich. »Bis zum Auftauchen dieses schrecklichen Typens arbeitete ich gerne für diesen Verein.«

»Pah, ich weiß nicht, was dir dieser Gebrüder-Grimm-Club gibt.«

»Selig sind die Sanftmütigen; denn sie werden das Erdreich besitzen und deswegen streite ich nicht mit dir.«

»Tja, sei weiter sanftmütig. Ich glaube nicht, dass dir dadurch Gerechtigkeit widerfährt oder deine Herzallerliebste zu dir zurückkommt.«

Da traf er, dieser Messerstich ins Herz. Wieso hatte Mirjam uns nur so brutal von der rosa Wolke geschmissen? Ich verstand es nicht.

»Ich weiß ja nicht, wo sie ist. Erst schreibt Mirjam mir, dass sie mich liebt und dann soll alles ein Versehen sein?«

»Ja, das ist schwer zu glauben.«

»Sie hat so gefühlt und deshalb diese Worte geschrieben.« Mit dem Telefon am Ohr lief ich im Wohnzimmer auf und ab.

»Was könnte passiert sein?«, überlegte meine Freundin.

»Ich denke nicht, dass Huber etwas von unserer Beziehung weiß.«

»Okay«, meinte Monika. »Stellen wir uns Folgendes vor: Mirjam redet mit Holger über eine Trennung. Sie will einen räumlichen Abstand zu ihm und fährt in den Urlaub. Es gäbe keinen Grund, sich nicht bei dir zu melden.«

»Genau. Das passt nicht zusammen.«

»Und wenn er von eurer Beziehung erfahren hat?«

Ich atmete tief durch. »Huber sagte heute zu mir, wenn er erfährt, dass ich Mirjam unsittlich berührt hätte ... Also heißt es doch übersetzt, er weiß, dass ich lesbisch bin und er denkt, ich hätte seine Frau nur angebaggert. Aber er weiß nicht, wie weit Mirjam und ich schon gegangen sind, oder?«

»Hm, wenn er es so geäußert hat ... Oder er weiß doch alles und spielt nur mit dir.« Ich hörte im Hintergrund die sanften Klänge einer Trommel.

»He, trommelst du nebenbei oder hast du etwa Besuch?«

»Ich denke nach«, grummelte Monika, »und das Trommeln hilft mir dabei. Das müsstest du doch inzwischen wissen.«

»Ja, ja, und dabei schickst du deinen Geist auf Reisen. Vielleicht erfährst du ja dabei, wo sich Mirjam aufhält.«

Ich hörte Monika leise lachen. »Dein Herzblatt musst du schon selbst finden. Also streng dich mal an.«

Ich ließ mich auf mein Sofa plumpsen. »Weißt du, ich denke immer an diese Helen und an Hubers erste Frau. Verdammt, Sander muss mir jetzt endlich erzählen, was mit dieser Sabine passiert ist.«

»Ja, denn ich habe auch kein gutes Gefühl bei der Sache. Vielleicht solltest du ihre Familie kontaktieren. Die könnten doch wissen, wo sich Mirjam aufhält.«

»Ihre Familie?«

»Ja. Wenn du verreist, erzählst du das doch deiner Mutter, oder? Sollten die es nicht wissen, dann ...«

»Dann?«

»... ist etwas im Busch.«

Die Angst klopfte bei mir an, bei der Vorstellung, ihre Eltern anzurufen. Ich konnte nicht einfach nach Mirjam fragen. Oder doch? Wie reagierte die Familie mir gegenüber, wenn sie von unserer Beziehung wussten? Nein, diese Konfrontation wäre mir zu peinlich.

»Du traust dich nicht.« Ich vernahm Monikas Seufzen und fühlte mich ertappt.

»Nun ... ich weiß nicht, ob die Idee so perfekt ist. Die werden bei ihrem Schwiegersohn anrufen und nach Mirjam fragen, weil eine Frau Achenbacher sich Sorgen macht. Der nächste Ärger wäre vorprogrammiert.«

»Mann, Jacki, du meldest dich nicht mit Achenbacher. Du stellst dich an! Überleg dir vorher eine Geschichte und vergiss nicht, die Rufnummer zu unterdrücken.«

Ich sah direkt vor mir, wie Monika verzweifelt den Kopf über mich schüttelte. Ich gab ja zu, dass ich mich in solchen Dingen unbeholfen anstellte.

»Ich denke drüber nach.« Wir verabschiedeten uns und ich legte mich auf mein Bigsofa. *Mirjams Familie anrufen? Hilfe! Aber gibt es eine andere Chance, um etwas über Mirjams Verschwinden zu erfahren? Doch wo bekomme ich eine gute Geschichte her?*

Mirjams Kehle schien wie ausgedörrt. Sie konnte ihr Verlangen nach Trinken kaum noch beherrschen. *Bitte Herr, stehe mir bei. Gib mir Kraft. Lass mein Vorhaben gelingen.* Mirjam drückte ihre Hände so krampfhaft ineinander, dass die Knöchel weiß hervortraten. *Jacki, ich vermiss dich so schrecklich. Warum findest du mich nicht?* Ihre Nacktheit kam ihr immer demütigender vor und sie wickelte die Wolldecke fester um sich.

Geräusche drangen aus dem Schlafzimmer. Mirjam stand auf und löschte das Licht. Es wurde stockdunkel um sie herum. Sie nahm einen vollen Eimer Wasser in die Hand. Er war schwer. Sie hoffte, dass sie noch genug Kraft für diesen Angriff besaß.

Leise wurde der Schlüssel umgedreht. Die Tür öffnete sich langsam. Das helle Licht vom Schlafzimmer blendete Mirjam. Sie sah den Umriss eines Menschen an der Tür stehen. Mit aller Heftigkeit schüttete sie das Wasser in seine Richtung. Holger wurde von dem Angriff überrumpelt. Er schrie vor Überraschung auf und tapste einige Schritte zurück. Mirjam ergriff die Chance und lief an ihm vorbei in das Schlafzimmer. So schnell sie konnte, versuchte sie, den Flur zu erreichen. Jeder Muskel in ihrem

Körper tat weh. Sie wollte laut um Hilfe rufen, doch ihre Kehle war wie zugeschnürt. Der Schlüssel der Schlafzimmertür steckte von außen. Sie musste einen Vorsprung zwischen sich und ihm bekommen. Dann könnte sie die Tür zusperren. Sie spürte seine Hand, die nach ihrem Fuß griff. Mirjam konnte sich nicht mehr auf den Beinen halten. Sie fiel zu Boden. Verzweifelt strampelte sie mit den Füßen, um Holger abzuwehren. Er war zu stark. Wasser tropfte auf ihren nackten Körper. Er zog sie an den Füßen zu sich, hielt ihre Hände am Boden und kniete sich über sie. »Du wolltest vor mir flüchten?«

»Hol...ger, bi-bitte! Lass ... mich ... ge-gehen«, stieß sie schwer atmend hervor. Tränen rannen über ihr Gesicht.

»Gehen lassen? Du bist meine Frau und eine Ehebrecherin. Du hast schrecklich gesündigt. Ich gebe dir nur die Chance, Buße zu tun. In diesem Raum kannst du über dich nachdenken und dafür beten, dass Gott dir diese Sünde verzeiht.«

»Nein! Nicht du ... hast ... über mich zu ... richten!« Panisch versuchte sie, sich aus seiner Umklammerung zu lösen. Er ließ sie nicht los.

»Mein Engel. Du weißt, dass du Strafe verdienst. Ich verzeihe dir, wenn du Buße tust und mir zukünftig gehorchst.«

»Niemals!«

Mirjam sah das Flackern in seinen Augen. Im nächsten Moment traf seine flache Hand sie heftig im Gesicht. Tränen des Schmerzes schossen aus ihren Augen.

»Du bist noch zu stolz mein Engel«, zischte Holger. »Deine Wunden werden verheilen. Du kannst mich anzeigen, es steht Aussage gegen Aussage. Ob du das durchhältst? Allein? Das Miststück Achenbacher kann dir nicht helfen. Die vernichte ich.«

Ein dicker Eisklumpen breitete sich in ihrem Magen aus. »Tu Jacki ... nichts«, stöhnte Mirjam mit angsterfüllter Stimme. »Sie ... hat nichts ... getan.«

»Red keinen Unsinn. Sie hat dich dazu verführt, den Pfad der Tugend zu verlassen. Sie muss dafür büßen.«

»Nein, Holger. Bitte, bitte nicht«, flehte sie schluchzend.

Er lachte amüsiert. »Du hast Angst um sie. Das zeigt mir, dass du noch zu viel für diese Person empfindest.«

»Holger ... verlange, was du willst. Aber bitte ... tu ihr nichts.«

Er hob interessiert die Augenbrauen. »Du willst mit mir verhandeln?«

Mirjam biss sich auf die Lippen und nickte zögernd.

»Gut. Ich überlege es mir. Du wirst jetzt zurück in deinen Bußraum gehen und brav sein. Denk nach, was dir diese Achenbacher wert ist.«

»Du ... du tust ihr aber nichts an?«, flüsterte Mirjam.

»Es kommt darauf an. Wenn du an meiner Seite weiterlebst und über alles, was vorgefallen ist, schweigst, lasse ich diese Person in Ruhe.«

Nein. Nein. Nein. Niemals. Mirjam biss sich auf die Lippe.

»Mein Engel. Es liegt an dir. Ich werde in einigen Stunden zu dir kommen und ein Kündigungsschreiben mitbringen. Du lässt dich aus dem Dienst entlassen und wirst an meiner Seite als Ehefrau weiterleben.«

»Nein, das ... das kannst du nicht von mir verlangen.« Sie versuchte, Holger von sich zu stoßen, doch er beugte seinen Körper über sie und hielt ihre Hände am Boden. »Ich glaube nicht, dass du in der besten Verhandlungsposition bist.« Er verzog seinen Mund zu einem spöttischen Lachen.

»Warum ... bist du nur so ... grausam?« Das Atmen fiel ihr unter Holgers Gewicht immer schwerer.

»Grausam? Du begingst erbarmungslos Ehebruch, mein Engel. Du hast nie begriffen, wie sehr ich dich liebe.«

Liebe? Was redet er nur? Mirjam hatte kaum noch Kraft, sich zu wehren.

»Wenn ich einwillige, lässt du Jacki in Ruhe. Versprichst du mir das?«

Holger nickte. »Wenn alles nach meinen Spielregeln verläuft.« Er stand auf und zog Mirjam hoch.

»Nein Holger, bitte nicht ... nicht dorthin zurück.« Sie klammerte sich an den Bettpfosten.

Unbarmherzig zerrte er sie in das fensterlose, dunkle Badezimmer. Der Schlüssel wurde umgedreht. Verzweifelt hämmerte Mirjam gegen die Tür. »Holger, nein. Lass mich hier raus. Ich ... ich kann nicht mehr ...« Er kam nicht zurück. Sie klopfte noch eine Weile weiter, bis sie erschöpft aufgab. *Oh Gott, bitte hilf mir.* Sie lehnte sich mit dem Rücken an die Tür und starrte in das Dunkel, das sie umfing. *Jacki, ich werde nicht zulassen, dass dir etwas passiert.* Sie krümmte sich auf dem Boden zusammen wie ein Embryo und hoffte auf ein Wunder.

Nach dem Telefonat mit Monika setzte ich mich auf mein Sofa und stellte den Fernseher an. Doch ich konnte mich nicht auf das Fernsehprogramm konzentrieren. Dauernd wanderten meine Gedanken zu Mirjam. Ich konnte nicht untätig bleiben und stellte mein Laptop an. Im Internet suchte ich nach der Telefonnummer von Mirjams Eltern. Sie hatte mir erzählt, dass ihre Mutter Gynäkologin war und ihr Vater eine eigene Schreinerei besaß. So konnte ich ohne Schwierigkeiten die Nummer herausfinden. Das größere Problem bestand darin, eine Geschichte zu erfinden. In der Beziehung war meine Kreativität eher beschränkt. Eine Weile grübelte ich vor mich hin, goss mir noch ein Mutmacher-Schnäpschen ein, suchte in der Gebrauchsanweisung meines Telefons danach, wie man die eigene Rufnummer unterdrückte, und wählte dann die Nummer von Familie Peters. Es läutete einige Male durch und fast hoffte ich, niemand wäre zu Hause, als sich eine dunkle, rauchige Stimme meldete. »Peters.«

»Ähm, hallo, hier spricht Achen..., ähm Müller.« *Herrjemine, ich bin eine Totalversagerin.*

»Ja, Frau Müller. Was kann ich für Sie tun?« Frau Peters Stimme klang energisch und ich schluckte hektisch. »Ähm, ich bin eine Studienkollegin von Mirjam. Eigentlich wollten wir uns zu einem Treffen verabreden, doch ich erreiche sie nicht. Ähm, können Sie mir sagen, wo sie ist?« Oh Gott, wie klang das denn? Das musste sich auch Frau Peters gedacht haben, denn einen Moment lang blieb es still in der Leitung.

»Hallo, sind Sie noch dran?«, fragte ich vorsichtig nach.

»Ja, ja. Sie sagten, Sie sind eine Studienkollegin? Woher haben Sie meine Nummer?«

Mir wurde heiß und kalt. »Ja, wissen Sie, Mirjam erzählte mir, dass ihre Mutter Frauenärztin sei und ich wusste ja, wo Mirjam herkommt. Da war es kein Problem, Ihre Telefonnummer herauszufinden.« Wenigstens war das nicht gelogen.

»Mirjam wohnt aber nicht mehr bei uns. Sie ist als Pastorin in der Gemeinde Lütjenstede tätig. Soll ich Ihnen die Telefonnummer von ihrem Festnetzanschluss geben? Mirjams Mann kann Ihnen ja auch sagen, wann Sie Mirjam am besten erreichen können.«

Super, das Gespräch ging ja in eine vielversprechende Richtung. *Soll ich jetzt sagen, die Nummer habe ich auch, aber ihr Mann will mir nicht sagen, wo sich Mirjam aufhält?*

»Hallo?«, hörte ich Frau Peters ungeduldige Stimme.

»Ja. Ich glaube, diese Telefonnummer hilft mir nicht weiter.« Ich nahm meinen ganzen Mut zusammen. »Frau Peters, wissen Sie, dass Mirjam verreist ist?«

»Verreist?« Es mischte sich eine Spur von Unsicherheit in ihre Stimme. »Nein, wer behauptet denn so etwas?«

»Mirjams Mann Holger. Sie hat mir immer von ihrem guten Verhältnis zu Ihnen erzählt. Sie seien ihre beste Freundin. Finden Sie es dann nicht komisch, dass Mirjam Ihnen nichts von dem Urlaub erzählt hat?«

Ich vernahm ein tiefes Schnaufen am anderen Ende. »Sie sind doch keine Studienkollegin von Mirjam. Wer sind Sie und warum rufen Sie mich tatsächlich an?«

»Erkundigen Sie sich doch mal bei Ihrem Schwiegersohn nach Mirjam.« Ich biss mir auf die Lippe und legte auf. Jeder Zweifel in mir war ausgeräumt. Mirjam, du bist nicht freiwillig untergetaucht.

Holger saß am Schreibtisch und schrieb einen Brief am Computer. Das Telefon klingelte und er erkannte auf dem Display die Nummer von Mirjams Eltern Michael und Johanna. Ihre Anrufe hatte er bisher ignoriert, aber irgendwann musste er mit ihnen reden. Er nahm den Hörer ab und meldete sich.

»Holger, hier ist Johanna«, vernahm er ihre rauchige Stimme.

»Hallo, wie geht es euch?« *Ich muss sie so schnell wie möglich loswerden.*

»Danke, alles in Ordnung. Ich versuche, Mirjam zu erreichen. Kann ich sie bitte sprechen?«

Holger atmete leise durch. Sein Plan konnte nur funktionieren, wenn dieser die beiden überzeugte.

»Es tut mir so leid, dass ich mich nicht früher bei euch gemeldet habe.«

»Wieso, was ist los? Ist was mit Mirjam?« Johannas Stimme überschlug sich fast vor Sorge.

»Beruhige dich«, entgegnete er sanft. »Es gab keinen Unfall oder was immer du denkst.«

Ein erleichtertes Ausatmen drang durch den Hörer. »Wo ist Mirjam?«

»Ja, das ist eine heikle Angelegenheit.« Er räusperte sich.

»Was willst du damit sagen?«

»Mirjam ist für einige Tage verreist. In ein Kloster. Sie will ihre Gedanken ordnen.«

»In ein Kloster? Holger, Mirjam verreist nicht einfach, ohne mir Bescheid zu geben.«

Genau das war sein Problem mit Johanna. Sie mischte sich in alles ein. Er spürte, seine entflammende Wut. Er musste sich zusammenreißen, damit sie nicht noch argwöhnischer wurde.

»Sie wollte euch natürlich informieren. Aber diese Sache hat Mirjam verwirrt und im Kloster darf man kein Handy benutzen.«

»Verwirrt? Wegen welcher Sache? Holger, sprich endlich mit mir!«

Deine Tochter ist eine dreckige lesbische Hure. »Johanna, es fällt mir schwer, darüber zu reden. Es gab einen Vorfall in der Gemeinde, der Mirjam äußerst nahe gegangen ist. Sie wird dir davon berichten, wenn sie nach Hause kommt. Bis dahin lass ihr einfach Zeit.«

Johanna schwieg kurz. »Ich weiß nicht.« Sie murmelte vor sich hin. »Das alles passt nicht zu Mirjam.«

Holgers Hand ballte sich zur Faust. Diese Frau saß auf so einem hohen Ross. Es hätte nicht geschadet, ihr mal einige Grenzen aufzuzeigen. Aber ihr Mann Michael war in der Beziehung ein Waschlappen, denn sie hatte in dieser Ehe die Hosen an.

»Johanna«, presste er betont freundlich hervor. »Bitte vertrau mir. Ich bin auch noch wegen dieser Sache durch den Wind. Lass Mirjam und mir Zeit. Nächste Woche wird sie sich melden.«

»Nun gut.« Johannas Stimme klang wenig überzeugt. »Ich hoffe, dass ich bald etwas von Mirjam höre.«

»Ja. Grüß Michael bitte von mir.«

»Selbstverständlich. Bis bald.«

»Tschüss.«

Erleichtert beendete er das Gespräch. Seine Hand entkrampfte sich. Hoffentlich wartete Johanna ab, das verschaffte ihm mehr Zeit. Er wandte sich dem Computer zu und beendete den Brief. *Wenn du das unterschreibst, bist du für immer in meiner Hand. Aber erst kümmere ich mich noch um die Achenbacher.*

Nur mühsam konnte Holger den Hass, der in ihm loderte, bändigen. Seine Faust landete auf dem Schreibtisch und der Schmerz durchzog seinen Körper. Egal, was er Mirjam versprochen hatte, dieses Miststück würde nicht ungestraft davonkommen. Er konnte nicht länger mit dieser Person zusammenarbeiten. Leider gab es die Mitarbeitervertretung und Kolleginnen und Kollegen, die sich mit der Achenbacher solidarisierten. Reese und Merz zogen auch nicht mit. Diese mehrheitliche Unterstützung hatte er nicht vorhergesehen. Er würde sich genau merken, wer auf seiner Seite stand.

Kapitel 28

»Von allen Seiten umgibst du mich und hältst deine Hand über mir.«

(Ps 139,5 LUT)

Als ich gegen halb neun in die Arbeit ging, kam mir Frau Feddersen auf dem Bürgersteig entgegen. Einen Augenblick lang hatte ich das Gefühl, sie überlegte, die Straßenseite zu wechseln. Ob sie von meinem Outing erfahren hatte und nicht mit mir zusammen gesehen werden wollte? Wie sollte ich ihr begegnen? Ich hatte keine Vorstellung, wie Frau Feddersen über das Thema Homosexualität dachte. Ich versuchte, mein Unbehagen zu überspielen, und begrüßte sie mit einem fröhlichen: »Guten Morgen.«

»Hallo Jacki«, sagte sie mit distanzierter Stimme. Eine Art Verunsicherung schien die Menschen zu ergreifen, die mit mir konfrontiert wurden. Aber wenn ich nicht mit diesem Thema vernünftig umgehen konnte, wie sollte ich es von anderen erwarten?

»Stellen Sie sich vor, meine Mutter hat einige Tage in Hamburg verbracht.« Ich hoffte damit, die Verkrampfung zu lösen.

Sie schaute mich erst mit großen Augen an und begann dann herzhaft zu lachen. Ein paar dicke Steine kullerten vor Erleichterung von meinem Herzen.

»Manche benötigen eine Ewigkeit, bis bei ihnen der Groschen fällt. Die beiden gehören zusammen.« Frau Feddersen gehörte zu den wenigen Menschen, die die Beziehung zwischen Sander und meiner Mutter immer verteidigt hatte.

»Ja, es sieht so aus«, entgegnete ich grinsend.

»Ist es denkbar, dass er nach Lütjenstede zurückkommt?«

Ich schüttelte den Kopf. »Eher zieht meine Mutter nach Hamburg.«

»Ja. Das mag sein. So eine Kleinstadt fühlt sich eng und muffig an«, sagte Frau Feddersen. »Verabschiedest du dich auch nach Hamburg?«

Ich hob die Schultern. »Keine Ahnung. Es ist im Moment alles nicht so einfach.«

Sie nickte. »Das glaube ich. Jeder hat eine Meinung zu diesem Thema und redet über dich. Wer möchte mit dir tauschen?« Die dicken Steine rollten zurück an mein Herz und es fühlte sich genauso schwer an wie zuvor.

»Ach Jacki, mir fehlt Pastor Sander so. Mit dem Huber ist es nicht einfach. Am Montag rief er an und sagte, dass ich die nächsten zwei Wochen nicht zum Putzen kommen muss.«

»Warum nicht?«

»Das habe ich ihn auch gefragt. Er entgegnete unwirsch, dass mich das nichts anginge. Dabei ist es für mich ein Verdienstausfall. Du weißt ja, dass ich auf jeden Cent angewiesen bin. Aber deshalb muss ich mich nicht so behandeln lassen. Ohne die nette Frau Pastorin hätte ich längst gekündigt.«

Frau Feddersens Meinung konnte ich bestens nachvollziehen.

»Lassen Sie sich nicht unterkriegen.«

»Du dich auch nicht, Jacki. Und grüß mir das nächste Mal den Pastor Sander.«

»Klar, das mach ich.«

Wir verabschiedeten uns und ich blieb mit einem unguten Gefühl zurück.

Was hatte das zu bedeuten? Warum sollte Frau Feddersen nicht putzen, wenn Mirjam verreist war?

Nachdenklich betrat ich das Amt und stempelte mich ein. Ich saß kaum an meinem Arbeitsplatz, als mein Chef zur Tür hereinkam. Schwer atmend lehnte er sich an die Tür. »Gestern Abend traf sich der Kirchengemeinderat unter Leitung von Pastor Huber zu einer außerordentlichen Sitzung. Ich war nicht eingeladen. Soviel ich weiß, gab es nur zwei Themen: die von Ihnen erstellte Personalliste und Jacqueline Achenbacher.«

Mir lief es kalt den Rücken herunter.

Hannes Larsen setzte sich auf den Besucherstuhl und kreuzte die Arme vor seiner Brust. Wir saßen uns eine Weile schweigend gegenüber.

»Man kann Ihnen nicht kündigen«, sagte Larsen.

»Man wird es versuchen«, entgegnete ich und spürte, wie die eisige Kälte vom Rücken aus langsam meinen ganzen Körper in Beschlag nahm.

Wieder schwiegen wir. Larsen rutschte auf dem Stuhl hin und her.

»Ähm, wie begegnet man Ihnen ... ich meine, außerhalb dieses Amtes ... durch das Outing?«, fragte er.

Sollte ich ihm erzählen, wie schwer es mir fiel, eine Portion Pommes bei Bodo zu kaufen, wenn Leute anstanden, von denen mich einige von oben bis unten musterten? Dass es beim Bäcker still geworden war, als ich den Laden betrat? Das Ehrenamtliche mich im Amt demonstrativ nicht mehr grüßten? Einige Gemeindemitglieder hatten mich immer skeptisch betrachtet. Ich war die Tochter von der Achenbacher, die mit Pastor Sander liiert war, einer Frau, die sich nicht um die Kirche scherte.

Ich fühlte mich beobachtet. Dieses Thema eignete sich hervorragend zum Tratschen. Wie würden die Lütjensteder erst reagieren, wenn sie von mir und Mirjam erfuhren?

»Einfach ist das alles nicht«, sagte ich zögernd. »Ich hoffe, dass sich die Leute bald für andere Themen interessieren.«

Larsen nickte. »Ja, das wünsche ich Ihnen und uns.«

»Was ist mit der Personalliste? Huber will, dass wir ihm Kündigungsvorschläge unterbreiten.« Die Empörung in meiner Stimme war nicht zu überhören.

»So etwas dachte ich mir.« Larsen schüttelte den Kopf. »Das wird zwischen mir und Huber diskutiert. Das ist nicht Ihre Aufgabe, Frau Achenbacher.«

Er stand von seinem Stuhl auf und ging langsam zur Tür. Er blieb stehen und drehte sich zu mir um.

»Sie sollten nicht allein zu diesem Gespräch gehen. Nehmen Sie sich jemanden von der Mitarbeitervertretung mit.«

Larsen sorgte sich und das rührte mich. »Danke für den Tipp. Ich sprach mit Jens bereits darüber. Er wird mich begleiten.«

Larsen nickte und verließ das Zimmer.

Was konnte ich jetzt unternehmen? Darauf warten, dass ich zur Anklagebank geführt wurde? Einfach weiterarbeiten? Oder doch endlich einen Plan entwerfen?

Ich lehnte mich in meinem Stuhl zurück und schloss die Augen. *Mirjam. Ich fühle, du bist in der Nähe.*

Mirjam lehnte mit dem Rücken an der Duschkabine. Sie hatte ihre Beine angezogen und ihre Arme umschlossen die Knie. Ihre aufgesprungenen Lippen brannten, die Zunge klebte am Gaumen.

Eine Tasse Tee stand neben ihr. Sie überlegte, was sich vor ihrer Haustür abspielte. Vermisste sie denn niemand? Fragte keiner nach ihr? Sie hatte Jacki doch noch *Ich liebe dich* geschrieben. Der Beweis, dass sie es ernst mit ihr meinte. Oder hatte es Holger geschafft, Zweifel in Jacki zu wecken? *Oh Jacki, ich weiß so wenig von dir.* Mirjam schloss die Augen. *Ich will dich nicht verlieren. Du hast mir so viel Liebe und Zärtlichkeit gegeben.* Alles fühlte sich liebevoll und vertraut an, so anders als an der Seite von Holger. *In meinem Leben lief alles falsch.*

Sie saß in dieser Falle und hatte keine Vorstellung, wie diese Geschichte enden könnte. Mirjam nahm die Tasse Tee in die Hand und führte sie an den Mund. Der Schlaf, das hatte Mirjam inzwischen erkannt, würde wenigstens ihre Verzweiflung lindern.

Es bereitete mir Anstrengung, mich auf meine Arbeit zu konzentrieren. Immer schweiften meine Gedanken zu Mirjam. Das Klopfen an meiner Tür unterbrach meine Grübelei.

Bevor ich »Herein« rufen konnte, wurde die Tür energisch aufgerissen. Eine Frau betrat den Raum, elegant gekleidet mit grauschwarzem Hosenanzug. Über den linken Arm hatte sie ihren Mantel gelegt. Während ich überlegte, woher ich sie kannte, stand ich auf und reichte ihr die Hand: »Mein Name ist Achenbacher. Was kann ich für Sie tun?«

Die Frau stutzte kurz, bevor sie meine Hand ergriff und mit dunkler rauchiger Stimme entgegnete: »Johanna Peters. Ich bin die Mutter von Mirjam.«

Diese Stimme, na klar, und beim Sommerfest der Hubers hatte ich sie gesehen. Ich überlegte, ob sie wohl aufgrund meines Anrufs nach Lütjenstede gekommen war. Ob sie über Mirjam und mich Bescheid wusste? Wer weiß, was man ihr über mich erzählt hatte. Ich hoffte, sie dachte und fühlte nicht wie Holger Huber, denn dann konnte ich mich auf etwas gefasst machen.

Meine Stimme klang heiser, als ich ihr einen Stuhl anbot. Sie zog ihren Mantel aus und legte ihn über ihre Beine. Johanna Peters wirkte genauso zierlich wie Mirjam. Im Gegensatz zu Mirjam hatte sie kurze dunkle Haare und grüngraue Augen, mit denen sie mich kritisch musterte. In ihrem hageren Gesicht konnte ich, trotz Make-ups, Falten entdecken.

»Ich will nicht herumreden«, sagte sie. »Können Sie mir sagen, wo Mirjam sich aufhält?«

Ich schüttelte den Kopf. »Warum, ähm, fragen Sie mich das?«

»Ihre Kollegin aus dem Pfarramt scheint viel und gerne zu reden. Sie meinte, dass meine Tochter mit ihnen ... befreundet wäre.«

Ich vernahm deutlich die Pause vor dem Wort *befreundet.* Verdammt, was hatte Ines ihr erzählt? Was ahnte meine feine Kollegin von Mirjam und mir?

»Befreundet?« Ich versuchte, auf Zeit zu spielen.

»Nicht? Wie würden Sie das Verhältnis bezeichnen?«

Verhältnis? Oh Gott, was wusste sie alles?

»Ich weiß nicht, was Sie meinen.«

»Nein?« Sie sah mich prüfend an. »Erzählen Sie mir doch einfach, was zwischen Ihnen und Mirjam passiert ist.«

Ich starrte auf den Boden. Was sollte, was durfte ich ihr erzählen?

»Ich habe ihre Tochter am Samstag beim Basar das letzte Mal gesehen«, sagte ich. »Am Sonntag war ich nicht mehr dort, weil ... weil ...« Verzweifelt suchte ich nach den passenden Worten.

»Jetzt erzählen Sie bitte nicht, Sie wurden ausgeladen, weil Sie lesbisch sind.«

Lesbisch. Dieses Wort ließ mich erzittern. Mein Gesicht nahm die Farbe einer Tomate an. Sie wusste über mich Bescheid. Ich nickte. »Doch.« Meine Stimme klang brüchig.

Johanna Peters schüttelte den Kopf. »Eine arg übertriebene Maßnahme, finden Sie nicht? Wir haben schwule Politiker, reizende homosexuelle Prominente im Fernsehen, aber in Lütjenstede scheint die Welt stehen geblieben zu sein, oder?«

Ich lächelte sie schüchtern an. Ob das wirklich ihre Meinung war? Oder wollte sie mich vielleicht mit Verständnis ködern?

»Und Sie ließen sich das gefallen?«

Was hätte ich tun sollen? Sie kannte scheinbar ihren Schwiegersohn nicht. Wie sich das anhörte – *Schwiegersohn*. Frau Peters wirkte ja jünger als er.

Sie legte ihre Hand auf meinen Arm. »Entschuldigen Sie. Man wirft mir oft vor, dass ich zu direkt mit den Leuten rede. Aber man vergeudet Zeit damit, wenn man immer um den heißen Brei herumredet. Zeit ist ein hohes Gut und davon möchte ich möglichst viel genießen.« Sie sah mich an und ihre Miene hatte einen ernsten Ausdruck bekommen. »Ich frage Sie noch einmal. Was verbindet Sie und meine Tochter? Sie sind doch keine Studienkolleginnen.« Sie hob fast entschuldigend die Arme. »Stimmen erkenne ich sofort wieder und Sie haben mich gestern Abend angerufen, oder? Also, jetzt erzählen Sie mir, warum Sie sich tatsächlich bei mir gemeldet haben.«

In meinem Kopf begann es zu trommeln und mein Atem wurde schneller. Plötzlich sah ich Spirit Hawk und Mahpea an der Tür stehen. Das Stammesoberhaupt wedelte mit einem Tomahawk und starrte mich grimmig an, während mir Mahpea aufmunternd zunickte. Die Trommeln in meinem Kopf wurden lauter. Verzweifelt hielt ich meine Hände gegen die Schläfen. Schweißperlen bildeten sich auf meiner Stirn. Doch im nächsten Moment war alles vorbei.

»Geht es Ihnen nicht gut?«, fragte Frau Peters und sah mich mit besorgtem Blick an.

Meine Hände lagen noch immer an den Schläfen. Peinlich berührt wischte ich mir mit dem Arm über die Stirn.

»Entschuldigen Sie. Es ist alles ein bisschen viel im Moment.«

»Ich verstehe.« Sie schlug die Beine übereinander und sah mich erwartungsvoll an. Sie wollte meine Geschichte hören und ich wollte Mirjam nicht vorgreifen. Ich schwieg zu lange, weshalb es in meinem Kopf erneut zu trommeln begann. »Okay, okay«, sagte ich leise. »Ist ja gut. Ich gebe mir alle Mühe.«

Fragend sah mich Mirjams Mutter an. Sie musste mich für verwirrt halten. Ich holte tief Luft.

»Ihre Tochter wollte sich von ihrem Mann trennen.«

Ich sah, dass Frau Peters überrascht die rechte Augenbraue hob.

»Sie ... ich glaube ... ich hatte das Gefühl ... Mirjam stand etwas unter Druck.« Ich schluckte hektisch, während ich meine schweißnassen Hände hinter dem Tisch verbarg.

»Und welche Rolle spielen Sie dabei?«

Ich biss mir auf die Unterlippe. Nein, ich konnte Mirjam doch jetzt nicht bei ihrer Mutter outen. Das war ihr Job, nicht meiner. Ich schwieg und senkte unsicher den Blick auf den Boden.

Das Klopfen an der Bürotür bewahrte mich vor einer Antwort. Pastor Huber betrat mein Zimmer. Als er Mirjams Mutter erblickte, blieb er überrascht stehen. »Du? Meine Sekretärin sagte mir, dass du später noch mal vorbeikommst.« Misstrauisch sah er uns an.

Frau Peters stand auf und reichte ihm die Hand. »Holger. Wie praktisch, dass du jetzt bereits für mich Zeit hast. Ich wollte mir nur die Dame anschauen, die der Auslöser für Mirjams Verschwinden sein soll. Das hat mir deine Sekretärin erzählt.« Sie schüttelte den Kopf. »Frau Achenbacher ist bockig.« Sie drehte sich zu mir und zischte: »Ich liebe meine Tochter über alles. Wenn Sie ihr etwas angetan haben, mache ich Sie fertig.«

Ihre Worte trafen mich ins Mark. Doch bevor sie sich von mir abwendete, zwinkerte sie mir kurz zu.

»Ich möchte mit dir reden«, sagte sie zu Huber.

»Das geht im Moment nicht.«

»Bitte. Das solltest du mir schuldig sein, mein lieber Holger.«

Sie schob ihn aus dem Zimmer. Was hatte das jetzt zu bedeuten? Es sah fast so aus, als wenn Mirjams Mutter ihrem Schwiegersohn nicht vertraute. Ich würde bestimmt heute noch von ihr hören. Kurz darauf klopfte es erneut an meiner Tür. Diesmal betraten mein Chef Larsen und Pastor Reese mein Büro. Die Mienen der beiden Männer wirkten verkrampft. Während sich Reese zu mir an den Besuchertisch setzte, blieb Hannes Larsen stehen und lehnte sich an meinen Schreibtisch.

»Frau Achenbacher«, begann Reese und seine Stimme klang aufgeregt. »Stimmt es, dass Sie ...«, er räusperte sich, »dass Sie der Frau Pastorin Huber Avancen gemacht haben?«

Die Blicke von Reese und Larsen bohrten sich in mich hinein.

»Frau Huber ist Hals über Kopf abgereist, weil Sie ihr ... na ja ... wohl körperlich nahe gekommen sein sollen«, meinte Reese weiter.

Das war sein perfider Plan. Er stellte mich als Frauen mordenden Vamp hin, die auch vor der Frau Pastorin nicht halt machte. Hilfe, in welche Rolle sollte ich nur gedrängt werden? Ich konnte kaum glauben, was ich da hörte. In mir brodelte es vor Wut und gleichzeitig hoffte ich, dass das alles nur ein Albtraum war, ich aufwachte und Mirjam neben mir lag.

»Wenn das stimmt, Frau Achenbacher, könnte das auf Nötigung hinauslaufen ... sexuelle Nötigung und das Vertrauensverhältnis wäre aufs Äußerste angegriffen. Frau Achenbacher, das geht doch nicht.«

Reese sah mich mit verzweifelter Miene an. »Bitte sagen Sie etwas.«

Ich sah unsicher zu Hannes Larsen, der meinem Blick auswich. Verdammt, was sollte ich jetzt antworten? Ich konnte alles abstreiten. Es stand Aussage gegen Aussage. Die Aussage einer geouteten Angestellten gegen Pastor Huber, dessen Frau verstört das Weite gesucht hatte. Meine Chancen, ungeschoren aus dieser Sache herauszukommen, sahen ja hervorragend aus. Nein, klein beigeben durfte ich nicht. Ich hatte mir rechtlich nichts zuschulden kommen lassen. Okay, ich habe mich in Mirjam verliebt und mich auf sie eingelassen. Aber dazu gehörten doch immer noch zwei, oder? Energisch richtete ich mich in meinem Stuhl auf und kreuzte die Arme vor meiner Brust.

»Das alles hat Ihnen Pastor Huber erzählt, oder?«

Reese nickte nur.

»Das ist eine heftige Anschuldigung gegen mich, die Sie mir nur aufgrund Hubers Erzählung vorwerfen. Sie gehen automatisch davon aus, dass das die Worte seiner Frau seien.«

»Was wollen Sie damit andeuten?«, fragte Pastor Reese.

»Es könnte doch sein, dass Frau Huber aus einem anderen Grund davongelaufen ist? Woher wollen Sie wissen, dass Huber die Wahrheit sagt?«

Reese fuhr sich mit der Hand gedankenverloren über das Kinn, während Larsen immer noch schweigend am Schreibtisch stand.

»Pastor Sander erzählte mir einiges über Huber.« Ich wurde mutiger. »Sie sollten sich mit seiner Vergangenheit befassen. Er ließ öfter Menschen über die Klinge springen.«

Reese sah mich unsicher an. »Frau Achenbacher, das sind heftige Vorwürfe gegen Pastor Huber.«

»Ach so, das sind Verwürfe! Huber dagegen darf mich anklagen, ohne dass Sie vorher seine Frau zu dieser Angelegenheit befragen.«

»Anscheinend können Sie zur Aufklärung beitragen?« Hannes Larsen setzte sich auf den noch freien Besucherstuhl und sah mich aufmunternd an.

»Das könnte ich.« Ich sah die beiden Männer mit festem Blick an. »Aber ich werde mich erst äußern, wenn Mirjam Huber vor mir ihre Vorwürfe wiederholt.«

Larsen klopfte mit den Fingern auf den Tisch, während Reese vor sich hinstarrte.

Mein Chef brach das Schweigen. »Sie haben recht. Frau Huber muss ihre Anschuldigungen persönlich vortragen und nicht über ihren Mann. Dafür handelt es sich um eine zu heikle Angelegenheit. Wenn Sie sich einen Anwalt nehmen, könnte dieser die Vorwürfe leicht zerpflücken.«

»Wir werden Huber unsere Bedenken darlegen«, sagte Reese und stand auf. »Ich bete zu Gott, dass diese unappetitliche Sache bald vom Tisch ist.«

»Da sind wir uns ja einig.«

Als die Tür hinter ihnen zufiel, nahm ich meinen Anti-Stress-Ball und warf ihn gegen die Wand. Dieser widerliche Fiesling. Nein, Huber würde damit nicht durchkommen.

Kapitel 29

»Im Leben eines Indianers gibt es keine schlechten Tage. Auch wenn die Zeiten noch so schwierig sind – jeder Tag ist gut. Weil Du am Leben bist, ist jeder Tag gut.«

(Henry Old Coyote, Crow)

Sander gehörte zu den Freigeistern im theologischen Sinne, jedoch zu den unmodernen in Bezug auf den technischen Fortschritt. Ich erreichte ihn weder am Festnetz, noch auf seinem Handy, denn er hatte wie üblich sein Mobiltelefon abgeschaltet. Fluchend legte ich auf und griff nach meinem Rucksack. Ich hatte mir vorgenommen, nach der Arbeit in die Stadt zu gehen, um einige Weihnachtsgeschenke einzukaufen. Nicole wollte einen Tag vor Heiligabend kommen und mit uns gemeinsam feiern. Aber in diesem Jahr lief Weihnachten an mir vorbei. Ich hatte nicht mal einen Adventskranz aufgestellt und mein Karton mit sämtlichen Weihnachtsutensilien stand noch im Keller herum. Dabei liebte ich das Fest der Geburt Jesu Christi, der Menschwerdung Gottes und die damit verbundene besondere Adventsatmosphäre. Ich hörte gerne Weihnachtslieder und es brachte mir Freude, Geschenke auszusuchen. Ich genoss den Weihnachtsgottesdienst, die anschließende Bescherung und die Christmette um Mitternacht. Doch wie sollte ich Weihnachten feiern, wenn alles um mich herum im Unklaren lag und ich seit drei Tagen nicht wusste, wo Mirjam war.

Ich verließ gegen halb sechs das Amt. Draußen empfingen mich Schneeregen und Temperaturen unter null Grad. Frierend zog ich den Reißverschluss meiner Jacke hoch und setzte mir eine Mütze auf. Ich ging einige Schritte an der Straße entlang, als ein Auto neben mir hielt.

»Steigen Sie ein«, rief eine Stimme durch das heruntergelassene Beifahrerfenster.

Es überraschte mich nicht, Mirjams Mutter am Steuer zu sehen.

Ich öffnete die Tür und setzte mich auf den Beifahrersitz. Während Frau Peters anfuhr, drückte sie auf einen Knopf und an meiner Seite schloss sich automatisch das Fenster.

Im Auto roch es nach kaltem Rauch. Mirjams Mutter schien Raucherin zu sein. Ich blickte verstohlen zu ihr hinüber. Sie starrte schweigend nach vorne und konzentrierte sich auf den Straßenverkehr. Die Scheibenwischer übertönten die Stille kaum.

Was tat ich hier? Sie wollte sicherlich ungestört mit mir reden, ohne dass ihr Schwiegersohn etwas davon erfuhr. Mich interessierte vor allem, was Holger seiner Schwiegermutter über mich erzählt hatte. Ich schluckte, denn plötzlich schwante mir, dass sie etwas anderes als Reden im Sinn haben könnte. Vielleicht sah der Plan so aus, dass sie und Holger mich aus dem Weg räumen wollten. Naiv tapste ich in diese Falle. Meine Nackenhaare sträubten sich und eine Gänsehaut überzog meinen Körper. Wir standen an einer Ampel und einen Moment lang überlegte ich, auszusteigen. Jetzt war die Chance zur Flucht noch gegeben. Aber ich blieb wie festgebunden sitzen.

Wir fuhren aus Lütjenstede heraus und der Verkehr löste sich auf.

»Ich hoffe, Sie haben sich meine Worte vorhin nicht zu Herzen genommen«, unterbrach Mirjams Mutter das Schweigen.

»Nun, Sie hatten Ihren Grund dafür.«

Ein Lächeln umspielte ihre Lippen.

»Wo fahren wir hin?«, fragte ich sie.

»Ich habe kein Ziel. Ich möchte nur ungestört mit Ihnen reden.«

»Beim Autofahren?«

»Oh nein, das ist keine gute Idee. Ich will meine Gesprächspartner ansehen, wenn ich mit ihnen rede.«

Ich fühlte mich immer unwohler. Sie wollte mich über die Beziehung zu Mirjam ausfragen.

»Kennen Sie nicht ein Lokal in der Nähe?«

Wir fuhren gerade an dem Restaurant vorbei, in das mich Torsten eingeladen hatte. Mit Schrecken dachte ich an diesen Abend zurück und eigentlich hatte ich weder Lust, in dieses, noch in ein anderes Lokal zu gehen. Ich wollte nur noch wissen, was mit Mirjam geschehen ist. Meine Sehnsucht bohrte sich immer tiefer in mein Herz, so dass ich kaum noch atmen konnte.

»Lassen Sie uns zurück nach Lütjenstede fahren«, sagte ich. »Ich führe sie jetzt nicht zu einem Lokal, sondern an einen Ort, wo man auch wunderbar reden kann.«

»In Ordnung. Nichtsdestotrotz habe ich etwas Hunger, denn ich habe seit heute Vormittag nichts gegessen.«

Ich auch nicht, aber ich spürte auch keinen Appetit. Doch da gutes Essen auch die Seele stärken soll, lotste ich Mirjams Mutter zu unserer Pizzeria. Ich sprang ins Lokal und bestellte drei Pizzen zum Mitnehmen. Um kurz vor halb sieben hielten wir vor Monikas Bungalow. Ihr Indianerladen hatte Mittwochnachmittags geschlossen und normalerweise verbrachte sie den Rest des Tages zuhause. Ich folgte meiner Intuition, zu ihr zu fahren. Vielleicht, weil ich sie gerade jetzt brauchte, ihre Klugheit, ihre Weisheit, ihre Freundschaft.

Erleichtert sah ich, dass im Haus Licht brannte. Frau Peters stieg aus, zog ihren Wintermantel an und stemmte ihre Hände in die Hüften.

»Wo sind wir hier?« Ich vernahm einen irritierten Ton in ihrer Stimme. Okay, der Totempfahl, ein Tipi und menschengroße Indianerfiguren aus Holz, gehörten nicht unbedingt zu den typischen Grundstücksdekorationen einer Kleinstadt. Sie ging zum Gartentor und wischte den Schnee vom Schild ab, das am Zaun hing.

»Monis Indianerwelt«, las sie laut vor. »Aha, und was machen wir hier?«

Ich war neben sie getreten und drückte die Klinke des Gartentors herunter. »Monika ist meine beste Freundin und mir sagt mein Gefühl, dass hier der richtige Ort für ein Gespräch ist.«

Auf Frau Peters Stirn hatten sich Falten gebildet, doch sie hob die Schultern und begleitete mich zur Haustür. Ich drückte die Klingel und statt eines normalen Klingeltons ertönte das für mich bekannte musikalisch untermalte *hejahejaha.*

Frau Peters lachte kurz auf. »Es wird immer spannender.«

Wir hörten Schritte und Monika öffnete die Tür. Ihre rote Mähne hatte sie diesmal mit einem Stirnband gebändigt. Sie trug ein mit bunten Perlen besticktes Lederhemd, um den Hals ihr geliebtes Choker und an den Armen mehrere Armreifen mit indianischen Motiven.

Ich schielte zu Mirjams Mutter, die Monika mit einem amüsierten Lächeln betrachtete.

»Du? Das ist ja eine Überraschung. Ist was passiert?« Monika blickte erst mich und dann meine Begleiterin an. »Hoppla, wen hast du denn da mitgebracht?«

Ich streckte Monika die Pizzakartons entgegen. »Das ist Frau Peters, Mirjams Mutter. Dürfen wir reinkommen?«

Monika grinste. »Tatsächlich? Mirjams Mutter? Wow.« Die beiden gaben sich die Hand. »Ich bin zwar nicht auf so einen hohen Besuch eingerichtet, aber kommt nur herein in die gute Stube.« Monika nahm mir die Kartons ab und wir marschierten ins Wohnzimmer, wo wie immer das geordnete Chaos herrschte. Während sich Frau Peters umsah, ging ich mit Monika in die Küche. In der Spüle stapelten sich benutztes Geschirr, Besteck und Gläser. Auf der Herdplatte stand ein großer Kochtopf. Ich hob den Deckel und sah hinein.

»Indianischer Maistopf, der Rest von heute Mittag«, meinte Monika, während sie Teller und Besteck aus dem Schrank nahm. »Also, was ist los? Warum ist Mirjams Mutter hier?«

»Ich habe gestern doch noch angerufen. Heute Nachmittag tauchte sie in meinem Büro auf und jetzt will sie alles von mir wissen«, flüsterte ich.

»Hast du bei dem Telefonat etwa deinen Namen gesagt?«, fragte Monika genauso leise zurück.

»Natürlich nicht. Aber sie hat wohl gemerkt, dass etwas nicht stimmt und jetzt hat sie mich an der Stimme erkannt. Außerdem hat Ines, unsere Pfarramtssekretärin, wohl alles Mögliche ausgeplaudert. Es sieht so aus, als wenn Huber Ines erzählt hat, dass ich nicht nur auf Frauen stehe, sondern Mirjam belästigt haben soll. Ich denke, Frau Peters hat auch diesen Kenntnisstand. Das ist der totale Horror!«

»Und warum bist du jetzt zu mir gekommen?« Monika öffnete eine Flasche Rotwein.

»Weil Sander und Spirit Hawk gesagt haben, ich soll meinem Instinkt folgen.«

»Oh ha, und der hat dich zu mir geführt? Interessant. Du musst mit ihr reden, die Karten auf den Tisch legen.« Sie holte noch Gläser aus der Vitrine und stellte dann alles auf ein Tablett. Ich nahm das Besteck in die Hand und gemeinsam betraten wir das Wohnzimmer. Frau Peters stand vor dem Bücherregal und studierte die Buchtitel. Als sie uns hörte, drehte sie sich um.

»Sie wohnen wirklich sehr ... außergewöhnlich.«

»Das ist nett gesagt, wie auch immer sie es meinen«, entgegnete meine Freundin, während sie den Tisch von Büchern, Zetteln und Zeitschriften befreite.

»So, wie ich es sage. Ich mag Menschen, die nicht mitschwimmen, sondern sich ihre eigene Persönlichkeit bewahren.«

»Und Menschen, die solche Komplimente verteilen, sind mir herzlich willkommen. Ich finde übrigens Ihre Tochter wahnsinnig nett und wunderschön.«

Ich stieß Monika meine Hand in die Seite. Das war nun wirklich keine Situation zum Schäkern.

Johanna Peters zog ihren Mantel aus und legte ihn über die Lehne des Sessels. »Ja, Mirjam ist ein wunderbarer Mensch. Sie hat alles Glück verdient.«

Ich nahm die Pizzen aus dem Karton und verteilte sie auf die Teller, während ich darüber nachdachte, ob sie mir etwas mit diesen Worten sagen wollte.

»Ein Glas Wein?«, fragte Monika.

»Danke, Frau ...«, fragend sah Frau Peters Monika an.

»Monika, einfach nur Monika.«

»Johanna«, Frau Peters nickte und setzte sich in den Sessel, während Monika und ich uns auf dem Sofa niederließen.

Mein Hals wurde immer trockener. Ich war froh, um das Glas Rotwein, das Monika einschenkte. Wir prosteten uns zu und Monika begann, ihre Pizza anzuschneiden. Frau Peters nahm das Besteck in die Hand und sah mich an. Sie wirkte so souverän und ich fühlte mich auf einmal mickrig. Mirjam hatte alles Glück verdient – ob Frau Peters das in mir sah?

»Mein Schwiegersohn erzählte mir eine interessante Geschichte.«

»Damit habe ich gerechnet«, sagte ich und trank noch einen weiteren Schluck. »Darf ich die auch erfahren?«

»Nun, gerne würde ich erst die Ihrige hören.«

Ich schüttelte den Kopf. »Das kann ich nicht. Ich denke, das ist Mirjams Sache, mit Ihnen zu sprechen.«

Mirjams Mutter zog ihre Augenbrauen in die Höhe. Sie lehnte sich mit dem Oberkörper vor und entgegnete mit scharfer Stimme: »Ich würde gerne mit ihr reden. Leider weiß ich nicht, wo sie ist. Und ich mache mir verdammt noch mal Sorgen. Sie haben mich gestern angerufen. Also, erzählen Sie mir endlich alles, wenn Ihnen etwas an Mirjam liegt.« Sie ließ sich zurückfallen und verschränkte die Arme vor ihrer Brust: »Und halten Sie mich nicht für naiv.«

Peng, das saß. Monika stupste mich unter dem Tisch mit dem Bein an. Wütend sah ich zu ihr, aber Monika schob sich seelenruhig ein Stück Pizza in den Mund. »Okay, also ... Mirjam und ich verstehen uns sehr gut«, begann ich zögernd.

»Aha. Sie verstehen sich gut. Geht das noch genauer.«

»Ja. Ähm. Natürlich. Wissen Sie, wir mögen beide Mascha Kaléko, die wunderbare Lyrikerin ... durch die Gemeinsamkeit und anderen entwickelte sich ... ähm ...«

»Ja?«

Tausend Bilder schossen mir durch den Kopf. Mirjam, unsere erste Begegnung im Amt, unser erster Kuss im Auto, unser erster Sex im Pfarrhaus, unsere Treffen, unsere Gespräche ...

»Mein Gott, Kindchen«, stöhnte Frau Peters. »Muss ich Ihnen alles aus der Nase ziehen?«

Sie konnte ziehen, wie sie wollte. Meine Kehle schien zugeschnürt und verzweifelt suchte ich nach Worten, während mich Mirjams Mutter und Monika kopfschüttelnd ansahen.

»Mann, wir haben nicht ewig Zeit. Wenn du es nicht aussprechen kannst, werde ich es tun.« Monika wischte sich mit der Hand über den Mund. »Ihre Tochter und Jacki haben sich ineinander verliebt. Der totale Hammer. Aber ihr Schwiegersohn ... na, der sieht ja echt gut aus, aber scheint nicht ohne zu sein. So wie Jacki es erzählt hat, wollte Mirjam mit ihm reden, weil sie ihn verlassen wollte. Danach war Funkstille, außer einer merkwürdigen SMS, die nach Gehirnwäsche klang.« Sie stieß mich an. »Jetzt bist du dran.«

Ich traute mich kaum, meinen Blick zu heben. Da saß Mirjams Mutter, die nun wusste, dass ich mit ihrer Tochter schlief. Sie hatte sich im Sessel zurückgelehnt, die Beine übereinander, die Arme vor der Brust gekreuzt. »Erzählen Sie mir, was passiert ist.« Ihre Stimme klang mit einem Male hilflos und ihre Augen blickten mich bittend an. Sie hatte tatsächlich Angst und mir wurde klar, dass sie auf meiner Seite stand. Es war dabei unerheblich, ob sie das Verhältnis akzeptierte oder nicht. Wir konnten sie nur gemeinsam finden und das schweißte uns, zumindest im Moment, zusammen. Ich trank noch einen Schluck Wein und nickte ihr zu. Mit klopfendem Herzen erzählte ich von Mirjam und mir.

Tausend Gedanken rasten Holger durch den Kopf. Es lief nicht so, wie geplant. Im Gegenteil. Alles schien aus dem Ruder zu laufen. Wütend schlug er die Haustür des Pfarrhauses hinter sich zu, zog seine Schuhe aus und ging ins Wohnzimmer. Die Leere, die ihn empfing, irritierte ihn. Mirjam hatte dieses Haus mit Leben gefüllt. Er sehnte sich nach ihr, nach der Normalität, bevor Mirjam ihn betrogen hatte. Doch sie musste noch schmoren. Sie war längst nicht so weit, zu ihm zurückzukehren. Reese und Larsen wollten sie zu den Vorwürfen anhören. Das durfte er nicht zulassen. Er spürte einen brennenden Hass gegen Jacqueline Achenbacher. Seine Hände ballten sich zu Fäusten. Wie hatte sie es nur wagen können, sich an Mirjam heranzumachen, sie an intimsten Stellen zu berühren, sie zu küssen? Er konnte diese Vorstellung kaum ertragen. Was hatte Mirjam ihm damit nur angetan? Er öffnete das Barfach des Wohnzimmerschranks und goss sich einen Cognac ein. In einem Zug trank er ihn aus. Der Alkohol brannte in seiner Kehle. Aber noch immer verspürte er den bitteren Geschmack in seinem Mund. Er schenkte sich einen Doppelten ein. Mit dem Glas in der Hand stellte er sich ans Fenster und sah auf die Straße. Schneeflocken tanzten durch die dunkle Nacht.

Herr, was verlangst du mir noch alles ab? Wie viele Prüfungen muss ich noch bestehen? Meine Frau, meine geliebte Frau hätte mich verlassen – für eine andere Frau. Ausgerechnet mit dieser Achenbacher ließ sich Mirjam ein, dieser Ziehtochter von Sander. Immer wieder Sander, er wurde ihn nicht los, diesen Teufel. Nein, diesmal bestimmte er die Regeln. *Mein Plan wird aufgehen.*

Er schloss für einen Moment die Augen und sah seinen Vater vor sich. Sein Blick verriet, dass er seinen Sohn für einen Versager hielt: zwei Scheidungen, keine Nachkommen und immer nur Pastor geblieben. Dabei wollte er höher hinaus als sein Vater, raus aus den Fußstapfen und eigene, viel größere Spuren in der Kirche hinterlassen. Leider musste ihm Sander über dem Weg laufen. Er führte den Cognacschwenker an seinen Mund und trank einen Schluck, doch der bittere Geschmack verschwand nicht. Nun hatte er auch noch Mirjams Mutter am Hals. Sie hatte sich kaum abwimmeln lassen. Er hoffte, dass sie nach Haus gefahren war. Man durfte Mirjam auf keinen Fall finden, dann wäre alles verloren. Das durfte niemals passieren. Holger trank das Glas leer und stellte es auf den Tisch. Er wandte sich dem Kreuz zu und kniete sich nieder. Er sprach ein leises Gebet, bekreuzigte sich und stand langsam auf.

Ich erzählte Frau Peters alles, was mir nötig erschien. Es war unvermeidlich und trotzdem fühlte es sich nicht gut an. Mirjam hätte ihrer Mutter von uns beiden erzählen müssen. Ich bekam das Gefühl, sie gegen ihren Willen zu outen. Aber hatte ich eine andere Wahl? Mirjams Mutter sagte zunächst kein Wort. Ihre Pizza hatte sie nicht angerührt. Zaghaft sah ich Monika an, die inzwischen ihre Pizza fast aufgegessen hatte. Sie nickte mir zu und tätschelte kurz mein Bein.

»Darf ich rauchen?«, fragte Frau Peters und hielt die Zigarettenschachtel bereits in der Hand. Monika nickte und griff zum Feuerzeug, das auf dem Tisch lag. Frau Peters steckte sich die Zigarette zwischen die Lippen und Monika gab ihr Feuer. Sie tat einen tiefen Zug und sah mich an. »Sie wollte Holger verlassen? Wegen Ihnen?«

Mein Gott, wie das alles klang, wenn man es laut aussprach. »Ich war vielleicht der Auslöser«, sagte ich zögernd und griff zur Weinflasche, um mir nachzuschenken. So stellte man sich das erste Zusammentreffen mit der Mutter der Geliebten nicht gerade vor. Genau genommen war es ein einziger Albtraum; und liebte ich Mirjam nicht so sehr, hätte ich schon längst wieder meine Captain Janeway angefunkt: *Bitte, bitte, beamen Sie mich auf die Voyager.*

»Sie muss tiefe Gefühle empfinden, sonst hätte sich Mirjam nicht auf Sie eingelassen.«

Diese Worte wärmten nicht nur mein Herz. Die Wärme wanderte in meinen Kopf und hinterließ auf meinen Wangen sicherlich eine rötliche Farbe. Ich räusperte mich leicht und erzählte ihr von Mirjams Nachricht auf meinem Handy. »Sie schrieb zum ersten Mal, dass sie mich liebt, doch danach kam nur die SMS mit der Information, dass sie bei Holger bleiben würde.«

»Frau Achenbacher, ich kenne jetzt ihre Geschichte. Mein Schwiegersohn stellte es anders dar.«

In meinem Magen breitete sich ein monströser Stein aus. *Ich kehre meine Seele nach außen und sagte ihr alles, aber sie glaubt mir nicht. Sie vertraut ihrem Schwiegersohn.*

Mirjams Mutter beugte sich vor und legte ihre Hand auf meinen Arm.

»Ich glaube Ihnen. Bitte zeigen Sie mir trotzdem die Nachricht von Mirjam.«

Da hatte ich den Salat. Natürlich wollte sie es selbst lesen.

»Ich kann sie Ihnen nicht zeigen.« Ich verschränkte die Arme vor meiner Brust. »Sie müssen mir die Geschichte so abnehmen oder Ihrem Schwiegersohn glauben. Laut seiner Story wusste Mirjam nichts von meiner, so wie er sich ausdrückte, sexuellen Verirrung. Ich soll sie angebaggert und angegrabscht haben. Daraufhin wäre Mirjam verstört geflüchtet, um diesen Vertrauensbruch zu verarbeiten. Ich bin die Böse, die Verführerin der Pastorenehefrau. In so einer Kleinstadt wie Lütjenstede kann man mit so einer Geschichte nicht unbedingt punkten.« Als ich diese Worte laut ausgesprochen hatte, wurde es mir immer bewusster. Wenn sich nicht alles aufklärte, hatte ich den schwarzen Peter an der Backe. Nur Mirjam konnte mir noch helfen. Ich brauchte sie, weil mein Herz Purzelbäume schlug und ich brauchte sie, weil es nur mit ihr für mich eine Zukunft in Lütjenstede gab.

»Dein Handy wurde gestohlen«, meinte Monika plötzlich.

»Hä? Wie kommst du jetzt darauf?«

»Weil es in diese Geschichte passt. Du besitzt keinen Beweis, dass Mirjam tatsächlich Gefühle für dich entwickelt hat. Nur auf deinem Handy fänden sich ihre Nachrichten, unter anderem die Worte *Ich liebe dich.* Es war bestimmt ein Leichtes, das Ding aus deinem Büro zu stehlen. Du lässt es doch immer auf deinem Schreibtisch liegen, oder?«

Ich starrte sie mit offenem Mund an. »Wer sollte es gestohlen haben? Meinst du etwa Huber?«

Monika hob die Schultern. »Oder ein Erfüllungsgehilfe oder eine Gehilfin. Der Clooney-Pastor hat doch genug weibliche und männliche Jünger.«

Ich klappte meinen Mund zu. Ich erinnerte mich plötzlich an Torsten Fellner, den ich am Montag vor der Tür des Pfarrhauses gesehen hatte und gestern bei Huber im Büro. Nein, was für ein Gedanke – warum sollte Torsten mein Handy klauen?

Johanna Peters hatte schweigend zugehört. Ob sie mir die Geschichte abnahm? Oder dachte sie darüber nach, warum sich ihr Töchterlein ausgerechnet in eine wie mich verlieben musste?

»Ich habe in den letzten Monaten viel über Holger und Mirjam nachgedacht«, sagte sie nach einer Weile. Sie inhalierte den letzten Zug der Zigarette und drückte die Kippe im Aschenbecher aus.

»Mirjam wirkte immer unglücklicher. Das letzte Mal besorgte sie sich die Pille von mir, weil sie noch nicht schwanger werden wollte. Holger durfte das nicht erfahren. Ich spürte doch ihre Angst.« Gedankenverloren nahm Frau Peters das Feuerzeug in die Hand.

»Ein weiteres Indiz dafür, dass Ihre Tochter Holger verlassen wollte«, meinte Monika. »Magst du die Pizza nicht?« Ich schüttelte den Kopf und Monika tauschte die Teller. »Da stimme ich Ihnen zu. Am Samstagabend rief sie mich noch an. Sie meinte, dass sie etwas Verrücktes anstellen würde und wir sollten wissen, dass sie sich das gut überlegt hätte.« Frau Peters spielte mit dem Feuerzeug. »Seitdem hat sich Mirjam nicht mehr gemeldet.«

Wie bitte? Diese Mitteilung elektrisierte mich. Nun war ich mir endgültig sicher, dass Mirjam sich nicht für Holger entschieden hatte.

Mirjams Mutter steckte sich die nächste Zigarette an. »Wissen Sie, Mirjam verlor mit der Zeit ihre Unbeschwertheit und Fröhlichkeit. Manchmal denke ich ... weil sie doch ständig einen Unfall hat oder krank ist ... ob an den Gerüchten nicht doch etwas dran war ... bezüglich Holgers erster Ehe.«

»Welche Gerüchte?«, fragte ich alarmiert.

»Es hieß, Holger habe seine erste Frau geschlagen. Er bestritt das vehement und verwies auf die psychische Instabilität seiner Frau. Sabine verbrachte längere Zeit in einer Klinik. Während die Scheidung lief, verschwand sie nach Süddeutschland.«

Ich starrte Mirjams Mutter an. Geschlagen? Natürlich! Auf einmal erschien alles so klar. In meinem Kopf begann ein Trommelwirbel. Ich sah Mirjam vor mir, die blauen Flecken, die Narben an ihrem Körper. Sie hatte es mir erklärt und ich hatte nicht mehr nachgefragt. Wie oft hatte sich Mirjam so unnatürlich stark geschminkt? Dann war da noch die Geschichte von Frau Feddersen und der verschlossenen Schlafzimmertür. Jetzt bekamen meine Träume einen Sinn. Wie oft sah ich Mirjam mit Verletzungen im Gesicht? Sollte der Sandsturm Holger Huber darstellen, der Mirjam unter sich begrub? Ich stand immer nur dabei und sah zu. Ich erkannte nicht, in welchem Dilemma Mirjam steckte. Verdammt, war ich vor Liebe und Leidenschaft so blind gewesen?

»Frau Achenbacher, was ist los mit Ihnen?« Die Stimme von Johanna Peters holte mich aus meiner Gedankenwelt zurück.

Ich spürte Monikas Hand auf der meinen. »Du hast jetzt einiges verstanden, oder?«, fragte sie leise.

Ich nickte und sah Mirjams Mutter mit festem Blick an. »Ich befürchte, Sie haben ins Schwarze getroffen. Mirjam hatte Angst ... und Spirit Hawk und Mahpea haben mich darauf gestoßen. Nur habe ich die Botschaft nicht verstanden. Wir müssen sofort los, denn Mirjam ist in Gefahr.« Ich wollte aufstehen, doch Frau Peters hielt mich am Arm fest.

»Was reden Sie da für ein Zeug. Spirit Hawk und Mahpea – was soll das?«

»Ich hatte dauernd Träume, bitte fragen Sie mich nicht danach. Es ist alles so verrückt. Aber ich bin mir jetzt sicher, dass Mirjam unsere Hilfe benötigt. Wir müssen etwas unternehmen. Sofort.«

»Was sollen wir tun? Wir können doch nicht das Pfarrhaus stürmen.«

»Die Polizei einschalten.«

»Kindchen gebrauchen Sie ihren Verstand. Was sollte ich denen erzählen. Durchsuchen Sie das Pfarrhaus von Pastor Huber, weil die nette Frau Achenbacher wirr träumt. Wir machen uns lächerlich.«

»Wollen Sie nichts tun und nur hier herumsitzen?«, fragte ich, und meine Stimme überschlug sich fast. »In der Zwischenzeit schlägt er Mirjam vielleicht weiter.«

Mir fiel plötzlich mein Pastor Sander ein. Er wusste, dass Holger seine erste Frau geschlagen hatte. Ich knirschte vor Zorn mit den Zähnen.

»Ich muss mit Sander sprechen«, knurrte ich und erhob mich vom Sofa. »Er kennt Sabine.«

»Sander? Sie meinen den Sander, der Holger die Karriere vermieste.«

»Sie wissen davon?« Damit hatte ich nicht gerechnet.

»Ja. Holger erzählte meinem Mann früher viel von seiner Arbeit. Es gab wohl vor vielen Jahren einen schweren Konflikt in einer Gemeinde und dabei gerieten die beiden aneinander. Mein Mann wunderte sich, dass Holger ausgerechnet die Pfarrstelle seines Erzfeindes übernehmen wollte. Den genauen Auslöser für diese Feindschaft kenne ich nicht.«

»Ihr Schwiegersohn hat noch mehr Menschen auf dem Gewissen. Wussten Sie das nicht?«

Mirjams Mutter schüttelte den Kopf. »Ich dachte, das seien Gerüchte. Sie dürfen nicht vergessen, dass mein Mann und Holger seit dreißig Jahren befreundet sind.«

»Tja, wie praktisch. Bei der Hochzeit blieb alles in der Familie.« Mein Zynismus trat zutage.

»Sie sind verstört, junge Frau. Ich kann das verstehen.«

Vielleicht war ich verstört, aber ich war vor allem wütend auf Sander und noch wütender auf mich.

»Ich nehme mal dein Telefon«, sagte ich zu Monika, nahm es von der Anlage und ging in die Küche. Ich wählte Sanders Nummer, die Mailbox ging an. Ich hatte nichts anderes erwartet. Fluchend probierte ich es auf seiner Festnetznummer. Auch dort empfing mich nur der freundliche Anrufbeantworter.

»Mist verdammter!« Ich wählte die Festnetznummer meiner Mutter.

»Bei Achenbacher«, meldete sich eine mir bekannte Stimme.

»Sander?«, schrie ich.

»Ja. Jacki. Ich bin nicht schwerhörig.«

»Warum hast du nie das Handy an, wenn ich dich brauche – nie, nie, nie erwische ich dich.«

»Jetzt bin ich doch am Apparat. Was gibt es so Dringendes?«

»Ist es so weit, dass du an Mamas Telefon gehst?«, fragte ich gehässig.

»Jacki, willst du mit mir streiten?«

»Ja. Genau das. Warum hast du mir nicht alles erzählt?«

»Was?«

»Über Huber! Hat er seine erste Frau geschlagen? Er misshandelte sie, oder?«

Einen Moment lang herrschte Stille.

»Pastor!«, brüllte ich. »Warum hast du es mir verschwiegen? Ich bin mir sicher, dass er Mirjam geschlagen hat.«

»Weil es nicht zu deiner Geschichte gehörte, sondern Sabines Angelegenheit war. Sie wollte nicht, dass man etwas davon erfuhr.«

»Es gab Gerüchte darüber. Mirjam und ihre Eltern wussten nichts davon. Man hätte Mirjam vor Holger schützen können. Jetzt ist sie verschwunden!«

»Jacki, wenn du glaubst, dass es so ist, beschütze du deine Mirjam. Das ist deine Geschichte.«

»Du machst es dir zu einfach!« Ich stapfte mit dem Fuß auf. »Es ist auch immer noch deine Geschichte, in die ich reingestolpert bin. Es ist doch egal, ob sich Gefühle zwischen Mirjam und mir entwickelt haben. Tatsache ist, dass er wieder eine Frau schlägt! Das kann dir doch nicht egal sein, oder täusche ich mich so?«

Ich hörte ihn am anderen Ende tief durchschnaufen. »Nein, Jacki, das ist mir nicht egal.« Seine Stimme klang fremd und müde. »Aber jetzt musst du deiner Mirjam helfen. Vertraue auf deinen Glauben, vertraue auf Gott. Er wird dir helfen.« Er legte auf, doch trotzdem spürte ich, dass er an meiner Seite stand. Ich musste Mirjam finden, kostete es, was es wolle.

Holger hatte ihre Unterschriften ohne Probleme bekommen. Mirjam kündigte mit sofortiger Wirkung und er hatte ihr als Gegenleistung versprochen, Jacqueline Achenbacher nichts anzutun. Aber nun würde Mirjam selbst dafür sorgen, dass die Achenbacher ihre gerechte Strafe bekam. Durch die betäubende Wirkung der Tabletten hatte sie nicht bemerkt, dass es sich beim zweiten Blatt um keine Kopie der Kündigung handelte. Nein, es war ihre schriftliche Aussage, dass Jacqueline Achenbacher sich ihr gegenüber körperlich unsittlich genähert hatte. Heute Nacht würde er Mirjam in ein Kloster bringen. Dieses leitete einer seiner Kollegen aus *Pro-Kirche*. Dort war sie für eine Weile gut aufgehoben. Er hatte ein Bewerbungsschreiben für eine andere Kirchengemeinde verfasst. Die Begründung für den erneuten Stellenwechsel lautete, dass er seiner Frau nach diesem Vorfall nicht zumuten konnte, weiterhin in Lütjenstede zu wohnen. Wenn er Glück hatte, konnte er in zwei Monaten hier alle Zelte abbrechen. Er musste nur Mirjams Eltern beruhigen, die versuchen würden, Kontakt mit ihrer Tochter aufzunehmen. Aber für jedes Problem gab es eine Lösung.

Er lehnte sich in seinen Sessel zurück. Er hatte es zwar nicht geschafft, Sander zu schaden, dafür der Tochter seiner ehemaligen Lebensgefährtin. Das träfe seinen verhassten Widersacher genauso, denn er wusste ja von dem engen Verhältnis der beiden. Der ruinierte Ruf von der Achenbacher schlug sich vielleicht auch auf Sander nieder. Das wäre ein schöner Nebeneffekt. Das Wichtigste war, dass er Mirjam nicht verlor. Er liebte sie trotz allem immer noch. Sie würde sich nicht mehr gegen ihn auflehnen. Er stand auf und begann mit den Vorbereitungen für den Transport.

Kapitel 30

»Jesus aber sprach zu ihnen: Ich bin das Brot des Lebens. Wer zu mir kommt, den wird nicht hungern; und wer an mich glaubt, den wird nimmermehr dürsten.«

(Joh 6,35 LUT)

Monika erhob sich vom Sofa. »Wir müssen ruhig bleiben!« Sie nahm das Feuerzeug und zündete einige Kerzen an. Es dauerte nicht lange und der feinherbe Duft von Zedern, übertünchte den Zigarettenqualm.

»Gehen wir in mein Meditationszimmer und sammeln unsere Gedanken.«

Zögernd stand Mirjams Mutter auf. »Interessante Idee. Aber wir sollten ...«

»... Gedanken sammeln.« Monika ergriff ihre Hand und zog sie in ihr heiligstes Reich. Ich war unentschlossen, ob ich den beiden folgen oder zum Pfarrhaus rennen sollte. Aber irgendetwas hatte mich zu meiner besten Freundin getrieben. Deshalb bemühte ich mich, darauf zu vertrauen, dass es seinen Sinn hatte, in ihr Meditationszimmer zu gehen.

Mirjams Mutter saß bereits auf einem der Meditationskissen, die auf dem Boden lagen, und sah sich kopfschüttelnd um. Hier erlebte sie die geballte Ladung indianischen Lebens. Monika kniete auf dem Boden und verteilte eine Räuchermischung in eine Räucherschale. Dann wies sie mich an, die Tür zu schließen und das Licht zu löschen. Bis auf die Glut der Räuchermischung beherrschte die Dunkelheit das mystische Zimmer. Ich tastete mich zu dem Sitzkissen und ließ mich neben Monika nieder, die ihre Schamanentrommel in die Hand genommen hatte.

»Ihr müsst euch anstrengen. Johanna, hören Sie in sich hinein. Schwebt Mirjam in Gefahr oder ahnen sie, wohin sie flüchten würde? Und du Jacki, denk nach, ob es ein Versteck oder besser eine Art Gefängnis im Pfarrhaus gibt. Du kennst dieses Haus in- und auswendig. Jetzt schließt die Augen und macht euch auf die Suche nach Mirjam. Spürt den Klang der Trommel, konzentriert euch auf eure Gedanken und lasst euch nicht ablenken.«

Ich vernahm ein tiefes Durchschnaufen, das nur von Mirjams Mutter kommen konnte. Sie musste ja inzwischen annehmen, dass sie im falschen Film mitspielte. Aber Monika besaß die Gabe, Menschen für sich einzunehmen, auch Mirjams Mutter.

»Vertrauen Sie wieder Ihren Instinkten«, hörte ich Monikas beruhigende Stimme. »Das haben wir mit der zunehmenden Zivilisierung in unserer Welt verlernt.« Die Räuchermischung entfaltete inzwischen ihr volles blumiges Aroma. Hoffentlich hatte meine Superfreundin nicht so ein illegales Zeug angezündet und wir wurden alle high. Der dumpfe Klang der Trommel ließ den Raum vibrieren. Ich setzte mich in den Schneidersitz, ließ meine Hände locker auf den Oberschenkeln liegen und schloss die Augen. *Lieber Gott, wenn das meine Chance ist, Mirjam zu finden, dann lasse ich mich auf diese Meditation ein.*

Bum - bum - bum - klang es, aber ich sah nur Mirjams Gesicht vor mir. *Bum - bum - bum - denk nach, Jacki Achenbacher. Streng dein Hirn an.* Doch das begann sich mit zunehmender Inhalation der Räuchermischung zu vernebeln. *Bum - bum - bum.* Ich bemühte mich, in Gedanken durch das Pfarrhaus zu gehen. *Bum - bum - bum.* Mein zweites Zuhause. Ich sah meine Mutter vor mir. Na super. *Bum - bum - bum.* Ich schüttelte den Kopf, um sie zu vertreiben. Aber sie blieb hartnäckig bei mir. *Bum - bum - bum.* Oh Mann, ausgerechnet sie und mein Pastor Sander mussten sich ineinander verlieben. Das war am Anfang echt komisch für mich, als auch meine Mutter im Pfarrhaus ein- und ausging. *Bum - bum - bum.* Sie ist dort aber nie eingezogen. *Bum - bum - bum.*

Verdammt, konzentriere dich. Ich ging durch die Haustür des Pfarrhauses und blieb im breiten Flur stehen. Von dort aus gingen sämtliche Zimmer ab. Gäste-WC, Arbeitszimmer, Küche, Wohnzimmer. Nein, das waren alles keine Räume, in denen sich Mirjam nicht bemerkbar machen könnte. Aber gleich vorne war die Tür zu den Kellerräumen.

Mein Herz klopfte schneller. *Bum - bum - bum. Denk nach!* Im Keller gab es vier Räume: eine Waschküche, der Heizungsraum und in den anderen standen früher bei Sander ausrangierte Möbel. Mirjam hatte mir erzählt, dass Holger sich dort unten ein Fitnessstudio eingerichtet hatte. Wenn Holger Mirjam gegen ihren Willen festhielt, dann musste es im Keller sein. Eine andere Möglichkeit gab es nicht.

Ich wollte die Augen öffnen, als ich plötzlich jemanden neben mir spürte. Eine Hand ergriff die meine und zog mich von der Tür des Kellers weg. Spirit Hawk. *Bum - bum - bum.* Wir liefen durch den Flur. Als wir am Arbeitszimmer vorbeikamen, sah ich Holger Huber mit einem Glas in der

Hand und dem Rücken zu uns gewandt stehen. Er sah aus dem Fenster. Spirit Hawk legte den Finger auf die Lippen und auf leisen Sohlen stiegen wir die Treppe hoch in das obere Stockwerk.

Hier oben gab es drei Zimmer und zwei Badezimmer. Der alte Indianer ging schnurstracks Richtung Schlafzimmer und öffnete die Tür. Ich blieb stehen und schluckte. In diesem Raum hatten Holger und Mirjam zusammen im Bett gelegen, miteinander geschlafen, Zärtlichkeiten ausgetauscht. Allein die Vorstellung verursachte in mir eine Beklommenheit und ließ mich zögern, dem Stammesoberhaupt zu folgen.

Er war an der Türschwelle stehen geblieben. Spirit Hawk zeigte durch das Zimmer, verschränkte dann die Arme vor der Brust und nickte mir zu. Mein Adrenalinspiegel stieg. *Bum – bum – bum.* Natürlich! Vom Schlafzimmer aus kam man direkt in ein kleines Badezimmer und dieses besaß kein Fenster.

Ich rannte an ihm vorbei, doch plötzlich breitete sich ein Nebel aus. Der Indianer war verschwunden. Ich riss die Augen auf und befand mich wieder in Monikas Meditationszimmer.

»Ich weiß, wo Mirjam ist!«, rief ich. Monika hörte augenblicklich auf zu trommeln, während ich mich zum Schalter tastete und das Licht anknipste. Die Helligkeit brannte in den Augen.

»Wo ist sie?«, fragte Johanna Peters und erhob sich von ihrem Kissen.

»Sie ist im Pfarrhaus, oben in dem kleinen Badezimmer. Wenn er Mirjam dort eingesperrt hat, gibt es keine Chance für sie, auf sich aufmerksam zu machen.«

»Woher wollen Sie das jetzt wissen?« Johanna Peters schüttelte ungläubig den Kopf.

»Ich bin mir einfach sicher. Vertrauen Sie mir.« Ich hatte keinen Zweifel daran, dass mich Gott, Spirit Hawk oder schlicht eine höhere Macht, zu Mirjam geführt hatte.

Monika stellte die Trommel ab und legte den Arm um mich. »Gut gemacht, Jacki. Und jetzt müssen wir unbemerkt ins Pfarrhaus kommen. Wer hat einen Plan?«

»Wenn wir Glück haben, steht ein Fenster offen, durch das ich klettern könnte«, überlegte ich.

»Jetzt, bei diesen kalten Temperaturen?« Frau Peters schüttelte den Kopf. »Das glaube ich nicht. Aber mir kommt eine Idee.«

Monika und ich sahen sie erwartungsvoll an.

»Wir fahren zu Holger. Ich bitte ihn um ein weiteres Gespräch. Dabei muss ich nach ihm das Haus betreten. Die Haustür werde ich nur anlehnen. Während ich Holger ablenke, schleichen Sie sich in das Haus und suchen Mirjam.«

Bei der Vorstellung, diese Idee in die Tat umzusetzen, kroch die Angst in meinen Körper. Ich sollte heimlich in das Haus gehen, während er unten mit Johanna redete. »Wenn ich Mirjam finde ... was passiert dann?«

»Sie versuchen, sie unauffällig herauszubringen.«

»Und wenn sie nicht gehen kann? Oder sie gefesselt ist? Ihre Glieder taub sind ...«

»Dann rufen Sie laut nach mir. Zusammen werden wir es schaffen, Holger zu bändigen.«

Ich schluckte schwer.

»Fällt dir eine bessere Idee ein?«, fragte Monika.

Ich schüttelte den Kopf.

»Mirjam ist in Gefahr und wir können nicht länger warten. Nehmen wir unseren Mut zusammen.« Aufmunternd strich mir Mirjams Mutter über die Schulter.

Mit einem Mal klopfte die Angst an. Das Feigling-Teufelchen setzte sich auf meine Schulter und flüsterte mir ins Ohr. »Vielleicht hat sich Mirjam doch für Holger entschieden und du begibst dich liebestrunken in Gefahr? Du bist keine Heldin. Geh nach Hause, lege dich auf deine bequeme Couch, trink Bier, knabbere Chips und sieh dir einen spannenden Film an.« Ja, das hörte sich vernünftig an, aber mein Herz sagte etwas anderes. Ich schnipste das Teufelchen von meiner Schulter und sagte: »Okay. Versuchen wir unser Glück.«

Johanna hielt mit dem Auto im gebührenden Abstand zur Kirche.

»Sie steigen hier aus, damit Holger Sie nicht noch zufällig sieht. Kurz bevor Sie am Garten des Pfarrhauses sind, läute ich bei Holger. Sie schleichen nach mir in das Haus. Verstanden? Und Sie, Monika, suchen sich ein Versteck vor dem Haus und beobachten alles. Wenn nötig, greifen Sie ein oder holen Hilfe. Alles verstanden?«

Wir nickten und stiegen aus dem warmen Auto. Eisige Kälte kam uns entgegen und ein paar regennasse Schneeflocken tanzten durch die Luft. Meine Zähne klapperten aufeinander und ich fragte mich, ob die Minusgrade dafür verantwortlich waren oder die Vorstellung, alleine durch das dunkle Pfarrhaus zu schleichen. Monika hakte sich bei mir ein und wir setzten uns in Bewegung.

Ich hatte das Gefühl, mein Puls raste wie verrückt. Wie sonst vor einem Fußballspiel versuchte ich auch jetzt, mich mit einer Übung zu entspannen. Ich atmete einige Male tief ein und laut wieder aus.

»Mach dich locker«, meinte Monika. »Wenn du so laut keuchst, hört er dich ja sofort.«

»Du kannst gut reden, du bleibst ja draußen. Ich habe ja nicht mal eine Taschenlampe. Wahrscheinlich werde ich über das erste kleine Hindernis stolpern und einen Höllenlärm verursachen.«

Monika lachte leise. »Das würde wieder zu dir passen.«

Wir schlichen uns an den Zaun des Pfarrhauses. Johanna Peters winkte uns kurz zu und klingelte an der Haustür. Im Erdgeschoss brannte Licht, während der obere Stock im Dunkeln lag. Mühsam versuchte ich, meinen Atem zu kontrollieren und mich auf die Zimmer im Haus zu konzentrieren. Ich kannte sämtliche Räume, nur anders möbliert. Ich starrte gebannt auf den Eingang. Es erschien mir wie eine Ewigkeit, bis sich die Tür öffnete. Huber stand leger gekleidet in Jeans und Pullover im Türrahmen. Leider konnten wir nicht verstehen, was die beiden miteinander redeten. Doch dann sahen wir, wie Huber Johanna in das Haus eintreten ließ.

»Los jetzt, Schwester Hasenfuß, nun kannst du endlich zu Ruhm und Ehre kommen.« Monika gab mir einen Klaps auf die Schulter.

»Echt lustig«, brummte ich, dann lief ich los, durch den Garten bis zur Haustür, auf meinen Lippen ein leises Gebet. Offen. Ich atmete tief aus. Mir wurde fast schwindelig vor Angst. Leise öffnete ich die Tür und trat ein. Ich hörte Stimmen aus dem Wohnzimmer. Lautlos schloss ich die Haustür hinter mir und betrat den hell erleuchteten Flur. Durch die angelehnte Wohnzimmertür konnte mich Huber nicht sehen.

Ich huschte zur Treppe. Wie gut, dass diese mit Teppichboden ausgelegt war. Hier wurde es schlagartig dunkel. Ich schlich mich hoch. Angst konnte ich in dieser Situation nicht gebrauchen. Ich versuchte sie zu ignorieren, denn ich wollte nur noch Mirjam finden. Meine Augen gewöhnten sich langsam an die Dunkelheit. Ich konnte die Umrisse der Möbel erkennen. Schritt für Schritt arbeitete ich mich bis zum Schlafzimmer vor. Bedächtig drückte ich die Klinke herunter. Die Tür ließ sich öffnen. Mein Atem ging heftiger und ich versuchte, ihn zu kontrollieren. Schweiß rann über meine Stirn. Meine Kleidung klebte am Körper. Ich tastete mich zur Badezimmertür vor. Der Schlüssel steckte von außen.

»Mirjam, ich bin es. Jacki«, flüsterte ich. Niemand antwortete mir. Ich drehte vorsichtig den Schlüssel herum und öffnete die Tür. Es war stockdunkel. Dennoch ich sah jemanden dort zusammengekauert sitzen.

»Mirjam.« Nur mühsam konnte ich meine Stimme drosseln.

Die Gestalt regte sich.

Ich ging auf sie zu und kniete mich hin. Auch wenn die Dunkelheit sie umhüllte, erkannte ich Mirjam sofort. Sie schien tief und fest unter einer Decke zu schlafen. Mein Herz schlug Purzelbäume und Tränen schossen aus meinen Augen.

»Mirjam, endlich habe ich dich gefunden.« Ich nahm sie in meine Arme und sie begann, sich zu bewegen.

»Jacki?« Ihre Stimme klang kraftlos.

»Ja. Ich bin es. Was ist passiert?« Meine Hände streichelten ihr Gesicht. Dabei ertastete ich blutverkrustete Stellen. Dieser Mistkerl hatte sie geschlagen.

Mirjam schloss die Augen. *Und nun?* Meine Gefühle schwankten zwischen Erleichterung, Wut und Verzweiflung. *Ich schaffe es nicht, dich hinauszutragen. Verdammt, warum habe ich nicht Monikas Handy mitgenommen? Das war eindeutig ein Fehler in unserem Plan.*

Meine Lippen berührten ihre Stirn »Ich muss dich kurz alleine lassen, um Hilfe zu holen.«

Ich stand auf, drehte mich um. Im nächsten Moment starrte ich in das grelle Licht einer Taschenlampe. Schützend hielt ich meine Hände vor das Gesicht. Eine Faust bohrte sich in meine Magengrube. Ich japste nach Luft. Gleichzeitig spürte ich einen fürchterlichen Brechreiz. Eine Hand zog mich aus dem Badezimmer. Ein weiterer Schlag in den Magen ließ mich in die Knie gehen. Die nächsten Schläge trafen mich mit voller Wucht in meinem Gesicht, einmal, zweimal, dreimal. Mühsam versuchte ich, mich zu schützen. Doch ich war kurz davor, die Besinnung zu verlieren. Meine Wangen brannten wie Feuer und ich spürte den metallischen Geschmack des Bluts in meinem Mund. Ich krümmte mich auf dem Boden zusammen, geblendet von dem Licht der Taschenlampe und unfähig, mich zu rühren. Lähmende Angst machte sich in mir breit. *Johanna, wo bist du?*

Der Lichtstrahl kam immer näher und ich musste die Augen zusammenkneifen.

»Sie liegt am Boden, wo sie hingehört«, vernahm ich Huberts Stimme. Er kniete sich auf mich und zog mich an meinen Haaren. Wie ein Blitz durchzuckte der Schmerz meinen Körper und ich hatte das Gefühl, tausend Nägel durchstachen meinen Kopf. Die Tränen liefen mir über das Gesicht.

»Sie miese Lesbe wagen es, in mein Haus einzudringen? Es reicht Ihnen nicht, in unser Leben einzubrechen. Nein. Sie wollen alles zerstören! Dabei schien es ein positives Ende zu finden. Mirjam wird bei mir bleiben und Sie, Achenbacher sind erledigt.«

Sein Körper lastete auf meinem Magen. Ich japste unter seinem Gewicht. Der Brechreiz nahm zu.

»Sie ... sind ... krank«, sagte ich keuchend und versuchte strampelnd, mich zu befreien.

Als Antwort bekam ich eine heftige Ohrfeige. In meinem Kopf drehte sich alles. Er riss meine Arme über meinen Kopf auf den Boden.

»Was soll ich jetzt mit Ihnen anstellen, Achenbacher? Ich kann Sie nicht laufen lassen. Das müssen Sie verstehen.«

Er will mich umbringen. Ich hatte das Gefühl, mir spränge vor Grausen das Herz aus der Brust.

Die Taschenlampe hatte er auf den Boden fallen lassen, doch ihr Licht strahlte mir immer noch in das Gesicht.

»Mirjams Mutter ... weiß, dass ich hier ... hier bin.«

»Ich weiß. Sie wollte mich ablenken.« Seine Stimme sank zu einem heiseren Flüsterton herab. Die Augen verengten sich zu zwei schmalen Schlitzen. »Sie sollten das nächste Mal ihre Schuhe besser abputzen, wenn Sie mein Haus betreten, vor allem bei so einem Wetter. Ihre dreckigen Schuhe hinterließen Spuren auf dem hellen Teppich. Sie sehen, der Herr ist auf meiner Seite und gibt mir die richtigen Zeichen.«

Ich schnaubte vor Wut. »Gott ... wird ... sie verdammen.«

Sein Atem wurde heftiger. Plötzlich verlagerte er sein Gewicht noch weiter nach vorne. Er drückte mit seinem Unterarm meine Arme herunter. Ich war zu überrascht um reagieren zu können, denn schon spürte ich seine andere Hand an meinem Hals. Mit hektischen Bewegungen versuchte ich, den Griff zu lockern, doch vergeblich. Er drückte zu und Panik stieg in mir auf. Ich trat mit den Beinen, versuchte, meine Arme zu bewegen, meine Muskeln anzuspannen. Der Druck seiner Hand an meinem Hals nahm zu. Meine Luft wurde knapp, mein Atem immer flacher.

Nein, ich will noch nicht sterben. Eine Welle der Wut packte mich und ich versuchte, meine letzten Kräfte zu mobilisieren, obwohl meine Lungen nach Luft brüllten. *Lieber Gott, bitte hilf mir doch.* Plötzlich begann es in meinem Kopf zu trommeln, lauter, immer lauter, dazu das Hufgetrampel unzähliger Pferde. Sie galoppierten mit ihren indianischen Reitern auf dem Rücken über die Prärie. Spirit Hawk kam auf mich zugeritten mit einem weiteren Mustang im Schlepptau. Mit Höllengeschrei schwang ich mich auf dieses Pferd und reihte mich in die Schar der Krieger ein. Ich flog mit dem Wind und erhob mich über alle Nichtigkeiten des Lebens, denn ich war nicht allein. Dieses Wissen verlieh mir Mut und Kraft, überirdische Kraft. Ich konzentrierte mich auf die Muskeln meines rechten Beins. Es gelang mir, das Bein hochzuziehen und ihn mit dem Knie in seinen Genitalbereich zu treffen. Er stöhnte laut auf und sackte fast auf mir zusammen. Der Druck seiner Hände ließ nach. Ich konnte einen Arm aus seiner Umklammerung befreien. Laut keuchend versuchte er, wieder nach mir zu greifen. Schnell riss ich meine Hand hoch und stieß sie ihm mit gestreckten Fingern ins Gesicht. Er brüllte laut auf, rollte sich von mir herunter und hielt seine Hände vor die Augen. Ich musste einen guten Treffer gelandet haben. Hustend richtete ich mich auf und fasste mir an den Hals. Mein Puls raste und in meinem Kopf drehte sich alles wie in einem rasenden Kettenkarussell. Mühsam stand ich auf und stützte mich an der Wand ab.

»Achen...bacher, ich ... mache ... Sie fertig«, stöhnte Huber. Doch plötzlich schoss er vor und griff nach meinem Bein. Er hatte mich überrascht. Seine Hand klatschte gegen meine Wade, aber ich konnte mein Bein gerade noch zurückziehen.

»Huber, Sie haben verloren!« Meine Stimme zitterte. »Geben Sie auf.«

Während ich mit ihm sprach, wankte ich zum Badezimmer. Ich blickte hinein und sah, dass Mirjam noch immer nicht bei Bewusstsein war. *Verdammt, hoffentlich hat er ihr nichts Schlimmeres angetan. Aber was soll ich jetzt nur tun?* Ich konnte mich in Sicherheit bringen, aber auf keinen Fall würde ich Mirjam zurücklassen.

Ich sollte ihm noch eine verpassen. *Los, tritt einfach noch mal zu. Mach schon! Er ist immer noch eine Bedrohung.*

Ich ballte die Fäuste und knirschte mit den Zähnen. Doch ich schaffte es nicht, zum letzten finalen Schlag anzusetzen.

Huber richtete sich langsam auf und rieb sich dabei die Augen. Er erholte sich viel zu schnell. Dank meiner Unentschlossenheit war ja auch bereits eine halbe Ewigkeit vergangen.

Hektisch blickte ich von der Schlafzimmertür, ins Badezimmer, zu Huber und zurück. Plötzlich hatte ich eine Idee. Ich schob mich an der Wand entlang bis zur Schlafzimmertür und legte meine Hand auf den Lichtschalter. Ich drückte ihn einige Male an und aus und wiederholte das

Ganze. Wenn die beiden vor dem Haus auf mich warteten, sahen sie diese Lichtzeichen und verstanden hoffentlich, dass ich Hilfe benötigte.

Huber kniete stöhnend am Boden.

»Mirjam!«, rief ich ins Badezimmer. »Bitte, wach auf!«

Huber lachte höhnisch auf. »Mirjam wird noch lange schlafen.«

»Was haben Sie ihr angetan?« Ich wollte schreien, doch es kam nur ein leises Krächzen heraus.

»Sie schläft nur friedlich. Warum wollen Sie Mirjam aufwecken?«

Ächzend zog er sich an der Kommode hoch. Ich schaltete das Licht an. Hubers Gesicht schmerzverzerrt, in seinen geröteten Augen loderte blanker Hass. Ich benötigte eine Waffe, um ihn anzugreifen. Mein Blick fiel auf die Taschenlampe. Ein rascher Schritt. Dann bückte ich mich. Brüllend hechtete Huber in meine Richtung. Ich fühlte das kalte Metall der Taschenlampe und griff zu. Gleichzeitig verlor ich die Balance. Ich krachte mit dem Rücken auf den Boden. Huber landete auf mir und versuchte sofort mich an meinen Armen zu packen, um sie herunterzudrücken. Doch bevor er zugreifen konnte, schlug ich mit der Taschenlampe zu. Wie ein nasser Sack fiel Huber in sich zusammen. Schwer atmend schob ich ihn von mir herunter. Oh Gott, hatte ich ihn getötet? Als ich mich über ihn beugte, sah ich, dass er atmete. Aus einer Wunde am Kopf blutete es.

Mein schweißgebadeter Körper fühlte sich schrecklich kraftlos an. Trotzdem musste ich jetzt handeln. Keuchend stand ich auf und schleppte mich ins Badezimmer. Mirjam schlief immer noch. Ich zog sie hoch. Trotz ihrer Zierlichkeit hatte ich das Gefühl, sie wöge hundert Kilo. Ich legte ihren Arm um meine Schulter und umfasste ihre Hüfte. Dabei spürte ich ihre nackte Haut und griff zur Decke, um sie zu schützen. Mühsam zog ich sie durch die Zimmer bis zur Treppe.

Auf einmal läutete es Sturm an der Tür und gleichzeitig klopfte jemand heftig dagegen. Im selben Moment vernahm ich die lauten Töne eines Martinshorns.

»Jaaaaackiiiiii!«, hörte ich und war noch nie so glücklich, die Stimme meiner besten Freundin zu hören.

Ich setzte Mirjam ab und lehnte sie mit dem Rücken an das Geländer. Die Decke legte ich um sie. Meine Lippen berührten sanft ihren Mund.

»Jetzt wird alles gut«, flüsterte ich ihr zu. »Ich bin gleich zurück.«

Ich rannte die Treppe herunter und öffnete die Haustür. Monika sah mich zuerst überrascht, dann betroffen an.

»Uff, wie siehst du denn aus?«

Johanna Peters drängte sich an ihr vorbei und betrat den Flur.

»Was ist passiert? Konnten Sie Mirjam finden?«

Ich nickte und sah nach oben. »Aber passen Sie auf, dass er nicht auch noch auf Sie losgeht«, krächzte ich.

»Der soll es wagen!«, knurrte sie nur und rannte die Stufen hoch zu ihrer Tochter.

Polizei- und Krankenwagen mit Blaulicht standen auf der Auffahrt des Pfarrhauses.

»Nachdem du uns die Lichtzeichen gabst, haben wir sie gerufen«, sagte Monika. »Was ist mit Mirjam passiert?«

»Dieser Mistkerl hat sie betäubt.«

»Und wo ist Holger?«

»Er liegt im Schlafzimmer. Ich habe ihm mit der Taschenlampe eins drübergebraten.«

»Hallo? Diese Worte können doch nicht von meiner Freundin *Großer Hasenfuß* stammen?« Monika legte den Arm um mich. »Ich glaube, du verdienst einen neuen Namen.«

Die vier Polizisten hatten die Haustür erreicht. »Man hat uns gerufen«, meinte der Älteste von ihnen. »Was ist hier passiert?« Der Polizist sah uns fragend an. Ich zeigte mit der Hand nach oben, drehte mich um und lief die Treppe hoch zu Mirjam. Die Polizisten folgten mir.

Johanna Peters kniete vor Mirjam und hatte die Arme um sie gelegt. Zögernd blieb ich auf der Treppe stehen. Hinter mir hörte ich Schritte.

»Wer ist diese Dame?«, fragte der wortführende Polizist.

Während Johanna stumm ihre Tochter streichelte, entgegnete ich, dass es sich um Pastorin Mirjam Huber handelte.

»Warum ist sie ohne Bewusstsein? Sie wurde doch offensichtlich geschlagen. Können Sie etwas zur Aufklärung beitragen?«

»Das ist eine längere Geschichte ...«, sagte ich mühsam und hielt mich krampfhaft am Treppengeländer fest. Ich fühlte mich hundeelend.

»Wenn es geht, die Kurzfassung«, bat der Gesetzeshüter.

Er will eine Kurzfassung? Wie bitte soll das denn bei dieser Geschichte gehen?

Der Polizist fasste mich am Oberarm. »Sie sehen auch äußerst mitgenommen aus? Waren Sie in eine Schlägerei verwickelt?«

»Na ja, Schlägerei wohl weniger. Pastor Huber liegt im Schlafzimmer auf dem Boden. Ich ... ich habe ihn ... mit einer Taschenlampe ... niedergeschlagen«, stammelte ich. *In was für eine beschissene Story bin ich nur hineingeraten?*

»Jürgen, komm hoch und bring die Sanitäter mit, hier oben sind drei Verletzte«, rief der Polizist die Treppe herunter.

Ich musste immer heftiger atmen und alles schien sich zu drehen. Mir wurde speiübel und ich verspürte Schmerzen. Ich schloss kurz die Augen. Als ich sie öffnete, traf mich Mirjams Blick. Wir sahen uns für einen Moment an. Ich wollte zu ihr gehen, sie in den Arm nehmen, doch ich konnte mich nicht mehr bewegen. Meine Beine fingen an zu zittern und es wurde dunkel um mich herum.

Kapitel 31

»Geh aufrecht wie die Bäume. Lebe dein Leben so stark wie die Berge. Sei sanft wie der Frühlingswind. Bewahre die Wärme der Sonne im Herzen und der große Geist wird immer mit dir sein.«

(Weisheit der Navajo)

Ich kreiste um die Welt, oder kreiste die Welt um mich? Alle Personen, die in den letzten Wochen eine Rolle in meinem Leben gespielt hatten, trafen sich in meinem Kopf, bedrohlich, freundschaftlich, liebevoll. Während Mirjam und ich uns leidenschaftlich liebten, drückte mir Holger Huber im nächsten Moment die Kehle zu. Spirit Hawk kam auf seinem Mustang angeritten. Mit lautem Kriegsgeheul warf er seinen Tomahawk und spaltete Huber damit den Schädel. Mahpea pflegte meine Wunden und Monika drückte meine Hand. Meine Mutter strich mir zärtlich über mein Gesicht, während Dr. *Schnauzbart* Matthes mich sorgenvoll betrachtete. Ich stand auf dem Fußballplatz im Tor und im nächsten Moment befand ich mich plötzlich in unserer Kirche. Pastor Sander predigte und ich fühlte mich geborgen. Neben mir nahm Torsten Fellner Platz und hielt mein Handy in der Hand. Schuldbewusst senkte er die Augen. Bevor ich etwas fragen konnte, saß ich auf meiner Bank am Hafen von Greetsiel. Ich blickte aufs Meer und sah den Möwen zu, die sich laut kreischend um eine Mahlzeit stritten. Ich legte den Arm um Mirjam. Ihr Kopf lag an meiner Schulter und alles wirkte so vertraut. Der Wind strich durch unsere Haare und der Geruch von Salz lag in der Luft. Ich fühlte mich frei und glücklich.

Doch laute Stimmen zerstörten diesen zauberhaften Moment.

»Wenn Ihre Tochter erwacht, wird die Polizei ihr einige Fragen stellen.«

»Ja, das ist typisch. Jacqueline wird halb tot geprügelt und aus dem Opfer wird der Täter.«

»Sie soll unerlaubt in sein Haus eingedrungen sein.«

»Meine Tochter hatte einen Grund dafür. Dieser Pastor ist wahrlich kein Heiliger.«

»Jetzt beruhigen Sie sich. Wichtig ist doch nur, dass sie bald aufwacht.«

Wie auf Kommando öffnete ich die Augen. Ich sah auf eine weiße Zimmerdecke. Mein Körper schmerzte und ich wünschte mir nichts sehnlicher, als zurückzukehren auf meine Bank, zu Mirjam und der Nordsee. Doch bevor ich die Augen schließen konnte, beugte sich ein fremdes Gesicht über mich.

»Hallo, Frau Achenbacher. Willkommen zurück«, sagte die unbekannte Frau im weißen Kittel und lächelte mich an.

Als Nächstes erblickte ich meine Mutter. Ihre Augen wirkten geschwollen und überrascht registrierte ich, dass ihre Hände zärtlich meine Wange streichelten.

»Kind, was machst du nur für Sachen?«, flüsterte sie. »Ich bin fast gestorben vor Angst.«

Ich stöhnte leise auf, denn langsam kamen die Erinnerungen zurück. Verdammt, aus welchem Teil dieser Geschichte bin ich ausgestiegen?

»Sie hat Schmerzen. Tun sie doch etwas.« Meine Mutter fauchte wie eine schlecht gelaunte Katze.

»Das ist normal bei diesen Verletzungen. Wir kümmern uns um sie«, beruhigte die andere Stimme. »Jetzt muss ich erst die Polizei davon in Kenntnis setzen, dass ihre Tochter wach ist.«

»Geben sie ihr ein bisschen Zeit, zur Besinnung zu kommen.« Meine Mutter schien nicht bester Laune zu sein.

»Das habe nicht ich zu entscheiden.«

»Dann will ich mit Ihrem Vorgesetzten sprechen.«

»Jetzt regen Sie sich doch nicht auf. Ich informiere Frau Dr. Bauer. Aber Ihre Tochter muss der Polizei früher oder später eine Erklärung abgeben.« Ich vernahm Schritte und das Zuklappen der Tür.

Mirjam! Oh Gott, hoffentlich ging es ihr gut. Vielleicht lag sie ja nur ein Zimmer von mir entfernt? Ich fragte mich, wie lange ich hier schon lag und was in der Zwischenzeit alles passiert war. Wer hatte was ausgesagt? Und Pastor Huber? Hoffentlich hatte ich nicht zu heftig zugeschlagen. Ich schluckte schwer bei dem Gedanken, vielleicht noch wegen Mordes oder Totschlags verhaftet zu werden. Oh Gott, auf was für eine Geschichte hatte ich mich nur eingelassen?

»Was ist mit Mirjam?«, flüsterte ich.

»Mirjam? Dein erster Gedanke gilt ihr? Dir ist nicht zu helfen. Warum hast du dich eingemischt? Jacki, Du hättest tot sein können. Verstehst du? Tot! Und der Huber wird die Geschichte am Ende so drehen, dass er das Opfer ist.«

Okay. Huber schien noch am Leben zu sein.

»Aber Mirjams Mutter weiß doch Bescheid.«

»Ach. Sie hat ihre Tochter in eine Klinik bei sich zu Hause einliefern lassen. Ich weiß nicht, was sie ausgesagt haben. Ach Kind, was machst du nur für Sachen?«

Ich spürte heiße Tränen, die aus meinen Augen kullerten. Weg. Mirjam und auch ihre Mutter. Sie ließen mich zurück. Ich hatte mich für eine Illusion geopfert. Eine Eisschicht legte sich um mein Herz.

Ich dachte an die Bank in Greetsiel, an die vertraute Nähe zu Mirjam. Nur ein trügerischer Traum, mehr nicht.

In dem Krankenzimmer fühlte sich Mirjam geborgen. Sie konnte wieder atmen. An die letzten Tage erinnerte sie sich nur bruchstückhaft und wie durch einen Nebelschleier. Als sie zu sich kam, saß ihre Mutter am Krankenbett. Mirjam zweifelte nicht daran, dass ihre Mutter sie gerettet hatte. Doch da gab es noch ein anderes Bild. Sie sah Jacki, wie sie die Gefängnistür öffnete und sie sah Jacki, die auf der Treppe des Pfarrhauses zusammenbrach.

Mirjam zweifelte an ihrer Wahrnehmung. Vielleicht hatte sie sich bloß gewünscht, dass ihre Geliebte sie aus dieser Hölle herausholte. Sie brauchte Gewissheit. Gleichzeitig hatte sie Hemmungen, ihre Mutter zu fragen, was in den letzten Stunden im Pfarrhaus passiert ist. Mirjams Herz zog sich zusammen. Sie hatte die grausamsten Tage ihres Lebens hinter sich gebracht. Holger hatte ihr tiefe Wunden zugefügt und die Narben würden nur schwer verheilen. Mirjam schämte sich für ihr Verhalten, für das Aushalten der Situation, für ihre Wehrlosigkeit. Auf einmal hoffte sie, dass Jacki sie nicht so hilflos und ausgeliefert gesehen hatte. Aber gleichzeitig sehnte sie sich so sehr nach ihr. Und wenn Jacki doch nach ihr gesucht hatte?

Leise sprach sie ihren Namen aus. Die Augenbrauen ihrer Mutter zuckten nach oben. Einen Moment lang hatte Mirjam das Gefühl, das sie nach Worten suchte. Doch sie strich ihr nur sanft über das Gesicht.

Ich lag nur da. Meine Tränen versiegten und in meinem Kopf herrschte Leere. Ich konnte nicht denken, nicht reden. Die Kriminalbeamtin verabschiedete sich nach einigen Minuten. Sie hatte mir Fragen gestellt: Wie waren Sie in das Pfarrhaus gekommen? Warum haben Sie Huber niedergeschlagen? Wie kam es zu Ihren Verletzungen? Ich schwieg sie einfach nur an. Meine Ärztin, Frau Dr. Bauer sprach von einem traumatischen Erlebnis und riet der Beamtin, in einigen Tagen einen erneuten Versuch zu starten. Ich wusste inzwischen, dass ich fast 24 Stunden außer Gefecht gesetzt war.

Meine Mutter schimpfte und zeterte der Kommissarin hinterher und konnte sich kaum beruhigen. »Ich wusste, dass du verantwortlich gemacht wirst. Die Pfaffen halten zusammen. Eine Krähe hackt der anderen kein Auge aus. Du glaubst doch selbst nicht, dass sich deine Pastorin für dich einsetzen wird?«

Meine Mutter redete sich so in Rage, dass sie nicht bemerkte, wie mich ihre Worte trafen.

Nein, das konnte alles nicht sein. Ich hatte Mirjam aus ihrem Gefängnis befreit. Johanna und Mirjam mussten mir dankbar sein. Oder sollte meine Mutter doch recht behalten? Einigte sich das Ehepaar Huber auf eine Geschichte, in der beide gut wegkämen und ich die einzige Verliererin war? Erschöpft schlief ich über meine trüben Gedanken ein.

Als ich erwachte, hielt Sander meine Hand. Er hatte meine Mutter am Krankenbett abgelöst. Seine Anwesenheit beruhigte mich.

»Ich hätte mir nie verziehen, wenn etwas noch Schlimmeres passiert wäre«, sagte er leise. Er sah um Jahre gealtert aus.

»Du musst dir nichts vorwerfen.« Mühsam versuchte ich mich aufzurichten, doch ein bohrender Schmerz durchfuhr meinen Oberkörper.

»Sachte, Deern. Dein Körper ist übersät von Prellungen. Du wirst es bei jeder Bewegung spüren.«

Allerdings. Außerdem fiel mir das Atmen schwer, denn Hubers Griff hatte meinen Kehlkopf stark gereizt. »Die Polizei«, murmelte ich. »Sie will morgen mit mir sprechen.«

Sander nickte.

»Was soll ich erzählen? Ich weiß doch nicht, wie Mirjam und ihre Mutter die Situation schildern werden.«

Die Tränen liefen mir über das Gesicht. Natürlich schmerzte mein Körper, aber noch viel mehr mein Herz. Ich verging vor Sehnsucht nach Mirjam und durch meine Seele fraß sich die Angst, dass alles umsonst geschehen war.

Ich erzählte Sander von meinem Traum, von der Bank in Greetsiel, auf der ich mit Mirjam saß. »Sie schien mir so nahe und so vertraut. Es wirkte so friedlich, so real.« Ich seufzte. »Ich wollte nicht mehr aufwachen und diesen Moment ewig festhalten.«

»Der Herr ist bei dir und wird dich nicht allein lassen«, tröstete mich Sander. »Alles im Leben hat seinen Sinn.«

Doch für mich ergab die Geschichte nur einen Sinn, wenn sie positiv für mich ausging. Ich benötigte dringend ein Happy End, um weiterleben zu können.

»Das Leben muss manchmal wehtun. Der Mensch begreift erst im Schmerz, wie gut es ihm geht, wenn die Sonne scheint.«

Verdammt, mein ganzes Leben erschien mir bisher wie ein einziger Schmerz. Ich legte Verbände um meine Wunden, klebte Pflaster drauf oder nähte sie zu, aber der Schmerz ließ nicht nach. Was bedeutete mir mein Dasein auf diesem Planeten, wenn ich es ohne Mirjam fristen müsste? Ein Zurück gab es nicht, denn dafür war zu viel geschehen. *Wie sollte mein Leben nach dieser Geschichte weitergehen? Ich konnte doch nicht einfach wieder ins Büro marschieren, als wäre nichts passiert. Oder doch? Vielleicht kommt Pastor Huber irgendwie aus dieser Sache heraus und ich habe zum Schluss den Schwarzen Peter in der Hand. Mein Gott, warum habe ich mein Pferdekarussell nur verlassen? Die Liebe führt einen entweder in den Himmel oder in den Abgrund – und diesen habe ich erreicht.* Gleichgültigkeit überkam mich. Welchen Grund gab es überhaupt, weiterzuleben? Die Banalität meines Daseins lag vor mir, ich entdeckte nichts Lebenswertes mehr. Wenn ich schon im Krankenhaus lag, müsste ich doch an Tabletten herankommen. Die Lösung meiner Probleme lag vor meinen Augen und der Gedanke an den Tod besaß etwas Meditatives.

»Erzähl der Polizei morgen früh deine Geschichte«, sagte Sander und riss mich aus meinen dunklen Einsichten.

Ich lachte auf und antwortete im zynischen Ton: »Soll ich aussagen, dass ich mit Frau Pastorin ein Verhältnis angefangen habe? Auf der Suche nach ihr bin ich in das Pfarrhaus eingedrungen. Ach ja, und Mirjams Mutter ist meine Komplizin. Wie käme diese Geschichte in Lütjenstede an?«

Sander hob die Schultern. »Es ist die Wahrheit. Je länger du sie verschweigst, desto mehr Zeit bleibt Huber, seine Sicht der Dinge zu verbreiten.«

Sollte er doch. Ich fühlte mich so schrecklich müde. Ich wollte nur, dass endlich alles vorbei war.

Mirjam biss vor Anstrengung die Zähne zusammen. Es fiel ihr schwer, durch den Nebel zu blicken. Durch die vielen Betäubungsmittel verschwammen Traum und Realität. Doch dieses eine Bild blieb fest verankert. Jacki stand in ihrem Gefängnis und wollte sie retten.

Ihre Mutter saß an ihrem Bett. Ihr Lächeln wirkte gequält. »Wie geht es dir, mein Schatz?«

»Es wird besser. Ich bin so froh, dass es vorbei ist.« Sie senkte die Augen, denn sie fühlte gleichzeitig diese Scham. Wie hatte sie das nur zulassen können? Ihre Mutter fuhr ihr mit der Hand über die Wangen.

»Wann fing es an?«, fragte sie. »Wie oft hat er dich geschlagen und wieso hat er dich eingesperrt?«

Mirjams Augen füllten sich mit Tränen. Sie wollte alle Erinnerungen auslöschen, doch das funktionierte nicht so einfach. Die Zeit mit Holger hatte tiefe Wunden hinterlassen. Sie musste darüber reden, nur dann würden sie verheilen.

»Es begann einige Wochen nach unserer Hochzeit«, sagte sie flüsternd. Sie hörte ihre Mutter tief durchatmen.

»Holger war eifersüchtig. Ich hatte in der Stadt Studienkollegen getroffen und kam später nach Hause. Er konnte mich nicht erreichen, weil ich das Handy auf lautlos gestellt hatte.« Mirjam schloss die Augen. Damals hatte es noch die Chance gegeben, etwas zu verändern.

»Warum hast du dich nicht gewehrt? Du hättest mit uns reden müssen.«

Natürlich. Alles wäre besser gewesen, als ihre Reaktion. »Ich ... ich schämte mich so. Holger kam später reumütig mit Blumen und behandelte mich in den nächsten Wochen so wahnsinnig liebevoll.«

Ihre Mutter presste die Lippen zusammen.

»Ich dachte ... ein Ausrutscher. Dann schlug er wieder zu, weil ich ihm heftig widersprochen hatte. Danach bat er mich auf Knien um Verzeihung. Er ... er würde mich über alles lieben.«

»Dann schlug er wieder zu? Und dann wieder und wieder? Wie lange wolltest du das aushalten?«

Tränen tropften über Mirjams Gesicht. »Ich hab geglaubt, den richtigen Zeitpunkt verpasst zu haben. Meine Sorge kreiste darum, dass es keiner mitbekommen durfte. Es fühlte sich ... demütigend an.«

»Du hast Angst vor ihm.« Ihre Mutter knirschte mit den Zähnen. »Was ist dann passiert? Warum hat er dich eingesperrt. Weil du dich von ihm trennen wolltest?«

Mirjam spürte, wie sich ihr Magen umdrehte. Die Erinnerungen waren noch zu frisch und die Bilder, die sich vor ihren Augen abspielten, so grausam.

»Er hat ... auf meinem Handy ... Nachrichten gefunden.«

»Welche?«

Mirjam biss sich auf die Lippen. Sollte sie von Jacki erzählen? Wie würde ihre Mutter auf eine lesbische Beziehung reagieren?

»Ich nehme an, es waren Nachrichten, die Jacqueline Achenbacher und du ausgetauscht hattten.«

Sie weiß davon? Wer hat ihr etwas erzählt? Sie traute sich kaum, den Blick zu heben.

»Deswegen prügelte Holger dich halbtot und sperrte dich ein.«

»Woher weißt du ...?«

»Später«, fiel ihr ihre Mutter ins Wort. »Erzähl mir erst alles.«

Mirjam starrte an die Decke. Eine Gänsehaut krabbelte über ihren Körper und die Übelkeit nahm zu. »Er hat ... mich ... er hat ... mich ... dann ... auch ... noch ... ver-vergewaltigt.«

»Dieser Mistkerl, dieses Monster!« Ihre Mutter stand abrupt auf. »Ich werde ihn eigenhändig umbringen.« Sie lief im Zimmer auf und ab. »Wie konnte er nur!« Sie ging ans Bett und nahm Mirjam in die Arme. »Warum habe ich deine Angst nicht gespürt, deine Verzweiflung? Es tut mir so leid, mein Schatz.« Mirjam fühlte sich in den Armen ihrer Mutter geborgen und sie merkte, wie die Müdigkeit sie gefangen nahm. Sie kämpfte dagegen an, denn sie wollte noch so viel wissen. Vor allem wo Jacki war und ob es ihr gut ging.

»Mutti, erzählst du mir jetzt alles?«, fragte sie.

»Du solltest dich ausruhen.«

Mirjam schüttelte den Kopf. Sie brauchte dringend Antworten.

»Ja, es hat mich überrascht, dass du so bist. Aber die junge Frau scheint dich gerne zu haben.«

»Sie hat mich zum Leben erweckt«, hörte Mirjam sich sagen. »Ich liebe Jacki.« Erstaunt stellte sie fest, wie leicht ihr diese Worte über die Lippen kamen.

»Du liebst sie«, wiederholte ihre Mutter mit tonloser Stimme.

»Ja. Ich sehne mich so nach ihr. Hat sie sich denn nicht nach mir erkundigt?«

Ihre Mutter schüttelte den Kopf. »Ich muss dir noch etwas Wichtiges sagen. Holger hat mit Papa gesprochen. Er wird sich scheiden lassen und die Schuld auf sich nehmen, wenn du nicht gegen ihn aussagst. Disziplinarisch hättest du von der Kirche nichts zu befürchten. Ihm liegen zwei von dir unterschriebene Papiere vor. Im ersten Brief kündigst du dein Dienstverhältnis, im zweiten, ja ... in dem bezeugst du, dass ... Jacki dich sexuell genötigt hat.«

»Nein! Nein! Das stimmt doch nicht.« Mirjam löste sich aus der Umarmung und sah ihre Mutter verzweifelt an. »Ich habe die Kündigung nur unterschrieben, damit er Jacki in Ruhe lässt. Von dem anderen Schreiben weiß ich nichts.« Panik kroch durch ihren Körper. Niemals im Leben hätte sie Jacki das angetan.

»Holger wird diese Schreiben vernichten und er wird sich dir nicht mehr nähern, wenn du nicht gegen ihn aussagst.«

»Holger hat mich betäubt und eingesperrt. Diese Schreiben kann man nicht als Beweismittel verwenden.« Mirjam vergrub ihr Gesicht weinend im Kissen. »Wollt ihr, das ich nicht Aussage?«, schluchzte Mirjam. »Soll Holger ungestraft davonkommen?« Ihre Mutter nahm ihre Hand. »Nein, mein Schatz. Um nichts auf der Welt. Aber ich musste es dir sagen, weil wir noch keine Aussage bei der Polizei getätigt haben. Dein Vater und ich sorgen uns, dass dich Holger niemals in Ruhe lassen wird. Er ist so unberechenbar. Du weißt, dass du stark sein musst, wenn wir den Weg gegen ihn beschreiten.«

Mirjams Herz klopfte hart gegen die Brust. »Was kann noch Schlimmeres passieren, als das, was hinter mir liegt?«, fragte sie. »Bitte erzähle mir, was passiert ist.«

Ihre Mutter gab ihr einen Kuss auf die Wange. Dann stand sie auf und ging zum Fenster, um es zu öffnen. Sie zündete sich eine Zigarette an. Nach einer Weile ließ sie die Kippe aus dem Fenster fallen und drehte sich zu Mirjam um. »Gut, ich erzähle dir jetzt alles, was geschehen ist.«

Es war bereits nach Mitternacht. Ich hatte Zeit gehabt, mir einen Plan zu überlegen. Dabei wurde mir klar, dass ich nicht so ohne weiteres an Tabletten herankam. In meinem Zustand konnte ich unmöglich leise über den Gang schleichen und nach Vorräten suchen. Deshalb entschloss ich mich zu Plan B. In einem unbeobachteten Moment zerbrach ich mein Wasserglas am Tisch neben dem Patientenbett. Eine Scherbe versteckte ich in der Schublade und ließ das zerbrochene Glas auf den Boden fallen. Ich entschuldigte mich zerknirscht bei der herbeigerufenen Krankenschwester, die die Scherben auflas und mir ein neues Glas brachte.

Meine Mutter und Sander hatten sich längst verabschiedet und ich lag allein in meinem Zimmer. Es wurde still auf den Gängen, nur ab und zu vernahm man die Schritte einer Nachtschwester.

Stöhnend richtete ich mich in meinem Bett auf und öffnete leise die Schublade des Nachttischs. Da lag sie, die Scherbe, die dauerhaft meine Sorgen und Nöte beseitigen sollte.

Ich nahm sie heraus und legte sie auf die Bettdecke. Jetzt musste ich die Scherbe nur in die Hand nehmen, rechts und links in die Pulsadern schneiden und sanft einschlafen. Und dann? Ich schluckte schwer. Das sollte also alles gewesen sein? Viele Spuren hinterließe ich in diesem Leben ja nicht. Auf der Schleife von Monikas Grabkranz würde man die Worte lesen »*Jacki ging, wie sie gelebt hat - als Hasenfuß.*« Nein, ich hatte bewiesen, dass ich todesmutig sein konnte. Eigentlich hätte ich mich von Huber gleich abmurksen lassen sollen. Das wäre ein echter Märtyrertod gewesen. Ich hatte für meine Liebe gekämpft und verloren. Die innere Leere, die mein Herz, meinen Kopf, meinen Körper erfasst hatte, schien sich nicht mehr füllen zu lassen.

Ich nahm die Scherbe in die Hand. Sie fühlte sich kalt an, so kalt wie der Tod. *Wie wird man mich an nächsten Morgen finden? Blutleer und mit weit aufgerissen Augen, die leblos an die Decke starren. Das Bett blutgetränkt, auf dem Boden eine riesige Blutlache. Eine ekelhafte Vorstellung. Eine Überdosis Tabletten ist dann wohl doch die sauberere Alternative.*

Plötzlich fiel mir ein, dass es keinen Abschiedsbrief gab. Das fühlte sich gegenüber meiner Mutter, Nicole, Pastor Sander und Monika, unanständig an. Durfte ich sie einfach alle ahnungslos zurücklassen? Aber woher sollte ich jetzt einen Stift und Papier nehmen?

Ich schloss die Augen und spürte die Scherbe in meiner Hand, die sich nicht mehr kalt anfühlte. Es bedeutete nur einen flüchtigen Schmerz und man würde schnell bewusstlos werden. Nur ein kurzer Moment, aber dieser wäre für die Ewigkeit entscheidend. Es gab danach keine Chance auf ein Happy End. Ob ich auf meiner Wolke sitzend zusehen könnte, wie Mirjam meine kalten Lippen küsste, weil sie mich vielleicht doch liebte, meine Mutter vor Schmerz zerging und Monika ihr Kraut ohne mich rauchte? Das fühlte sich nicht wirklich gut an.

Plötzlich spürte ich die Anwesenheit einer Person. Jemand saß auf meinem Bett. Ich hatte weder eine Tür klappen gehört, noch Schritte vernommen. Adrenalin schoss durch meinen Körper und ich traute mich nicht, die Augen zu öffnen.

Ich schloss meine Hand, um die Scherbe zu verstecken. Wenn eine Krankenschwester hinter mein Vorhaben kam, verfrachtete man mich noch wegen Suizidgefahr in die geschlossene Abteilung. Das passte nicht in meinen Plan.

Ich spürte ein Paar Hände, die die meinen umfassten. Mehr taten sie nicht, sie hielten nur meine Hände. Mein Körper und mein Geist entspannten sich. Nach einer Weile öffnete ich automatisch meine Hand, um die Scherbe freizugeben. Mein Suizid-Werkzeug wurde mir weggenommen und Finger strichen mir sanft über das Gesicht, über die Schultern, über die Haare.

Ich öffnete die Augen und fing laut an zu schluchzen. Es konnte nicht sein und doch saß sie direkt neben mir.

Leise begann Mahpea, eine Melodie zu summen. Dabei wiegte sie mich in ihren Armen, streichelte meine Seele und meine Tränen versiegten.

Holger Huber saß im Verhörraum des Polizeikommissariats. Ein Tisch, drei Stühle, kein Fenster, dämmriges Licht. Der Raum sah genauso aus, wie in den Krimis, die er sich ab und an im Fernsehen ansah.

Mit seinem Anwalt hatte Huber sich ausgiebig beraten und ihm seine Sicht der Geschehnisse dargelegt. Wenn er damit durchkam, würde ihm nichts passieren. Auf den Beistand seines Anwalts verzichtete er bei dieser Zeugenaussage, denn er sah sich als Opfer.

An seinem Kopf klebte noch immer ein Pflaster. Die Wunde, die er durch den Schlag mit der Taschenlampe davongetragen hatte, wurde mit mehreren Stichen genäht. Zum Glück hatte er sich nur eine leichte Gehirnerschütterung zugezogen.

Als die Kommissarin den Raum betrat, musste Huber innerlich lachen. Sie gehörte mit Sicherheit zu den Frauen, die auf Komplimente ansprangen. Bei ihrem durchschnittlichen Aussehen standen die Männer bestimmt nicht Schlange. Blass, mittelgroß, etwas zu viel Pfunde auf den Rippen, braune, mittellange Haare, schmale Lippen, bekleidet mit Jeanshose und Sweatshirt. Sie wurde von einem langen, dürren Kollegen begleitet, Anzugtyp, mit gepflegtem Dreitagebart.

Die beiden setzten sich ihm gegenüber.

»Moin. Ich bin Kommissarin Angela Jochens.« Ihre Stimme klang hell und zurückhaltend. Sie zeigte auf ihren Kollegen und stellte ihn als ihren

Assistenten Zeiler vor. Ohne Huber eines weiteren Blickes zu würdigen, blätterte die Kommissarin eine Weile in ihren Unterlagen.

Dieses Verhalten ärgerte Huber maßlos. Sie bezweckte wohl damit, ihn aus der Reserve zu locken. Darauf würde er sich nicht einlassen. Er lehnte sich scheinbar entspannt in seinem Stuhl zurück, faltete die Hände in seinem Schoß und sah ihr beim Studieren zu.

Nach einigen Minuten hatte die Kommissarin den Papieren genug entnommen. Sie hob ihren Kopf und musterte ihn.

Huber beugte sich vor und setzte sein charmantestes Lächeln auf.

»Ich hoffe, Frau Kommissarin, dass ich Ihnen bei den Ermittlungen gegen diese Frau Achenbacher weiterhelfen kann.«

Jochens warf einen Blick zu ihrem Assistenten. Die Mienen der beiden gefielen ihm nicht.

Noch immer schwieg die Kommissarin.

»Wie Sie sehen, wurde ich verletzt.« Huber deutete mit dem Finger auf das Pflaster. »Ich leide körperlich und psychisch unter diesem fürchterlichen Überfall. Es käme mir gelegen, wenn Sie Ihre Fragen stellen, damit ich nach Hause gehen kann. Ich gehöre ins Bett.«

Wieder blickten sich die beiden schweigend an und in Huber stieg die Wut. Er musste sich zügeln.

Die Kommissarin schlug ihre Beine übereinander und lächelte ihn an. Ein falsches, ein spöttisches Lächeln.

»Herr Pastor Huber«, sagte Jochens plötzlich mit kräftiger Stimme und die Frau wirkte nicht mehr so unscheinbar. »Ich denke, Sie schulden uns eine Erklärung.«

»Wie bitte?« Huber klopfte mit den Fingern auf den Tisch. Das klang nach Rechtfertigung, nach Anklage, nicht nach Entlastung.

»Ja, Herr Pastor. In Ihrer ersten Aussage schilderten Sie uns, dass Sie einen Einbrecher in Ihrem Hause auf frischer Tat ertappten. Die Person wollte fliehen, es kam zu einem Handgemenge. Dabei schlug Ihnen die Person einen Gegenstand auf den Kopf und sie wurden ohnmächtig. Ist das richtig?«

Huber nickte.

»Bei dieser Person handelt es sich um Frau Jacqueline Achenbacher, die Ihnen persönlich bekannt ist.«

»Ja. Sie arbeitet in der Verwaltung unserer Kirchengemeinde.«

»Können Sie sich einen Grund vorstellen, warum Frau Achenbacher in Ihr Haus eingedrungen ist?«

Huber schüttelte bedächtig den Kopf. »Ich wusste doch nicht, dass es sich um Frau Achenbacher handelte. Das stockdunkle Zimmer, ich konnte nicht viel sehen. Als ich sie erkannte, nutzte sie diesen Überraschungsmoment, um sich aus meinem Griff zu befreien. Dadurch konnte sie mich mit der Taschenlampe niederschlagen.«

»Es gab keine Einbruchspuren. Wie ist sie in Ihr Haus gekommen?«

Huber hob ratlos die Schultern. »Wahrscheinlich vergaß ich, die Haustür zuzusperren. Eine andere Erklärung fällt mir nicht ein.«

»Sie können sich nicht denken, wen oder was Frau Achenbacher in Ihrem Haus gesucht hat?«

Huber starrte gedankenverloren vor sich hin. Er musste Zeit gewinnen. Das Gespräch verlief in eine ungemütliche Richtung. »Ich hatte Probleme mit Frau Achenbacher. Vielleicht wollte sie sich rächen, mir etwas stehlen ... Ich weiß es nicht.«

»Probleme?«, fragte der dürre Assistent mit überraschend tiefer Stimme.

»Ja, dienstliche.«

»Nicht private Gründe?«

»Ja, ich gebe es zu. Mir ist klar, in welche Richtung Ihre Fragen zielen. Die ganze Angelegenheit ist etwas delikat, wirklich ein Dilemma, auch für unsere Kirche. Leider verschwimmt da ein bisschen das Private und das Dienstliche. Frau Achenbacher ist lesbisch. Sie machte sich an meine Frau heran, die völlig geschockt reagierte. Das ist Ihnen ja bekannt. Eine zukünftige Zusammenarbeit erschien unmöglich. Die Achenbacher wollte meiner Frau vielleicht etwas antun, sie bedrohen. Ich weiß nicht, was sich in ihrem kranken Kopf abspielt.«

Kommissarin Jochens stand auf und beugte sich über den Tisch. Ihre graublauen Augen blitzten. Das herbe Parfüm der Kommissarin kroch ihm in die Nase. »Herr Pastor Huber, Sie sollten besser Ihren Anwalt anrufen, denn Ihre Geschichte gehört in die Welt der Märchen.«

Huber sprang auf. »Unverschämtheit. Ich bin als Zeuge geladen, als Opfer. Man schlug mich nieder. Was unterstellen Sie mir hier? Ich werde mich über Sie beschweren.«

Er musste sich zusammenreißen, um dieser Frau nicht ins Gesicht zu schlagen.

»Setzen Sie sich«, befahl Zeiler und berührte ihn an der Schulter.

»Lassen Sie mich los«, zischte Huber, aber er setzte sich auf seinen Stuhl.

»Ich werde Ihnen jetzt erzählen, was in Ihrem Hause geschah«, sagte Kommissarin Jochens und lächelte ihn kalt an.

Ein neuer Morgen, und ich saß nicht auf meiner Wolke. Ich erzählte niemanden von meinem nächtlichen Erlebnis und erst recht nicht von meinem düsteren Vorhaben.

Meine Ärztin äußerte ihre Zufriedenheit über meinen Gesundheitszustand, einer Entlassung stimmte sie nicht zu. Das Wochenende sollte ich noch zur Beobachtung in der Klinik bleiben.

Mir war es recht, denn im Krankenhaus fühlte ich mich beschützt. Ich hatte ja keine Ahnung, wie die Stimmung mir gegenüber draußen war. Niemand erzählte mir etwas und weder von der Arbeit, noch vom Fußballverein ließ sich jemand blicken. Erst später erfuhr ich, dass die Polizei niemanden, außer meiner Mutter, Pastor Sander und Monika, zu mir ließ, weil ich meine Aussage ohne Einflüsse von Außen zu Protokoll geben sollte.

Monika saß mit schuldbewusster Miene neben mir auf dem Krankenbett. »Jacki, ich mache mir die größten Vorwürfe«, jammerte sie. »Johanna lag mir die ganze Zeit in den Ohren, dass wir Hilfe holen sollten. Ich dachte, es wäre gut, wenn du allein die Sache zu Ende bringst. Ich konnte doch nicht ahnen, dass euer Pastor so kirre ist!«

»Du hättest Spirit Hawk fragen können«, grinste ich.

»Spirit Hawk? Er hatte genug damit zu tun, auf dich aufzupassen.« Monika kreuzte die Arme über die Brust und schüttelte den Kopf. »Nur der große Geist wird wissen, warum das Stammesoberhaupt ausgerechnet an dir einen Narren gefressen hat.«

»Eifersüchtig?«

»Nicht auf dich, Süße. Du bist einfach eine Traumfängerin. Ja, darum beneide ich dich.«

»Dir begegnen doch auch Träume, wenn du meditierst, oder? Außerdem ist das alles sehr, sehr anstrengend.«

»Das glaube ich, denn Spirit Hawk forderte dich auf, Entscheidungen zu treffen. Nicht gerade deine Lieblingsdisziplin.«

»Ja, liebste Freundin. Ich habe die Lektion verstanden. Aber eins sag ich Dir. Ich bin mir sicher, dass Sander recht hatte.«

»Womit?« Monika zog die Stirn in Falten.

Ich legte meine Hände unter den Kopf und sah zur Decke. »Dass er bei mir war und mich beschützt hat.«

»Wer? Sander? Habe ich etwas verpasst?« Monika kratzte sich am Kopf.

»Nein – ja. In Gedanken war Sander auch bei mir. Aber in meinen schwersten Stunden hat mich Mahpea getröstet und als mich Huber lynchen wollte, habe ich Gott um Hilfe gebeten. Ich bin mir sicher, dass er mir Spirit Hawk und somit ganz viel Kraft schickte, damit ich mich doch noch aus meiner fatalen Lage befreien konnte.«

Auf Monikas Gesicht breitete sich ein Grinsen aus.

»Warum lachst du? Ich bin Christin und du glaubst an übernatürliche Kräfte, an Manitu oder persönliche Schutzgeister. Aber der Glaube besitzt Flügel. Warum sollte es nicht möglich sein?«

»Von mir aus, ich habe kein Problem damit. Allerdings habe ich Zweifel, dass dein Verein und seine Kuttenträger es so auslegen würden. Früher wärst du dafür verbrannt worden.«

»Sander hat es doch auch so ausgelegt.«

»Ach, dein Pastor Sander ist ja auch echt speziell. Die Hauptsache ist doch, dass dir Spirit Hawk und Mahpea die Haut gerettet haben.« Sie stand auf und gab mir einen Kuss auf die Wange. »Du bist jetzt meine tapfere Kriegerin.«

»Ja, eine echte Erfolgsstory.« Ich seufzte und mein Herz wurde schwer.

»Nein, keine echte Erfolgsstory.« Monika streichelte meine Wange. »Ich hoffe, dass die schöne Pastorin weiß, was du auf dich genommen hast, um sie zu retten. Dann ist es eine tolle Story.«

Für diese Worte liebte ich meine Freundin noch mehr.

Monika musste sich bald verabschieden, um ihren Laden aufzusperren. Die Geschäfte mit Indianerschmuck liefen hervorragend.

»Weihnachten ist eine schöne Zeit«, rief ich ihr nach.

Sie lachte nur und schloss die Tür hinter sich.

Wenig später rief mich meine Schwester Nicole aus München an. »Treffer! Ich wusste, dass du verliebt bist«, lachte sie in den Hörer.

»Ja, und von meiner Vorliebe für Frauen, du Hellseherin.«

»Genau. Mit der Rolle von Superwoman brachte ich dich aber nicht in Verbindung. Hahaha.«

Nicole hatte vor, sofort nach Lütjenstede zu kommen, um mir beizustehen. Aber ich überzeugte sie davon, noch an wichtigen Vorlesungen teilzunehmen und dann wie geplant, Weihnachten anzureisen.

Gegen Mittag erschien erneut die Kommissarin. Frau Jochens wirkte auf den ersten Blick blass. Doch man spürte nach wenigen Augenblicken, dass sich hinter dieser unscheinbaren Fassade ein starker Charakter verbarg.

Mir war klar, dass ich eine Aussage tätigen musste. Ich entschied mich dafür, mir selbst die Nächste zu sein. Egal, was Mirjam und ihre Mutter aussagten und ob die bösen Vorahnungen meiner Mutter sich bewahrheiteten. Ich wollte die Karten auf den Tisch legen.

»Na, verhaften Sie meine Tochter jetzt gleich?« Meine Mutter konnte sich einfach nicht zurückhalten.

Frau Jochens zog die Augenbrauen in die Höhe. »Nein. Wie kommen Sie denn auf diese Idee?«

»Na, ich dachte nur. Weil dieser Pfaffe sicherlich alles anders hinstellt. Dabei war er es doch, der ...«

»Mama«, sagte ich kopfschüttelnd. »Ich denke, die Frau Kommissarin will von mir eine Aussage. Soweit ich mich erinnere, warst du bei diesen Geschehnissen nicht anwesend.«

Gekränkt zog sie sich auf einen Besucherstuhl zurück und blätterte demonstrativ in einer Zeitschrift.

Die Kommissarin zog ihren Mantel aus und hängte ihn über den anderen Stuhl. Dann setzte sie sich auf mein Bett und sah mich an.

»Wie geht es Ihnen?«, fragte sie.

Okay, sie will locker mit dir ins Gespräch kommen. Irgendwann wird sie in den Verhör-Ton verfallen.

Ich blieb vorsichtig und wollte mich nicht in einen lauen Smalltalk verwickeln lassen. »Sie wissen ja von meinen Verletzungen. Ich spüre noch überall Schmerzen. Montag darf ich voraussichtlich nach Hause.«

Frau Jochens nickte und ich entdeckte ein leichtes Lächeln auf ihrem Gesicht.

Nun, Pokerface, mich wirst du nicht überraschen.

Lauernd beobachtete ich, wie sie in ihrer Tasche kramte und ein Handy herausnahm.

»Kennen Sie dieses Mobiltelefon?«, fragte sie und übergab es mir.

Ich nahm es in die Hand und besah es kurz. Es handelte sich unverkennbar um mein Telefon. Oben rechts hatte es durch meine Schussligkeit, eine Absplitterung davongetragen, als es mir auf den Asphaltboden gefallen war.

Ich nickte. »Ja, es ist mein Handy.«

»Okay. Das wäre geklärt.«

»Wer ... von wem ...?«

»Später. Ich bitte Sie jetzt, Ihre Aussage zu tätigen. Danach erzähle ich Ihnen alles, was damit im Zusammenhang steht und noch einiges mehr.«

Sie nahm ein Aufnahmegerät aus ihrer Tasche und legte es auf die Bettdecke. Aufmunternd nickte sie mir zu.

»Okay, wo soll ich anfangen?«

»An dem Punkt, als die Geschichte für Sie anfing.« Die Kommissarin drückte den Aufnahmeknopf.

Ich räusperte mich zweimal und begann, zu erzählen. Die Kommissarin verzog während der Zeit keine Miene. Ich konnte nicht erkennen, was sie von meiner Aussage hielt.

Als ich geendet hatte, blieb es für einen Moment still im Zimmer. Ich blickte hinüber zu meiner Mutter, die mir leicht zunickte.

Frau Jochens drückte auf die Stopp-Taste des Gerätes.

»Und nun?«, fragte ich. »Ich weiß, dass sich diese Geschichte ... nun ... etwas unglaubhaft anhört.«

»Finden Sie? In meinem Beruf erfährt man, zu was Menschen fähig sind«, entgegnete die Kommissarin. »Ihr Handy wurde von Torsten Fellner gestohlen.«

»Was?«, riefen meine Mutter und ich fast gleichzeitig. Ungläubig sahen wir uns an.

»Nein«, meinte meine Mutter. »Doch nicht der Apotheker!«

»Er hat ein Geständnis abgelegt. Wir kamen ihm auf die Spur, weil wir im Pfarrhaus eine nicht unerhebliche Anzahl verschreibungspflichtiger Medikamente vorfanden. Dabei handelte es sich vor allem um starke Schlaftabletten und Beruhigungsmittel. Die Packungen lagen zum Teil noch in einer Tüte mit dem Aufdruck *Alte Apotheke*. Herr Fellner konnte uns nicht nachweisen, dass er Herrn oder Frau Huber diese Präparate aufgrund eines Rezepts ausgehändigt hatte. Er knickte ein und gestand, dass er Herrn Huber diese Medikamente ohne Verordnung überlassen hatte. Bei der Hausdurchsuchung fanden wir Ihr Handy in seinem Safe.

Fellner bewunderte Huber und hatte gleichzeitig eine bizarre Angst vor ihm. Er fühlte sich von dem Pastor unter Druck gesetzt. Dabei ging es um Fellners Thailandurlaube. Huber ließ durchblicken, dass er Gerüchte verbreiten könnte, dass Fellner es mit kleinen Thai-Mädchen treibe. Deshalb wurde Fellner Hubers Handlanger. Während Huber Sie zu sich lockte, konnte Fellner seelenruhig in Ihr Büro gehen und sich das Handy von

Ihrem Schreibtisch nehmen.« Die Kommissarin lächelte. »Sie sollten es Langfingern zukünftig nicht so einfach machen.«

Jetzt tat mir Torsten fast ein bisschen leid.

»Für Huber bedeutete das Handy ein wertvolles Beweisstück.«

Ich nickte und dachte an die Worte *Ich liebe Dich.*

»Es sieht so aus, dass Pastor Huber seine Frau mit den sichergestellten Tabletten betäubte und sie im Pfarrhaus einsperrte. Das gestohlene Handy bestätigt Ihre Version der Ereignisse.«

»Aber warum hat er das getan?«, fragte ich. »Wie sollte es weitergehen? Irgendwann musste Mirjam wieder auf der Bildfläche erscheinen. Er konnte sie nicht ewig einsperren.«

Oder wollte er sie verschleppen oder gar töten? Ich bekam bei diesem Gedanken eine Gänsehaut. Huber war echt nicht mehr von dieser Welt.

Die Kommissarin lächelte grimmig und packte ihr Aufnahmegerät ein. »Es ist eine grässliche Geschichte, die sich zwischen dem Ehepaar Huber abspielte. Pastor Huber hatte herausgefunden, dass sich seine Frau von ihm trennen wollte und das konnte er nicht zulassen. Leider entsteht aus Liebe oft Hass. Manche Menschen weigern sich, ihren Partner freiwillig gehen zu lassen. Ich bin froh, dass Frau Huber gegen ihren Mann ausgesagt hat. Die Ausführungen von Frau Peters, der Mutter von Frau Huber, decken sich mit den Ihrigen. Er wird aus der Geschichte nicht mehr herauskommen.«

Als ich diese Worte vernahm, umarmte ich die Kommissarin, die es mit sich geschehen ließ. Meine Erleichterung drückte sich einmal mehr in Tränen aus. *Mein Gott, Monika wird mich zukünftig Schwester Heulsuse nennen.*

Manchmal hackte eine Krähe der anderen eben doch die Augen aus – und das war gut so.

Was hatte Mirjam alles erleiden müssen? Ich ließ die Kommissarin los. »Hoffentlich wird der Mistkerl vor Gericht gestellt und erhält seine gerechte Strafe.«

»Ich kann nur die Beweise zusammentragen, auf die sich die Anklage stützen wird. Das Urteil müssen die Richter fällen.«

»Er wird sie niemals loslassen«, murmelte ich. »Ich hätte heftiger zuschlagen sollen.«

»Das habe ich aber nicht gehört.« Die Kommissarin hob den Zeigefinger, schien sich aber ein Grinsen verkneifen zu müssen. »Zu Ihrer Beruhigung kann ich Ihnen sagen, dass sich Pastor Huber zurzeit in Untersuchungshaft befindet. Ich gehe davon aus, dass er in den nächsten Tagen auf Kaution entlassen wird.«

»Ich hoffe, er lässt Mirjam in Ruhe.«

»Er hat eine Kontaktsperre als Auflage erhalten. Ich muss Ihnen leider noch mitteilen, dass Huber Sie wegen Hausfriedensbruch und Körperverletzung angezeigt hat. Sie sollten sich einen Rechtsbeistand suchen.«

Diese Nachricht konnte mich nicht schocken. Meine Erleichterung überstrahlte alles. Die Kommissarin fuhr mir mit der Hand kurz über den Arm. »Sie waren sehr mutig, Frau Achenbacher. Aber solche Alleingänge werden Sie hoffentlich nicht mehr unternehmen.«

Die Kommissarin stand auf und zog ihren Mantel an. »Kommen Sie bitte in den nächsten Tagen im Kommissariat vorbei, um ihre Aussage zu unterschreiben.«

»Ja, klar.«

»Alles Gute für Sie. Ich hoffe, es geht Ihnen bald besser.« Sie winkte mir zum Abschied zu.

»In was für eine Geschichte bist du da nur hineingeraten?«, sagte meine Mutter, als wir allein waren. »Wie konntest du dich nur in eine Pastorin verlieben?«

»Von wem ich diese Vorliebe für Talare wohl habe?«

»Das kannst du nun wirklich nicht miteinander vergleichen«, grummelte meine Mutter. »Im Gegensatz zu dir hatte ich mit Wilhelm keine heimliche Affäre.« Sie nahm ihre Zeitschrift. »Aber weißt du Jacqueline, ich finde es trotzdem schön, dass du mich auch mal als Vorbild nimmst.«

Kapitel 32

»Doch dann kamst du, gabst mir deine Hand. Dein sanfter Blick hielt dem meinen stand. Du umarmtest meine Seele, du wärmtest mein Herz. Und ich spürte, wie er verflog, dieser eisige Schmerz.«

(Aus dem Gedicht »Eiszeit« von Corinna Behrens –veröffentlicht in: »Bibliothek deutschsprachiger Gedichte. Ausgewählte Werke XI«)

Am Wochenende gaben sich meine Mitspielerinnen die Klinke in die Hand. Alle wollten meine Geschichte hören. Ich blieb wortkarg, denn ich stand ungern im Mittelpunkt.

Sie fragten, ob das Gerücht stimmte, dass ich ein Verhältnis mit der Pastorin hätte. Meine Zurückhaltung deuteten sie als Geständnis und machten ihre Späße.

Ihren Bemerkungen entnahm ich auch viel Respekt für meine Courage, einfach in das Pfarrhaus einzudringen, um Mirjam zu suchen.

»Ob Max so etwas für mich tun würde?« Svenja blickte fragend in die Runde. Wir sahen in Gedanken den gemütlichen Vereinswirt vor uns und mussten alle laut lachen.

Meine Chefs, Hannes Larsen und Pastor Reese, kamen als Abordnung des Kirchenamtes. Sie taten sich schwer, mit mir über die Geschehnisse im Pfarrhaus zu sprechen. Ihnen stand die Bestürzung immer noch ins Gesicht geschrieben. Diese Vorfälle so kurz vor Weihnachten erschütterte das Gemeindeleben. Natürlich stellten die Gemeindemitglieder Fragen: Welche Rolle spielte Jacqueline Achenbacher? War sie die Heldin, die Pastor Huber entzaubert hatte oder die Nestbeschmutzerin, die auch noch die heimliche Geliebte der Pastorin war? Hannes Larsen schien enttäuscht von mir zu sein, weil ich ihm nicht vertraut hatte.

Der Gedanke, dass sich ein Ehedrama nur wenige Schritte von unserem Amt abspielte und von dem keiner etwas mitbekam, konnte man nur schwer ertragen. Pastor Huber hatte alles dafür getan, die Mitarbeitenden gegeneinander auszuspielen, und nun mussten die Scherben aufgekehrt werden.

Ich erfuhr später, dass sich Reese, Larsen und der Kirchenvorstand mit Kirchenaustritten, Schmähbriefen und empörten Gläubigen auseinandersetzen mussten. Es gab Menschen, die von Hubers Charisma und Aussehen so geblendet waren, dass sie sich auf Hubers Seite stellten und den Anschuldigungen keinen Glauben schenkten.

Am Montag erlaubte mir Frau Dr. Bauer, das Krankenhaus zu verlassen. Obwohl mich die freundlichen Ärzte und Krankenschwestern umsorgten, war ich doch froh, nach Hause gehen zu dürfen.

Meine Mutter und Pastor Sander holten mich mittags ab. Verwundert bemerkte ich, dass uns eine Krankenschwester zu einem Nebeneingang begleitete, der auf den Innenhof führte. Dort hatte Sander sein Auto geparkt. Auf meinen fragenden Blick hin meinte Sander nur, dass wir den Pressefritzen aus dem Weg gingen.

»Presse?«, fragte ich tonlos.

»Das ist so, mien Deern. So ein Skandälchen interessiert die Öffentlichkeit.«

Alle meine Ängste, scheinbar erfolgreich verdrängt, schoben sich mit aller Macht an die Oberfläche. Ich hatte genug von Achterbahnfahrten mit unzähligen Loopings und sehnte mich zurück nach meinem Leben auf dem Pferdekarussell, das nur in eine Richtung, im selben Tempo und ganz ohne Risiko verlief. »Ich möchte sofort nach Hause«, hörte ich mich sagen. »Bitte, bringt mich nach Hause.«

Ich wollte nur noch in meine Wohnung, die Tür absperren, nicht mehr hinausgehen und niemanden hereinlassen.

Sander und meine Mutter sahen mich an.

Schneeflocken tanzten um unsere Gesichter und ich spürte erst jetzt die Kälte, die uns hier draußen umgab. Schnee. Vielleicht würde es ja endlich eine weiße Weihnacht geben, nach der ich mich jedes Jahr sehnte.

Sander legte den Arm um mich. »Deern, da kommst du nicht raus. Du kannst dich nicht verstecken. So funktioniert das Leben nicht.«

Ja, das hatte ich inzwischen begriffen. Ich schloss die Augen und hielt mein Gesicht in die vom Himmel kommenden weißen Flocken. Es fühlte sich herrlich an. Weihnachten. Jetzt hatte ich nur noch den Wunsch, endlich eine Nachricht von Mirjam zu bekommen. Bei jedem Anklopfen an der Tür meines Krankenzimmers hoffte ich, dass sie eintreten würde. Bei jedem Telefonklingeln hoffte ich auf ihre Stimme. Aber nichts von alledem passierte. Und ich? Ich begann im Kopf tausend Briefe zu verfassen, doch griff ich nicht einmal zu Papier und Kugelschreiber. Ich nahm den

Telefonhörer in die Hand, aber nie wählte ich ihre Nummer. Musste Mirjam sich nicht bei mir melden? Weihnachten stand vor der Tür und ich fühlte mich wie ein kleines Kind, das sich so sehr ein bestimmtes Geschenk wünschte.

»Komm, wir fahren«, sagte meine Mutter und riss mich aus meinen sehnsuchtsvollen Gedanken.

Sie setzte sich auf den Beifahrersitz, während ich hinten einsteigen musste. Als ich mich anschnallte, sah ich aus dem Augenwinkel, wie Sander und meine Mutter sich einen Kuss auf den Mund gaben.

Das jetzt auch noch. Vor mir sehe ich das pure Glück und ich bin hier hinten der reinste Trauerkloß.

Wir fuhren durch das weihnachtlich geschmückte Lütjenstede. Ich bekam Lust auf Glühwein und Lebkuchen. Aber eigentlich wollte ich doch nach Hause. Sander fuhr aus Lütjenstede heraus.

»Wo fahren wir denn hin?«, fragte ich mürrisch.

Meine Mutter drehte sich zu mir um und sagte: »Wir dachten, ein schöner, gemütlicher Weihnachtsmarktbesuch bringt dich auf andere Gedanken. Ich bekomme auch schon richtig Lust auf einen leckeren Glühwein und eine Bratwurst.«

Okay, vielleicht war das besser, als zu Hause zu hocken und nachzudenken. Ich lehnte mich im Polster des Rücksitzes zurück. Der Gedanke an Glühweinduft erschien mir nicht unangenehm.

Ich schloss die Augen und genoss die sanfte Fahrt im Auto. Die Geschehnisse der letzten Wochen und Monate gingen mir durch den Kopf, in denen mehr passierte, als in den zehn Jahren zuvor. Ich hatte ihn gespürt, den Kuss der großen Liebe und nun spürte ich den unendlichen Schmerz der Verlassenen. Meine Geliebte, könnte ich dich doch nur noch einmal spüren. Über meine Gedanken döste ich ein.

Ich erwachte, als Sander das Auto einparkte. Gähnend schaute ich aus dem Fenster und dachte, ich träumte.

»Greetsiel?«, fragte ich.

»Ja«, antwortete Sander. »Auf zum Lüttje Greetmer Wiehnachtsmarkt.«

»Pastor, der hat doch nur am Wochenende auf.«

»So? Bist du dir da sicher?«

»Na klar. In den kleinen Ortschaften ist immer nur am Wochenende Markt. Das weißt du genau. Da müssen wir nach Jever oder Wilhelmshaven fahren, um einen Glühwein zu schlürfen.«

»Gehen wir doch hier in ein Lokal oder Café«, schlug meine Mutter vor.

Aber ich weigerte mich, auszusteigen. Keine hundert Meter entfernt stand meine Bank, aber auf der würden Mirjam und ich nie sitzen. Ich ärgerte mich maßlos über Sander. Wie konnte er nur so unsensibel sein?

»Ich hatte dir doch von meinem Traum erzählt«, knurrte ich. »Machst du jetzt mal wieder einen auf Hobbypsychologe und willst mich mit einer Frontaltherapie ins wahre Leben zurückholen?« Ich kreuzte die Arme vor meine Brust, während Sander vor sich hin lachte.

»Ach Jacki, das hier ist dein Ort. Sagst du nicht immer, dass du hier Gott näher bist als in jeder Kirche?« Meine Mutter und er stiegen aus dem Auto und Sander öffnete meine Tür.

»Komm her, Deern. Lass uns deine Bank besuchen.«

Okay, ein Blick aufs Meer könnte meine Seele vielleicht wärmen. Ich zog meine Jacke an und robbte mich aus dem Auto. Wir liefen am geschmückten Weihnachtsbaum vorbei.

Der kalte Wind wehte mir ins Gesicht und meine Wangen, meine Hände begannen von der Kälte zu schmerzen. Wir gingen weiter, bis wir auf den Hafen blicken konnten. Da stand sie, meine Bank, einsam und verlassen. Die schneebedeckten Fischkutter lagen im Hafen und einige Boote hielten Winterschlaf. Wir liefen an der Promenade entlang und ich ließ mir die steife Brise um die Nase wehen. Das Meer brandete und schäumte gegen die Kaimauer.

Ich stellte mich hinter meine Bank. Meine Hände hatte ich in die Jackentaschen gesteckt. Genau hier an dieser Stelle berührte mich das süße Gefühl von Freiheit. Das Leben konnte doch so schön sein. Das Leben konnte aber auch so verdammt beschissen laufen. Ich blickte mich um und sah, dass Sander und meine Mutter in einiger Entfernung auf mich warteten.

Es gab wenige Menschen, die sich gegen den Wind stemmten und die kleine Promenade am Fischerhafen entlang liefen. Alle waren eingemummelt in Schal, Mütze und Handschuhe. Fast alle. Ich kniff die Augen zusammen. Stand dahinten nicht jemand mit einer Federhaube auf dem Kopf? Dieser jemand strich mit der einen Hand über die Blässe seines Mustangs, während er mit der anderen die Zügel hielt. Ich schloss meine Augen. Als ich sie wieder öffnete, hatte sich etwas verändert, denn nun stand dort auch noch eine alte Frau mit langen grauen Zöpfen. Sie trug ein langes perlenbesticktes Lederkleid. Nein, das konnte nicht sein. In Greetsiel gab es einfach keine Indianer. Ich schluckte hart und atmete tief durch. Die salzige Luft der Nordsee lag in der Luft.

»Ist das unser Platz?«, fragte plötzlich eine leise Stimme.

Mein Herz begann, zum hämmernden Takt der unsichtbaren Trommel zu schlagen. Ich spürte das, was ich nicht glauben konnte. Sie stand neben mir, eingehüllt in einer dicken Jacke und lächelte mich an.

Mirjam. Ihr Gesicht war noch von den Wunden gezeichnet. Ich nahm meine Hand aus der Jackentasche und fuhr ihr sanft über die Wangen.

Ihre Augen besaßen dieselbe Melancholie wie damals, als ich sie kennenlernte.

»Ja, genau hier«, hauchte ich. Wir umarmten uns und ich hatte das Gefühl, als würde heißes Blut durch meinen Körper fließen. Ich blickte über ihre Schulter. Mahpea lächelte mich freundlich an, ging an mir vorbei und verschwand im Nebel. Spirit Hawk bestieg seinen Mustang und ritt über das Meer davon.

EPILOG

Holger Huber wurde zu zwei Jahren auf Bewährung verurteilt. Sein Auftreten vor Gericht und seine bisher strafrechtlich weiße Weste wirkte sich strafmildernd für ihn aus. Ebenso wie die Therapie, die er wegen seiner krankhaften Eifersucht begonnen hatte.

Die evangelisch-lutherische Kirche entließ ihn aus dem Dienstverhältnis.

Doch Huber fiel weich, denn es gab genug Menschen, die ihm in dieser Zeit zur Seite standen. Er schloss sich einer sehr konservativen christlichen Partei an und übernahm dort den Vorsitz. Er strebte an, mit dieser Partei in den nächsten Bundestag gewählt zu werden, um die Welt ein *bisschen besser* zu machen. Einige Wochen nach der Scheidung von Mirjam heiratete Huber eine gutsituierte Frau und zog mit ihr nach Stuttgart.

In Lütjenstede übernahm Pastor Sander für einige Wochen die vakante Pfarrstelle von Pastor Huber. Er schaffte es, die verunsicherte und aufgewühlte Gemeinde zu vereinen.

Doch Sander war froh, als endlich eine Nachfolgerin für diese Pfarrstelle ernannt wurde. Meine Mutter kündigte ihren Job im Seniorenstift und folgte ihm nach Hamburg.

Mirjam musste sich vor einer Disziplinarkommission des Landeskirchenamtes wegen ihrer Scheidung und des Ehebruchs verantworten. Sie kam ohne Disziplinarstrafe davon.

Pastor Sander hatte seine Beziehungen spielen lassen und Mirjam eine Stelle in Hamburg organisiert, mit einem ähnlichen Stellenprofil wie in Lütjenstede.

Ich versuchte, mich in Lütjenstede wieder einzuleben. Als Erstes vernichtete ich mit Jens die von Pastor Huber angeforderte Personalliste.

Das Verhältnis zu meinen Kolleginnen und Kollegen im Kirchengemeindeamt normalisierte sich. Nur Ines und ich sprachen kein Wort mehr miteinander.

Im Fußballverein ging alles seinen gewohnten Gang. Für die Spiele stand ich nur noch selten zur Verfügung.

Fast jedes Wochenende fuhr ich zu Mirjam nach Hamburg. Es fiel mir immer schwerer, zurück nach Lütjenstede zu fahren. Alles hatte sich verändert. Vor allem wohl ich.

Irgendwann fragte mich Mirjam, ob ich mir vorstellen könnte, zu ihr nach Hamburg zu ziehen, um den nächsten gemeinsamen Schritt zu wagen. Sie wohnte in einer großzügigen, traumhaften Maisonette-Wohnung, ganz in der Nähe von Sander und meiner Mutter. Ich war glücklich, dass sie mich fragte. Wir waren beide nicht für eine Wochenendbeziehung geschaffen.

Also suchte ich mir in Hamburg einen Job. Mit einem Arbeitsplatz bei der evangelischen Kirche klappte es nicht, dafür beim Hamburger Fußballverband.

Monika schenkte uns zum Neubeginn einen Traumfänger, den wir über unserem Bett aufgehängt haben. Seitdem haben wir selten schlechte Träume.

Alles hatte sich zum Guten gewendet und von mir aus konnte das Leben einfach so weiterlaufen. Doch ich war mit Mirjam zusammen, und die hatte noch große Pläne für die Zukunft.

In meinem Kopf beginnt es wohl deshalb wieder öfter zu trommeln.

Ich werde mich demnächst mal mit Monika treffen, zum Meditieren, ein Kraut dazu rauchen und vielleicht dabei alte Freunde treffen.

Danksagung

Mein Dank geht an meine Schwester Bianca, die immer wieder geduldig das Manuskript durchlas, korrigierte und mir wertvolle Tipps gab, meinem Bruder Kai-Uwe, Andrea und Steffen, die perfekten Testleser. Daniela H. (Sie dürfen nicht fehlen), Monika (nicht nur für das Ausleihen des Namens), Diana, Petra und Cris.
Und vor allem natürlich an meine Frau Alexandra. You simply the best!

Ich danke meiner Verlegerin Tanja Gerstel, dass sie mir und meinem Buch »Indianer im Kopf« eine Chance gab, für die großartige Zusammenarbeit und die Hilfe, dieses Buch in die Form zu bringen, in der es nun vorliegt.

Und an alle, die ich nicht einzeln aufgeführt habe – danke für eure Unterstützung.

Corinna Behrens